만세전 萬歲前

한국문학대표작선집 22

만세전 외

염상섭

문학사상사

두 세계 사이의 작가 염상섭의 문학세계

김성곤(문학평론가/서울대 교수)

염상섭은 한국 사실주의 문학의 뿌리를 이루고 있다. 그의 작품들은 보통사람들의 일상적 생활 속에 일어나는 파문들을 사실적으로 그려내었고, 그 과정에서 다소 지루하고 평이한 서술과 만연체의 소설을 쓰기도 했다. 그러나 그의 작품들은 또한 어려운 시대 상황 속에서 고뇌하고 갈등하는 보통사람들의 모습을 잘 포착해 보여주고 있다. 그는 늘 이상과 현실 또는 자유로운 사회와 식민지 현실이라는 두 세계 사이에서 방황하고 탈출을 시도했던 작가였다. 그러나 암울한 시대와 현실에서 탈출구는 없었고, 따라서 그의 주인공들은 결국 다시 원점으로 돌아올 수밖에 없었다. 그러나 염상섭은 바로 그러한 방랑과 탈출의 과정에서 겪는 깨달음과 눈뜸의 과정을 중요시했던 작가였다.

염상섭이 1921년에 발표한 〈표본실의 청개구리〉는 식민지 시대 주인공이 자신의 상황을 무기력한 마비 상태—즉 표본실에서 해부되어 사지를 핀에 찔린 채 칠성판 위에 전시된 청개구리의 상태—로 파악하고 있는 소설이다. 자신의 이념을 펼칠 수 없는 암울한 시대적 상황에 절망한 주인공은 현실에서의 탈출을 시도하고, 그 결과 그는 평양과 남포로 간다. 그러나 그곳에서 그가 발견하고 확인하는 것은 다만 폐쇄적 공간에서 영원히 벗어날 수 없는 자신의 운명일 뿐이다.

남포에서 주인공은 광인 김창억을 만난다. 김창억의 광증은 어린 시절 가정의 불행과 아내의 배신 및 가출, 그리고 원인 모를 투옥과 감옥 생활에서 비롯된다. 김창억은 단순한 광인이 아니라, 대단히 지적인 광인이다. 그는 톨스토이즘과 윌슨주의 같은 거창한 이념 속에 인류애와 세계평화를 논하는 특이한 광인이다. 그는 또 물질주의와 인간의 타락을 개탄하기도 한다. 김창억의 광증은 자신의 소망과 이념을 현실 속에 이룰 수 없기 때문에 생긴 것이다. 김창억에게서 자신의 모습을 보는 주인공 역시 자신의 꿈과 이상을 펼칠 수 없는 암울한 현실에 괴로워하는 사람이다. 주인공과 그의 주위 사람들을 광기로까지 몰고 가는 것은 바로 현실과 이상 사이의 괴리, 즉 식민지 시대의 황폐한 삶이다. 그리고 그러한 암울한 풍경은 곧 작가 염상섭이 느꼈던 당시의 상황이었을 것이다.

염상섭이 1922년 《신생활》지 7월호 및 8월호에 〈묘지〉라는 제목으로 발표했다가 나중에 제목을 바꾼 〈만세전〉은 동경에서 유학 중인 대학생 이인화가 시험 기간 중인 어느 날 병든 아내가 죽어가고 있으니 급히 귀국하라는 전보를 받으면서 시작된다. 동경에 계속 머물러 있는 한 그는 평안과 안정 속에 안주할 수 있다. 그러나 영혼의 소환장을 받고 몰락한 어셔가家를 찾아가는 포우의 주인공처럼 그도 역시 소환장의 지시에 따라 제국의 시험을 중단하고 귀국길에 오른다. 그의 여행은 자신이 잠시 망각하고 있었던, 그러나 궁극적으로는 피할 수 없는 리얼리티—즉 자신이 식민지의 아들이라는 현실—와의 대면을 위한 자신의 '근원 origin'으로의 여행이었다. 그 '근원'의 정점엔 병들어 죽어가는 아내—곧 식민지 조국—가 그를 기다리고 있었다.

고국으로의 여행은 이 소설의 주인공에게 비참하고 암울한 식민지 현실에 대한 눈뜸과 깨달음의 과정을 제공해 준다. 이 소설이 주인공의 여행과정에 상당한 지면을 할애하고 있는 이유도 바로 거기에 있다. 동경을 떠나는 순간부터 그에게는 일본경찰의 감시가 따라붙는다. 그러한 감시는 하관에서부터 시작되어 배에서도 계속되며, 심지어는 배가 부산항에 도착했을 때도 사라지지 않는다─고국에서 그를 맨 처음 맞이하는 사람들 역시 조선인 순사보와 헌병보조원이었다. 그러므로 그가 고국에서 느낀 첫인상은 '무언지 모를 두려움과 불안'이었다. 부산에서 그는 일본인들에게 모든 상권이 넘어가고 조선인 상인들은 시의 외곽으로 쫓겨나 살고 있는 것을 보고 경악한다. 그는 또 어느 술집에서 자신의 조선혈통을 수치스럽게 여기고, 자신을 버린 일본인 부친을 찾아 일본에 가 살고 싶다고 하소연하는 혼혈 여급을 만난 다음, 많은 조선인들이 그러한 정신상태 속에서 살고 있다는 것을 발견하고 절망한다. 그는 또 적지 않은 조선인들이 일본 덕택에 조선이 근대화되었다며 기뻐하고 있다는 사실을 알고 개탄한다.

부산을 떠나 김천에 도착한 그는 그곳의 형님 댁에서 잠시 체류하면서, 보통학교 교원인 형의 주체성 상실과 타락상을 목격하게 된다. 형의 사고방식과 생활태도에서 식민지 상황에서 자기를 상실한 민족의 모습을 발견하고 실망한 그는 서울 집을 향해 경부선 열차를 탄다. 물론 기차 내에서도 형사의 미행은 계속된다. 경찰의 감시는 서울에 체류하는 동안에도 내내 그를 괴롭힌다. 기차에서 그는 또 일본인에 의해 동족이 당하는 멸시 그리고 서투른 일본어로 자기 앞에서 일본인 행세를 하려 드는 조선인 역부를 보며 분노와 수치심을 느낀다. 그는 이렇게 절규한다.

무덤이다. 구더기가 끓는 무덤이다. ……이 방 안부터 영락없는 공동 묘지다. ……구더기가 득시글하는 무덤 속이다. 모두가 구더기다. 너도 구더기, 나도 구더기다.

고국의 비참한 현실에 대한 눈뜸을 거친 후, 그는 드디어 자신의 '근원'인 고향에 도착한다. 그러나 그는 그 '근원'에서 아무런 위안도 해결책도 발견하지 못한다. 부친은 총독부에서의 정치적 야망을 위해, 그리고 형은 자신의 출세를 위해 모두 기생충적인 친일파가 되어 있었고, 자신의 아내는 병들어 죽어가고 있었다. 더욱 그들은 양약과 양의사는 믿을 수 없고 한약만이 믿을 수 있다는 완고한 고집으로 병자를 의사에게 보이지도 않고 있었다. 결국 자신의 아내가 죽었을 때, 그는 아무런 슬픔도 느끼지 못한다. 그곳을 떠나 다시 동경으로 돌아오면서 그는 자신이 '묘지의 질식할 것 같은 현실'로부터 빠져나왔다는 느낌을 갖는다. 그렇다면 아내의 죽음과 더불어 그 자신도 상징적인 죽음과 재생을 겪은 것이 아닐까? 왜냐하면 이제 그는 예전의 그가 아니기 때문이다. 일본에는 그를 좋아하는 일본여인 시스코[四村靜子]가 그를 기다리고 있지만, 이제 자신의 위치를 깨달은 그는 그녀와도 결합할 수 없음을 깨닫는다.

자신의 '근원' 또는 모든 문제의 근원인 식민지의 '중심'에서 그가 발견한 것은 '상실'이었고 '어둠'이었으며 '묘지'였다. 이 소설은 "조선에 만세가 일어나던 해 겨울이었다"로 시작되고 있다. 그렇다면 '만세전'은 분명 3·1운동 전을 지칭한다. 그렇다면 이 소설은 묵시론적인 비전이 아직은 유보된, 또 '봄'이 아직은 지연된, 가장 어두운 겨울밤의 이야기라고 말할 수 있을 것이다.

1949년에 발표한 〈두 파산〉에서 염상섭은 식민지 시대와 해방을 거치며 살아온 두 여인이 어떻게 변했으며, 또 어떻게 파멸해 가는가를 그리고 있다. 일제시대부터 기득권 층으로 재산을 모으고 살아온 한 여인은 해방 후 고리대금업자가 되어 인간성을 상실해 도덕적으로 파멸하며, 또 다른 여인은 정직하게 살아보려고 노력하다가 고리대금업자와 냉혹한 사회로 인해 결국은 재정적으로 파멸한다. 염상섭은 이 두 종류의 파산을 통해 인간의 존엄성과 도덕적 삶이 용납되지 않던 당시 현실을 신랄하게 비판하고 있다. 더욱이 저자는 물질적 탐욕과 이기심과 교활함의 화신 같은 교장이라는 인물을 제시함으로써, 재정적 파산보다 당시 인간들의 정신적, 도덕적 타락을 더욱 심각하게 우려하고 있다.

같은 해에 발표한 〈임종〉에서 염상섭은 죽음을 앞둔 한 노인의 모습과 그를 바라보는 주위 인물들을 통해 마지막까지 지속되는 삶에 대한 인간의 욕망을 그리고 있다. 죽음을 앞두고도 여전히 현세적 집착에서 벗어나지 못하는 노인과, 죽어가는 그 노인을 바라보는 주위 사람들의 의례적인 시선과 언행은 다시 한 번 염상섭의 일관된 관심사였던 '현실과 이상 사이의 괴리'라는 문학적 주제와 연결된다.

염상섭은 초기에는 낭만주의자였지만, 점차 사실주의자로 변모해 간 특이한 작가였다. 낭만주의적 성향을 보였던 시대부터 꿈과 이상을 수용하지 못하는 현실과 시대의 문제점에 천착했던 그는 사실주의에 심취하면서도 여전히 삶의 질곡을 초래하는 현실과 시대에 대한 예리한 비판의식을 갖고 있었다. 염상섭이 직접 겪었고 비판적으로 바라보았던 시대와 현실은 물론 일제 식민지 상황이었다. 그러나 그의 작가적 비판은 비단 식민지 상황뿐 아니라, 궁극적으로는 인간성과 도덕을 타락시키는 모든 억압적 상황과 마비 상태로도 확대된다. 사소한 일상사에 너무 집착했다는 약점에도 불구하고, 염상섭 문학이 후세에 크게 평가받는 이유도 바로 거기에 있을 것이다.

차 례

만 세전

만세전

1

조선에 '만세'가 일어나던 전해 겨울이다. 세계대전이 막 끝나고 휴전조약이 성립되어서 세상은 비로소 변해진 듯싶고, 세계 개조改造의 소리가 동양 천지에도 떠들썩한 때이다. 일본은 참전국이라 하여도 이번 전쟁 덕에 단단히 한밑천 잡아서, 소위 나리긴(成金), 나리긴 하고 졸부猝富1)가 된 터이라 전쟁이 끝났다고 별로 어깻바람이 날 일도 없지마는, 그래도 또 한몫 보겠다고 발버둥질을 치는 판이다.

동경 W대학 문과文科에 재학 중인 나는, 때마침 반쯤이나 보던 연종年終 시험을 중도에 내던지고 급작스레 귀국하지 않으면 안 될 일이 생겼다. 그것은 다름 아니라, 그해 가을부터 해산 후더침2)으로 시름시름 앓던 아내가 위독하다는 급전急電3)을 받았기 때문이었다.

내가 동경에서 떠나오던 날은 마침 시험을 시작한 지 둘쨋날이었다. 그날 나는 네 시간 동안이나 시험장에서 추운데 휘달리다가4) 새로 한

---

1) 벼락부자.
2) 아이 낳은 뒤에 일어나는 잡병.
3) 급한 일을 알리는 전보나 전화.
4) 시달리다가.

시가 지나서 겨우 하숙으로 허덕지덕 내달아오려니까, 시퍼렇게 언 찬밥덩이(생기기도 그렇게 생겼지마는, 밤낮 찬밥덩이만 갖다가 주는 하녀이기에 내가 지어준 별명이다)가 두 손을 겨드랑이에다 찌르고 뛰어나오는 것하고 동구 모퉁이에서 딱 마주쳤다.

"앗! 리상, 지금 오세요? 막 금방 댁에서 전보환이 왔던데요. 한턱 내셔야 합넨다, 하하하."

하고 지나쳐 간다.

그렇지 않아도 사오 일 전에 김천金泉의 큰 형님이 부친 편지가 생각나서, 어쩌면 오늘 내일쯤 전보나 오지 않을까 하는, 근심인지 기대인지 자기도 알 수 없는 막연한 생각을 하며 오던 차에 그런 소리를 듣고 보니, 가슴이 뜨끔하면서도 잘되었든 못되었든 하여간 일이 탁방5)이 난 것 같아서 실없이 마음이 턱 가라앉는 듯도 싶었다.

'흥, 찬밥덩이를 만났으니 무에 되겠니? 그예 나오라는 게로구나!'

나는 속으로 이렇게 생각을 하며, 그래도 총총걸음으로 들어갔다. 채 문지방에 발을 들여놓기도 전에, 주인 여편네가 곁방에서 앉은 채 미닫이를 열고 생글 웃어 보이며,

"인제 오십니까? 춥지요? 댁에서 전보가 왔는데요……."

하고 전보환 봉투와 함께 하얀 종이 조각을 내민다.

일전에 김천 형님이 서울 올라가서 편지를 부치시며, 집에서 시급하다는 통지가 왔기로 자기 집 동리의 명의名醫라는 자를 데리고 어제 올라왔는데, 아직은 그만하거니와 수일간 차도를 보아서 정 급한 경우면 전보를 놓겠노라고 한 세세한 사연을 볼 때에는, 전보는 쳐서 무얼 하누? 하던 나도 전보를 받고 보니 암만해도 죽으려나? 하는 생각이 나서

---

5) 어떤 일 따위의 결말을 비유적으로 이르는 말.

손에 든 책보를 내려놓을 새도 없이 당황히 펴 보았다. 그러나 일전에 온 편지의 말대로 위독하다는 말은 없고, 다만 어서 나오라는 명령과 전보환을 보낸다는 통지뿐인 것을 보면, 언제라고 그리 걱정을 해본 일이 있었던 것은 아니지마는,

'아직 죽지는 않은 게로군!'

하고 안심이 되면서도 도리어 좀 의아한 생각도 떠올랐다.

'그리 시급히 턱을 까부는 것은 아니라도, 죽기 전에 한번 대면이라도 시키려구 그러는 것인지? 죽었다고 하기가 안되어서 이러니저러니 잔사설 할 것 없이 그저 나오라고만 한 것인지?'

나는 구두를 벗으면서 이런 생각을 하고는, 죽었으면 나 안 가기로 장사 지낼 사람이 없어서 시험 보는 사람더러 나오라는 것인가? 하고, 공연히 불뚝하는 심사가 일어나는 것이었다.

돈은 그달 학비까지 얼러서 백 원이나 보내왔다. 병인6)은 죽었든 살았든 하여간에 돈 백 원은 반가웠다. 시험 때는 당하여 오고 미구에 과세過歲를 하려면 돈 쓸 일은 한두 가지가 아닌데, 우환이 있는 집에다 대고 철없이 돈 청구만 할 수도 없어 걱정인 판에 마침 생광스럽다.7) 사실 돈 아쉰 생각을 하면, 시험 본다는 핑계로 귀국은 그만두고 노자를 잘라 써버리고도 싶으나, 아버님 꾸지람이나 집안의 시비도 시비려니와, 실상 묵은 돈을 얻어오려면 나가는 것이 상책이기도 한 것이다. 시험도 성이 가신 판에 두 번에 질러 보는 것이 유리하였다.

"아주 일어나실 가망이 없으신 게로군요? 얼마나 걱정이 되시구 그립겠습니까?"

---

6) 병자.
7) 아쉬움을 피하게 해주다.

내 내자(內子)8)가 앓는 것을 전부터 아는 주부는, 정중한 인사가 아니라 방 안에서 농인지 인사인지 알 수 없는 소리를 하며 해해 웃는다.

"걱정이나 마나 요새 밥맛이 다 제쳐졌는데!"

나는 코대답을 하고 자기 방으로 들어가서 책 보퉁이를 내어 던지고, 서랍에서 도장을 꺼내 넣고 다시 나왔다. 주부는 내가 문간으로 나오는 기척에 다시 내다보며 역시 농담 진담 반으로,

"아, 점심도 아니 잡숫구 왜 이리 급하슈? 돌아가시기두 전에 진지를 못 잡숫도록 그렇게 설으셔야 몸이 축가지 않나요?"

하며 점심을 먹고 나가라고 권한다. 천생 밥장수란 돈푼 생긴 것을 보면 까닭 없이 금시로 대접이 다른 것이 배냇병9) 같은 제 버릇이다.

"암, 실상은 그래야 할 거요. 좀 그래 봤으면 좋겠는데, 주머니 밑천이 든든해지면 계집애한테 문안 갈 생각부터 드니 걱정이지!"

"왜 안 그렇겠어요! 다다미(疊)하구 계집은 새롤수록 좋다구, 벌써부터 장가가실 궁리부터 바쁘신 게로군?"

주부는 심심파적으로 이런 실없는 소리도 하고 새새 웃는다.

"세상 남자가 다 그렇대도 나만은 예외니까!"

나는 구두끈을 매고 일어서며 혼자 웃었다.

"하아, 서방님이 그러실 제야, 돌아가는 아씨 마음은 어떨라구!"

주부는 또다시 이렇게 감탄도 한다.

나는 거리로 나오면서, 주부의 지금 말이 딴은 옳은 말일지도 모른다고 생각하여 보았다. 자식이나 주줄이 달린 중년 상처꾼이면 모르겠지마는, 그렇지 않은 젊은 놈이면 계집이 죽어간대도 눈 하나 깜짝 안 하고 제물 이혼이라고 은근히 잘된 듯싶이 장가들 궁리부터나 하는 것이

---

8) 남 앞에서 자기의 아내를 이르는 말.
9) 날 때부터 가지고 있는 병.

십상팔구일지 모를 것이다. 그렇게 생각하면 나부터도 어려서 정이 들지 않기 때문이지마는, 아무 통양痛瘍10)을 느끼지 않는 것은 아직 젊기 때문이다. 나는 이런 생각을 하며, 큰길로 빠져나와서 우편국으로 향하였다.

십 원짜리 지폐 열 장을 양복 주머니에 든든히 집어넣고 우편국에서 나온 나는 우선 W대학 정문을 향하여 총총걸음을 걸었다.

교무실에는 마침 H주임교수가 서류 가방을 만적거리면서 나오려고 머뭇거리며 있었다. 나는 H교수가 모자까지 쓰고 나오기를 기다려서 쫓아 나오면서 전보를 내보이고 급자기 귀국하여야 할 사정을 말하였다. H교수는,

"응, 응, 옳지! 그래서?"

하며 듣고 나서 고개를 한참 기울이고 섰더니,

"사정이 그렇다면 하는 수 없겠지. 그러나 추후 시험은 좀 귀찮을걸! 삼사 일간쯤 어떻게 연기할 수 없을까?"

"글쎄요…… 그러나 사정도 딱하고, 기위11) 이렇게 되고 보니 좀처럼 착심着心12)이 될 것 같지도 않고 해서 갔다가 곧 오려는데요……."

"응! 그도 그래! 그러면 정식으로 수속을 하게그려."

H교수는 이같이 허가를 하여 준 후에 몇 가지 주의와 인사를 남겨놓고, 교무실로 분별을 하여 주러 들어간다. 나도 뒤따라 섰다.

의외에 얼른 승낙을 하여 주기 때문에 나는 할인권까지 얻어 가지고 나오기는 나왔으나, 시험 치르기가 귀찮아서 하는 공연한 구실이라고 오해나 하지 아니할까 하는 자곡지심自曲之心13)이 처음부터 앞을 서서,

10) 아프고 가려움.
11) 이미.
12) 어떤 일에 마음을 붙임.
13) 허물이 있는 사람이 스스로 고깝게 여기는 마음.

좀 쭈뼛쭈뼛한 것이 암만하여도 불유쾌하였다. 전차 종점으로 나와서 K정으로 향하는 전차에 올라앉아서도, 아까 H 선생더러 얼떨결에 한다는 소리가,

"어머님 병환이……."

라고 한 것을 다시 생각하여 보고 혼자 더욱이 찌뿌드드한 생각을 이기지 못하였었다.

"왜 하필 왈 어머님의 병환이라 했누? 내 계집이 죽게 되어서 가겠다면 어디가 어때서 어머니를 팔았드람?"

이같이 뇌고 뇌었으나 공연한 신경질로 그러는 것이었었다.

그럭저럭 시간은 벌써 세 시가 넘었었다. 어차피 네 시 차로는 떠날 꿈도 아니 꾸었었지마는, 이젠 열한 시의 야행으로나 출발할 수밖에 없다고 결심을 하고, 나는 K정에서 전차를 내리는 길로 쓰까다니야(塚谷屋)로 들어갔다.

반 시간 남짓하게나 돌아다니면서 이것저것 뒤적거리다가 우선 급한 재킷 한 벌을 사가지고 그 자리에서 양복저고리 밑에 두둑히 입고 나서 몇 가지 여행 제구를 사 들고 거리로 나왔다.

그러나 그 외에는 또 별로 긴급히 갈 데는 없었다. 인제는 그 카페로 가서 점심이나 먹을까 하다가, 돈푼 가진 바람에 그랬던지 아직 그리 급하지도 않건마는 머리치장이 하고 싶은 생각이 나서 근처의 이발소로 찾아 들어갔다.

"다 깎으세요? 아직 괜찮은데요. 면도나 하시지요?"

한 손에 가위를 든 이발장이는 왼손으로 머리 뒤를 살금살금 빗기면서 이렇게 묻는다.

"그럼 면도나 할까!"

나는 이같이 대답을 하고 나서 깎지 않아도 좋을 머리까지 깎으려는

지금의 자기가 별안간 야비하게 생각되는 것을 깨닫고, 앞에 붙은 체경 속을 멀거니 들여다보다가 혼자 픽 웃어버렸다.…… 가만히 눈을 감고 자빠져서도 이처럼 여유 있고 늘어진 자기의 심리를 의심스러운 눈으로 들여다보지 않을 수 없었다.

'싫든 좋든 하여간 근 육칠 년간이나, 소위 부부란 이름을 띠고 지내 왔는데…… 당장 숨을 몬다는 지금 전보를 받고 나서도 아무 생각도 머리에 떠오르지 않고 무사태평인 것은 마음이 악독해 그러하단 말인가. 속담의 상말로 기가 하두 막혀서 막힌 둥 만 둥해서 그런가?…… 아니, 그러면 누구에게 반해서나 그런다 할까? 그럼 누구에게…….'

그러나 '그러면 누구에게?……' 냐고 물을 제, 나는 감히 대답할 수가 없었다. 그럴 용기가 나지 않았다. 다만 뱃속 저 뒤에서 정자! 정자! 하는 것 같았으나 죽을 힘을 다 들여서 '정자'라고 대답하여 본 뒤에는, 또다시 질색을 하며 머리를 내둘렀다. 실상 말하면 정자가 아니라는 것도 정자라고 대답하려니만큼 본심에서 나온 대답이었었다. 그러면서도 자기가 지금 머리를 깎으려고 들어온 동기가 애초에 어디 있었더냐는 것은 분명히 의식도 하고 부인하지도 않았다.

'과연 지금 나는 정자를 내 아내에게 대하는 것처럼 냉연히 내버려둘 수는 없으나, 내 아내를 사랑하지 않으니만큼 또 다른 의미로 정자를 사랑할 수는 없다. 결국 나는 한 여자도 사랑하지 못할 위인이다.'

이 같은 생각을 할 제, 나는 급작스레 고독을 느끼지 않을 수 없었다. 생활의 목표가 스러져버리는 것 같았다.

'그러나저러나 지금 이다지 시급히 떠나려는 것은 무슨 때문인가. 내가 가기로 죽을 사람이 살아날 리도 없고, 기위 죽었다 할 지경이면 내가 아니 간다고 감장[14]할 사람이야 없을까? 육칠 년이나 같이 살아온 정으로? 참 정말 정이 들었다 할까? 입에 붙은 말이다. 그러면 의리로

나 인사치례로? 그렇지 않으면 일가에게 대한 체면에 그럴 수가 없다거나, 남편 된 책임상 피할 수 없어서 나가봐야 한다는 말인가. 흥! 그런 생각은 염두에도 없거니와, 그런 마음에도 없는 짓을 하지 않으면 안 될 이유는 어디 있는가.'

여기까지 와서는 더 생각을 이어 할 용기가 없었다. 만일에 어디까지든지 캐어물을 것 같으면 자기 자신의 명답을 얻었을지도 모르나, 그것은 잇몸이 근질근질하는 것 같아서 다시 건드리지도 않고 자기 마음을 살짝 덮어두었다.

면도를 하고 세수를 하고 치장을 차린 뒤에 어디로 가리라는 결심도 채 하지 못하고 이발소에서 뛰어나왔다.

'바로 하숙으로 돌아갈까? 정자에게로 가보나?'

혼자 이렇게 또 망설이면서도 머릿속으로는 떼치지 못할 어떠한 그림자를 쫓으면서 길 밖에서 머뭇거리다가 잡지권이나 살까 하고 동경당을 들여다보았다. 공연히 이 책 저 책을 한참 뒤적거리다가 손에 잡히는 대로 잡지 한 권을 사 들고 나와서도 우두커니 길거리를 내다보며 섰다가 아래로 향하고 발길을 떼어놓았다―어느덧 X정 삼거리로 나와 발끝은 M헌軒 문전에 와서 뚝 섰다.

아직 손님이 듬성긋한 홀 속은 길거리보다도 음산하게 우중충하고, 한가운데 놓인 난로에도 불기가 스러져가는 모양이었다.

"에그, 잊어버리게 되었습니다그려! 왜 그리 한 번도 안 오셨세요."

밖에서 들어온 사람의 눈에는 그림자만 얼쑹덜쑹하는 컴컴스레한 주방 문 곁에 서서 탁자를 훔치던 손을 쉬고, 하얀 둥근 상만 이리로 돌리며 인사를 하는 것은 P자이었다.

---

14) 제힘으로 일을 처리하여 나감.

나는 난로 앞으로 의자를 끌어당겨 놓고 앉으면서,

"그럼 시험 안 보고 술 먹으러 다닐까? 그러나 오늘은 P꼬상이 보구 싶어 책이 어디 눈에 들어가던가! 허허허."

"왜 안 그러시겠어요. 홍! 하지만 시험 문제를 내어 걸은 칠판 우에는 시즈꼬[靜子]상의 얼굴이 왔다 갔다 했겠죠? 하하하."

하고 P자는 걸레를 내던지고 이리로 오며 웃는다.

"웅, 잘 알았어! 그리구 그 뒤에서는 P꼬상의 이런 눈이 반짝이구……."

하며 나는 눈을 홀기는 흉내를 지어 보였다.

"그런 애매한 소린 마세요. 두 분이 보따리를 싸시거나 정사를 하시거나 내게 무슨 상관이나 있게요? 시즈꼬상!"

P자는 반쯤 웃으면서도 호젓한 표정으로 정자를 목청을 돋우워 길게 빼며 부른다.

아직까지도 조선 유학생이라면 돈 있는 집 자질이요, 인물 좋다고 동경바닥서 평판이 좋은데, 문과 대학생이 이런 데에서는 장을 치는 태평시대다. 나는 동창생들에게 끌려 우연히 와본 뒤로 벌써 반년 가까이 드나드는 동안에 이만큼 친숙하여졌다. 이런 자유의 세계에서만도 얼마쯤 무차별이요 노골적 멸시를 안 받는 데에 감정이 눅어지고 마음이 솔깃하여 내 발길은 자연 잦았던 것이다.

여우女優 머리를 어푸수수하게 쪽 찌고 새로 빨아 다린 에이프런을 뒤로 매며 살금살금 나오는 정자는 우선 시선을 P자에다가 보내며,

"이거 웬 야단야?"

이렇게 한마디 하고 나서, 그 신경질인 똥그란 눈을 이리로 향하고 공손히 인사를 한다.

나는 고개만 끄덕하고 잠자코 말았다.

"시즈꼬상! 이번에 '리상'이 성적이 좋지 못하시다면 그 죄는 시즈꼬상에 있습네다."

둘의 거동을 한참 건너다보던 P자는 이같이 한마디를 내던지듯이 하고 저리로 다시 가서 탁자를 정돈하고 섰다. 정자는 거기에는 대꾸도 아니하고,

"참, 요새 시험 중예요?"

하며 나에게 묻는다. 얼마쯤 반가운 기색이나, 그러한 자기의 감정을 감추는 정자다.

"그럼, 시험 보다가 말구 보러 왔길래 정성이 놀랍다구 P꼬상이 놀리는 게 아닌가? 그러나 P꼬상을 찾어왔는지, 시즈꼬상을 보러 왔는지, 술이 그리워 왔는지, 그것은 내 염통이나 쪼개보기 전에야 알 수 없는 일이지. P꼬상! 일이 끝나건 올러와요."

나는 P자에게 일러놓고 정자를 따라서 위층으로 올라갔다. 이맘때쯤은 제일 한산한 개시머리지마는 이 층은 아무도 없다.

난로 앞에 자리를 만들어 나를 앉혀놓고, 정자는 저편에 가 서서 영채가 도는 똥그란 눈으로 무슨 기미를 찾아내려는 듯이 얼굴을 똑바로 쳐다보다가 눈이 마주치니까 생긋 웃는다. 이 계집의 정기가 모두 그 눈에 모였다고도 할 만하지마는 항상 모든 것을 경계하는 눈치가 역력하다. 혹간은 무심코 고개를 돌릴 만큼 차디차고 매정스러울 때도 있다. 그러나 어느 때든지 생긋 웃는 그 입술에는 젊은 생명이 욕구하는 모든 것을 아무리 하여도 감출 수가 없었다. 그러면서도 결코 소리를 내지 않고 웃는 호젓한 미소에서 침정沈靜[15]과 애수哀愁의 그림자를 어느 때든지 볼 수 있었다. 남성이란 남성을 못 믿고 저주하면서도, 그래

---

15) 성정性情이 가라앉고 조용함.

도 내버리고 단념할 수 없는 인간다운 애착이며 성적 요구에서 일어나는 답답한 심정을 그대로 상징한 것이 이 계집애의 그 시선과 미소이었다.

"왜 그리 풀이 죽으셨세요? 너무 공부를 하시느라고 얼이 빠지셨습니다그려!"

정자는 남자가 잠자코 있으니까 좀 어색한 듯이 체경 있는 쪽으로 잠깐 고개를 돌리고 머리를 만지작거리며 입을 벌렸다. 이 계집애의 나직나직한 목소리에도 좀더 크게 하였으면 좋겠다 하는 생각이 날 만큼 절제하고 압축된 탄력彈力이 있었다. 이 계집은 자기의 목소리에서까지 자기를 억제하고 숨기려 하는가 싶었다.

"왜 누가 얼이 빠져? 어서 가서 술이나 갖다 주구려. 벌써 거진 네 시나 되었을걸?"

나는 시계를 꺼내보며 재촉을 하였다. 정자는 나가려다가 돌쳐서며,

"왜 어딜 가세요?"

하고 물으며 가까이 온다. 내가 앉았는 안락의자의 등덜미에 한 손을 걸쳐놓으며 무릎이 맞닿도록 다가서며 생글하는 것은 언제나 같은 애무愛撫를 바라는 표정이다.

"가긴 어델 가!"

"뭘, 인제 시험을 마쳐놓고 어데든지 조용한 데루 여행을 하시는 게지! 어디 두구 보면 알겠지!"

하며 저쪽 체경 탁자로 가서 그 위에 놓인 내가 들고 들어온 봉지를 두 손으로 만적거리며 건너다보고 서 있다. 그 속에는 내가 아까 '쓰까다니야'에서 사가지고 온 풍침風枕16)과 여행용 물잔이며, 부친을 위한

---

16) 공기를 불어 넣어서 베는 베개.

여송연 상자, 과자 상자, 비단, 여편네 목도리를 넣은 종이갑…… 이것 저것이 들어 있었다.

장난꾸러기처럼 먼 산을 쳐다보며 한참 만적만적하던 정자는,

"웬 선사품이 이렇게 많은구? 댁에 가시나 보군요?"

하며 체경 속을 들여다보고 생글 웃으며,

"어디 좀 펴봐야지! 뭘 이렇게 많이 무역을 해가시나?"

하고 제멋대로 풀기를 시작한다. 나는 웃으며 하는 대로 내버려두었다.

풍침, 곱푸, 왜비누, 담뱃갑, 과자 상자…… 탁자 위에다가 진열대처럼 벌여놓더니, 맨 밑에 있는 숄 갑을 펴 들고 생글생글 웃다가 난로 앞으로 와서 서며,

"이건 아가씨 것이군요?"

하며 내민다. 그때의 그의 눈과 그 입술에는 시기에 가까운 막연한 감정을 감추려고 애를 써 웃는 빛이 살짝 지나갔다.

"잘 알았소!"

하며 나는 홱 뺏으며 정자를 껴안듯이 부둥켜안다가 목도리를 다시 개킨다.

"잘못했습니다. 누가 줄 사람을 주지 말라고 했습니까. 하하하."

하고 정자는 좀 어색한 듯이 웃고 섰다. 그러나 기회가 마침 좋다고 생각한 나는 벌떡 일어나는 길로, 손에 든 자주 바탕에 흰 안을 받친 목도리를 눈 깜짝 새에 둘둘 말아가지고 정자의 앞으로 덤벼들며 목을 껴안으면서 소매 속에 쑥 넣으면서 술 취한 사람처럼 장난 비슷이…… 하였다. 불의에 난폭한 습격을 받은 정자는 어쩔 줄을 모르면서도 생글 웃는 낯을 본 법하였다. 일 분쯤 지났을까, 정자는 나의 팔을 뿌리치고 얼굴이 발개서 내려가 버렸다. 뒷모양을 가만히 노려보고 섰던 나는 두세 걸음 쫓아가며,

"노하지 말아요. 그러구 어서 가져와!"

하고 곱게 일렀다.

나의 한 일은 점잖지는 못하였으나, 다른 손이 올라오기 전에 주고 싶고, P자에게 알리기 싫으니 그 외의 수단을 모르는 나는 그리하는 수밖에 없었다.

나는 멀거니 섰다가 여기저기 흐트러놓은 물건을 빈 갑까지 싸서 놓고 자기 자리로 와서 앉았다.

위스키 병을 들고 올라온 정자는 한잔 따라놓고 뾰로통하여 섰다가, 체경 앞으로 가서 머리를 고치고 다시 와서도 멈칫멈칫하며 바로 앉지를 않았다. 나의 눈에는 부끄러워하는 그 기색이 도리어 기뻤다. 더구나 노기가 있는 것은 인격적 자각의 반영反映이라고 생각할 때, 미안하기도 하고 위로하여 주고 싶은 생각이 들었었다.

"왜 그래? 오늘 밤에 어딜 갈 텐데 섭섭하기에 변변치는 않은 것이나마 사가지고 온 것이야. 조금이라도 어떻게 생각지는 않겠지? 남의 눈에 띄는 것이 재미없겠기에 그런 거야."

그것도 객기로 산 것이지마는 참답게 주지 못한 것을 나는 후회하였다.

"천만에요! 되레 미안합니다. 그러나 댁에를 가세요? 지금 떠나실 테예요?"

정자는 될 수 있는 대로 냉연히 물었으나, 흥분한 마음을 무리로 억제하는 양이 역력히 보이었다.

"글쎄, 집엘 좀 가야 할 일이 있는데 밤에 떠날지? 아직 시험이 끝나지 않아서……"

나는 어느 틈에 익숙한 말씨로 변하였다.

"무슨 볼일이 계시기에 시험을 보시다가 말구 가세요?"

하며 정자는 비로소 고개를 들고 치어다본다. 그때에 마침 요리가 승강기로 올라오기 때문에 정자는 일어섰다. 나는 그 길에 P자를 부르라고 일렀다. 정자는,

"예에?"

하고 한참 나를 돌아다보고 섰다가 다시 돌아서서 P자를 소리쳐 부른 뒤에 요리 접시를 들어다 놓는다. P자도 뒤따라 들어왔다.

"재미있게 노시는데, 난데없이 폐올시다그려. 하하하."

하며 P자는 내가 가리키는 교의에 털썩 앉으며 식탁에 놓였던 잡지를 들어서 뒤적거리기 시작한다. P자의 푸근푸근한 얼굴은 언제 보아도 반가웠다.

명상적瞑想的이요 신경질일 뿐 아니라 아직 순결한 맛이 남아 있는 정자에게 비하면, P자는 이러한 생애에 닳고 닳아서 되지 않게 약은 체를 하면서도 상스럽고 천한 구석이 있지마는, 그래도 나는 이러한 여자에게 흥미를 느꼈다.

"올러오라니까 왜 그리 우자스러운[17] 거야? 꼭 모시러 가야만 하나?"

나는 잡지를 뺏아서 손을 내미는 정자에게 넘겨주고 P자의 포동포동한 손을 잡아서 만적거리며 시비를 걸었다.

"우자하긴 누가 우자해요? 이런 문학가 양반네들만 노시는 데에는 감히 올 수가 없으니까 그렇지요."

하며 P자는 손을 슬며시 빼고 정자를 살짝 건너다보고는 나를 다시 향하여 방긋 웃었다.

P자에게 대한 정자는 어떠한 때든지 눈엣가시이었다. 비단 나뿐 아니

---

17) 보기에 어리석은 데가 있는.

라 어떠한 손님이든지 P자와 친숙한 사람도 나중에는 정자에게로 빼앗기는 모양이었다. 그러나 정자가 고등여학교를 졸업하였을 뿐 아니라 문학서적과 소설을 탐독한다는 것이 P자로서는 경앙景仰[18]하는 동시에 한손 접히는 것이다. 그러나저러나 나는 어느 때든지 두 계집애를 다 데리고 이야기하지 않는 때가 없었다. P자나 정자가 다른 손님을 맡은 때에라도 밤이 늦도록 기다려서 만나보고야 나왔다. 더욱이 P자가 없을 때에 그리하였다. 이것이 정자에게는 눈치를 채이면서도 의문인 모양이었다.

"참, 그런데 언제 떠나세요?"

정자는 보던 책을 식탁 위에다가 놓으며 나를 치어다보고 물었다.

"글쎄……."

나는 어정쩡한 대답을 하며 정자의 기색을 유쾌한 듯이 건너다보고 앉았었다.

"왜, 어델 가세요?"

P자는 일어나서 정자가 앉은 교의 뒤로 가며 물었다.

"오늘 밤에 떠나세요?"

또다시 잼처 정자가 묻는다. 나는 지금 막 들어온 전등불을 치어다보며 앉았다가,

"실상은 내 마누라가 앓는 모양인데, 턱을 까부니 어서 오라고 야단은 야단이지만 아직도 갈까 말까다."

"예, 그래요? 그럼 어서 가보세야죠. 그동안에 돌아가셨으면 어떡하나요!"

P자는 나를 책망하듯이 눈을 똑바로 뜨고 치어다본다.

---

18) 덕망이 높은 사람을 우러러 따름.

"죽으면 죽었지, 어떡하긴 무얼 어떡해."

나는 잠자코 앉았는 정자를 건너다보며 웃었다.

"사내는 다 저래! 저런 남편을 믿고 어떻게 사누?"

P자는 기가 막힌다는 듯이 혼자 탄식을 하며, 정자의 교의 뒤에 매달려서 정자의 얼굴을 들여다보며 동의를 구한다.

"누가 믿구 살라는 것을 사나……."

하고 나는 실없이 한마디 하다가 다시 정색으로 말을 이었다.

"부부간에 서루 믿는다는 것은 결국 사랑한다는 말이지만, 사랑한다는 것도 극단에 가서는 남이 나를 사랑하거나 말거나 저 혼자의 일이다. 저 사람이 받지 않더라도 자기가 사랑하고 싶으면, 자기가 만족할 때까지 사랑할 것이다. 외기러기 짝사랑이라고 흉을 본다기로 그거야 알 바 아니거든. 그와 반대로 사랑하지 않는 것도 자유다. 사람에게는 사랑할 자유도 있거니와 사랑을 하지 않을 자유도 있다. 부부간이라고 반드시 사랑하여야 한다는 법이 어디 있을까. 없는 사랑을 의무적으로 짜낼 수야 있나? 하하하……."

나는 문학청년의 버릇으로 이런 논리를 캐고 깔깔 웃었다.

정자와 P자는 나의 입을 똑바로 노려보고 앉아서 들으며, 정자는 무엇을 생각하는 것처럼 가끔가끔 고개를 끄덕거리고 있었다. 나는 따라 놓았던 술 한 잔을 들이마시고 나서 또다시 말을 꺼냈다.

"그러나 문제는 선善도 아니요 악惡도 아닌 그 어름에다가 발을 걸치고 있는 것이다. 죽거나 살거나 눈 하나 깜짝거리지도 않으면서 하는 공부를 내던지고 보러 간다는 것이 위선僞善이다. 더구나 여기 술 먹으러 오는 것을 무슨 큰 죄나 짓는 것같이 망설이는 것부터 큰 모순이다. 목숨 하나가 없어진다는 것과 내가 술 먹는다는 것과는 별개 문제다. 그러면서도 '내 처'가 죽어가는데 술을 먹다니? 하는 오죽잖은 '양심'

이 머리를 들지만, 그것이 진정한 양심이라기보다도 관념觀念이란 가면假面이 목을 매서 끄는 것이다. 사람은 관념의 노예가 되는 수가 많다. 가식의 도덕적 관념에서 해방되는 거기에서 참된 생명을 찾는 것이다. 사랑하지 않으면 눈도 떠보지 않을 것이요, 사랑하고 싶으면 이렇게 해도 상관이 없는 것이란다!"

하며 나는 벌떡 일어나서, 정자의 어깨를 짚고 꾸부리고 섰는 P자를 껴안으며 키스를 하려는 흉내를 내었다. 무심코 섰던 P자는 질겁을 하며,

"에구머니, 사람을 죽이네!"

하고 깔깔대며 뛰어 달아나서 저만큼 가서 앉는다. 그 사품[19]에 나는 웃으면서 일어나는 정자와 맞장구를 쳤다. 그대로 얼싸안았다.

술이 얼쩍하게 취하여 문간으로 나오는 나를 앞질러서 따라 나오며 정자는 거진 입이 닿도록 내 귀에다 대고,

"정말 밤차로 가세요?"

하며 소곤거린다.

"생각나는 대로 하지…… 그런데 왜?"

"글쎄요……."

하고 나서 정자는 무슨 말을 할 듯 할 듯하다가, P자가 쫓아 나오는 것을 보고 한 걸음 물러섰다.

"하여간 갈 길이니까 어서 가야지. 그럼 한 달쯤 있다가 올 테니까 그때 또 만납시다."

나는 이같이 한마디 남겨놓고 길거리로 나왔다.

거리는 아직 초저녁이지마는 첫추위인 데다가 낮부터 음산하였던 일

---

19) 동작이나 일이 진행되는 바람이나 겨를.

기는 마치 눈이나 오려는 듯이 밤이 들어갈수록 쌀쌀하여졌다. 사람 자취도 점점 성기어가고 길바닥에 부딪는 나막신 소리는 한층 더 요란히 들린다. 점두에 매달린 전등불빛까지 졸리운 듯 살얼음이 잡히어가는 듯 보유스름하게 비치는 것이 더욱 쓸쓸하여 보였다.

나는 곧 차에 뛰어오르려다가, 사람이 붐비는 갑갑한 차 속으로 기어들어갈 생각을 하니 얼근한 김에 차마 올라설 용기가 나지를 않아서, 그대로 돌쳐서서 O교 방향으로 꼽들었다.

화끈화끈 달아오른 뺨을 살금살금 핥고 달아나는 저녁 바람에 정신이 반짝 날 듯하면서도, 마음은 어찌하여 그렇다고 꼭 집어 말할 수 없이 조 비비듯 조바심이 나서 못 견딜 지경이다. 자기 자신에게 대한 반항인지, 자기 이외의 무엇에 대한 반항인지, 그것조차 뚜렷이 알 수 없으면서 덮어놓고 앞에 닥치는 대로 무엇이든지 해내려는 듯한 터무니없는 울분이 가슴속에서 용심지[20]같이 치밀어 올라왔다. 컴컴한 속에서 열병에나 띄운 놈 모양으로 포켓에 찔렀던 두 손을 꺼내가지고 뿌리쳐보기도 하고, 입었던 외투나 윗저고리를 벗어서 O교 다리 밑으로 보기 좋게 던져버렸으면 하는 객기도 머릿속에 떠오르면서 발은 기계적으로 움직이어 O교 정거장을 지나 S교를 향하고 돌쳐서서 여전히 컴컴한 천변가로 헤매며 내려갔다.

이러한 공상이 한참 계속된 뒤에는 별안간에 눈물이 비집어 나올 만큼 지향할 수 없는 애처로운 생각이 물밀 듯하고, 참을 수 없이 허전하고 외로운 생각에 긴 한숨을 뿜어냈다. 그러나 그 다음 순간에는,

'무엇 때문에 눈물이 필요하단 말이냐. 실상 완전한 자유는 고독에 있고 공허에 있지 않은가?'

---

20) 실 · 종이 · 헝겊 따위의 오라기를 꼬아 기름이나 밀을 묻혀 초 대신 불을 켜는 물건.

나는 속으로 이같이 변명하여 보았다.

그것은 마치 종로에서 뺨 맞은 놈이 행랑 뒤골에서 눈을 흘기다가 자기의 약한 것을 분개하여 보기도 하고, 혼자 변명하기도 하여 보는 셈이었다. 그러나 이렇게 갑갑증이 나서 몸부림을 하는 일종의 발작적 상태는 자기의 내면에 깊숙이 파고들어 앉은 '결박된 자기'를 해방하려는 욕구가 맹렬하면 맹렬할수록 그 발작의 정도가 한층 더하였다. 말하자면 유형무형한 모든 기반, 모든 계루係累[21]에서 자기를 구원하여 내지 않으면 질식하겠다는 자각이 분명하면서도, 그것을 실행할 수 없는 자기의 약점에 대한 분만憤懣과 연민과 변명이었다.

나는 참을 수 없어서 포병 공창 앞으로 달아나는 전차에 뛰어올랐다. 이러한 때에 미인의 얼굴이라도 치어다보면 캠퍼주사[22]만 한 효과가 있으리라 생각하기 때문이었으나, 나의 이지理智는 그것조차 조소하였다.

그러나저러나 노역과 기한에 오그라진 피부가 뒤틀린 얼굴밖에 내 눈에는 비치지 않았다. 그들은 시든 얼굴을 서로 쳐들고 물끄럼말끄럼 마주 건너다보기도 하고 곁의 사람을 기웃이 들여다보기도 하고 앉았다. 나는 그들의 얼굴을 이 사람 저 사람 치어다보다가,

'여러분, 장히 점잖구 무섭소이다그려!'

이렇게 한마디 하고 일부러 허허허 하며 웃어보면 좋겠다는 생각을 하고 나서 나 혼자 제풀에 빙긋하여 버렸다.

이렇게 안 나오는 거드름을 빼고 될 수 있는 대로 우자한 태도로 좌우를 돌려다 보는 것은, 비단 일본 사람이 조선 사람에게만 한한 무의

---

21) 몸에 얽매인 누. 처자·권속들의 누.
22) 심부전에 걸렸을 때 쓰는 강심제 주사. 혈관 운동 중추를 자극하여 혈압을 높이고, 호흡 중추를 자극하여 호흡을 증대시킨다.

식한 습관이 아니라 사람의 공통한 성질인 동시에 사람이란 동물이 얼마나 약한가를 유감없이 말하는 것이다. 약하기 때문에 조그만 승리와 조그만 자랑을 얻으려 애쓰고, 약하기 때문에 성세聲勢를 허장虛張하며, 약하기 때문에 자기의 주위에 경계망을 쳐놓고 다른 사람을 주시할 필요가 있는 것이다. 상대자의 용모나 옷 입은 것, 행동거지, 말씨…… 이런 것을 가만히 바라보고 음미吟味함으로써 자기의 비열한 호기심을 만족시키려는 본능적 요구가 있는 것도 물론이겠지마는, 저편을 엿보는 데는 여러 가지 의미가 있는 것 같다.

우선은 자기 방어상 저편의 강약과 빈부의 정도를 감정할 필요를 느끼고, 그 다음에는 의복과 말씨와 행동거지가 남에게 빠지면 도회 생활에 있어서는 큰 고통이요, 수치이기 때문에 신경이 여기에 집중된다. 또한 그들에게는 피차에 구하는 것이 있으니 아첨하고 농락하려는 한편에 농락되지 않으려는 우월감優越感과 경계와 추세趨勢라는 등 잡념으로 말미암아 자연히 저편의 표정이나 비식鼻息23)을 엿보는 데 명민한 것을 서로 자랑한다. 또 여자는 여자대로 자기의 목숨인 사랑을 얻기에 목이 말라서 그 불순不純의 도度가 한층 더하다. 이런 점으로 보면 제일 순진하고 아름다운 것은 전차 속에서나 거리에서 청춘 남녀가 본능적으로 이성의 미美를 부산히 찾으면서도 담담히 지나치는 것일지 모른다. 이성異性을 꿈꾸는 순진한 청춘 남녀에게는 불순한 욕심이 없다. 적어도 물질적 욕심이 없다. 아첨할 필요도 없고, 우월감이나 농락하려는 야심도 없고, 방어하고 반발하려는 적대심이란 손톱만큼도 없다. 다만 미를 동경憧憬하고 감상鑑賞하며 이에 도취하고 감격한다. 더구나 그러한 생명의 연소가 영원히 흐르는 물결에 뿌려지는 월광의 은박銀箔같이

---

23) 콧숨.

아무 더러운 집착 없이 순간순간에 반짝이며 스러져버리는 것이 더욱이 향기롭고 깨끗하다. 그러나 위선 없이 살지 못하리라는 것이 오늘날 우리의 운명이다. 그리하여 인생의 움〔芽〕 같은 그들도 미인의 얼굴을 똑바로 보는 법이 없다. 도둑질을 해서 본다. 그것이 무엇보다도 고약한 버릇이다. 그러나 그보다도 순박하고 순진한 것은 소위 하층 사회의 기습氣習24)일 것이다. 노동자에 이르러서는 자랑할 것도 없고 숨길 것도 없고 부끄러울 것도 없는 대신에, 적나라한 자기와 이웃에 대한 동정과 방위적 단결이 있을 따름이다. 생활의 실질이나 양식이나 제일 진실되고 본질적이다. 그들은 사람과 사람끼리 만날 때에 결코 노려보거나 음미하거나 탐색하지는 않는다. 가식假飾도 필요 없고 자기네끼리 아유구용阿諛苟容25)할 필요도 없다. 그러나 그들의 병은 무지일 따름이다. 무질서일 따름이다.

하고 보면 결국 사람은 제 소위 영리하고 교양이 있으면 있을수록(정도의 차는 있을지 모르나) 허위를 되풀이하여 가면서 비굴한 타협妥協이 아니면 옆사람을 자기에게 동화同化시키지 않고는 살 수 없는 이기적 동물이다. 구구한 타협도, 남의 동화도 강요하려 들지 않는 전아全我의 생활, 자유로운 생활을 꿈꾼다면, 우선 세속적으로는 낙오자에 자적自適하겠다는 각오를 필요조건으로 한다…….

나는 어느덧 이러한 난데없는 생각에 팔려, 역시 이 사람 저 사람 치어다보고 앉았다가 정자의 지금의 생활을 생각하여 보았다.

정자는 저의 집에서 뛰어나왔다 한다. 사정을 들어보면 그도 그럴 것이다.

나는 그 애가 반역자라는 점은 찬성이다. 그러나 자기의 생활을 자율

24) 풍기와 습관.
25) 남에게 아첨하여 구차스레 구는 모양.

自律하여 나갈 길이 있을까 의문이다. 자기 생활의 중류中流에 뛰어들어 갈 용기가 있을까? 자각도 있고 영리는 하지만…… 그러나 허영심이 앞을 서기 때문에 믿을 수 없는 것이다…….

전차는 종일 노역에 기진하여 허덕허덕 다리를 끌면서 잠이 들어가는 집집의 적막을 깨뜨리려는 듯이 빽빽 기를 쓰는 듯한 외마디소리를 치며, '에도가와' 가도街道의 컴컴한 길을 겨우 기어 나와서 대낮같이 전등이 환한 차고車庫 앞에 와서 한숨을 휘 쉬며 우뚝 선다. 졸음 졸듯이 고요하던 찻간 안은 급작스레 왁자하여지면서 우중우중 내린다.

나도 검은 양복바지에 푸른 저고리를 입은 벤또갑을 들은 사오 인의 직공 뒤를 따라 내려왔다. 쌀쌀한 바람이 휙 끼치었다.

"아, 요새도 밤일을 하슈? 오늘은 제법 춥지요?"

"예, 인제 참 겨울인데요."

"이리 들어와 좀 녹여 가시구려."

차고 문간에 섰던 차장과 이런 수작을 하며, 따뜻하여 보이는 차장 휴게실로 끌려 들어가는 직공들의 뒤를 부러운 듯이 건너다보며 나는 그 샛골짜기로 들어섰다.

하숙으로 휘돌아 들어가는 길에 뒷집 있는 X군을 들여다볼까 하며 망설이다가, 결국 들어가 보았다. 알리면 정거장에를 나와주고 하여 폐가 되겠기 때문에 망설인 것이다. X군은 내가 이 밤으로 귀국하게 되었다는 말을 듣고, 당자인 나보다도 놀라며 진정으로 가엾어하는 모양이었다. 나는 사람 좋은 X군을 도리어 웃으면서 하숙으로 함께 돌아왔다.

X군과 같이 짐을 수습하여 주인에게 맡긴 뒤에 인사 받을 새도 없이 총총히 가방을 들고 우리 둘이서 동경역으로 향한 것은, 그럭저럭 열 시 가까워서였다. X군이 재촉을 하는 대로 나는,

"늦으면 내일 떠나지, 하는 수 있나!"

하면서도 허둥지둥 동경역에 나와 보니까, 내 시계가 틀리었던지 그래도 십 분 가량이나 여유가 있었다.

가방을 뒤에 섰는 X군에게 맡겨놓고 차표를 사려고 출찰구 앞에 가서 섰으려니까, 곁에서 누가 살짝 건드리며,

"리상!"

하고 귀에 익은 소리가 들린다. 나는 깜짝 놀라서 돌아다보았다. 역시 정자다. 노르끄레한 곱다란 보자에다가 네모진 것을 싸서 들고 옆에 선 X군의 시선을 꺼리는 듯이 힐끔힐끔 흘겨보고 섰다.

"웬일이냐? 이 춘 밤에."

나는 의외인 데에 놀라며 나무라듯 위무慰撫하는 듯이 한마디 하였다.

"난 안 가시는 줄 알았지."

"한참 기다렸어?"

"아뇨, 난 늦을까 봐 허둥지둥 나왔더니……."

"미안하구려, 어서 들어가지. 그럼……."

정자는 거기에는 대답도 아니하고, 맞은편 출찰구로 입장권을 사러 총총걸음으로 걸어갔다…….

X군이 자리를 잡으려고 앞서 들어간 뒤에 정자와 맨 끝으로 둘이 나란히 서서 걸으며 입을 벌렸다.

"오래 되실 모양이에요?"

"뭘, 고작 해야 이 주일쯤이지."

"오래 되시건 편지라도 해주세요. 그동안에 나도 어떻게 될지 모르지만……."

"왜, 어델 가겠기에?"

"글쎄, 봐야 하겠지마는…… 밤낮 이 모양으로만 하고 있을 수도 없으니까……."

정자는 말을 끊고 잠깐 고개를 기울이고 걷다가 가까이 와서 매달리듯이 몸을 살짝 실리며,

"이렇게 급하지만 않았더면 나도 같이 경도京都까지라도 가는 것을……."

하며 나를 치어다보고 호젓이 웃는다. 나는 잼처 무엇을 물으려다가 X군이 황망히 손짓을 하며 부르는 바람에 정자와는 총총히 인사를 하고 차에 올라서 X군과 바꾸어 앉았다.

친구에게 전송을 받거나 물건을 받는 일은 별로 없었기도 하려니와 도리어 귀찮은 일이지만, 정자가 무엇인지 보자에 싼 채 창으로 디밀며 지금 펴볼 것 없다 하기에, 나는 그대로 받아서 선반에 얹을 새도 없이 차는 움직이기 시작하였다.

반 칸통쯤 떨어져서 오도카니 섰던 정자의 똑바로 뜬 방울 같은 두 눈이 힐끗하더니 몰려나가는 전송인 틈에 사라져버렸다.

2

반찬 찬합같이 각다구니를 여기저기 함부로 벌여놓고 꼭꼭 끼어 앉았는 틈에서 겨우 잠이랍시고 눈을 붙였다가 깨니까, 아직 동이 트려면 한두 시간이나 있어야 할 모양. 찻간은 야기에 선선하면서도 입김과 담배 연기에 흐렸다. 다시 눈을 감아보았으나 좀처럼 잠이 들 것 같지도 않고, 외투자락을 걸친 어깨가 으스스하여 일어나 앉으며 담배를 피워 물고 나서 선반에 얹힌 정자가 준 보자를 끌어내렸다. 아까 받아 얹을 때에 잠깐 보니까 과자 상자 위에 술병 같은 것이 두두룩히 얹혀 있는 것 같아서 귀하게 생각이 든 것이다. 네 귀를 살짝 접어서 싼 보

자의 귀를 들치고 보니까, 과연 갑에 넣은 위스키 병이 엎히어 있다. 어한禦寒[26])으로 한잔 할 작정으로 병을 쑥 빼려니까 갸름한 연보랏빛 양봉투가 끌리어 나왔다.

'별안간에 편지는 무슨 편지인구?'

그래서 나중에 펴보라고 한 것이라고 나는 혼자 속으로 생각하며 그래도 반갑지 않을 수 없었다. 편지는 포켓에 집어넣고 술부터 따라서 한숨에 켰다.

영리한 계집애요 동정할 만한, 카페의 웨이트리스로는 아까운 계집애다라고 생각은 하였어도, 그 이상으로 어떻게 해보겠다는 정열을 느끼는 것은 아니었다. 같은 값이면 정자를 찾아가서 술을 먹는 것이요, 만나면 귀여워해 줄 뿐이다. 원래가 이지적 · 타산적으로 생긴 나는 일시 손을 대었다가 옴칠 수도 없고 내칠 수도 없게 되는 때는 그 머릿살 아픈 것을 어떻게 조처를 하나? 하는 생각이 앞서는 동시에, 무슨 민족적 감정의 구덩이가 사이에 가로놓인 것은 아니라도 이왕 외국 계집애를 얻어가지고 아깝게 스러져가려는 청춘을 향락하려면 자기에게 맞는 타입을 구하겠다는 몽롱한 생각도 없지 않아서 그리하였다. 그러나 오늘은 무슨 생기가 났다느니보다도 세찬 삼아서 사다 준 숄 한 개가 인연이 되어 편지까지 받게 되고 보니, 막연히 반갑다는 정도를 지나서 좀 실답게 자기 태도를 생각해 보아야 하겠다는 책임감 비슷한 것을 느끼는 것이다. 귀엽다고는 생각하였지마는 연애를 해보려는 열정이 있는 것도 아니요, 물론 목도리 한 개로 환심을 사려는 더러운 야심이 있었던 것도 아니었다. 진정한 애욕이 타오르면 그런 것을 사주거나 하지는 않았을 것이다. 하여간 젊은 여자와 어울려 노는 것은 좋으나, 그 이

---

26) 추위를 막음.

상 깊게 끌려 들어갔다가 자기 생활에 파탄을 일으키고, 공연한 고생을 사서 할까 보아 경계를 하는 자기다.

나는 이런 생각을 하며 두어 잔 술을 마신 뒤에 비로소 편지를 꺼내어 피봉을 들여다보았다. 침착하고도 생기 있는 정돈된 필적은 그 애의 모습과 같이 재기가 발리어 보였다. 나는, 앞사람은 졸고 앉았지만 누가 보지나 않을까 하고 좌우를 돌려다 보며 그래도 궁금증이 나서 쭉 뜯어보았다.

'지금은 이런 편지를 올릴 기회가 아닌지도 모릅니다. 왜 그러냐 하면, 아무리 이 지경이기로 물질로 좌우되는 천착한 계집이라고 생각하실 것이 너무도 창피하고 원통해서 말입니다. 그러나 그러할수록에……'

이렇게 허두虛頭27)를 내어놓고 나의 실답지 않은 태도에 대한 불만과 공격이 있은 다음에, 자기의 지금 처지와 장래에 대한 희망 등을 요령만 간단히 쓴 뒤에, 형편 따라서는 세말쯤 혹은 경도의 고모집으로 갈지 모르겠다고 하였다.

나는 한번 쭉 보고 나서 혼자 웃었다. 그러나 그것은 조소거나 나에게 대한 이 여자의 신뢰에 대하여 만족한 미소는 아니었다. 애를 써 설명하자면, 그 계집애의 조리가 정연한 이론과 이지적이요 명민한 그 애의 머리에 만족을 느꼈다 할까?

나는 곧 답장을 써볼까 하다가, 하나 둘씩 일어나 앉는 사람들의 시선이 귀찮아서 그만두어 버렸다.

'……왜 우롱을 하세요? 무슨 까닭에 농락을 하세요? P자와 저를 놓고 희롱하시는 것은 유쾌하시겠지요. 그러나 너무 참혹하지 않습니까?

---

27) 말이나 글의 첫머리.

물론 당신 말씀과 같이 사랑은 유희가 아니라는 것은 아시겠지요.'

'……누가 당신께서 손톱만큼이라도 나를 사랑하신다는 것은 아니지만, 나에게는 견딜 수 없는 고통입니다. 혹시는 모욕입니다. 당신의 태도가 그 밖에는 어떻게 할 수 없으시면, 우리는 이 이상 교제를 끊는 것이 옳은 일이겠지요……'

이것이 정자의 제일 큰 불평이었다. 정자는 자기의 과거를 한만히 이야기하지는 않으나, 흔히 있는 계모 시하의 불화와 부친의 몰이해에다가 실연이 한꺼번에 왔던 모양이다. 그러나 좀체 거기에 휘어넘어가지 않고 앙바티고 현재의 경우에서 제 손으로 헤어나려고 허비적대는 그 심보가 취할 점이요 동정이 가는 것이다. 지금도 책을 보는 모양이지마는 문학에 대한 감상력鑑賞力이 호락호락히 볼 것이 아닌 데에 나는 귀엽고 경애를 느끼는 것이다. 될 수 있으면 어떻게 붙들어주고 싶었다. 그러나 그것은 역시 공상이다.

'계집애하고 키스를 하면서도 침맛을 아는 놈에게 사랑이 있다는 것부터 틀린 수작이다.'

이런 생각을 하며, 아까 M헌 이 층의 광경을 머리에 그려보았다. 모욕이란 의식부터 머리에 떠올랐다는 말이나, 제 말마따나 이때껏 한 남자의 입밖에는 몰랐었다는 말이 정말이라면 정자는 그래도 아직도 행복하다. 침맛을 알아내지 않는 것만도 행복하다…… 이런 생각을 할제, 사람의 행복은 사람다운 정조情操를 잃지 않는 데 있는가도 싶다.

'그러나 자기는 이때껏 연애다운 연애를 하여 본 일도 없으면서 청춘의 자랑이요 왕일한 생명력인 정열情熱이 말라버린 것은 웬 까닭인가. 하여간 성격이 기형적畸形的으로 성장하였다는 것은 사실일지 모른다. 이것은 정열을 식히는 첫째 원인이지만 동시에 인간성의 타락이다. 하지만 자기를 살리기 위하여 어떠한 경우에는 정열을 억제하여야 할 필

요도 있으니까, 반드시 성격이 뒤틀렸다거나 인간성이 타락하여 그렇다고만도 할 수 없지…….'

그러나 자기를 살린다는 것이 자기의 비열한 쾌락을 만족시킨다는 것이 아닌 이상 사람을 우롱한다는 것은 죄악이다. 정열이 없으면 없을 뿐이지, 그렇다고 사람을 우롱하라는 것은 아니다. 사람을 우롱한다는 것은 몰염치한 이야기다. 사람을 우롱하는 것은 인생을 유희함이라는 의미로서, 결국에 자기 자신을 우롱하고 유희함이다.

무슨 까닭에, 자기는 굳세고 높게 살리겠다면서 가련한 저 갈 길을 찾겠다고 발버둥질 치는 불쌍한 여성을 농락하려는가? 사실 말하자면 오늘까지 나의 정자에게 대한 태도는 실없었다. 저편이 나를 범연히 생각지 않았다면 더욱 불쾌하고 모욕이라고 생각하는 것은 당연한 책망일 것이다. 그러나 정자 자신이 얼마나 실답고 자기 자신에게 충실한가는 누가 알 일인가? 사랑이니 무어니 머릿살 아픈 노릇이다마는, 세상이 경멸하는 조선 청년에게 그런 호소를 하고 오는 것은 실연을 한 일본 남성에게 대한 반항이라는 것인가?…… 나는 이런 생각을 하며 누웠다가 숨이 괴로워서 벌떡 일어나서 덱28)으로 나왔다.

차 안의 전등은 아직 아니 나갔으나, 젖빛[乳色] 같은 하늘이 허예져 가며 인기척 없이 꼭꼭 닫은 촌가가 가끔가끔 눈앞으로 날아가는 것을 보면, 동은 벌써 튼 모양이었다. 아침 바람이 너무도 세어서 나는 무심코 외투깃을 올리며 머리를 식히고 섰다가, 그래도 견딜 수가 없어서 다시 들어와 자기 자리에 드러누웠다.

한 두어 시간이나 잤을지, 사람이 너무 덤비는 바람에 잠이 깨어서 눈을 뜨고 내다보니 기차는 플랫폼에서 어슬렁어슬렁 기어나가는 모

---

28) 덱deck은 기차나 전차의 바닥 또는 승강구의 발판을 말함.

양. 나는 일어나기가 싫기에 지금 바꾸어 들어와 앉은 앞자리의 사람더러 예가 어디냐고 물어보니까, 명고옥名古屋이라 한다.

"에? 인제야 나고야?"

나는 이같이 놀란 듯이 반문을 하고, 암만하여도 중도에서 하루 묵어가야 하겠다는 생각을 채 결심도 못하고 또 잠이 들어버렸다.

한잠 늘어지게 자고 나서 보니, 기차는 아직도 기내지방畿內地方 어구에서 헤매는 모양. 시간표를 들춰보니 경도에서 내리려면 아직도 세 시간, 신호神戶에서 묵어간다면 다섯 시간 가량이나 있어야 할 터이다.

'을라乙羅나 가서 볼까?'

내년 신학기에는 동경음악학교로 전학을 하겠다고 규칙서를 얻어 보내라고 한 을라의 부탁을 이때껏 월여나 되도록 답장도 아니한 것을 생각하여 보았다. 그것은 나의 태만도 태만이거니와, 만 일 년간이나 음신音信29)이 끊였던 오늘날에 불쑥 편지를 하는 것도 이상하고, 또다시 서신을 왕복하는 것은 피차에 머릿살 아픈 일이기 때문이었다.

'지금 만나면 어떤 얼굴로 볼꾸?'

창턱에 기대어 앉아서 방울방울 방울을 지어 올라가는 담배 연기를 물끄러미 치어다보며 가장 정숙한 듯이 가장 부끄러운 듯이 구미는 을라의 팔초한30) 하얀 얼굴을 머릿속에 그려보았다.

'요샌 히스테리가 좀 낫나? 병화炳華하고는 어떻게 되었누? 그러나 내게 또 불쑥 규칙서를 얻어 보내란 핑계로 편지를 한 것을 보면, 어쩌면 별일은 없이 흐지부지되었는지도 모를 일이다.'

이런 생각을 하고 보니 별안간에, 이왕 고단해서 내릴 바에는 신호에서 내려서 을라를 찾아보려는 객기가 와락 나서 또다시 시간표를 뒤적

---

29) 소식, 편지.
30) 얼굴이 좁고 턱이 뾰족한.

거리며 누웠었다.

도지개를 틀면서[31] 그럭저럭 또 네 시간 동안을 멀리를 내고, 겨우 감방에서 풀려 나오듯이 삼등 찻간에서 해방이 되어 신호역두에 내려 선 것은, 은빛같이 비치는 저녁 해가 육갑산六甲山 산등성이에 걸리었을 때이었다. 큰 가방은 역에다가 맡겨두고 오글오글 끓는 정거장에서 빠 져나와 한숨을 돌리니 사람이 살 것 같았다.

동무의 반연絆緣[32]으로 중학교를 이 지방에서 마친 나는 을라를 만나 는 것보다도 이 지방이 반갑기도 한 것이다. 전차에 올라탈까 하다가 저녁이나 먹고 나서 을라에게 찾아가리라 하고 원정통으로 향하였다. 작년 방학에 들렀을 때 놀던 생각을 하고 A카페의 아래층으로 들어가 서, 여기저기 옹기옹기 앉았는 다른 손들을 피하여 한구석에 자리를 잡 았다. 두세 접시나 다 먹도록 두 팔을 옥여쥐고 아기죽아기죽거리며 돌 아다니던 그때의 그 계집애는 보이지 않았다. 차를 가지고 온 계집애더 러 물어보니까,

"왜요?"

하고 의미 있는 듯이 웃을 뿐이다.

"왜, 어딜 갔나? 그저 여기 있긴 있겠지?"

"흥! 언제 만나보셨세요? 아세요?"

"글쎄 말이야!"

"벌써 극락 갔답니다."

나는 다소 실망이라느니보다도 놀랐다. 작년 여름 방학에 올 적 갈 적 두 번이나 들른 것은 을라 때문도 있고 고등상업에 있는 중학 동창 과 노는 맛에 그랬지마는, 그 계집애가 끄는 힘이 더 많았던 것이다. 별

31) 얌전히 앉아 있지 못하고 몸을 이리저리 꼬며 움직이다.
32) 얽히어 맺어지는 인연.

일 있었던 것은 아니요, 그저 만나서 마시고 먹고 노닥거리는 재미로이 었지마는 퍽 인상에 남았던 것이다.

"응? 무슨 병으로?"

"폭발탄 정사라는 파천황의 죽음을 하였답니다."

하며 계집애는 깔깔 웃다가, 다른 손이 부르니까 뛰어 달아난다.

폭발탄 정사라는 말에 귀가 번쩍해서, 그 계집애가 다시 오기만 어느 때까지 기다려도 돌아본 체도 아니하고 분주히 돌아다닌다. 기다리다 못하여 불러가지고 셈을 하면서,

"어쩌다가 그랬어?"

하며 물어보았으나, 내 얼굴만 말끄러미 치어다보다가 알아보는 점이 있었던지 생글 웃으며,

"사람이 너무 좋아 그랬죠! 또 오세요. 이야기를 할게요."

하고 바쁜 듯이 팔딱팔딱 신소리를 내며 가버렸다.

'사실, 그것은 알아 무얼 하나!'

나는 이렇게 혼자 웃으면서도 그 상냥하고 원만한 성격에 홀딱 반한 놈이 사업에 실패나 하고 자살하려는 길에 무리 정사를 하는 것은 일본에 얼마든지 있는 일이라고 생각해 보았다. 나는 정자 생각이 났다. 그러나 정자는 현대 여성이다. 그런 어리보기[33]는 아니다.

레스토랑에서 나온 나는 하여간 갈 데가 없으니 C음악학교로 향하였다. 실상은 완행이 하도 지루해서 내렸을 뿐이지, 을라를 꼭 찾아보고 싶은 생각은 그다지 없었다.

시간은 아직 늦지 않았으나 밤은 들어가는 것 같았다. 저녁 뒤의 연습인지 아래층 저 구석에서 은근하고도 화려하게 울리어 나오는 피아

---

33) 얼뜬 사람.

노 소리에 귀를 기울이며 기숙사 문간에 섰으려니까, 을라는 기별하러 들어간 여하인의 앞을 서서 발을 벗은 채 퉁퉁거리며 이 층에서 내려왔다.

"이게 웬일예요, 소식두 없이! 어서 올라오세요."

인사할 말을 미리 생각하였던 사람처럼 이렇게 한마디 한 을라는, 미소가 어린 그 옴폭한 눈으로 힐끗 나를 치어다보고는 부끄럽다는 듯이 눈을 내리깔며 태연히 문설주에 기대어 섰다. 나는 빨간 끈이 달린 발 째진 짚신 위에 가벼이 얹어놓은 하얀 조그만 발을 들여다보며, 구두끈을 풀고 올라서서 을라의 뒤를 따랐다.

"응접실은 추우니까 내 방으로 가시지요?"

을라는 이렇게 한마디 하고 아까 내려오던 층계를 지나서 끌고 들어가다가, 잠깐 섰으라고 하고 사감의 방인지 들어갔다. 방문을 열어놓은 채 꿇어앉아서 무어라고 한참 재깔재깔하더니, 생글생글 웃으며 나와서 이 층으로 나를 데리고 올라갔다.

"사내를 함부로 끌어들여도 상관없나요?"

나는 자리를 한구석으로 똘똘 말아서 밀어놓은 것을 돌려다 보며 이렇게 말을 붙였다.

"걱정 마세요…… 그렇지만, 혹시 이따가 사람이 들어오더라도 서울서 오는 오빠라구 하세요."

"그런 꾸어다 박은 오빠 노릇은 어려운데……."

이런 실없는 소리를 정색으로 하며, 을라가 권하는 대로 책상 앞에 앉았다.

"그래, 지금 조선 나가시는 길예요? 방학 때두 되긴 했지만."

을라는 방 안에 늘어놓인 것을 부산히 치운다.

"송장을 치러 나가는지? 또 한 번 사모 쓸 일이 있어 좋아서 나가는 셈인지……."

하고 나는 코웃음을 쳐 보였다.

"왜? ……? 아씨가 앓으시는군? 그 안됐군요."

하고 을라는 놀라는 소리로 인사를 하고 나서, 그 윤광 있는 쌍꺼풀
진 눈귀를 처뜨리며,

"그래 그런 급한 길에 여기를 왜 내리셨세요?"

하며 좀 나무라는 어조다.

"당신두 만날 겸, 후보자두 선을 볼 겸…… 허허허."

만나면 어떠한 태도로 대하게 될지 작년 일을 생각하면 어금니에 무
엇 끼인 것 같이 거북하고 근질근질한 것 같더니, 마주 앉고 보니 의외
로 소탈하게 이런 실없는 소리도 나왔다.

"기가 막혀! 아씨가 운명도 하기 전에 선보러 다니는 사람이 어디 있
단 말예요? 그래 선을 보셨세요?"

"선을 보러 왔더니 폭발탄 정사를 했다니 기가 막히지 않소!"

"그건 또 무슨 소리예요? 이 양반이 일 년 동안에 이렇게두 변했을
까!"

작년 여름 일을 생각하면 그렇게 수줍던 내가 이런 실없는 소리를 탕
탕 하는 것이 을라의 눈에는 이상히 보였을 것이다.

"나두 이번 방학에는 나갔다가 들어오려는데, 같이 가셨더면!"

"심심한데 그거 좋지! 그러나 이 밤으루 준비되시겠소?"

"이 밤으룬 좀 어려운데……."

을라는 곧 따라나서고 싶은 듯이 눈에 영채가 돌며 생긋 웃다가,

"정말 병환이 급하지 않거든 내일 하루만 더 묵어주시구려."

하고 아양스럽고 의논성스럽게 조른다.

"무어 할 일이 있어야지. 모처럼 만나려던 사람은 정사를 해버렸구!

나두 정사라두 하겠다는 사람이나 있으면 묵을지 모르겠지만, 허허 허……."

"참 변한다 변한다 하니 인화寅華 씨같이 변하신 양반이 어디 계셔요. 아, 참……."

을라는 급작스레 무엇에 충격을 받은 듯이 얕은 한숨을 쉬며 고개를 숙인다. 그것이 무엇을 의미하느냐는 것을 직감한 나는, 얄밉기도 하고 일종의 모욕 같은 생각도 나서,

"왜, 실연한 남자의 타락한 꼴을 보는 듯싶소?"

하고 나는 커다랗게 웃다가,

"나보다는 을라 씨야말로 참 변했구려?"

하며 비꼬아보았다.

"무엇 땜에?…… 어디가 어때요?"

"세상물이 들어가느라구! 혹은 예술가로 대성大成하느라구 그런지는 모르지마는."

"세속물도 들겠지만, 그렇다면 예술가로 대성하는 것과는 정반대 아닌가요?"

"그러게 말씀이죠! 연애도 예술적으로 청고淸高하게는 안 되는 것인지?"

"매우 로맨틱하시군!"

하고 을라는 냉소를 하다가,

"어쨌든 참 정말 모레쯤 나하고 같이 가세요. 같이 못 가시더래두 내일 오후부터는 자유니까 이야기할 것도 있고 구경도 시켜 드릴게……."

외로운 객지에서 단조하고 이성이 그립던 그때의 을라에게는, 나의 불시의 방문이 의외일 뿐 아니라 마음으로 반가웠던 모양이다.

"글쎄 그래두 좋지만, 작년과도 달라서 여기에는 인제는 친구가 없으

니……."

나는 올라를 위하여 이틀씩 묵기는 싫었다.

"아, 참 내일은 어차피 대판 공회당 음악회에도 갈까 하는데요. 거기에라도 가시지. 내일은 학생들이 죄다 제 집에 가버릴 텐데……."

올라가 왜 이렇게 지성껏 붙들려는지 알 수가 없다고 생각하면서, 언젠가 기숙사에 들어가기 전에 어떤 절간에 있을 제 일본 중놈하고라든지 향기롭지 못한 소문이 퍼졌다는 말이 머리에 떠올라 와서 불쾌한 연상이 일어났다.

"그럼 내일 함께 떠나십시다그려…… 한데 요새 병화 군 소식 들으슈?"

나는 올라의 얼굴을 한참 치어다보다가 이렇게 말을 돌렸다.

"별루 소식 없세요. 내가 그 언니한테 편지를 하면 답장이 올 뿐이지. 사실은 이번에두 그 언니 답장을 기다리구 있는 판인데……."

조금도 거리낌 없는 이런 대답을 올라에게서 듣는 것은 좀 의외였다.

"왜? 학비라도 대어오는 거요?"

저편이 노골적으로 수작을 붙이기에 나도 직통 대고 쏘아보았다. 작년 여름에 만났을 때 그런 말눈치를 귓결에 들었기에 말이다.

"학비는 무슨 학비! 하두 꿀릴 때면 몇십 원씩 올 일 년 내 두세 번 꾸어다 쓴 일두 있구, 방학에 나갔다가 들어올 제 노잣냥 언니가 보태주기에 받아가지고 왔을 뿐이지! 인화 씨부터두 그런 데에 무슨 오해가 있는지 모르지만, 그 밖에야 오해받을 일이라군 손톱만큼두 없세요!"

이 말을 하는 올라는 분연한 어조이었다. 내가 오해하는 듯한 것이 불쾌하여 이 사품에 변명을 하려는 말눈치거니와, 이번도 나갈 노자를 변통해 달라고 편지를 해놓고 기다리는 모양 같다. 그 말을 듣고 보니 혹은 그럴지 모르겠고, 내일이면 방학이라는데 하루를 더 기다려서 같이 가자고 애걸을 하는 것도 노자 때문인 듯싶다. 그렇다면 조금 절약을 해서 서울까지 데려다 주고도 싶으나, 병화와의 교제가 그뿐이거나 말거나, 인제는 그런 친절까지 보여주고 싶지는 않다고 돌려 생각하고 말았다.

을라가 신호로 온 것이, 내가 신호에서 중학을 졸업하고 동경으로 간 뒤이기 때문에 작년 여름 방학에 들렀을 때 만난 것이 처음이지마는, 을라의 이야기는 전부터 병화댁에게 들었던 것이다. 을라가 병화댁과의 한반 아래인 동창생이요, 둘이 여학교에서부터 친한 사이인 관계로 병화 집을 제집같이 드나들고, 학비가 부족한 때면 편지질을 해서 취해 쓰는지도 모르겠으나, 작년 여름 방학에 신호에서 만나서 놀다가 함께 서울로 나가서는 의외로 설면[34]하여졌던 것이다. 그래도 처음에는 퍽 재미있게 지냈었다. 실상은 내가 너무 솔직했던 때문인지도 모르지마는, 차차 눈치가 좀 다른 것을 보고는 나는 일체 교제를 끊기로 결심하였던 것이다. 생각하면 내가 지나치게 신경과민한 지레짐작을 하였던 것인지도 모른다. 하여튼 오해이었거나 말거나, 지금 새삼스럽게 구의舊誼[35]를 이어보고자 여기 내린 것은 아니다. 다만 어째 내렸든지 간에 내린 바에는 을라를 안 만나고 간다는 것도 인사가 아니었다.

"어, 고단해서 어서 가서 눠야 하겠습니다."

병화 이야기가 나오니까 피차에 흥이 빠지는 것 같아서 나는 일어서 버렸다.

"애써 내리셨다가 이렇게 섭섭하게 가셔서 어떻게 해요. 내일 아침에 못 떠나시거든 오정 때까지 기다릴 테니 들러주세요."

을라는 문간까지 나오면서도 나를 이대로 놓치는 것을 섭섭해하였다.

---

34) 자주 만나지 못하여 좀 설다. 정답지 아니하다.
35) 예전에 가까이 지내던 정분.

"무얼! 서울 가서 만나 뵙죠."

구두를 신고 난 나는 정자나 카페 여자들에게 하던 버릇으로 악수하자고 손을 내밀었다. 을라는 얼굴이 살짝 발개지며 생긋 웃으며 주저주저하는 눈치더니 손을 내밀어 꼭 붙든다.

장난이 아니라 을라를 이성으로 생각한다느니보다도 보통 친구나 동생 같은 뜻으로 악수를 청해 본 것이나, 그래도 컴컴한 거리로 나오도록 내 손바닥에는 여자의 따뜻한 살김이 남아 있는 것을 깨달았다.

3

그날 밤은 역 앞의 조그만 여관에서 노독路毒[36]을 풀고, 이튿날 아침 차로 떠나서 저녁에는 연락선을 타게 되었다. 하관下關에 도착하니, 방죽이 터져 나오듯 일시에 꾸역꾸역 쏟아져 나오는 시커먼 사람 떼에 섞이어서 나는 연락선 대합실 앞까지 왔다.

어디를 가나 그 머릿살 아픈 형사 떼의 승강이를 받기가 싫어서 배로 바로 들어가고 싶었으나, 배에는 아직 들이지 않기에 나는 하는 수 없이 대합실로 들어갔다. 벤또나 살까 하고 매점 앞에 가서 섰으려니까, 어느 틈에 벌써 알아챘는지 인버네스Inverness[37]를 입은 낯 서투른 친구가 와서 모자를 벗으며 끄덕하고 국적이 어디냐고 묻는다. 나는 아무 말 아니하고 한참 치어다보다가, 명함을 꺼내서 주고 훌쩍 가게로 돌아서 버렸다.

"본적은……?"

---

36) 먼 길에 지치고 시달려서 생긴 피로나 병.
37) 소매 대신에 망토가 달린 남자용 외투.

내 명함을 받아 들고 내가 흥정을 다 하기까지 기다리고 있던 인버네스는 또 괴롭게 군다. 나는 그래도 역시 잠자코 그 명함을 도로 빼앗아서 주소를 써서 주고는 사놓았던 물건을 들고 짐 놓은 자리로 와서 앉았다. 그러나 궐자는 또 쫓아와서,

"나이는? 학교는? 무슨 일로? 어디까지……."

하며 짓궂게 승강이를 부린다. 나는 실없이 화가 나서 그까짓 건 물어 무엇에 쓰려느냐고 소리를 지르고 싶었으나 꾹 참고 간단간단히 응대를 하여 주고 부리나케 짐을 들고 대합실 밖으로 나와버렸다.

"미안합니다그려."

하며 좀 비웃는 듯이 인사를 하는 궐자의 흘겨 뜨는 눈은 부리부리하고 험상궂었으나, 내 뱃속에서도 제게 지지 않게 바지랑대 같은 것이 치밀어 오르는 것을 참는 판이었다.

승객들은 북적거리며 배에 걸쳐놓은 층층다리 앞에 일렬로 늘어섰다. 나도 틈을 비집고 그 속에 끼었다.

아스팔트 칠漆을 담았던 통에 썩은 생선을 담고 석탄산수를 뿌려서 저리는 듯한 고약한 악취에 구역질이 날 듯한 것을 참으며, 제각기 앞을 서려고 우당탕퉁탕대는 틈을 빠져서 겨우 삼등실로 들어갔다. 참외 원두막으로서는 너무도 몰풍경하고 더러운 침대 위에다가 짐을 얹어놓고 옷을 갈아입은 뒤에 나는 우선 목욕탕으로 재빨리 뛰어갔다.

내가 제일착이려니 하였더니 벌써 사오 인의 욕객이 목욕탕 속에 들어앉아서 떠들어댔다.

"오늘은 제법 까불릴걸!"

"뭘, 이게 해변가이니까 그렇지, 그리 세찬 바람은 아니야."

시골서 갓 잡아 올라오는 농군인 듯한 자가 온유하여 보이는 커다란 눈이 쉴 새 없이 디굴디굴하는 검고 우악한 상을 이 사람 저 사람에게

로 돌리면서 말을 꺼내니까, 상인인지 회사원 같은 앞사람이 이렇게 대꾸를 하는 것이었다.

"조선은 지금쯤 꽤 출걸?"

"그렇지만 온돌이 있으니까, 방 안에만 들어 엎디었으면 십상이지."

조선 사정에 익은 듯한 상인 비슷한 위인이 받는다.

"응, 참 온돌이란 게 있다지."

촌뜨기가 이렇게 말을 하니까, 나하고 마주 앉았는 자가 암상스러운 눈으로 그 자를 말끔히 치어다보더니,

"당신 처음이슈?"

하며 말참여를 하기 시작한다. 남을 멸시하고 위압하려는 듯한 어투로 뾰족한 조동아리가 물어보지 않아도 빚놀이쟁이의 거간이거나 그따위 종류라고 나는 생각하였다.

"이 추위에 어째 나섰소? 어딜 가슈?"

"대구에 형님이 계신데, 어머님이 편치 않으셔서 가는 길이죠."

"마침 잘되었소. 나도 대구까지 가는 길인데, 그래 백씨께서는 무얼 하슈?"

"헌병대에 계시죠."

"네? 바루 대구 분대分隊에 계신가요? 네…… 그러면 실례입니다만, 백씨께서는 누구신지? 뭘로 계셔요?"

시골자의 형이 헌병대에 있다는 말에 나하고 마주 앉은 자는 반색을 하면서 금시로 말씨가 달라진다. 나는 그 자의 대추씨 같은 얼굴을 또 한 번 치어다보지 않을 수 없었다.

"네, 우리 형님은 아직 군조軍曹예요. 니시무라[西村] 군조, 혹 형공도 아시는지? 그런데 형공은 조선에 오래 계신가요?"

"네, 난 십여 년래로 그저 내 집같이 드나드니까요."

하고 궐자는 시골자를 한참 멀뚱멀뚱 치어다보다가,

"암, 대구 헌병대의 그 양반이야 알구말구요. 그 양반은 나를 모르실지 모르지만……."

어째 그 말눈치가 안다는 것보다도 모른다는 말 같다.

"어쨌든 십 년이라면 한밑천 잡으셨겠구려."

이번에는 상인 비슷한 자가 입을 벌렸다.

"웬걸요. 이젠 조선도 밝아져서 좀처럼 한밑천 잡기는 어렵지만……."

"그러나 조선 사람들은 어때요?"

"'요보'[38] 말씀요? 젊은 놈들은 그래도 제법들이지마는, 촌에 들어가면 대만臺灣의 생번生蕃[39]보다는 낫다면 나을까, 인제 가서 보슈…… 하하하."

'대만의 생번'이란 말에 그 욕탕 속에 들어앉았던 사람들은 나만 빼놓고는 모두 껄껄 웃었다. 그러나 나는 기가 막혀 입술을 악물고 치어다보았으나 더운 김이 서리어서 궐자들에게는 분명히 보이지 않은 모양이었다. 욕객은 차차 꾸역꾸역 쏟아져 들어온다.

사실 말이지, 나는 그 소위 우국지사憂國之士는 아니나 자기가 망국亡國 백성이라는 것은 어느 때나 잊지 않고 있기는 하다. 학교나 하숙에서 지내는 데는 일본 사람과 오히려 서로 통사정을 하느니만큼 좀 낫다. 그러나 그 외의 경우의 고통을 참을 수 없는 때가 많다.

그러나 또 한편으로 생각하면 망국 백성이 된 지 벌써 근 십 년 동안 인제는 무관심하도록 주위가 관대하게 내버려두었었다. 도리어 소학교

---

38) 일본인이 한국인을 낮춰 부르던 호칭.
39) 교화되지 아니한 야만인. 대만의 고사족 가운데 대륙 문화에 동화되지 아니하고 야생적인 생활을 하는 번족을 일본인이 부르던 이름.

시대에는 일본 교사와 충돌을 하여 퇴학을 하고 조선 역사를 가르치는 사립학교로 전학을 한다는 둥, 솔직한 어린 마음에 애국심이 비교적 열렬하였지마는, 차차 지각이 나자 마자 일본으로 건너간 뒤에는 간혹 심사 틀리는 일을 당하거나 일 년에 한 번씩 귀국하는 길에 하관에서나 부산, 경성에서 조사를 당하고 성이 가시게 할 때에는 귀찮기도 하고 분하기도 하지마는 그때뿐이요, 그리 적개심이나 반항심을 일으킬 기회가 적었었다. 적개심이나 반항심이란 것은 압박과 학대에 정비례하는 것이나, 기실 그것은 민족적으로 활로를 얻는 유일한 수단이다. 그러나 칠 년이나 가까이 일본에 있는 동안에 경찰관 이외에는 나에게 그다지 민족 관념을 굳게 의식케 하지 않았을 뿐 아니라, 원래 정치 문제에 흥미가 없는 나는 그런 문제로 머리를 썩여본 일이 거의 없었다 하여도 가할 만큼 정신이 마비되었었다. 그러나 요새로 와서 나의 신경은 점점 흥분하여 가지 않을 수가 없다. 이것을 보면 적개심이라든지 반항심이라는 것은 보통 경우에 자동적 · 이지적이라는 것보다는 피동적 · 감정적으로 유발誘發되는 것인 듯하다. 다시 말하면 일본 사람은 지나치는 말 한마디나 그 태도로 말미암아 조선 사람의 억제할 수 없는 반감을 끓어오르게 하는 모양이다. 그러나 그것은 결국에 조선 사람으로 하여금 민족적 타락에서 스스로를 구하여야 하겠다는 자각을 주는 가장 긴요한 원동력이 될 뿐이다.

지금도 목욕탕 속에서 듣는 말마다 귀에 거슬리지 않는 것이 없지마는, 그것은 될 수 있으면 많은 조선 사람이 듣고 오랜 몽유병夢遊病에서 깨어날 기회를 주었으면 하는 생각을 자아낼 뿐이다.

그들은 여전히 이야기를 계속하고 있다.

"그래 촌에 들어가면 위험하진 않은가요?"

조선에 처음 간다는 시골자가 또다시 입을 벌렸다.

"뭘요. 어델 가든지 조금도 염려 없쇠다. 생번이라 하여도 요보는 온순한 데다가 가는 곳마다 순사요 헌병인데 손 하나 꼼짝할 수 있나요. 그걸 보면 데라우찌[寺內]상이 참 손아귀힘도 세지만 인물은 인물이야!"

매우 감격한 모양이다.

"그래 촌에 들어가서 할 게 뭐예요?"

"할 것이야 많지요. 어델 가기로 굶어 죽을 염려는 없지만, 요새 돈 몰 것이 똑 하나 있지요. 자본 없이 힘 안 들고…… 하하하."

표독한 위인이 충동하는 수작이다.

"그런 벌이가 어디 있어요?"

촌뜨기 선생은 그 큰 눈을 더 둥그렇게 뜨고 큰 기대와 호기심을 가지고 마주 치어다보는 모양이다.

"왜요? 한번 해보시려우?"

그는 이렇게 한마디 충동이며 무슨 의미나 있는 듯이 그 악독하여 보이는 얼굴에 교활한 웃음을 띄우고 한참 마주 보다가,

"시골서 죽두록 땅이나 파먹다가 거꾸러지는 것보다는 편하고 재미있습넨다. 게다가 돈을 쓰고 싶은 대루 쓸 수 있고……."

여전히 뱅글뱅글 웃으면서 이 순실한, 어머니 뱃속에서 나온 그대로 있는 듯한 촌뜨기를 꾄다.

"그런 선반에서 떨어지는 떡 같은 장사가 있으면 하다뿐이겠나요."

촌뜨기는 차차 침이 고여오는 수작이다.

"그러나 밑천이 아주 안 드는 것은 아니지요. 우선 얼마 안 되지만 보증금을 들여놓아야 하고, 양복이나 한 벌 장만하여야 할 터이니까…… 그러나 당신이야 형님이 헌병대에 계시다니까 신분은 염려 없을 테니 보증금은 없어도 좋겠지."

제 딴은 누구를 큰 직업이나 얻어주는 듯싶이, 더구나 보증금은 특별

히 면제하여 주겠다는 듯이 오만한 태도로 어깨를 뒤틀며 호기만장이다. 일편 촌뜨기는 양복신사가 돼야 하는 직업이라는 데에 속으로 헤에하는 기색이다. 그러나 정작 그 직업의 종류가 무엇인가는 좀처럼 가르쳐주지 않는다. 실상 곁에서 엿듣고 앉았는 나 역시 궁금하지만, 이러한 소리를 듣는 시골 궐자는 더한층 호기의 눈을 번쩍이며 앉았는 모양이다. 그러나 그것을 토설치 않는 것은 나와 그 외의 두세 사람이 들을까 꺼리어서 그리하는 것 같기도 하고, 또는 그 시골뜨기가 좀더 몸이 달아 덤비며 자기의 부하가 되겠다는 다짐까지 받고서야 이야기하려는 수단 같기도 하다.

"그래 그런 훌륭한 직업이 무엇인데, 어데 있단 말요?"

이번에는 그 시골자의 동행인 듯한 사람이 가만히 듣고 있다가 욕탕에서 시뻘겋게 달아오른 몸뚱어리를 무거운 듯이 끌어내며 물었다. 그 자도 물속에서 불쑥 일어서서 수건을 등 뒤로 넘겨서 가로잡고 문지르며 한번 목욕탕 속을 휘돌아다 보고, 다른 사람들이 자기네의 이야기에는 무심히 이 구석 저 구석에서 먹을 감는 것을 살펴본 뒤에 안심한 듯이 비로소 목소리를 낮추며 입을 벌린다.

"실상은 누워 떡 먹기지. 나두 이번에 가서 해오면 세 번째나 되우마는, 내지의 각 회사와 연락해 가지고 요보들을 붙들어오는 것인데…… 즉 조선 쿠리(苦力) 말씀요. 농촌 노동자를 빼내오는 것이죠. 그런데 그것은 대개 경상남북도나 그렇지 않으면 함경, 강원, 그 다음에는 평안도에서 모집을 해오는 것인데, 그 중에도 경상남도가 제일 쉽습넨다. 하하하."

그 자는 여기 와서 말을 끊고 교활한 웃음을 웃어버렸다.

나는 여기까지 듣고 깜짝 놀랐다. 그 불쌍한 조선 노동자들이 속아서 지상의 지옥 같은 일본 각지의 공장과 광산으로 몸이 팔리어 가는 것이 모두 이런 도적놈 같은 협잡 부랑배의 술중術中에 빠져서 속아 넘어가는구나 하는 생각을 하며, 나는 다시 한 번 그 자의 상판대기를 치어다보지 않을 수 없었다.

'옳지! 그래서 이 자의 형이 헌병 군조라는 것을 듣고 이용할 작정으로 반색을 한 게로군!'

나는 이런 생각도 하여 보며 가만히 귀를 기울이고 앉았었다.

궐자는 벙벙히 듣고 앉았는 그 두 사람의 얼굴을 이리저리 바라보고 빙긋 웃으며 또다시 말을 잇는다.

"왜 남선 지방에 응모자가 많고 북으로 갈수록 적은고 하니, 이 남쪽은 내지인이 제일 많이 들어가서 모든 세력을 잡았기 때문에, 북으로 쫓겨서 만주로 기어 들어가거나 남으로 현해탄玄海灘을 건너서거나 두 가지 중에 한 가지 길밖에 없는데, 누구나 그늘보다는 양지가 좋으니까 요보들 생각에도 일 년 열두 달 죽두룩 농사를 지어야 주린 배를 채우기는 고사하고 보릿고개에는 시래기죽으로 부증이 나서 뒈질 지경인 바에야 번화한 동경, 대판에 가서 흥청망청 살아보겠다는 요량이거든. 그러니 촌의 젊은 애들은 말할 것도 없고 계집애들까지 나두 나두 하고 나서거든. 뭐 모집이야 쉽지!"

"흥…… 그럴 거야!"

"아직 북선 지방은 우리 내지인이 덜 들어갔기 때문에 비교적 편안히 사니까 응모자가 적지만, 그것도 미구불원未久不遠[40]에 쪽박을 차고 나설 거라. 허허허……."

이 자는 자기 설명에 만족한 듯이 대단히 득의만면이다.

"그래, 그렇게 모집을 해가면 얼마나 생기나요?"

---

40) 그동안이 오래지 않고 가까움.

촌뜨기는 구수하다는 듯이 침을 흘리며 듣는다.

"얼마가 뭐요. 여비가 있지, 일당日쌀이 또 있지, 게다가 한 사람 모집하는 데에 일 원서부터 이 원이니까—그건 회사와 일의 종류에 따라서 다르지만, 가령 방적회사의 여직공 같은 것은 임금도 싼 데다가 모집원의 수수료도 헐하고, 광부 같은 것은 지금 시세로도 일 원 오십 전으로 이 원 오십 전까지라우. 가령 천 명만 맡아가지고 와서 보구려. 이삼 삭 동안에 여비나 일당에서 남는 것은 그까짓 건 다 그만두구라도 일천오륙백 원, 근 이천 원은 간 데 없는 것일 게니 그런 벌이가 이판에 어디 있소! 하하하, 나도 맨 처음에—그건 제주도에서 모집하여 갔지만—그때에 오백 명 모아다 주고 실살고로 남긴 것이 천 원이었고, 두 번째에는 올가을에 팔백 명이나 북해도 족미탄광足尾炭鑛에 보내고 이천 원 돈이 들어왔다우."

노동자 모집원이라는 자는 입의 침이 없이 천 원, 이천 원을 신이 나서 뇌며 목욕탕 속에서 나왔다.

"예에, 예에, 그럴 거예요!"

하며, 일평생에 들어보지도 못하던 천千 자가 붙은 돈 액수에 눈을 휘둥그렇게 뜨고 귀를 기울이고 앉았던 시골자는 때를 다 밀었는지 그 장대한 구릿빛 나는 유착한 몸집을 벌떡 일으키어 다시 욕탕 속에 출렁 집어넣으면서 만족한 듯이 또다시 말을 붙이었다.

"그래 조선 농군들이 가서 그런 공사일을 잘들 하나요?"

"잘하구 못하는 것은 내가 아랑곳 있겠소마는, 하여간 요보는 말을 잘 듣고 쿠리만은 못해도 힘드는 일을 잘하는 데다가 삯전이 헐하니까 안성맞춤이지…… 그야 처음 데려갈 때에는 품삯도 많고 일은 드러누워서 떡 먹기라고 푹 삶아야 하긴 하지만, 그래도 갈 노자며 처자까지 데리고 가게 하고, 게다가 빚까지 갚아주는 데야 제 아무런 놈이기로 아니 따라 나설 놈이 있겠소. 한번 따라나서기만 하면야 전차前借41)가 있는데 그야말로 독 안에 든 쥐지. 일이 고되거나 품이 헐하긴 고사하고 굶어 뒈진다기루 하는 수 있나, 하하하."

벌써 부하가 되었다는 듯이 득의만면하여 모집 방법의 비책까지 도도히 설명을 하여 주고 앉았다.

나는 좀더 들으려고 일부러 머뭇머뭇하며 앉았으려니까, 승객이 다 올라탔는지 별안간에 욕객의 한 떼가 또 와자하고 들이밀려오기에 나는 그만 듣고 몸을 훔치기 시작하였다.

스물두셋쯤 된 책상 도련님인 나로서는 이러한 이야기를 듣고 놀라지 않을 수 없었다. 인생이 어떠하니 인간성이 어떠하니 사회가 어떠하니 하여야 다만 심심파적으로 하는 탁상의 공론에 불과한 것은 물론이다. 아버지나 조상의 덕택으로 글자나 얻어 배웠거나 소설권이나 들춰 보았다고, 인생이니 자연이니 시詩니 소설이니 한대야 결국은 배가 불러서 투정질하는 수작이요, 실인생, 실사회의 이면의 이면, 진상의 진상과는 얼마만 한 관련이 있다는 것인가? 하고 보면 내가 지금 하는 것, 이로부터 하려는 일이 결국 무엇인가 하는 의문과 불안을 느끼지 않을 수가 없었다. 일 년 열두 달 죽도록 농사를 지어야 반년짝은 시래기로 목숨을 이어나가지 않으면 안 되겠으니까…… 하는 말을 들을 제, 그것이 과연 사실일까 하는 의심이 날 만큼 나의 귀가 번쩍하리만큼 조선의 현실을 몰랐다. 나도 열 살 전까지는 부모의 고향인 충청도 촌 속에서 자라났고, 그 후에도 일 년에 한두 번씩은 촌락에 발을 들여놓아 보았지만, 설마 그렇게까지 소작인의 생활이 참혹하리라고는 꿈에도 생각해 본 일이 없었다.

---

41) 어떤 조건 밑에 갚기로 하고 앞당겨 빚을 씀.

"시詩를 짓는 것보다는 밭을 갈려고 한다. 그러나 밭을 가는〔耕〕 그것이 벌써 시가 아니냐…… 사람은 흙에서 나와서 흙으로 돌아간다. 흙의 향기로운 냄새에 취할 수 있는 자의 행복이여! 흙의 북돋워 오르는 생기야말로 너 인간의 끊임없는 새 생명이니라……."

언젠가 이따위의 산문시 줄이나 쓰던 자기의 공상과 값싼 로맨티시즘이 도리어 부끄러웠다. 흙의 냄새가 향기롭지 않다는 것도 아니다. 그 향기에 취할 수 있는 자가 행복스럽지 않다는 것도 아니다. 조반 후의 낮잠은 위약胃弱이라는 고등 유민의 유행병에나 걸릴까 보아서 대팻밥 모자에 연경이나 쓰고, 아침저녁으로 호밋자루를 잡는 것이 행복스럽지 않고 시적詩的이 아니라는 것이 아니다. 그러나저러나 일 년 열두 달 소나 말보다도 죽을 고역을 다하고도 시래기죽에 얼굴이 붓는 것도 시詩일까? 그들이 삼복의 끓는 햇볕에 손등을 데우면서 호밋자루를 놀릴 때, 그들은 행복을 느끼는가?…… 그들은 흙의 노예다. 자기 자신의 생명의 노예다. 그들에게 있는 것은 다만 땀과 피뿐이다. 그리고 주림뿐이다. 그들이 어머니의 뱃속에서 뛰어나오기 전에 벌써 확정된 단 하나의 사실은, 그들의 모공이 막히고 혈청이 마르기까지 흙에 그 땀과 피를 쏟으라는 것이다. 그리하여 열 방울의 땀과 백 방울의 피는 한 톨의 나락을 기른다. 그러나 그 한 톨의 나락은 누구의 입으로 들어가는가? 그에게 지불되는 보수는 무엇인가—주림만이 무엇보다도 확실한 그의 받을 품삯이다…….

나는 몸을 다 훔치고 옷 입는 터전으로 나왔다.

나는 사람, 드는 사람, 한참 복작대는 틈에서 부리나케 양복바지를 꿰며 섰으려니까, 어떤 보지 못하던 친구가 문을 반쯤 열고 중절모자를 쓴 대가리를 불쑥 디밀며 황당한 안색으로 방 안을 휘휘 둘러보더니,

"실례올시다만, 여기 이인화란 이가 계십니까?"

하고 묻는다.

"네에, 나요. 왜 그러우?"

나는 궐자의 앞으로 두어 발짝 나서며 이렇게 대답을 하였다. 궐자는 한참 찾아다니다가 겨우 만난 것이 반갑다는 듯이 빙글빙글 웃으며, 문을 활짝 열어젖히고 서서 이리 좀 나오라고 명령하듯이 소리를 친다. 학생복에 망토를 두른 체격이며, 제 따은 유창하게 한답시는 일어의 어조가 묻지 않아도 조선 사람이 분명하다. 그래도 짓궂이 일어를 사용하고 도리어 자기의 본색이 탄로될까 보아 염려하는 듯한 침착지 못한 행색이 나의 눈에 더욱 수상쩍기도 하고 마음이 근질근질하기도 하였다. 나의 성명과 그 사람의 어조를 듣고 우리가 조선 사람인 것을 짐작한 여러 일인의 시선은, 나에게서 그 자에게, 그 자에게서 나에게로 올지 갈지 하는 모양이었다. 말하자면 우리 두 사람은 일본 사람 앞에서 희극을 연작하는 앵무새 모양이었다.

"무슨 이야긴지 할 말 있건 예서 하구려."

그래도 나는 기연가미연가하여 역시 일어로 대답하였다.

"하여간 이리 좀 나오슈."

말씨가 벌써 그러한 종류의 위인인 것을 의심할 여지가 없다고 생각한 나는, 그 언사의 교만한 것이 첫째 귀에 거슬리어서 다소 불쾌한 어조로,

"그럼 문을 닫고 나가서 기다류."

하며 소리를 지르고 다시 내 자리로 와서 주섬주섬 옷을 마저 입기 시작하였다. 여러 사람의 경멸하는 듯한 시선은 여전히 내 얼굴에 어리는 것을 깨달았다. 더구나 아까 노동자를 모집할 의논을 하던 세 사람은 흘끗흘끗 곁눈질을 하는 것이 분명하였으나, 나는 도리어 그 시선을 피하였다. 불쾌한 생각이 목구멍 밑까지 치밀어오는 것 같을 뿐 아니

라, 어쩐지 기운이 줄고 어깨가 처지는 것 같았다.

옷을 다 입고 문밖으로 나오니까, 궐자는 맞은편에 기대어 웅숭그리고 서서 기다리는 모양이다.

"미안합니다만, 나하고 짐을 가지고 저리 좀 나갑시다."

뒤를 쫓아오면서 애원하듯이 말을 붙이는 양이, 아까와는 태도가 일변하였다.

"댁이 누구길래, 어델 가잔 말요?"

"네에, 참 나는 서署에서 왔는데 잠깐 파출소로 가십시다."

자기의 직무도 명언하지 아니하고 덮어놓고 가자고 한 것이 잘못되었다는 듯도 하고, 한편으로는 자기가 일인 행세를 하는 것이 내심으로 부끄럽고, 또한 나에게 '노형이 조선 사람이 아니오?' 하고 탄로나 되지 않을까 하는 염려가 있어서 앞이 굽는다는 듯이, 언사와 태도는 점점 풀이 죽고 공손하여졌다. 이것을 본 나는 도리어 불쌍하고 가엾은 생각이 나서 층계를 느런히[42] 서서 내려가다가 궐자의 얼굴을 치어다 보았다. 아무 의미 없이 빙글빙글 웃는 그 얼굴에는 어색해하는 빛이 역력히 보였다. 나는 잠자코 자기 자리로 가서 순탄한 말로,

"나는 나갈 새도 없고 짐이라곤 이것밖에 없으니, 혼자 가지고 가서 조사할 게 있건 조사하고 갖다 주슈."

하고 가방 두 개를 들어내어 주었다.

"안 돼요, 그건. 입회를 해줘야 이걸 열죠. 그러지 마시고 잠깐만 나가주세요. 이건 내가 들고 갈 테니."

선실 내의 수백의 눈은 모두 나에게로 모여들었다. 여기저기서 수군거리는 소리도 들리었다. 나는 얼굴이 화끈화끈하여 더 섰을 수가 없

---

42) 죽 늘어놓은 모양.

었다.

"내가 도적질이나 한 혐의가 있단 말이오? 가지고 가서 마음대로 하라는 데야 또 어쩌란 말이오. 정 그럴 테면 이리로 들어와서 조사를 하라구 하구려. 배는 떠나게 되었는데 나가자는 사람도 염치가 있지……."

나는 분이 치밀어 올라와서 이렇게 볼멘소리를 질렀다.

"그러지 마시고 오늘 이 배로 꼭 떠나시게 할 테니 제발 잠깐만 나가 주세요. 시간만 갑니다…… 여기선 창피하실까 봐 그러는 것 아닙니까?"

"창피하다? 흥, 창피? 얼마나 창피하면 예서 더 창피할꾸. 그런 사폐 볼 것 없이 마음대로 하슈."

홧김에 이렇게 소리는 질렀으나, 그 애걸하는 양이 밉살스런 중에도 가엾어 보이지 않는 거도 아니요, 어느 때고 시간만 바락바락 가겠기에 나가기로 결심하고 윗저고리를 집어 입고서, 어떻게 될지 사람의 일을 몰라서 아까 사가지고 들어온 벤또 그릇까지 가지고 가방을 들고 앞서 나가는 형사의 뒤를 따라섰다. 형사가 큰 성공이나 한 듯이 득의만면하여,

"진작 그러시지요. 별일은 없을 거예요."

하며 웃는 그 얼굴에는 달래는 듯하기도 하고 빈정대는 듯한 빛이 보였다. 나는 무심중에 주먹이 부르르 떨리는 것을 깨달았다.

갑판으로 나와서 승강구까지 불러다가 조사를 하게 하라 하여 보았으나, 그것도 들어주지 않아서 화가 나는 것을 참고 결국 잔교棧橋로 내려섰다.

대합실 앞까지 오니까, 아까 내 명함을 빼앗아간 인버네스가 양복에 외투를 입은 또 한 사람과 무시무시하게 경계를 하고 섰다가, 우리를 보

더니 아무 말 아니하고 기선 화물을 집더미같이 쌓아놓은 뒤로 앞서 들어갔다. 가방을 가진 자도 아무 말 아니하고 따라섰다. 나는 가슴이 선뜩하는 것을 참고 아무 반항할 힘도 없이, 관에 들어가는 소처럼 뒤를 대어 섰다. 네 사람이 예정한 행동을 취하는 것처럼 묵묵하고 침중한 가운데에 모든 행동을 경쾌하게 하는 것이, 마치 활동사진에서 보는 강도단이나 그것을 추격하는 탐정 같았다. 네 사람은 화물에 가리어 행인에게 보이지 않을 만한 곳에 와서 우뚝우뚝 섰다. 대합실의 유리창에서 흘러나오는 전광만은 양복쟁이의 안경테에 소리 없이 반짝 비치었다.

"오늘 하루 예서 묵지 못하겠소?"

양복쟁이가 우선 입을 벌리며 가방을 빼앗아 든다. 좁은 골짜기에서 나직하게 내리는 거세고도 굵은 목소리는 이 세상에서 들어본 목소리 같지 않았다. 나는 얼빠진 놈 모양으로 아무 생각 없이 안경알이 하얗게 얼룽얼룽하는 그 자의 두툼하고 둥근 상을 치어다보며 섰었다. 그자도 나의 표정을 하나라도 놓치지 않으려는 듯이 입술을 악물고 위협하는 태도로 노려보다가 별안간에 은근한 어조로,

"하루 쉐서 가시구려."

하는 양이 마치 정다운 진객珍客[43]을 만류하는 것 같았다. 무슨 죄가 있는 것은 아니나, 이같이 으슥한 골짜기에서 을러보았다 달래보았다 하는 것을 당하는 것은 나의 수명이 줄어 들어가는 것 같았다. 만일 내가 부호로서 이런 꼴을 당하였더라면 위불위없이[44] 강도나 맞았다고 생각하였을 것이다. 나는 정신을 바짝 차리고 대답을 하려 하였으나, 참 정말 귓구멍이 막혀서 입을 벌릴 기운이 없었다.

"묵긴 어데서 묵으란 말이오? 유치장에나 가잔 말씀요? 이 배에 떠나

43) 귀한 손님.
44) 틀림이나 의심이 없이.

게 한다는 약조를 하였기 때문에 나왔으니까 약조대로 합시다."

이렇게 강경히 주장은 하면서도, 마음은 차차 두근거려지고 신경은 극도로 긴장하여졌다. 대체 나 같은 위인은 경찰서의 신세를 지기에는 너무도 평범하지만, 그래도 이 배(船)만 놓치면 참 정말 유치장에서 욕을 볼 것은 뻔한 일, 하늘이 두 쪽이 되는 한이 있더라도 이 배를 놓쳐서는 큰일이라고 결심을 단단히 하고서도 웬일인지 가슴은 여전히 두근두근하지 않을 수가 없었다.

"그럼 예서 잠깐 할까?"

양복쟁이가 나와 인버네스를 반반씩 보며 저희끼리 의논을 한다. 나는 우선 마음을 놓았다.

"네, 그러지요."

인버네스가 찬성을 하니까 양복쟁이는 나에게로 향하여,

"이것 좀 열어보아도 상관없겠소?"

하고 열쇠를 내라고 한다. 나는 급히 열쇠를 내어주었다.…… 가방은 양복쟁이의 손에서 덜컥 열리었다.

어린아이 관(棺) 같은 긴 모양의 트렁크를 유리창 그림자가 환히 비치는 화물 쌓인 밑에다가 열어놓고 들쑤시는 동안에, 그 옆에서 인버네스는 조그만 손가방을 조사하고 앉았다. 나는 이편에 느런히 섰는 학생복 입은 자와 함께 두 사람의 네 손길만 내려다보고 섰었다. 큰 트렁크를 맡은 자는 잠깐 쑤석쑤석하여 보더니, 그 위에 얹어놓은 양복이며 화복들은 손에 잡히는 대로 휙휙 집어서 내 옆에 선 형사에게 주섬주섬 던져주고 나서, 그 밑에 깔리었던 서류 뭉텅이와 서적 몇 권을 분주히 들척거리고 앉았다. 조그만 트렁크 속에서 소득이 없었던지 그대로 뚜껑을 닫아서 옆에 놓고 인버네스도 다시 큰 가방으로 달려들어서 들여다보고 앉았다가, 양복쟁이의 분부대로 서적을 한 권씩 들어 보아가며 일

일이 책명을 수첩에 기입하며 앉았다. 가방 속에서 갈팡질팡하는 형사의 네 손은 일 분, 이 분 시간이 갈수록 가속도로 움직인다. 나는 이놈들이 또 무슨 망령이나 부리지 않을까 하는 불안과 의혹을 가지고 전광에 벌겋게 번쩍이는 양복쟁이의 곁뺨을 노려보고 섰었다.

여덟 눈과 네 손길은 앞에 뉘어놓은 트렁크 한 개에 모든 정력을 집중하고, 일 분의 빈틈없이 극도로 긴장하였으면서도 여덟 입술은 풀로 붙인 듯이 아무도 입을 벌리려는 사람이 없었다. 절대 침묵이 한 칸통쯤 되는 컴컴한 골짜기에 숨이 막힐 듯이 가득히 찼다. 비릿한 해기海氣[45]를 품은 차디찬 저녁 바람이 귓가로 솔솔 지날 때마다 바삭바삭하는 종잇장 구기는 소리밖에 나에게는 들리지 않았다. 그보다 큰 배에 짐 싣는 인부의 소리도, 잔교 밑에 와서 부딪는 출렁출렁하는 파도 소리도, 아마 이 네 사람의 귀에는 들리지 않았을 것이다. 무겁고 찌뿌드드한 침묵 속에 흐릿한 불빛에 싸여서 서고 앉고 하여 꾸물꾸물하는 양이 마치 바다에 빠진 시체를 건져놓고 검시檢屍나 하는 것같이 처량하고 비장하며 엄숙해 보였다. 그러나 일 분, 이 분, 삼 분, 오 분, 십 분…… 시간이 갈수록 나의 머릿속은 귀와 반비례로 욱신욱신하여졌다. 그 세 사람들이 일부러 느럭느럭하는 것은 아니건마는, 뺏아가지고 내 손으로 하고 싶으리만큼 초조하였다. 나는 참다 못하여 시계를 꺼내 들고,

"인제 이 분밖에 안 남았소. 난 갈 테요."

하고 재촉을 하였다. 그제야 양복쟁이는 눈에 불이 나게 놀리던 손을 쉬고 서류 뭉텅이를 들어 뵈면서,

"이것만은 잠깐 내가 갖다가 보고 댁으로 보내드려도 관계없겠지요?"

---

45) 바다 위에 어린 기운.

하고 일어선다. 서두른 분수 보아서는 아무 소득이 없어 섭섭하고 열적으니 서류 뭉치나 뺏아두자는 눈치 같다. 나는 두말 없이 쾌락하였다. 사실 그 속에는 집에서 온 최근의 편지 몇 장과 소설 초고와 몇 가지 원고 외에는 아무것도 없었다. 애를 써서 기록한 서적이라야, 원래 나에게는 사회주의라는 사 자나 레닌이라는 레 자는 물론이려니와 독립이란 독 자도 없을 것은, 나의 전공하는 학과만 보아도 알 것이었다. 아니, 설령 내가 볼셰비키에 관한 서적을 몇백 권 가졌거나 사회주의를 연구하거나, 그것은 학문의 연구라 물론 자유일 것이요, 비록 독립사상을 가진 나의 뇌 속을 X광선 같은 것으로나 심사법心寫法으로 알았다 할지라도, 행동이 없는 다음에야 조사하기로 소용이 무엇인가.―이러한 생각은 나중에 한 것이지만, 그 당장에는 하여간 무사히 방면되어 배에 오르게 된 것만 다행히 여겨 퀄자들과 같이 허둥지둥 행구를 수습하여 가지고 나섰다.

짐을 가볍게 하여 준 트렁크를 두 손에 들고 어서 올라오라는 선원의 꾸지람을 들어가며 겨우 갑판 위에 올라서자, 기를 쓰는 듯한 경적과 말울음[馬嘶] 소리 같은 기적 소리가 나며, 신경이 자릿자릿한 징[鉦] 소리가 교향적으로 호젓이 암흑에 싸인 부두 일판에 처량하고도 요란하게 울리었다. 배는 소리 없이 미끄러져 벌써 두어 칸통이나 잔교에서 떨어졌다. 전송하러 온 여관 하인들이며 인부들의 그림자가 쓸쓸한 벌판에 성기성기 차차 조그맣게 눈에 띄고, 선창 위에서 휘두르며 가는 등불이 쓸쓸한 바람에 불리어 길어졌다 짧아졌다 한다.

나는 선실로 들어갈 생각도 없이 으스름한 갑판 위에 찬 바람을 쐬어 가며 웅숭그리고 섰었다. 격심한 노역과 추위에 피곤하여 깊은 잠에 들어가는 항구는 소리 없이 암흑 속에 누웠을 뿐이요, 전시의 안식을 지키는 야광주는 벌써부터 졸린 듯이 점점 불빛이 적어가고 수효가 줄어가면서 깜박깜박 졸고 있다. 나는 인간계를 떠나서 방랑의 몸이 된 자와 같이 그 불빛의 낱낱이 어떠한 평화로운 가정의 대문을 지키고 있으려니 하는 생각을 할 제, 선뜩선뜩하게 반짝이는 별보다도 점점 멀리 흐려가는 불빛이 따뜻하게 보였다. 나의 머릿속은 단지 혼돈하였을 뿐이요, 눈은 화끈화끈 단다.

외투 포켓에다가 두 손을 찌르고 어느 때까지 우두커니 섰는 내 눈에는 어느덧 뜨끈뜨끈한 눈물이 나와서, 상기가 된 좌우 뺨으로 흘러내렸다. 찬 바람에 산뜩산뜩 스며 들어가는 것을 나는 씻으려고도 아니하고 여전히 섰었다.

4

사람이란 자기보다 우월하거나 열등한 사람에게 대할 때처럼 자기의 지위나 처지라는 것을 명료히 의식할 때가 없는 모양이다. 동위동격자끼리는 경우가 같기 때문에 서로 공명共鳴하는 점도 많고 서로 동정할 수도 있을 뿐 아니라, 누가 잘난 체를 하고 누가 굽힐 여지가 없다. 그렇지만 우열이 현격하면 공명이나 동정이라는 것보다는 먼저 자기의 지위나 처지에 대한 의식이 앞을 서서, 한편에서는 거드름을 빼면 한편에서는 고개가 수그러지고, 저편이 등을 두드리는 수작을 하면 이편은 마음이 여린 사람일 지경 같으면 황송무지해서 긴한 체를 하여 보이기도 하고, 자존심이 굳센 자면 굴욕을 느끼어서 반감을 품을 것이요, 또 저편이 위압을 하려는 태도로 나오면 이편은 꿈질하여 납청장納淸場[46]

---

46) 평안북도 정주군 납청장에서 만드는 국수는 잘 쳐서 질기다는 데서, 몹시 매를 맞거나 눌리거나 하여 납작해진 사람이나 물건을 비유하여 이르는 말.

이 되거나, 그렇지 않으면 반항적 태도로 나오는 것이다. 사회 조직이라든지 교육이라든지, 한층 더 들어가서 사람의 심리가 근본적으로 잘되어 그렇든지 못 되어 그렇든지, 하여간 사람이란 그리하여 보고 싶은 것이다.

그러나 자기가 저편보다는 낫다, 한손 접는다고 생각할 때에 느끼는 자랑과 기쁨이 자기를 행복게 하고 향상케 함보다는, 저편보다 못하다, 감 잡힌다고 생각할 제에 일어나는 굴욕과 분개가 주는 불행과 고통과 저상(沮喪)[47])이 곱이나 큰 것이다. 더구나 자존심이 강한 사람에게 대하여는 보통 사람보다도 열 곱, 스무 곱, 백 곱이나 큰 것이다. 그뿐 아니라 그 우열감이 단순한 개인과 개인과의 관계를 벗어나서 집단적 배경이 있을 때에는 순전한 적대심으로 변하는 동시에, 좁고 깊게 사람의 마음속에 파고들어 앉아서 혹은 노골적으로 폭발되기도 하고, 혹은 은근히 일종의 세력을 기르게 되는 것이다.

그러나 그중에도 다행한 일은, 자존심이 많고 의지가 강한 사람일수록 그 굴욕과 비분으로 말미암아 받는 바 불행과 고통과 저상이 도리어 반동적으로 새로운 광명의 길로 향하여 용약(勇躍[48])게 하는 활력소가 된다는 것이다. 그러나 사람이란 얼마나 강한지 의문이다. 약하기 때문에 잘난 체도 하여 보고, 약한 죄로 남을 미워도 하여 보고, 웃지 않을 때에 웃어도 보며, 울지 않아도 좋을 것을 울고야 마는 것이라고 생각하는 나는 나 자신까지를 믿을 수가 없다.

되지 않게 감상적으로 생긴 나는 점점 바람이 세차가는 갑판 위에서 나오는 눈물을 억제하여 가며 가만히 섰다가, 목욕한 뒤의 몸이 발끝부터 차차 얼어 올라오는 것을 견디다 못하여 가방을 좌우 쪽에 들고 다

---

47) 기운을 잃음.
48) 용감하게 뛰어감.

시 선실로 기어 들어갔다. 아까 잡아놓았던 자리는 물론 남에게 빼앗기고 들어가서 낄 자리가 없었다. 나는 실없이 화가 나서 선원을 붙들어 가지고 겨우 한구석에 끼었으나, 어쩐지 좌우에 늘어앉은 일본 사람이 경멸하는 눈으로 괴이쩍게 바라보는 것 같아서 불쾌하기 짝이 없다. 사 가지고 다니던 벤또를 먹을까 하여 보았으나 신산하기도 하고 어쩐지 어깨가 처지는 것 같아서 외투를 뒤집어쓰고 누워버렸다.

동경서 하관까지 올 동안을 일부러 일본 사람 행세를 하려는 것은 아니라도, 또 애를 써서 조선 사람 행세를 할 필요도 없는 고로 그럭저럭 마음을 놓고 지낼 수가 있었지마는, 연락선에 들어오기만 하면 웬 셈인지 공기가 험악하여지는 것 같고 어떠한 압력이 덜미를 잡는 것 같은 것이 보통이다. 그러나 이번처럼 휴대품까지 수색을 당하고 나니 불쾌한 기분이 한층 더하지 않을 수 없었다. 눈을 감고 드러누워서도 분한 생각이 목줄띠까지 치밀어 올라와서 무심코 입살을 악물어보았다. 그러나 사면을 돌아다 보아야 분풀이를 할 데라고는 없다. 설혹 처지가 같고 경우가 같은 동행자를 만난다 하더라도 하소연을 할 수는 없다. 왜 그러냐 하면 여기는 배 속이니까 그렇다는 말이다. 나를 한손 접고 내려다보는 나보다 훨씬 나은 양반들이 타신 배 속이기 때문이다.

날이 새었다. 밝기가 무섭게 하나 둘씩 부스스부스스 일어나서 쿵쾅거리며 오르락내리락하는 바람에 나도 일어나서 소세梳洗[49]를 하였다. 수백 명이나 되는 식구가 송사리 새끼 끼우듯이 끼여서 자고 난 판도방判道房[50] 같은 속이 지저분하기도 하고 고약한 냄새에 머릿골이 아파서 나는 치장을 차리고 갑판으로 나갔다. 훨씬 해가 돋지는 못하여서 물은 꺼멓게 보일 뿐이요, 훤한 하늘에는 뽀얀 구름이 처져 있는 것이 희미

---

49) 머리를 빗고 세수를 함.
50) 절에서 고승이 거처하는 큰방. 또는 그 둘레에 있는 작은방.

하게 보이나 아직도 컴컴스레하였다. 춥기는 하지만 그래도 상쾌하다. 선실 속에서는 벌써 아침밥이 시작되었는지 연해 밥통을 날라 들여가고, 갑판에 나왔던 사람들도 허둥지둥 뒤쫓아 들어가는 모양이다.

이 삼등실에 모인 인종들은 어디서 잡아온 것들인지 내남직 할 것 없이 매사에 경쟁이다. 들어가는 것도 경쟁, 나오는 것도 경쟁, 자는 것도 경쟁, 먹는 것에 이르러서는 한층 더한 것이 예사다. 조금만 웬만하면 이등을 탔겠지마는 씀씀이가 과한 나로는 어느 때든지 지갑이 얄팍얄팍하여서도 못 타게 되고, 그 돈으로 차 한 잔이라도 사 먹겠다는 타산도 없지 않아서, 대개는 이 무료 숙박소 같은 데에서 밤을 새는 것이다. 하여간 차림차림으로 보든지, 하는 짓으로 보든지, 말씨로 보든지, 하층 사회의 아귀당들이 채를 잡았고, 간혹 하층 관리 부스러기가 끼여 있을 따름이다. 나는 그들을 볼 제 누구에게든지 극단으로 경원주의를 표하고 근접을 안 하려고 하지만, 그것은 나 자신보다는 몇 층 우월하다는 일본 사람이라는 의식으로만이 아니다. 단순한 노동자라거나 무산자라고만 생각할 때에도 잇살을 어우르기가 싫다. 덕의적德義的 이론으로나 서적으로는 무산계급이라는 것처럼 우리 친구가 되고 우리 편이 될 사람은 없다고 생각하면서도, 실제에 그들과 마주 딱 대하면 어쩐지 얼굴을 찌푸리지 않을 수 없다. 혹은 그들에게 대한 혐오가 심하여지면 심하여질수록 그 원인이 그들 자신에게 있는 것이 아니라는 논법으로 더욱더욱 그들을 위하여 일을 하여야 하겠다는 결론에 이르게 될지는 모르나, 감정상으로 그들과 융합할 길이 없다는 것은 아마 엄연한 사실일 것 같다.

나는 이런 생각을 하다가 어제 저녁도 궐하였기 때문에 시장한 증이 나서 선실로 기어 들어갔다. 한차례 치르고 난 식탁 앞에 우글우글하는 사람 떼가 꺼멓게 모여 서서 무엇인지 말다툼을 하고 있는 모양이다.

"……그래 갖다 놓기 전에 와서 앉으면 어떻단 말이야?"

신경질로 생긴 바짝 마른 상에 독기를 품고 빽빽 소리를 지르는 것은 윗수염이 까무잡잡하게 난 키가 조그만 사람이다. 그리 상스럽지 않은 얼굴로 보아서 어쩌면 외동다리 금테(판임관)쯤은 되어 보인다.

"글쎄 그래두 아니 되어요. 차례가 있으니까, 지금부터 앉았어두 안 드려요."

검정 학생복을 입은 선원은 골을 올리려는 듯이 순탄한 어조로 번죽 번죽 대꾸를 하고 섰다.

"우리로 말하면 이 배의 손님이지? 그래 손님을 그따위로 대접하는 법이 어디 있단 말이야?…… 대관절 우리를 요보루 알고 하는 수작이 란 말야?"

애꿎은 요보를 들추어낸다.

"누가 대접을 어떻게 했단 말예요. 밥상을 차려놓거든 와서 자시라는 게 무에 틀렸단 말씀유?"

"급하니까 얼른 가져오라는 게 어째서 잘못이란 말이야? 조선에서만 볼 일이지마는, 그래 자네들은 어쨌다구 호기를 부리는 거야?"

까만 수염을 가진 자의 어기가 차차 줄어가는 것을 보고 섰던 구경꾼 속에서는 불길을 돋우려는 듯이,

"두들겨주어라, 되지 않게 관리 행세를 하려구, 건방지게……."

"참 건방진 놈이다!"

"되지 않은 놈이 하급 선원쯤 되어가지고 관리 행세는, 마뜩지 않 게…… 흥!"

이런 소리가 여기저기서 떠들썩한다. 관리면 으레 그렇게 하여도 관 계없고, 또 자기네들도 불복이 없겠다는 말눈치다.

"도시 조선의 철도가 관영官營이기 때문에 저런 것까지 제가 젠 척을

하는 거야. 사영私營 같으면야 꿈쩍이나 할 텐가."

누구인지 일리 있는 듯한 이런 소리를 분명히 하는 강개가慷慨家[51]도 있다. 여러 사람이 왁자히 떠드는 바람에 선원도 입을 닫치고 슬슬 빠져 달아나가니 싸움은 실미지근히 흐지부지되고, 그 자리에 모였던 사람은 그대로 식탁에 부산히들 들어앉았다. 나는 그 싸우는 양이 다라워[52] 보이기도 하고 마음에 꺼림하여 다시 바깥으로 나가려다가, 그래도 고픈 배를 참을 수가 없어서 누가 권하는 것은 아니지마는 마지못해 먹는 것처럼 제출물에[53] 쭈뼛쭈뼛하며 한구석에 끼어 앉아 먹기를 시작하였다.

'먹는데 더러우니 구구하니 아귀들이니 하여도 배가 고프면 하는 수 없는 거다.'

젓가락을 짓고 물을 마시며 나는 이런 생각을 해보고 혼자 뱃속으로 웃었다.

선실 속에서는 쌈싸우듯 하여 가며 겨우 아침밥을 먹고 와서는 이 구석 저 구석에서 짐들을 꾸리는 빛에, 악다구니를 하여 가며 간신히 얻어먹은 밥을 다시 깩깩하며 도르는 빛에, 또 한참 야단이다. 나도 밥을 먹고 나니까 어쩐지 메슥메슥한 증이 나서 자기 자리로 가서 누웠었다.

육지가 차차 가까워오는지 배가 그리 흔들리지도 않고 선객의 절반쯤은 벌써부터 갑판으로 나갔다. 나도 짐을 꾸려가지고 나갔다. 의외에 퍽 가까워진 모양이다. 선원들은 오르락내리락 갈팡질팡하며 상륙할 준비에 분주하고, 경적은 쉴 새 없이 처량하고 우렁찬 소리를 아침 바람에 날린다. 삼등 승객들은 일·이등과 격리를 시키려고 인줄같이 막아 맨 밑에 우글우글 모여 서서 제각기 앞장을 서려고 또 한참 법석이

---

51) 의기가 북받치어 원통해하는 사람.
52) 때나 찌꺼기 따위가 있어 조금 지저분하다.
53) 저 혼자서 절로.

다. 그래야 일·이등의 귀객들이 다 나간 뒤라야 풀릴 것을.

배는 부산 선창에 와서 닿았다.

"영치기 영차, 영치기 영차……."

닻줄을 낚는 인부들 틈에서 누렇게 더러운 흰 바지저고리를 입은 조선 노동자가 눈에 띌 제, 나는 그래도 반가운 것 같기도 하고 인제는 제 집에 돌아왔다는 안심으로 마음이 턱 놓이는 것 같기도 하였다.

배에서 끌어내린 층층다리가 선창 위에 걸리니까, 앞장을 서서 올라오는 것은 흰 테를 두른 벙거지를 쓰고 외투를 입은 순사보와 육혈포 줄을 어깨에 늘인 일본 순사하고, 누런 복장에 역시 육혈포의 검은 줄을 늘인 헌병들이다. 그들은 올라오는 길로 배에서 내려서는 어구에 좌우로 지키고 서고, 그 다음에는 이쪽저쪽에서 승객이 지나쳐 나가는 길의 중간에도 지키고 섰다. 이렇게 경관과 헌병이 소정한 자리에 서니까, 그제서야 일·이등 승객이 하나 둘씩 풀리기 시작하였다. 교통 차단을 당한 우리들 삼등객은 배 속에 갇힌 포로 모양으로 매우 부러운 듯이 모든 광경을 바라만 보고 섰었다.

"삼 원이로군! 삼 원만 더 냈더면 한번 호강해 보는걸!"

이런 소리가 복작대는 속에서 들린다. 삼 원만 더 내면 이등을 타는 것이다. 이번에는 우리들의 차례가 되었다. 나는 한 중턱에서 천천히 걸어나갔다. 무슨 죄나 진 듯이 층계에서 한 발을 내디딜 때에는 뒤에서 외투자락을 잡아당기는 것 같았다. 그러나 열 발자국을 못 떼어놓아서 층계의 맨 끝에는 골독히 위만 치어다보고 섰는 네 눈이 있다. 그것은 육혈포도 차례에 못 간 순사보와 헌병보조원의 눈이다. 그 사람들은 물론 조선 사람이다.

나는 될 수 있는 대로 태연히 그들에게는 눈을 거들떠보지도 않고 확실한 발자춰로 최후의 층계를 내려섰다.—될 수 있으면 일본 사람으로 보아달라고 속으로 빌면서. 유학생으로, 조선 사람으로 알면 붙들리기 때문이다. 그러나 나의 그 태연한 태도라는 것은 도수장에 들어가는 소〔牛〕의 발자취와 같은 태연이었다.

"여보, 여보!"—물론 일본말로다.

나는 나의 귀를 의심하였다. 으레 한번은 시달리려니 하는 겁을 집어먹었기 때문에 헛소리를 들은 듯싶었다. 나는 모르는 체하고 두서너 발자국을 떼어놓았다. 하니까 이번에는 좌우편에 쭉 늘어섰던 사람 틈에서, 일복日服에 인버네스를 입은 친구가 우그려 쓴 방한모 밑에서 이상하게 번쩍이는 눈을 무섭게 뜨고 앞을 탁 막는다. 나의 등에서는 식은땀이 쭈르륵 흐른다.

"저리 잠깐 갑시다."

인버네스는 위협하듯이 한마디 하고 파출소가 있는 방향으로 나를 끈다. 나는 잠자코 따라섰다. 멋도 모르는 지게꾼은 발에 차이도록 성화가 나서 "나리, 나리" 하며 쫓아온다. 그 소리에는 추위에 떠는 듯도 하고 돈 한 푼 달라고 애걸하는 것같이 스러져가는 애조가 섞여 있었다. 나는 고개만 흔들면서 가다가 파출소로 끌려 들어갔다.

파출소에 들어선 나는 하관에서 조사를 당할 때와는 다른 일종의 막연한 공포와 불안에 말이 어눌하여졌다. 더구나 일본서 그런 종류의 사람들에게 대하듯이 퉁명을 부릴 수 없다는 생각이 머리에 떠올라 와서, 제풀에 자기를 위압하는 자기의 비겁을 속으로 웃으면서도, 어쩐지 말씨도 자연 곱살스러워지고 저절로 고개가 수그러지는 것을 깨달았다.

형사의 심문은 판에 박은 듯이 의외로 간단하였다. 나중에 가방에는 무엇이 들어 있느냐 하기에, 나는 하관에서 빼앗길 것은 다 빼앗겼으니까 볼 만한 것은 없겠지만, 그래도 미심쩍거든 열어보라고 열쇠를 꺼내서 주려고 하였다. 아무리 형사라도 사람이란 우스운 것이다. 열쇠까지

내어주니까 웃으면서 그만두라고 하며, 생색이나 내는 듯이 어서 나가라고 쾌쾌히 내쫓는다. 아마 하관서 온 형사에게 벌써 자세한 이야기를 듣고 있는 모양 같았다. 나는 겨우 마음이 놓여서 한숨을 휘 쉬고 나와서, 우선 짐을 지게꾼에게 들려가지고 정거장으로 가서 급히 맡겨놓고 혼자 나섰다.

5

현대적 생활을 영위할 수단 방도도 없고 생산화식生産貨殖에 어둡거든 안빈낙도安貧樂道의 생활 철학에나 철저하다든지, 이도 저도 아닌 비승비속으로 엉거주춤하고 살아온 가난뱅이의 이 민족이, 그 알뜰한 살림이나마 다 내놓고 협포로 물러앉고 나니 열 손가락을 늘이고 앉아서 팔아라, 먹자! 하고 있는 대로 깝살리는 것이 능사라, 그러나 팔고 깝살리는 것도 한이 있지, 화수분으로 무작정하고 나올 듯싶은가! 그렇거나 말거나 이따위 백성을 휘둘러내고 휩쓸어내기야 누워서 떡 먹기다. 그래도 속임수에 빠진 노름꾼은 깝살릴 대로 깝살리고 두 손 털고 나서면서도 몸은 달건마는, 이 백성은 다 털리고 나서도 몸이 달긴커녕 고작 한다는 소리가,

"그저 굶어 죽으라는 세상야."

하는 한마디에 지나지 않는다.

그도 그럴 것이, 워낙 구차한 놈이 책상물림으로 세상 물정은 모르고, 게다가 유혹은 많은데 안고수비眼高手卑[54]하니 쓸쓸이는 남에 지지 않겠

---

54) 뜻은 크고 안목은 높으나 재주가 없어서 이루지 못함을 이르는 말.

다, 뒤주 밑이 긁히면 밥맛이 더 난다는 셈으로 없는 놈이 대돈변55)을 내서라도 돈푼 만져보면 조상대부터 걸려보지 못하던 것이나 얻은 듯이 전후 불고不顧하고 쓸 데 안 쓸 데 함부로 써버려야지, 한 푼이라도 까불리지를 못하고 몸에 지녀두면 병이 되는 것이 구차한 놈의 버릇이다. 구차하기 때문에 이러한 얌전한 버릇이 생긴 것인지, 이따위로 버릇이 얌전하여 구차한 것인지는 별문제로 치고라도, 어떻든 자기도 모르는 중에 흐지부지 까불리고 나서 안타까워하는 것이 구차한 놈의 갸륵한 팔자라는 것이다.

그러나 이러한 팔자가 좋고 그른 것은 제이 문제로 하고, 하여간 조선 사람의 팔자를 아무리 비싸게 따져본대야 이보다 더 나은 것도 없고 더 신기할 것도 없다. 우선 부산釜山이란 데로만 보아도, 부산이라 하면 조선의 항구로는 첫손 꼽을 데요, 조선의 중요한 첫 문호라는 것은 소학교에 한 달만 다녀도 알 것이다. 그러니만큼 부산만 와봐도 조선을 알 만하다. 조선을 축사縮寫56)한 것, 조선을 상징象徵한 것이 부산이다. 외국의 유람객이 조선을 보고자거든 우선 부산에만 끌고 가서 구경을 시켜주면 그만일 것이다. 나는 이번에 비로소 부산의 거리를 들어가 보고 새삼스럽게 놀랐고 조선의 현실을 본 듯싶었다.

나는 배 속에서 아침을 먹었건마는 출출한 듯하기도 하고 차 시간까지는 서너 시간 남았고, 늘 지나다니는 데건마는 이때껏 시가에 들어가서 구경하여 본 일이 없기에, 조선 거리로 들어가 보기로 하고 나섰다.

부두를 뒤에 두고 서편으로 꼽들어서 전찻길을 끼고 큰길을 암만 가야 좌우편에 이층집이 쭉 늘어섰을 뿐이요, 조선 사람의 집이라고는 하나도 눈에 띄는 것이 없다. 얼마도 채 못 가서 전찻길은 북으로 꼽들이

---

55) 돈 한 냥에 대하여 한 달에 한 돈씩 계산하는 변리.
56) 원형보다 작게 줄여 씀. 사진을 줄여서 다시 찍음.

게 되고, 맞은편에는 극장인지 활동사진인지 울그데불그데한 그림 조각이며 깃발이 보일 뿐이다. 삼거리에 서서 한참 사면팔방을 돌아다 보다 못하여 지나가는 지게꾼더러 조선 사람의 동리를 물어보았다. 지게꾼은 한참 망설이며 생각을 하더니 남쪽으로 뚫린 해변으로 나가는 길을 가리키면서 그리 들어가면 몇 집 있다 한다. 나는 가리키는 대로 발길을 돌렸다. 비릿하기도 하고 고릿하기도 한 냄새가 코를 찌르는 해산물 창고가 드문드문 늘어선 샛골짜기를 빠져서 이리저리 휘더듬어 들어가니까, 바닷가로 빠지는 지저분하고 좁다란 골목이 나타났다. 함부로 세운 허술한 일본식 이층집이 좌우로 오륙 채씩 늘어섰는 것이 조선 사람의 집 같지는 않으나, 이 문 저 문에서 들락날락하는 사람은 조선 사람이다. 이 집 저 집 기웃기웃하며 빠져나가려니까, 어떤 이 층에는 장고를 세워놓은 것이 유리창으로 비치어 보인다. 그러나 문간에는 대개 여인숙이라는 패를 붙였다. 잠깐 보기에도 이런 항구에 흔히 있는 그러한 너저분한 영업을 하는 데인 것이 분명하다. 그러나 아침결이 돼서 그런지 계집이라고는 씨알머리도 눈에 아니 띈다.

쓸쓸한 거리를 이리저리 돌다가 그 여인숙이란 데를 한 집 들어가 보고 싶은 호기심이 불쑥 났으나, 차 시간이 무서워서 발길을 돌렸다. 다시 큰길로 빠져나와서 정거장으로 향하다가 그래도 상밥[57] 파는 데라도 있으려니 하고 이 골목 저 골목 닥치는 대로 들어가 보았다. 서울 음식같이 간도 맞지 않을 것이요 먹음직할 것도 없겠지마는, 무엇보다도 김치가 먹고 싶고 숟가락질이 하여 보고 싶어서 찾아다니는 것이다. 그러나 조선 사람 집 같은 것은 그림자도 보이지를 않는다. 간혹 납작한 조선 가옥이 눈에 띄기에 가까이 가서 보면 화방火防[58]을 헐고 일본식

---

57) 상을 갖추어서 파는 밥.

창틀을 박지 않은 것이 없다. 그러나 우스운 것은 얼마 되지도 않는 좁다란 시가이지마는 큰길이고 좁은 길이고 거리에 나다니는 사람의 수효로 보면 확실히 조선 사람이 반수 이상인 것이다.

'대체 이 사람들이 밤이 되면 어디로 기어 들어가누?'

하는 생각을 할 제, 큰 의문이 생기는 동시에 그 불쌍한 흰옷 입은 백성의 운명을 생각해 보지 않을 수 없는 것이었다.

몇백 천 년 동안 그들의 조상이 근기 있는 노력으로 조금씩 조금씩 다져놓은 이 땅을 다른 사람의 손에 내던지고 시외로 쫓겨나가거나 촌으로 기어 들어갈 제, 자기 혼자만 떠나가는 것 같고, 자기 혼자만 촌으로 기어가는 것 같았을 것이다. 땅마지기나 있던 것을 까불려버리고, 집 한 채 지녔던 것이나마 문서가 이 사람 저 사람의 손으로 넘어 다니다가 변리에 변리를 쳐서 내놓고 나가게 될 때라도 사람이 살려면 이런 꼴도 보는 것이지 하며, 이것도 내 팔자소관이라는 값싼 낙천주의나 단념으로 대대로 지켜 내려오던 제 고향의 제집, 제 땅을 버리고 문밖으로 나가고 산으로 기어들 뿐이요, 이것이 어떠한 세력에 밀리기 때문이거나 혹은 자기가 착실치 못하거나, 자제력과 인내력이 없어서 깝살리고 만 것이라는 생각은 꿈에도 없었던 것이다. 그리하여 천 가구면 천 가구에서 한 집쯤 줄었어야 다만,

"아무개네는 이번에 아무 데로 이사를 간다네."

하고 그야말로 동릿집 이야기 삼아 저녁밥 후의 인사 대신으로 주고받을 뿐이요, 어떤 사정이 어떻게 되어서 한 가구가 주는지 그 내막이야 아무도 몰랐을 것이다. 그뿐 아니라 천 가구에서 한 가구쯤 줄어진대야 남은 구백구십구 가구에게는 별로 영향이 없을 것이요, 또 한 가구가 줄

---

58) 돌 섞은 흙으로 중방 밑까지 쌓아 올린 벽.

었는지 늘었는지조차 전연 모르고 있는 사람이 대부분이었을 것이다. 그러는 동안에 한 집 줄고 두 집 줄며, 열 집이 바뀌고 백 집이 바뀌어 쓰러져가는 집은 헐리고 어느 틈에 새 집이 서고, 단층집은 이 층으로 변하며, 온돌이 다다미[疊]가 되고 석윳불이 전등불이 된 것이었다.

"아무개 집이 이번에 도로로 들어간다네."

하며 곰방담뱃대에 엽초를 다져 넣고 빽빽 빨아가며 소견 삼아 숙덕거리다가 자고 나면 벌써 곡괭이질, 부삽질에 며칠 동안 어수선하다가 전차가 놓이고, 자동차가 진흙덩어리를 튀기며 뿡뿡거리고 달아나고, 딸국나막신 소리가 날마다 늘어가고, 우편국이 들어와 앉고, 군아가 헐리고 현병주재소가 들어와 앉는다. 주막이니 술집이니 하는 것이 파리채를 날리는 동안에 어느덧 한구석에 유곽이 생기어 사미센[三味線] 소리가 찌링찌링 난다. 매독이니 임질이니 하는 새 손님을 맞아들인 촌서방님네들이 병원이 없어 불편하다고 짜증을 내면 너무 늦어 미안하였습니다는 듯이 체면 차릴 줄 아는 사기사가 대령을 한다. 세상이 편리하게 되었다.

"우리 고을엔 전등도 달게 되고 전차도 개통되었네. 구경 오게. 얌전한 요릿집도 두서넛 생겼네…… 자네 왜 갈보 구경했나? 한번 보여줌세."

몇천 년 몇백 년 동안 가문에 없고 족보에 없던 일이 생기었다. 있는 대로 까불릴 시절이 돌아왔다. 편리해 좋아, 놀기가 좋아서 편해하며 한 섬지기 파는가 하면 한편에서는,

"우리겐 인젠 이층집도 꽤 늘고, 양옥도 몇 채 생겼다네. 아닌 게 아니라 여름엔 다다미가 편리해. 위생에도 매우 좋은 거야."

하고 두 섬지기 깝살릴 수밖에 없게 된다. 누구의 이 층이요 누구를 위한 위생이냐?

양복쟁이가 문전 야료를 하고, 요리 장사가 고소를 한다고 위협을 하고, 전등값에 졸리고, 신문대금이 두 달 석 달 밀리고, 담배가 있어야 친구 방문을 하지, 원 찻삯이 있어야 출입을 하지 하며 눈살을 찌푸리는 동안에 집문서는 식산은행의 금고로 돌아 들어가서 새 임자를 만난다.

그리하여 또 백 가구 줄어지고 또 이백 가구 줄었다.

"어디 살 수가 있어야지. 암만해두 촌살림이 좋아! 땅이라두 파먹는 게 안전해!"

하며 쫓겨나가고 새로 들어오며 시가가 나날이 변화하여 가는 동안에 천 가구의 최후의 한 가구까지 쓸려나가고야 말지만, 천 번째 집이 쫓겨나갈 때에는 벌써 첫째로 나간 사람은 오동잎사귀의 무늬를 박은 목배木杯를 고리짝에 넣어가지고 압록강을 건너가 앉아서 먼 길의 노독을 배갈 한 잔에 풀고 얼쩍하여 화푸념만 하고 있는 것이다.

까불리는 백성, 그들이 부지깽이 하나 남기지 않고 들어내고 집어낼 때에 자기가 이 거리에서 쫓겨나갈 줄이야 몰랐으렷다. 구차한 놈이 주머니를 털 적에 내일부터 밥을 굶을지 거리에 나앉을지 저도 모르게 최후의 일 원까지를 말리듯이. 그러나 이 시가의 주인인 주민이 하나씩 둘씩 시름시름 쫓겨나갈 제, 오늘날 씨알머리도 남지 않고 아주 딴판의 새 주인이 독점을 하리라는 것은 한 사람도 꿈에도 정신을 차리고 생각지는 못하였으렷다. 역시 구차한 놈의 주머니가 털리듯이 부지불식간에 그럭저럭 흐지부지 자취를 감추고 만 것이다…….

이런 생각을 하여 볼 제, 잗단 세간 나부랭이를 꾸려가지고 북으로 북으로 기어나가는 '패자의 떼' 의 쓸쓸한 뒷모양이 눈에 보이는 것 같다. 나는 그리 늦을 것은 없으나 쓸쓸한 찬 바람이 도는 큰길을 헤매기가 싫어서 단념하고 돌아서는 길에 어떤 일본 국숫집 문간에서 젊은 계집이 아침 소제를 하고 있는 것을 보고 별안간 들어가 보고 싶은 생각이 나서 우뚝 섰다. 이때까지 혼자 분개하고 혼자 저주하던 생각은 감쪽같이 스러지고 눈에 보이는 것은 걷어올린 옷자락 밑에 늘어진 빨간 '고시마기' 하고 그 아래로 하얗게 나타난 추울 듯한 토실토실한 종아리다.

"어서 오세요."

모가지에만 분때가 허옇게 더께가 앉은 감숭한[59] 상을 쳐들며 언제 본 사람이라고 나를 반갑게 맞는다. 뒤를 이어서,

"어서 오십쇼, 들어옵쇼."

하고 줄레줄레 나와서 맞아들이는 계집애가 서넛은 되었다.

이러한 조그마한 집에 젊은 계집이 네다섯씩이나 있는 것은 물어보지 않아도 알 조다. 나는 걸려드나 보다 하는 불안이 있으면서도 더러운 호기심을 가지고 구경 삼아 이 층으로 올라가서 인도하는 대로 너저분한 다다밋방에 들어앉았다. 우선 간단한 음식을 시키고 앉았으려니까 다른 계집애가 부삽에 화롯불을 담아가지고 바꾸어 들어왔다. 화로에 불을 쏟아놓고 화젓가락으로 재를 그러모으며 앉았던 계집애는 젓가락을 든 손을 잠깐 쉬며,

"어디까지 가세요?"

하고 나를 치어다본다. 넓은 양미간이 얼크러져서 음침하기도 하고 이맛전이 유난히 넓기 때문에 여무져 보이지는 않으나, 그래도 해끄무레한 이쁘장스런 상판이다.

"서울까지…… 너는 어데서 왔니?"

"서울까지예요? 참 서울 구경을 좀 했으면…… 여기보다 좋겠죠?"

묻는 말에는 대답을 아니하고 이런 소리를 한다.

"그리 좋을 것은 없어도 여기보다는 좀 낫지."

---

59) 잔털 따위가 드물게 나서 가무스름한.

우리의 수작은 음식이 나오는 바람에 허리가 잘리고 말았다. 나는 몸이 녹으라고 술을 몇 잔이나 폭배를 하고 나서 계집애들에게도 권하였더니, 별로 사양들도 아니하고 돌려가며 잔을 주고받았다. 이번에는 다른 계집애가 갈아 들어오는 술병을 들고 들어왔다. 이 계집애도 판을 차리고 화로 앞에 앉는다. 이쁘든 밉든 세 계집애를 앞에다가 놓고 앉아서 술을 먹는 것은 그리 싫을 것은 없지만, 너무 염치없이 무례하고 뻔뻔하게 구는 데에는 밉살맞고 불유쾌하지 않을 수 없었다. 술 한 잔이라도 얻어 걸린다는 것보다는 주인에게 한 병이라도 더 팔게 하여 주는 것이다. 저의 공로요, 주인의 따뜻한 웃는 얼굴을 보게 된 것이니 그도 그럴 것이나, 내가 조선 사람이기 때문에 마음대로 휘두르며 서넛씩 몰려 들어와서 바가지를 씌우려고 판을 차리는 것이 못마땅하였다. 그래도 그중에 화롯불을 가져온 계집애만은 저희들 축에서 좀 쫄려 지내는지 한풀이 죽어서 떠드는 꼴만 웃으며 가만히 바라보고 앉았다.

"담바구야, 담바구야, 동래東萊나 울산蔚山의 담바구야……."

"잘하는구면. 그러나 너희들은 몇 해나 되었니, 여기 온 지가?"

한 년이 담바귀타령의 입내를 우습게 내며 콧노래를 부르는 것을 들으며 물었다. 이것이 조선에 와 있는 일본 사람에게는 남녀를 물론하고 누구더러든지 물어보는 나의 첫인사다. 그것은 얼마나 조선 사람에게 대하여 오만한 체를 하며 건방지게 구는가, 그 정도를 알아보는 바로미터이기 때문이다. 아무리 불량하게 생긴 노가다패(우리 조선 사람은 일본 노동자를 특히 이렇게 부른다)라도 처음에는 온순할 뿐 아니라, 도리어 이국 풍정에 어두우니만큼 처음에는 공포를 품는 것이 보통이지만, 반년 있어 다르고 일 년 있어 달라진다. 오 년, 십 년 내지 이십 년이나 있어서 조선의 이무기가 된 자에 이르러서는 더 말할 것도 없는 것이다. 그러나 여기서 제군이 생각할 것은 어찌하여 일 년, 이 년, 오

년, 십 년…… 해가 갈수록 그들의 경모輕侮하는 눈이 나날이 날카로워 가고 따라서 십 배, 백 배나 오만 무례하도록 만들었느냐는 것이다.

여기에는 여러 가지 이유가 있는 것이다. 그러나 이러한 사실도 그중의 중요한 원인이 되었을 것이다.—조선 사람은 외국인에게 대해서 아무것도 보여준 것은 없으나, 다만 날만 새면 자리 속에서부터 담배를 피워 문다는 것, 아침부터 술집이 번창한다는 것, 부모를 쳐들어서 내가 네 애비니, 네가 내 손자니 하며 농지거리로 세월을 보낸다는 것, 겨우 입을 떼어놓는 어린애가 엇먹는[60] 말부터 배운다는 것, 주먹 없는 입씨름에 밤을 새고 이튿날에는 대낮에야 일어난다는 것…… 그 대신에 과학 지식이라고는 소댕뚜껑이 무거워야 밥이 잘 무른다는 것조차 모른다는 것을 외국 사람들에게 실물로 교육을 하였다는 것이다. 하기 때문에 그들이 조선에 오래 있다는 것은 그들이 우리를 경멸할 수 있는 사실을 골고루 보고 많이 안다는 의미밖에 아니 되는 것이다.

"담바구야 담바구야…… 노이구곤 오데기루네……."

입을 이상하게 뾰족이 내밀었다 오므렸다 하고, 젓가락으로 화로전을 두들겨가며 장단을 맞춰서 콧노래를 하다가 뚝 그치더니,

"애가 제일 잘해요. 우리는 온 지가 삼사 년밖에 아니 되었지만……."

하며 벙벙히 앉았는 화롯불 가져온 아이를 가리킨다.

"옹! 그래 너는 얼마나 있었길래?"

입담도 별로 없이 조용히 앉았는 것이, 어디로 보아도 건너온 지 얼마 안 되는 숫보기로만 생각하였던 것이, 조선 소리를 잘한다니 조선애가 아닌가도 싶다.

"예서 아주 자랐답니다. 제 어머니가 조선 사람인데요."

---

60) 사리에 어긋난 말이나 행동으로 남을 비꼬는.

하며 담바귀타령을 하던 계집애가 이때까지 하고 싶던 이야기를 겨우 하게 되었다는 듯이 입이 재게 대신 대답을 하고 나서,

"그렇지!"

하며 당자에게 얼굴을 들이댄다. 그 소리가 너무도 커닿기 때문에 조소하는 것같이 들리었다. 일인 아비와 조선인 어미를 가졌다는 계집애는 히스테리컬하게 얼굴이 주홍빛이 되고 눈초리가 샐룩하여졌다. 어쩐지 조선 사람 어머니를 가진 것이 앞이 굽는다는 모양이다.

"정말 그래? 그럼 어머니는 어디 있기에?"

나는 호기심이 생겨서 물었다.

"대구에 있세요."

고개를 숙이고 앉았다가 간신히 처들면서 대답을 한다.

"그래 어째 여기 와서 있니? 소식은 듣니?"

왜 여기까지 와서 있느냐고 묻는 것은 우스운 수작이지만, 나는 정색으로 이렇게 물었다.

그 계집애는 생글생글하며 나를 치어다보더니,

"글쎄, 그렇지 않두 누가 대구 가시는 이나 있으면 좀 부탁을 해서 알아보고 싶어두 그것두 안 되구…… 천생 언문으로 편지를 쓸 줄 알아야죠."

하며 이번에는 자기 신세를 조소하듯이 마음 놓고 커닿게 웃는다.

"그럼 아버지하군 지금 헤져서 사는 모양이구나?"

"그야 벌써 헤졌죠. 내가 열 살 적인가, 아홉 살 적에 장기長崎로 갔답니다."

"그래 그후에는 소식은 있니?"

"한참 동안은 있었는데 지금은 어떻게 되었는지?…… 하지만 이 설이나 쇠고 나건 찾어가 볼 테예요."

하며 흑흑 느끼듯이 또 한 번 어색하게 웃는다. 그 웃음은 어느 때든지 자기의 기이한 운명을 스스로 조소하면서도 하는 수 없다는 단념에서 나오는, 말하자면 큰일을 저지르고 하도 귓구멍이 막혀서 나오는 웃음 같았다.

"아무리 조선 사람이라두 길러낸 어머니가 정다울 테지? 너의 아버지란 사람이 어떤 사람인지는 모르겠다마는, 지금 찾어간대야 그리 반가워는 아니할걸?"

조선 사람 어머니에 길리어 자라면서도 조선말보다는 일본말을 하고, 조선옷보다는 일본옷을 입고, 딸자식으로 태어났으면서도 조선 사람인 어머니보다는 일본 사람인 아버지를 찾어가야겠다는 것은, 부모에 대한 자식의 정리를 지나서 어떠한 이해관계나 일종의 추세趨勢라는 타산이 앞을 서기 때문에 이별한 지가 벌써 칠팔 년이나 된다는 아비를 정처도 없이 찾어간다는 것이라고 생각할 제, 이 계집애의 팔자가 가엾은 것보다도 그 어미가 한층 더 가엾다고 생각지 않을 수 없다.

"어머니도 불쌍하지만 아버지두 나쁜 사람은 아니니까 찾어가면 설마 내쫓기야 할까요?"

하며 아범을 찾어가면 어떻게 맞아줄까 하는 그 광경이나 그려보듯이 멀거니 앉었다.

"그래두 어머니가 조선 사람이니까 싫구, 조선이니까 떠나겠다구 하는 게지, 조선이 일본만큼 좋았다면 조선 사람 뱃속에서 나왔다기루서니 불명예 될 것도 없고 아버지를 찾어가려는 생각도 안 났을 테지?"

나는 물어보지 않아도 좋을 것까지 짓궂이 물었다. 계집애는 잠자코 웃을 뿐이었다. 나는 차 시간을 생각하고 인제야 들여온 밥을 먹기 시작하였다.

"애, 이 양반께 대구에 데려다 달라구 하렴! 너야말로 후레딸년이다!

어머니를 내버리고 뛰어나오는 망할 년이 어디 있단 말이냐?"

담바귀타령을 하던 계집애가 놀리듯 꾸짖듯 쩔고 까분다.

"참 그러는 게 좋겠지. 여기 있어야 무슨 신기한 꼴이나 볼 줄 아니! 나 같으면 그런 어머니만 있으면 벌써 쫓아갔겠다!"

이번에는 곁에 앉았던, 커다란 입귀가 처지고 콧등이 얼크러진 계집애가 역시 놀리는 수작으로 말을 받는다. 저희들끼리도 업신여기면서 한편으로는 얼굴이 반반한 것을 시기하는 모양이다. 나는 밥을 먹다 말고,

"그럼 너는 왜 이런 데까지 와서 난봉을 피우니?"

하며, 실없는 말처럼 역성을 들어주었다.

"그야 부모도 없구 의지할 데가 없으니까 그렇죠."

하며 좀 분개한 듯이 한마디 하고 나서,

"그런 소리 그만하구 술이나 좀더 먹자…… 또 가져올까요?"

하고 그만두라는 것도 듣지 않고 뛰어 내려갔다.

"그러나 너 아버지를 찾아간대야 얼굴이 저렇게 이쁘니까, 그걸 미끼로 팔아먹으려고 무슨 짓을 할지 누가 아니? 그것보다는 여기서 돈푼 있는 조선 사람이나 하나 얻어가지고 제 맘대로 사는 게 좋지 않으냐. 너 같은 계집애를 데려가지 못해 하는 사람이 조선 사람 중에도 그득하리라."

나는 타이르듯이 이런 소리를 하고, 계집애의 얼굴을 들여다보며 웃었다.

"글쎄요…… 하지만 조선 사람은 난 싫어요. 돈 아니라 금을 주어도 싫어요."

계집애는 진담으로 이런 소리를 한다. 조선이라는 두 글자는 자기의 운명에 검은 그림자를 던져준 무슨 주문呪文이나 듣는 것 같이 이에서

신물이 나는 모양이다. 이때에 나는 동경의 정자를 생각하면서,

"그럼 나도 빠질 차례로구나?"

하며 웃었다. 계집도 웃으며 잠자코 내 얼굴을 익숙히 치어다본다. 입귀가 처진 밉살맞은 계집이 술병을 들고 올라왔다. 나는 먹고도 싶지 않은 술잔을 받으면서,

"이거 보게, 이 미인을 데려갈까 하고 잔뜩 장을 대고 연해 비위를 맞춰드렸더니, 나중에 한다는 소리가 조선 사람은 죽어도 싫다는 데야 눈물이 쩔끔하는 수밖에. 하하하, 너는 그러지 않겠지?"

"객지에서 매우 궁하신 모양이군요. 글쎄…… 실컷 한턱 내신다면…… 히히히."

이 계집애는 나의 한 말을 이상스럽게 지레짐작을 하고 딴청을 한다.

"넌 의외에 값이 싼 모양이로구나?"

하며 나는 인력거를 부르라 명하고 일어서 버렸다. 계집아이들이 짓궂이 붙들고 승강이를 하는 것을 간신히 뿌리치고 나섰다.

'이러기 때문에 시골자들이 빠지는 것이다!'

나는 일종의 불쾌를 느끼면서 인력거 위에서 이런 생각을 하여 보았다.

기차는 하마터면 놓칠 뻔하였다. 짐을 맡기고 간 것까지 잔뜩 눈독을 들여둔 '그쪽 사람들'은 은근히 찾아보았던지, 내가 허둥허둥 인력거를 몰아오는 것을 아까 만났던 인버네스짜리가 대합실 문 앞에서 흘끗 보고 빙긋 웃는다. 나는 본 체 만 체하고 맡겼던 짐을 찾아가지고 허둥허둥 홈에 들어와 찻간으로 뛰어 올라왔다. 형사도 차창 밖으로 가까이 와서 고개를 끄덕하며 무어라고 중얼중얼하기에 나는 창을 열어주었다.

"바루 서울로 가시죠?"

하며 왜 그러는지 커닿게 소리를 지른다. 나는 웃으면서 내 처가 죽

게 되어서 시험을 보다가 말고 가니까 물론 바로 간다고(나중에 생각하고 혼자 웃었지만) 하지 않아도 좋을 말까지 기다랗게 늘어놓았다. 형사는 또 무엇이라고 중얼중얼하는 모양이었으나, 바람이 휙 불고 기차는 움직이기 때문에 자세히 들리지 않았다. 그러나 웬셈인지 나하고 수작을 하면서도 연해 왼편을 바라보는 게 수상스러웠다. 그러나 차가 움직이자 양복쟁이 하나가 저쪽 문으로 들어오는 것을 나 역시 무심코 보았을 뿐이었다.

6

기차가 김천역에 도착하니까, 지금쯤은 으레 서울 집에 있으려니 하였던 형님이 금테 모자에 망토를 두르고 마중을 나왔다. 그렇지 않아도 혹시 아는 사람이나 있을까 하고 유리창 밖을 내다보며 앉았던 나는 깜짝 놀라 일어나서 창을 올리고 인사를 하려니까, 형님은 웃으며 창 밑으로 가까이 오더니 어떻든 내리라고 재촉을 한다. 어찌할까 하고 잠깐 망설이다가 형님이 그동안에 내려와서 있는 것을 보든지 웃는 낯을 보든지 병인이 그리 급하지는 않은 모양이기에 나는 허둥지둥 짐을 수습하여 가방을 창밖으로 내어주고 내려왔다. 뒤미처서 양복쟁이 하나도 창황히 따라 내리었다.

형님은 짐을 들려가지고 가려고 심부름꾼 아이까지 데리고 나왔었다. 출구 앞에 섰던 아이놈에게 가방을 내어주고 우리들이 나가려니까, 그 밑에 바싹 다가섰던 헌병 보조원이 내 뒤로 내린 양복쟁이와 수군수군하다가 형님을 보고,

"계씨가 오셨세요? 오늘 저녁에 떠나시나요?"

하며 묻는다. 형님은 웃는 낯으로,

"네, 대개 밤차로 올러갑니다!"

하고 거진 기계적으로 오른손이 모자의 챙에 올라가 붙었다. 부자연하고 서투른 그 모양이 나에게는 우습게 보이면서도 가엾었다. 어떻든 형님 덕에 나는 별로 승강이를 아니 당하고 무사히 빠져나왔다.

형님은 망토 밑으로 들여다보이는 도금을 물린 검정 환도 끝이 다리에 터덜거리며 부딪는 것을 왼손으로 꼭 붙들고 땅이 꺼질 듯이 살금살금 걸어 나오다가 천천히 그동안의 경과를 이야기하여 들려준다.

"네게 돈 부치던 날 아침은 아주 시각을 다투는 것 같았으나, 낮부터 조금씩 돌리기 시작하여 그게께 내가 내려올 때에는 위험한 고비는 넘어선 모양이지만, 지금도 마음이야 놓겠니. 워낙이 두석 달을 끌었으니까…… 그러나 곧 떠나지 않은 모양이로구나? 나는 어제쯤 올 줄 알고 이틀이나 정거장에 나왔지!"

하고 형님은 차근차근한 목소리로 이렇게 물었다.

"전보 받던 날 밤에 떠났죠마는, 오다가 신호에서 하룻밤을 묵었지요."

나는 꾸며댈까 하다가 입에서 나오는 대로 대답을 하였다.

"무슨 급한 볼일이 있기에 돈을 들여가며 노중에서 묵었단 말이냐?"

벌써부터 형님의 말소리는 차차 거칠어 갔다.

"별로 볼일은 없지만, 몸도 아프고 완행이 되어서 여간 지루하여야지요?"

"웬만하면 그대루 내친 길에 올 게지. 너는 그저 그게 병통야."

하며 형님은 잠깐 눈살을 찌푸리는 듯하였다.

이 형님이라는 사람은 한학으로 다져 만든 촌생원님이나 신학문에도 그리 어둡지는 않을 뿐 아니라, 우리 집에는 없으면 안 될 사람이다. 부친이 합방 전후에 거진 정치열, 명예광에 달떠서 경향으로 동분서주하며 넉넉지 않은 가산을 흐지부지 축을 내어놓은 분수로 보아서는 지금쯤 내가 유학을 하기는 고사하고 밥을 굶은 지가 벌써 오랜 일이었겠지마는, 얼마 아니 남은 것을 이 형님이 붙들고 앉아서 바자위게[61] 꾸려나가기 때문에 이만치라도 부지를 하게 된 것이다. 다른 것은 그만두고라도 보통학교 훈도쯤으로 이천여 원 돈이나 모은 것을 보면 규모가 얼마나 째인 사람인가를 상상하기에 어렵지 않을 것이다. 그러나 나로서는 존경하면서도 성미가 맞을 수는 없었다. 생각하면 우리 삼 부자같이 극단으로 다른 길을 제각기 걸어나가는 사람들은 없다. 세상에는 정치밖에 없다는 부친의 피를 받았으면서도 보수적 · 전형적典型的인 형님과, 무이상無理想한 감상적感傷的 · 유탕적 기분이 농후한 내가 태어났다는 것이 세상도 고르지 못한 아이러니다.

"그래 학교의 시험은 어떻게 되었단 말이냐?"

형님은 한참 있다가 또 물었다.

"보다가 두고 왔지요."

나는 또 무슨 소리가 나올까 보아서 우물쭈물할까 하다가 역시 이실직고를 하고 말았다.

"그럴 줄 알았다면 전보를 다시 놓을걸 그랬군!"

하며 시험을 중도에 패하고 온 것을 매우 애석해하는 모양이나, 나는 전보를 다시 아니 놓아준 것이 잘되었다고 생각하며 잠자코 따라 걸었다.

"그래 추후 시험이라도 봐야 하겠구나? 언제두 추후 시험인가 본다고 일찍이 나와서 돈만 들이고 성적도 좋지 못한 적이 있었지 않았

61) 성미가 너무 깐깐하여 너그러운 맛이 없게.

니?…… 어떻든 문학이니 뭐니 하구 공연히…… 그까짓 건 하구 난대야 지금 세상에 어디다가 써먹는단 말이냐?"

이런 소리는 일 년에 한 번이나 두어 번 귀국할 때마다 꼭 두 번씩은 듣는다. 형님한테 한 번, 아버님한테 한 번이다. 그러나 어떠한 때는 아버님에게는 귀에 못이 박히도록 들을 때가 있다. 처음에는 열심으로 반대도 하여 보았다. 교육이라는 것은 '사람'을 만들자는 것이요 기계를 제조하는 것이 아니니까, 학문을 당장에 월급푼에 써먹자고 하는 것도 아니요, '똥테'(나는 어느 때든지 금테를 똥테라고 불렀다) 바람에 하는 것도 아니라는 말도 하여 드리고, 개성은 소중한 것이니까 제각기 개성에 따라서 교육을 하여야 한다는 문제를 들추어가지고 늘 변명을 하여 왔다. 그러나 결국은 단념하는 수밖에 없는 것을 깨달았다. 그들의 세계와 자기의 세계에는 통로가 전연히 두절된 것을 발견하였다. 그것은 마치 무덤 속과 무덤 밖이 판연히 다른 딴 세상임과 같은 것이라고 생각하게 되었다. 그래서 그후부터는 부자나 형제로서 할 말 이외에는, 그리고 학비 이야기 이외에는 아무 말도 입을 벌리지 않기로 결심을 하였다. 모친이나 자기 처나 누이동생에게 하듯이만 하면 집 안에 큰소리가 없을 줄 알았다. 되지 않은 이론理論이니 설명이니 사상발표니 하기 때문에 감정이 상하고 충돌이 생기는 것이라고 생각하였다. 그러나 이렇게 생각을 하고 나니까 자기의 주위가 어쩐지 적막하여진 것 같고, 가정이란 것은 밥이나 먹고 잠이나 재워주는 여관 같았다. 여관 중에도 제일 마음에 맞지 않는 여관 같았다.

지금도 일 년 만에 만나는 첫대바기[62]에 형님에게 또 새판[63]으로 그러한 소리를 들으니까 불쾌하지 않을 수 없는 동시에, 작년 여름에 나

62) 맞닥뜨린 맨 처음.
63) 새로 벌어진 판. 새 판국.

왔을 때에 학교 문제로 삼 부자가 한참 논쟁을 하다가, 집구석이라고 돌아오면 이렇게들 사람을 귀찮게 굴 테면 여관으로라도 나간다 하고 이틀 사흘씩 친구의 집으로 공연히 떠돌아다니던 생각을 하여 보면서 잠자코 말았다. 어쩐지 마음이 쓸쓸하여지고 섭섭한 생각이 든다.

우리는 한참 동안 잠자코 걷다가 형님 집으로 들어가는 동구까지 와서 전에 보지 못하던 일본 사람의 상점이 길가로 하나 생기고 골목 안으로 들어서서도 두 집 문에 일본 사람의 문패가 붙은 것을 보고,

"그동안에 꽤 변하였군요?"

하며 형님을 치어다보니까, 형님은 조금도 이상할 것이 없다는 듯이 태연 무심히 고개를 끄덕끄덕하였다.

나는 앞장을 선 형님을 따라 들어가며 작년보다도 한층 더 퇴락한 대문을 치어다보고,

"거진 쓰러지게 되었는데 문간이나 좀 고치시지?"

하며 혼잣말처럼 한마디 하였다.

"얼마나 살라구! 여기두 좀 있으면 일본 사람 거리가 될 테니까 이대로 붙들고 있다가, 내년쯤 상당한 값에 팔아버릴란다. 이래 뵈두 지금 시세루 여기가 제일 비싸단다."

형님은 칠팔 년 전에 살 때와 비교하여서 거진 두세 곱이나 시세가 올랐다고 매우 좋아하는 모양이다. 나는 오늘 아침에 부산에서 본 광경을 생각하며,

"그야 다른 물가는 따라서 오르지 않았나요. 전쟁 이후에 어떤 것은 삼 배, 사 배나 올랐는데요."

하고 대꾸를 하며 안으로 쫓아 들어갔다.

형수와, 작은아버지 오신다고 깡충깡충 뛰는 일곱 살짜리 딸년이 안방에서 나와서 맞았다. 작년에 보던 것과는 다른 상스럽지 않은 노파도

하나 있었다. 나는 안방으로 들어가서 귀찮은 맞절을 형수와 하고 나서 조카딸의 절도 받았다. 동경에서 가져온 과자를 절값으로 내놓으니 계집애년은 경중경중 뛴다. 인사가 끝난 뒤에 형님은 무슨 생각을 하는 눈치로 벙벙히 앉았다가,

"건넌방에서두 나와보라지!"

하며 형수를 치어다본다. 형수는 아무 말 아니하고 섰더니,

"애! 너 가서 건넌방 어머니 오라구 해라."

하며 딸을 시키었다. 나는 어리둥절해하며,

"건넌방 어머니가 누구예요?"

하며 형수를 치어다보았으나 머리에는 직감적으로 어느 생각이 떠올랐다. 형수는 애를 써서 헛웃음을 입가에 띄우며 잠자코 말았다.

"네게는 이야기를 한다면서도 우환도 있구 해서 자연 이때껏 알리지를 못하였다만, 작은형수가 하나 생겼단다."

하며 형님이 웃는다. 단 형제가 사는 집안에 작은형수라는 말도 우습지만, 나는 대개 짐작하면서도,

"작은형수라니요?"

하고 되물으니까 윗목에 섰던 형수가,

"그동안에 난 죽었답니다."

하며 풀없는 웃음을 일부러 보인다. 형수는 그동안에 완연히 늙은 것 같았다. 눈가가 유난히 퍼래지고 이마와 눈귀에 주름이 현연히 보이었다. 형수의 말을 받아서 형님이 무어라고 입을 벌리려 할 제, 건넌방 형수가 들어오는 바람에 닫쳐버렸다. 분홍저고리에 왜반물치마를 입고 분을 하얗게 바른 시골 새악시가 아까 눈에 띄던 늙은 부인이 열어주는 방문으로 살짝 들어왔다. 고작 해야 열아홉 살쯤 되어 보이는 조촐한 색시다. 이맛전이 넓고 코가 펑퍼짐한 듯하고, 이 집에서 상성이 난 아

들깨나 날 것 같기도 하다. 그렇게 보아서 그러한지 빳빳한 치마가 앞으로 떠들썩한 것이 벌써 무에 든 것 같고, 얼굴에는 윤광이 돌아 보인다. '큰형수'와 느런히 세워놓고 보면 고식姑媳[64]이라 하는 것이 알맞을 것 같다. 나는 형님의 소원대로 상우례相遇禮[65]를 하였다. 두 사람의 맞절이 끝나니까 형수는 앞장을 서서 휙 나가버렸다. 새 형수도 뒤미처 나갔다. '큰형수'는 마루에 앉아서 짐을 지고 들어온 아이더러 무엇을 사오라고 분별을 하고, 새 형수와 마누라는 뜰로 내려가서 나를 위하여 점심을 차리는 모양이다. 머리도 안 빗은 조그만 늙은 아씨가 마루 끝에서 왔다 갔다 하는 것이 창에 붙은 유리 밖으로 마주 내다보일 제, 시들어가는 강국 같다는 생각이 머릿속에 떠올라 왔다. 어쩐지 가엾어 보이었다.

'그래두 세 식구가 구순하게 사는 것이 희한한 일이다.'

나는 이런 생각을 하며 벙벙히 앉았으려니까, 형님은 무슨 말을 꺼낼 듯 꺼낼 듯하다가,

"넌 지금 일 년 만에 나오지?"

하며 딴소리를 붙인다.

"올 여름 방학에는 안 나왔지요."

"응, 그래…… 너도 혹 짐작할지 모르겠다만, 청주 읍내에서 살던 최 참봉이라면 알겠니?"

하며 형님은 목소리를 한층 더 낮추었다.

"알지요."

"그 집이 지금 말이 아니 되었지. 웬만큼 가졌던 것은 노름을 해서 없앴겠지마는, 최 씨가 작고하기 전에 벌써 다 까불려버렸지…… 지금 데

---

64) 고부姑婦.
65) 신랑이나 신부가 처가나 시가의 친척과 처음 만나보는 예식.

96

려온 저것이 그이의 둘째딸이란다. 어렸을 젠 너두 보았을걸?"

"네에!"

하며 나는 무심코 웃었다. 최참봉이라면 내가 어렸을 때에는 우리 집 하고 격장에서 살던, 청주 일군은 고사하고 충청도 원판에서도 몇째 안 가는 재산가이었다. 술 잘 먹기로도 유명하고 외입깨나 하였지마는 배 짱 크기로도 유명하였었다. 작은형수라는 사람은 내가 소학교에 들어 갈 때에 지금 마루에서 뛰어다니는 형님의 딸년만 하였었다. 그렇게 생 각을 하여 보니까 부엌에서 음식을 차리고 있는 노부인이 낯이 익은 법 하기도 하고 일편 반갑기도 하여서 혼자 웃으며,

"그럼 저 마님이 최참봉의 부인이 아녜요?"

하고 물어보았다. 형님은 반색을 하면서,

"응, 참 너는 그 집에 늘 드나들며 놀지 않았니?"

하며 나를 치어다보았다. 나는 어쩐지 가슴이 선뜩하면서 몸이 근질 근질한 것 같았다. 최참봉 마누라라는 이는 딸 형제밖에는 낳아보지 못 한 사람이었다. 내가 어려서 놀러 가면 '내 아들 왔니!' 하기도 하고, '내 사위 왔구나!' 하기도 하며 퍽 귀여워하였었다.

"금순아, 금순아! 넌 어디루 시집갈련? 저 경만이(내 아명) 집으로 가지?"

하면 지금의 저 형수는 똥그란 눈으로 나를 말똥말똥 치어다보다가, 어떤 때는 '응!' 하기도 하고, 나는 시집 안 간다고 짜증을 내어보기도 하였던 것이다. 지금 학교에 다니는 내 누이동생과는 한 살이 위든가 하기 때문에 나보다는 두 살이 아래일 것이다. 나는 우리 남매하고 돌 아다니던 십사오 년 전의 어렴풋한 기억을 머릿속에 그려보면서 제풀 에 얼굴이 화끈거리는 것을 깨달았다. 어렸을 적 일이니까 당자도 잊어 버렸을 것이요 누이도 모르겠지마는, 저 마누라는 나를 알아볼 것이요,

실없는 소리라도 사위니 아들이니 하는 말을 하였던 것을 생각하여 본다면 마주 대면하기가 피차에 어떠할까 하고 지금부터 내가 도리어 얼굴이 간지러운 것 같다. 아무튼지 이상한 연분이다. 물론 그때만 해도 반상班常의 별을 몹시 차리던 시절이니까 두 집의 부모끼리는 왕래가 별로 없었고, 더구나 저편에서는 나를 데리고 실없는 소리를 하였을 뿐이지 감히 내 딸을 누구의 몫으로 데려가시오라고는 못하였었다. 하지만 지금 형님의 장모요 그때의 금순 어머니는 혹시 정말 나를 사위로 삼았으면 하는 공상이 있었던지 모른다. 그러면서도 기어이 우리 집으로 들여 보내고야 만 그 어머니의 심사는 알 수 없는 것이다. 형님은 잠깐 동을 떼어서 다시 입을 벌렸다.

"그래 우리 집이 서울로 이사한 뒤에는 최참봉이 실패하고 울화에 떠서 연전에 죽었다는 것은 알았지만 그렇게까지 참혹하게 된 줄은 몰랐더니, 올 여름에 산소〔墓地〕 일절로 해서 청주에 들어갔다가 최 씨의 큰사위를 만나니까, 장모하고 처제가 자기 집에 들어와서 사는데 저 역시 실패를 하고 지금은 자동차깨나 부리지마는, 그것도 근자에는 세월이 없어 지탱을 해갈 수가 없는 터이요, 혼기가 넘은 처제를 처치할 가망조차 없다면서, 어떻게 한밑천을 대어주었으면 좋을 듯이 말을 비치기에, 집에 올라가서 무슨 말끝에 우연히 그런 이야기를 하였더니……."

"최참봉 큰사위라면 그때 우리 살 때에 혼인한 김현묵金賢默이 말씀이죠?"

나는 어려서 보던 조그만 초립동이를 머리에 그려보며 듣다가 형님 말의 새치기로 물었다.

"옳지, 그래! 그때는 열두어 살밖에 안 되었지만, 지금은 퍽 건장해지기두 하고 위인이 착실해서 조치원에서는 상당한 신용이 있지…… 그래 아버지께서두 얼마간 밑천을 대어주는 것도 좋겠지마는, 그보다도 그 처제애를 데려오는 것이 어떠냐고 하시기에 들을 때뿐이요 흐지부지하였었지. 그런데 그후에 아버지께서 내려오셨던 길에 김현묵이를 만나보시고, 우리 집안이 절손이 될 지경이니 우리 집으로 데려오고 싶은즉, 저편 의향을 들어보라고 별안간 일을 버르집어 놓으시니까, 현묵이야 어떻든 인연을 맺어놓기로만 위주니라 물론 찬성이요, 그 집안에서도 유처취처有妻娶妻[66]라는 것을 매우 꺼리는 모양이나 우리 집안 내력도 알고 그보다도 자기네 형편이 매우 급하니까 결국은 승낙을 한 모양이지."

형님은 장황히 변명 삼아 설명을 하는 것이었다.

"어쨌든 큰아주머니만 불평이 없으시다면 잘되었습니다. 그럼 어머니께서도 좋게 생각하시겠죠?"

나는 구태여 잘잘못을 말할 일도 아니기에 좋도록 대꾸를 하였다.

"아버지께서는 원래 큰형수를 미흡하게 여기시니까 말씀할 것도 없지만, 어머니께서는 처음에는 반대를 하시다가 역시 손주새끼를 보겠다고 첩을 얻어들이는 것보다는 낫다고 하시고, 당자도 인제는 자식이라고는 나 볼 가망도 없구 하니까 아무려나 하라기에 되어가는 대로 내버려두었었지."

나는 잠자코 듣기만 하였다. 그러나 아들자식이란 그렇게도 낳고 싶은 것인지 나에게는 알 수 없는 일이었다. 무후無後한 것이 조상에 대한 죄라거나 부모에게 불효가 된다는 말부터 나에게는 이해할 수 없는 것이었다. 우연이든 필연이든 낳은 자식은 죽일 수 없으니까 남과 같이 길러놓기는 하여야 하겠지마는, 그렇게 성화를 하면서 부친까지 나서

---

66) 처 있는 사람이 또 처를 얻음.

서 서두르고 애를 쓸 것이 무엇인지? 사람이란 의외에 호사객이라고 생각하였다. 나이 먹으면 생각이 달라질지는 모르지마는, 아들자식을 낳아서 공을 들여 길러논다기로 그것이 어떻다는 것인지 알 수 없다. 요행 장수하여서 자기보다 앞서지 않을 지경이면 삿갓가마나 타고 상여 뒤에 따르리라는 것만은 분명히 예기豫期할 수 있는 일이겠지만 그 다음 일이야 누가 알 일인가. 위인이 착실할 지경이면 부모가 남겨주고 간 땅뙈기나 파서먹다가 뒤따라 땅속으로 굴러 들어가 버릴 것이요, 그렇지도 못하면 그나마 다 까불리고 제 몸뚱어리 하나도 추스르지 못하는 것은 말할 것도 없지만, 거기에 매달린 처자의 운명까지 잡쳐놓을지도 모른다. 기껏 잘났대야 저 혼자 속을 썩이다가 발자취도 없이 스러질 것이며, 자칫하면 제 목숨까지가 성이 가시다고 낳아준 부모를 원망할지도 모를 것이다. 그러나 종족을 연장하려는 것이 생물의 본능이라고 할지도 모른다. 하지만 종족의 보전이나 연장이라는 의식으로 사람은 결혼을 원하는 것인가. 그보다도 한층 더한 충동이 더 굳세게 사람의 마음속에서 움직이지는 않는 것일까. 자식이 주줄이 있어도 첩 얻지 않던가? 그는 고사하고 절손이 무섭고 자기가 돌아간 뒤에 술 한잔이라고 부어놓을 맏손주를 생전에 보겠다고 애를 부득부득 쓰는 부친이 가엾고, 의외로 완고인 데에 놀랐다. 사람의 관념이란 무서운 것이라고 새삼스럽게 생각되는 것이었다.

"서울 집에 있는 것이나 데려다가 기르셨더면 좋았죠. 어미두 죽게 되구, 저는 있는 게 도리어 귀찮을 지경인데."

하며 형님의 눈치를 보았다. 나는 자기 소생을 형님에게 떼어 맡겼으면 짐이 덜리어서 시원스럽겠다는 말이나, 듣는 사람에게는 양자라도 할 수 있는데 왜 유처취처까지 해서 남 못할 일을 하였느냐고 나무라는 것같이 들린 모양이었다.

"글쎄 그두 그렇지마는 너두 앞일을 생각하면 그럴 수야 있니. 그뿐 아니라 저편 처지가 말 못 되었으니까, 사람 하나 구하는 셈치고 어떻든 데려온 것이지."

하고 형님은 변명을 하였다. 나는 그 이상 더 말할 필요가 없다고 생각하면서도 사람 하나 구한다는 말이 귀에 거슬리기에 밖에서 듣지 않도록 일본말로 반대 의사를 늘어놓았다.

"그건 형님 잘못 생각이세요. 설혹 결혼을 하여서 한 사람이 구하여졌다 하더라도 형님은 그것은 자기의 공으로 아실 것도 못 되거니와, 처음부터 구한다는 생각을 가지고 결혼을 하셨다는 것은 자기를 과대평가하신 것이죠. 또 사실상 그러한 것은 둘째, 셋째로 나오는 문제이겠지요. 누구든지 저 사람을 행복스럽게 할 사람은 이 넓은 세상에 나밖에 없다고 생각하는 것은 한편으로 보면 좋은 일 같지마는, 다른 한편으로 보면 불완전한 '사람'으로서는 너무 지나친 자긍이겠지요."

형님이 잠자코 앉았는 것을 보고 나는 또다시 입을 벌렸다.

"진정한 사랑은 그 사람의 행복을 비는 마음에서 나오는 것이요, 그 사람의 생활을 지배하고 운명의 진로까지를 간섭하는 것은 아니겠지요, 구救한다는 것은 이기적 충동을 떠나서 자기를 다소간 희생하게 될 것인데, 형님은 아들 낳겠다는 욕심으로 한 결혼이 아닙니까? 하하하."

나는 아니하여도 좋을 말을 오금을 박듯이 입바른 소리를 하고 말았다. 형님은 잠자코 듣고 앉았다가,

"구한다는 사실이 이 세상에 없다 하면 너부터 굶어 죽을라? 그는 고사하고 여기 어린 아해가 우물로 기어 들어가면 너두 쫓아가서 붙들겠구나?"

하며 형님은 웃으면서도 덜 좋은 기색이었다.

"그건 구제가 아니라 의무지요."

나는 구하지 않으면 너부터 굶어 죽으리라는 말에 불끈해서 한마디 한 뒤에 다시 뒤를 이었다.

　"의무라 하면 당연히 할 일, 또는 하지 않아서는 안 될 일을 의미하는 것이 아니겠습니까? 그러면 자식을 낳아서 교육을 시키든지, 우물에 빠지려는 아해를 붙들어낸다는 것을 자선적 행위라고야 할 수 없겠지요. 그는 그만두고 지금 자살하려는 사람을 붙들어냈다 하기로 그 행위가 자선도 아니요, 그 사람의 행복을 위한 것도 아니죠. 다시 말하면 목숨이라든지 산다는 데에 공통한 처지에서 자기는 사는 것을 긍정하기 때문에, 생生을 부정하는 자를 자기의 의견에 동화시키려고 하는 행위가 즉 자살을 방지하는 노력이외다그려. 하고 보면 결국은 자기를 중심으로 하고 하는 일이 아닌가요?…… 하여간 소위 구제니 자선이니 하는 것을 향기 있고 아름다운 말이나 행위로 알지만, 실상은 사회가 병들었다는 반증밖에 아니 되고 그 어느 구석에든지 이기적 충동이 있다고 보는데요……."

　무어나 반항적 태도로 자기 의견을 한마디 꺼내놓고야 마는 이맘때의 나로는 형님이 어떻게 듣거나 말거나 한바탕 주워섬기고 말았다. 형님은 내 이론이 되고 안 된 것을 별양 탄하고도 싶지 않고 그저 못마땅하나 먼 데서 온 아우를 불쾌케 아니 하려는 듯이 웃으면서,

　"너같이 극단으로 나가면 이 세상에 살아갈 수 있겠니? 그래도 상호부조의 정신두 있어야 하고, 인생의 이상이니 목적이라는 것은 없어 안 될 거요……."

　하고 온화한 낯빛으로 입을 다물었다. 아까 문학은 배운대야 써먹을 데가 없다고 눈살을 찌푸리던 때보다는 달라졌다.

　"인생의 이상이란 것은 나는 생각해 본 일도 없습니다마는, 구태여 말하자면 자기를 위하여 산다 할까요. 하지만 결코 천박한 이기주의로

하는 말은 아닙니다."

내가 이렇게 대답을 하니까 형님은 나를 잠깐 치어다보는 양이,

'너야말로 이기주의자로구나!'

하고 핀잔을 주고 싶은 것을 참아버리는 모양이다.

부산히 차려 들여온 점심을 형제가 겸상을 하여 먹은 뒤에 나는 아랫 목에 잠깐 누웠었다. 어쩐둥 잠이 들어 한잠 늘어지게 자고 나서 눈을 떠보니까, 흐린 날이 저물어 들어가는지 방 안이 한층 더 우중충하여졌 다. 아까 식후에 학교에 다시 갔다가 온다던 형님은 벌써 돌아와서 건 넌방에 들어가 앉았는 모양이다. 내가 일어나서 양치질을 하는 소리를 듣고 형님은 안방으로 건너와서,

"눈이 올지 모르는데 술이나 한잔 먹고 떠나련?"

하며 밖에다 대고 술상을 차리라고 일렀다. 형님이 나에게 술을 권하 는 것은 여간한 마음으로 하는 것이 아니다. 더구나 학교에서 오다가 자기는 먹을 줄도 모르는 일본 청주를 사 들고 온 것이라고 한다. 나는 이것이 혼인상 대신인가? 하는 실없는 생각을 하여 보며 속으로 웃었 다. 형님도 대작을 하기 위하여 억지로 몇 잔 한다.

"그런데 이번에 올러가거든 좀 집에 붙어 앉아서 약 쓰는 것도 다잡 아 살펴보구, 모든 것을 네가 거두어줄 도리를 차려라."

형님은 두 잔째 마시고 나서 이런 소리를 들려주었다. 나는 잠자코 말았다. 사실 내가 약 쓰는 묘리를 알 까닭이 없는 일이다. 형님은 또 화두를 돌렸다.

"나두 며칠 있다가 형편되는 대루 곧 올라가겠지만, 아버님께 산소 사건은 아직도 사오 일은 더 있어야 낙착이 날 듯하다고 여쭈어라. 역 시 공동묘지의 규정대로 하는 수밖에 없을 모양이야."

나의 귀에는 좀 이상하게 들리었다. 내 처가 죽을 것은 기정의 사실

이라 치더라도 죽기도 전에 들어갈 구멍부터 염려들을 하고 있는 것은, 아들을 낳지 못하여서 성화가 난 것보다도 구성 없는 짓이요, 일 없는 사람의 헛공사라고 생각 아니할 수 없다.

"죽으면 묻을 데가 없을까 봐서 그러세요. 공동묘지는 고사하고 화장을 하든 수장을 하든 상관없는 일이 아닌가요? 아버지께서는 공연히 그런 걱정을 하시지만, 이 살기 어렵고 바쁜 세상에 그런 걱정까지 하는 것은 생각해 볼 일이지요."

나는 이렇게 핀잔을 주듯이 역시 반대 의사를 표시하였다.

"공연히가 가무에 공연히란 말이냐?"

형님은 눈을 똑바로 뜨고 나를 꾸짖고 나서 말을 이었다.

"너두 지각이 났으면 생각을 해보렴. 총독부에서 공동묘지 제도를 설정한 것은 잘 되었든 못 되었든 하는 수 없이 쫓아간다 하더라도, 대대로 내려오는 자기의 선산이 남의 손에 들어가게 되고 게다가 앞길이 머지않으신 늙은 부모가 계신데, 불행한 일이 있는 날에는 어떻게 한단 말이냐? 그래 아버님 어머님을 공동묘지에다가 모신단 말이 될 말이냐? 자식 된 도리는 그만두고라도 남이 부끄러워서 어떡한단 말이냐…… 계수만 하더라도 만일에 불행한 경우를 당하면 어떻든 작은 산소 아래다가 써야지, 여기저기 뿔뿔이 흐트러져 있으면 그게 무슨 꼬락서니란 말이냐?"

형님은 매우 화가 난 모양이다. 그러나 내게는 그리 다급히 들리는 문제는 아니었다.

"그래 어떡하신단 말씀예요?"

다만 산판이나 묘위전墓位田[67]이 남의 손에 들어갔다는 데에는 나도

---

67) 묘에서 지내는 제사의 비용을 마련하기 위하여 경작하던 밭.

잠자코 있을 수 없었다.

"어떻든지 간에 충북 도장관과는 아버님께서도 안면이 계시고 나도 아주 모르는 터는 아니니까, 아버님 대代만이라도 작은 산소에 모시도록 지금부터 허가를 맡아두고, 계수도 사람의 일을 모르니까 이번에 아주 자리를 잡아놓아 두자는 말이야. 그런데 그보다도 더 시급한 것은 큰 산소하고 가운데 산소의 '제절' 앞의 산판을 물러가지고 식목이라도 다시 하자는 것인데…… 뭐 아주 말이 아니야, 분상이 벌거벗은 셈이요……."

분산이 벌거벗었다는 말에 나는 속으로 웃었다.

"그 문제가 이때껏 낙착이 안 났세요?"

하며 나는 또 한 잔 들었다.

"낙착이 다 무어야. 뼛골은 뼛골대로 빠지고 일은 점점 안 돼가니 어떻게 해야 좋을지…… 지금 붙들어다가 징역을 시킨달 수도 없고……."

하며 형님은 눈살을 찌푸린다.

산소 문제라는 것은 셋째집 종형이 문서를 위조해서 팔아먹은 것이다. 우리 집이 종가는 아니나 실권은 여기서 잡고 있는, 말하자면 우리 문종 소유로 만들어놓은 것인데, 몇 평이나 되는지 노름에 몰려서 두 군데의 분상만 남겨놓고 상당히 굵은 송림째 얼러서 불과 백여 원에 팔아먹은 모양이나, 워낙 헐가로 산 것이기 때문에 당자가 좀처럼 물러주지 않는 터이라 한다. 제절 앞에 거름을 하고 논을 풀든 밭을 갈든 그는 고사하고 이해관계로라도 물러야 할 것은 물론이다.

"어떻든 무를 수는 있겠죠?"

공동묘지에 성화가 나서 하는 것은 코웃음 치는 나도 조상의 산소를 팔아먹은 데에는 분개하고 있는 터이다.

"글쎄, 셋째 아버지께서만 증인으로 스셨으면 아무 말 없이 본전에 찾겠지마는, 번연히 자기가 관계를 하시고 내용까지 자세히 아시면서 모른다고 하시니까 무사히 될 일두 이렇게 말썽만 되지 않겠니?"

"그럼 셋째 아버지도 공모를 하셨던가요?"

"그러게 망령이 나셨단 말이지…… 그나 그뿐이라면! 자식을 잘못 둬서 그랬기루서니 어찌하란 말이냐고 되레 야단만 치시니 기막히지 않니?"

"그럼 당자를 붙들어내면 될 게 아녜요?"

"당자야 벌써 어디룬지 들구 튀었다 하더라만, 아마 요새는 들어와 있나 보더라. 일전에두 갔더니 셋째 아버지가 앞장을 서서 우는 소리를 하시며 자식 하나 없는 셈 칠 테니 그놈을 붙들어다가 징역을 시키든 목을 돌려놓든 마음대로 하고, 인제는 그 문제로 우리 집에는 와야 쓸데가 없다고 하시는 것을 보면, 어디 갔다는 말은 공연한 소리요, 모두 부동이 되어서 귀찮게만 굴자는 수작 같애서 실없이 화가 나지만……."

셋째 삼촌이라는 이는 집의 아버지와 이복인 데다가 분재한 것을 몇 부자가 다 까불려버린 뒤로는 한층 더 말썽이 많아졌다. 언젠지 나더러도,

"네 형두 딱하지, 그예 징역을 시키고 나면 무에 시원할 게 있니? 돈 푼 더 주고 무르면 고만 아니냐? 고까짓 것쯤 더 쓰기로 얼마나 더 잘 살겠니?"

하면 갉죽갉죽 꼬집는 소리를 한 일이 있었다. 그런 소리를 들으면 머릿속까지 지끈지끈한 나는,

"내야 뭘 압니까. 그런 이야기는 형더러 하시죠."

하며 피해 버렸었다. 원체 나는 적서嫡庶의 차별 관념이란 꿈에도 없건마는 머릿살 아픈 일이다.

"아무쭈룩 구순하게 하시구려."

하고 나는 말을 끊어버렸다. 그러나 형님으로서 생각하면 단 형제뿐인데 내가 집안일에 탐탁히 의논 한마디라도 거들지 않는 것이 불만인 모양이다.

실쭉한 저녁을 조금 뜨고 나서 캄캄히 어둔 뒤에 다시 짐을 지워가지고 형님과 같이 정거장으로 나왔다. 드문드문 전등불이 반짝이는 큰 길 가에는 인적도 벌써 드물어가고 모진 바람이 쌀쌀히 부는 대로 가다가 다 눈발이 차근차근하게 얼굴에 끼치었다.

"오늘 밤에는 꽤 쌓이겠다!"

형님은 이런 소리를 하며 앞서 간다. 정거장 안에 들어서니까 순사보 한 사람이 형님하고 인사를 하며 나를 아래위로 한번 훑어보았으나, 별로 조사를 하자고는 아니한다. 지워가지고 온 짐을 받아가지고 형님과 나는 일본 사람 사무원이 들어오라고 권하는 대로 우리는 사무실로 들어가서 난로 앞에 불을 쬐고 섰었다. 두세 사무원이 우리를 돌아다보며 앉은 채 묵례를 한다. 우리들더러 들어오라고 한 사무원은,

"매우 춥지요? 동기 방학에 나오시는군요?"

하며 나의 옆에 와서 말을 붙이며 불을 쬔다. 이러한 경우에 일본 사람이 조선 사람보다 친절한 때가 있다고 나는 생각하였다. 순사나 헌병이라도 조선인보다는 일본인 편이 나은 때가 많다. 일본 순사는 눈을 부라리고 그만둘 일도, 조선 순사는 짓궂이 뺨을 갈기고 으르렁대고서야 마는 것이 보통이다. 계모 시하에서 자라난 자식과 같은 몹쓸 심보다. 불쌍한 처지에 있는 사람끼리 만나면 피차에 동정심이 날 때도 있지마는, 자기 자신의 처지에 스스로 불만을 가지고 자기 자신에 대한 증오가 심하면 심할수록, 자기와 똑같은 처지에 있는 사람이 더 밉고 보기 싫어서 그런가 보다. 혹시는 제 분풀이를 여기다가 하는 것일 것

이다. 조선 사람에게 대한 조선인 관헌의 태도가 그러한 심리에서 나오는 것인지? 혹은 일본 사람은 뒤로 물러서고 시키니까 그러는지? 하여간 조선인 순사나 헌병 보조원이 더 미우면서도 또 불쌍도 하다.

사무원은 내가 일본서 왔다는 데에 흥미를 가지고 이야기를 자꾸 건다. 한참 주거니 받거니 하며 섰으려니까, 외투에 모자우비까지 푹 뒤집어쓴 젊은 조선 사람 역부가 똥그란 유리등을 들고 창황히 들어오며 일본말로,

"불이 암만해도 안 켜져요."

하고 울상이다. 역부의 외투에 쌓였던 하얀 눈이 훈훈한 방 안 온기에 금시로 녹아서 조그만 이슬이 반짝거리며 뚝뚝 듣는다.

"빠가! 안 켜지면 어떡한단 말이야. 시간은 다 되었는데."

이때까지 웃는 낯으로 나하고 이야기를 하며 섰던 사무원이 눈을 부라리며 소리를 지르고 나서 저쪽 구석으로 향하더니,

"이 서방, 오소오소, 같이 가서 켜고 와요!"

하며 조선말로 이 서방에게 명한다. 나는 사무원의 살기가 등등한 뚱뚱한 얼굴을 바라보고 외면을 하였다. 두 역부는 다른 등에 또 불을 켜들고 허둥허둥 나갔다. 두 사람이 나가는 것을 보고 사무원이 픽 웃으며,

"하는 수 없어!"

하며 무책임한 이 꼴을 좀 보라는 듯이 혀를 차며 나를 치어다보았다. 나도 따라 웃어 보였으나, 머리로는 눈보라가 치는 속에서 신호등으로 기어 올라가서 허둥거리는 두 역부의 검은 그림자를 그려보며 익숙지 않은 일에 가엾은 생각도 난다. 조금 있으려니까 땡땡 하는 소리가 몇 번 난 뒤에 역부들이 들어왔다. 불은 켜지고 차는 조금 있다가 들어왔다. 눈이 푹푹 내리는 속을 나는 형님과 헤어져서 차에 올랐다.

석웃불을 드문드문 켠 써늘한 기차 속은 몹시 우중충하고 기름 냄새가 코를 찌른다. 외투를 벗어서 눈을 털었으나 몸은 구중중하고, 컴컴한 석웃불을 볼수록 조선은 이런 덴가 싶어 새삼스레 을씨년스럽다. 하여간 난로 앞에 가서 자리를 잡고 앉아보니 찻간에 사람은 그리 많지 않았다. 끄레발에 갈모[68]를 우그려 쓴 촌사람 오륙 인하고 양복쟁이 서너 사람이 난로 가까이 앉고, 저편으로 떨어져서 대구에서 탔는 듯싶은 기생 같은 젊은 여자가 양색 왜증인지 보라인지 검붉은 두루마기를 입고 이리로 향하여 앉은 것이 그중에 반가워 보였다. 나는 심심파적으로 잡지를 꺼내 들었으나 불이 컴컴하여 몇 장 보다가 덮어버렸다.

저편으로 중앙에 기생에게 등을 두고 앉은 사십 남짓한 신사를 바라보다가 나는 무심코 우리 집에 다니는 김의관이 생각이 났다. 기생하고 동행인지 혼자 가는지는 모르나 수달피 댄 훌륭한 외투를 입고 금테 안경을 쓰고 버티고 앉았는 것이 돈푼 있어 보이기도 하나, 안경 너머로 이 사람 저 사람의 얼굴을 유심히 바라보는 작은 눈은 교활하여 보였다.

기차가 추풍령에 와서 닿으니까, 일본 사람의 사냥꾼 한 떼가 개를 두 마리나 데리고 우중우중 들어와서 기다란 총을 여기저기다가 세우고 탄환 박인 혁대를 끌러 논 뒤에 난로 앞으로 모여든다. 객차에 산 짐승은 아니 태우는 법인데 이 행차는 특대우인 모양이다. 하여간 개가 싫어서 나는 자리를 피하여 저편으로 가서 앉았다. 촌사람들도 비실비실 피하여서 이리저리 흩어졌다.

"아, 영감! 이거 웬일이쇼?"

누구인지 이렇게 소리를 버럭 지르는 바람에 나는 무심코 고개를 돌렸다. 방한모를 우그려 쓴 얼금얼금한 사냥꾼 하나가 손가락 사이에는

---

68) 기름종이로 만들어, 비가 올 때 갓 위에 덮어 쓰는 것.

반쯤 타다가 남은 여송연에 불을 붙이며 난로를 등지고 섰는 자의 말소리다. 헌 양복에 각반을 치고 일본 버선에 조선 짚신을 신은 꼴이 손에 든 여송연과는 어울리지 않으나, 동행하는 일본 사람이 난로 앞에 설 자리를 사양하는 것을 보면 일행 중에서는 지위가 높은 모양이다.

"그러나 영감은 웬일이슈?"

수달피털을 붙인 외투를 입고 앉았던 금테 안경이 앉은 채 인사를 하며 묻는다. 이 자도 그만큼 버틸 힘이 있기에 이러한 '똥테' 두 동달이[69]쯤은 되는 영감을 앉아서 인사하는 것일 거라.

"군청에서들 산에 가자기에 나섰더니 인제야 눈이 오시는구려."

하며 얼금뱅이[70]가 웃었다.

"이 바쁜 세상에 사냥은 너무 호강이신걸, 허허허. 공무 태만으로 감봉이나 되면 어쩌려우?"

김의관 같은 안경잡이가 한층 내려다보는 수작을 한다.

"영감같이 돈이나 벌려면야 세상도 바쁘지만 시골 구석에 엎디었으니까 만사태평이외다. 한데 지금 어딜 다녀오슈?"

"대구를 갔다오는데, 이때까지 장관에게 붙들려서……."

"에? 그래 그건 어떡하셨소?"

"그거라니?"

안경잡이는 딴청을 붙이는 말눈치다.

"아, 저 토지 사건 말씀요."

얼금뱅이는 주기가 도는 뻘건 얼굴이 한층 더 붉어지는 듯하며 여전히 난로를 등지고 서서 묻는다.

"그렇지 않아도 그 일절로 내려온 것인데, 계약은 성립이 되었지만

---

69) 병정의 등급에 따라 군복의 소매 끝에 단 가는 줄.
70) 얼굴이 얼금얼금 얽은 사람을 낮잡아 이르는 말.

내 일이 낭패가 돼서…… 연 이틀을 붙들고 놓아주어야지. 매일 기생에 아주 멀미를 대었소…… 술 잘 먹고 놀기 좋아하고, 참 노당익장老當益壯71)야……."

경북 도장관이라면 일본 사람이거니와, 도장관을 칭송을 하는 것인지 긴하게 보인 자랑이 더 긴해서 떠드는 것인지 알 수 없다.

"에! 에!"

하며 얼금뱅이는 감탄하는 듯 부러운 듯하게 대꾸를 하다가,

"그래 지금 인천으로 가시는 길인가요?"

하며 또 묻는다. 금테 안경은 또 한 번 눈살을 잠깐 찌푸리는 듯하더니 다시 얼굴빛을 고치며,

"내야 원래 관계 있소, 저 사람이 죄다 하니까. 한데 영감하고 이야기하던 것은 아주 틀리는 모양이오? 어떻게 과히 무엇하지도 않겠고, 영감 체면도 상하지 않게 할 터이니 잘해 보시구려."

하며 한층 소리를 낮춰서 다정한 듯이 웃어 보인다.

"글쎄 나중에 기별하지요마는 어떻든 반승낙은 받았으니까 그쯤만 알아두시구려."

얼금뱅이는 이렇게 대답을 하고 좌우를 한번 휙 돌아보았다. 이야기는 뚝 끊기고 얼금뱅이는 그 옆에 빈자리에 앉았다. 두 사람의 수작은 어쩐지 암호를 써가며 하는 수수께끼 같으나 누가 듣든지 반짐작은 할 것이다. 첫눈에 벌써 김의관 같은 위인이라고 대중을 댄 것이 틀림없었던 것이 한편으로 유쾌도 하지마는, 불하운동拂下運動을 다니는 놈을 도장관이 한박 먹였다는 것은 이 자의 허풍이기도 하겠지마는 사실이면 까닭수가 있는 것이리라.

---

71) 늙었어도 더욱 기운이 씩씩함.

김의관이라면, 나는 진고개 헌병사령부에 쫓아가 보던 생각을 어느 때든지 잊지 않고 있다. 우리 집이 아직 시골에 있을 때에 나는 소학교를 졸업하고 서울 와서 김의관의 집에서 중학교에 통학을 하였었다. 첩의 집에만 들어박혔던 김의관이 그때는 돈에 꿀려서 본집에 와서 있었던지, 나 있는 방과 마주 보이는 건넌방에 있었다. 그게 그해 팔 월 스무날께쯤 되었었는지 빗방울이 뚝뚝 듣는 초가을날 오후이었다. 학교에서 막 돌아와서 문간에 들어서려니까 김의관 마누라가 울상을 하고 뛰어나와서 책보를 받으면서,

"경식이 아버지가 지금 뉘게 붙들려 가셨는데 이리 나간 모양이니 좀 쫓아가 봐주게."

하며 그렇게 못마땅해하던 영감이건마는 허겁지겁이었다. 나도 깜짝 놀라서 가리키는 편으로 골목을 빠져서 달음박질을 하여 가노라니까, 양복쟁이 두 사람에게 옹위가 되어가는 모시두루마기를 입은 김의관의 뒷모양이 눈에 띄었다. 나는 가슴이 두근두근하나 사오 칸통이나 떨어져서 살금살금 쫓아갔었다.

김의관이 붙들려 가는 것을 쫓아가 본 일이 이번이 두 번째다. 몇 달 전에 내가 학교에 들어간 지 얼마 아니 되어서다. 그때가 아마 첩과 헤어지자고 싸우고 본집으로 기어든 지 며칠 안 되던 때인 듯싶다. 어느 날 순검이 와서 위생비든가 청결비든가를 내라고 독촉을 하니까,

"없는 것을 어떻게 내란 말요? 이 몸이라두 가져갈 테거든 가져가구려."

하고 소리소리 질러가며 순검에게 발악을 하다가 그예 순검이 가자고 끌어내니까 문지방에 발을 버티고 아니 나가려고 한층 더 발악을 하며,

"이놈, 이놈, 사람 죽이네. 에구, 사람 죽이네……."

하고 순검에게 멱살을 붙들린 김의관은 순검보다도 더 야단을 치다가 그예 붙들려 가고야 말 제, 나는 가는 곳을 알려고 뒤쫓아 나섰었다. 그때에 나는 김의관이 이 세상에 제일 잘난 사람이라고 생각하였었다. 나는 시골 구석에서 순검이라면 환도 차고 사람 치고 잡아가는 이 세상의 제일 무서운 사람으로 알고 자라났다. 그런데 김의관은 그 제일 무서운 사람더러 이놈 저놈 하며 할 말을 다 하고 하인 부리듯이,

"이놈! 거기 섰거라. 누가 잘못했나 해보자!"

하며 안으로 들어와서 문지방에서 벗겨진 정강이에다가 밀태상[72]을 기름에 개어 바른다, 옷을 갈아입는다, 별별 거례[73]를 다하고 나서 의기 양양하게 순검보다 앞장을 서서 나가는 것을 보고, 나는 어린 마음에 유쾌도 할 뿐 아니라 제일 무서운 사람이 제일 못나 보이고 제일 우습던 김의관이 제일 잘나 보였던 것이다. 더구나 쫓아가서 교번소에 들어가더니, 거기 앉았던 일본 순검더러 무어라 몇 마디 하고 웃으며 나오는 김의관을 볼 제, 나는 이 늙은이가 이렇게도 권리가 좋은가 하고 혼자 놀랐었다.

그러나 이번에 붙들려 가는 것을 보니 아무 말도 없이 올가미를 씌운 개새끼처럼 고개를 축 늘어뜨리고 두 양복쟁이에게 끌리어 가더니 병정이 좌우에서 파수를 보고 섰는 커다란 퍼런 문으로 들어가서 자취가 사라지고 말았다. 나는 무서워서 가까이 가지도 못하고 가던 길을 휘더듬어 급히 돌아와서 집안의 식구더러 이러저러한 데더라고 가르쳐주었었다.

그날 저녁부터 경식이와 행랑아범은 하루 세 끼 밥을 나르기에 골몰하였었다. 그러더니 한 보름쯤 지나니까 한일합병이 반포되고 뒤미처

---

72) 꿀과 밀가루를 섞어 만들어 상처에 바르던 고약의 일종.
73) 짓거리.

서 김의관은 해쓱한 얼굴로 별안간 풀려나왔다. 그때의 김의관은 조금도 잘나 보이지 않았다. 그러나 무슨 까닭인 줄은 나도 짐작하였었다. 그런데 반달쯤 갇혔다가 나온 김의관은 금세 발복發福74)이 되었는지, 늙은이가 양복을 몇 벌씩 새로 장만을 하고 헤어졌던 첩을 다시 불러다가 큰마누라하고 한집에 살게 하며, 매일 나가서는 술이 취하여 들어오기도 하고 나이가 아깝게 새 양복을 찢어가지고 들어오는 때도 있었다. 그러한 지 한 달쯤 되더니 시골에다가 집과 땅을 장만하였으니 내려가자 하고 처첩을 다 데리고 낙향을 하여 버렸다. 그때서야 제일 무서운 사람에게도 발악을 쓰던 김의관이 두어 달 전에 올가미 쓴 개새끼처럼 유순히 끌려 가던 까닭을 더 분명히 알게 되었었다.

김의관은 내가 일본에 가기 전에는 자기 시골에서 학교를 세워가지고 교장 노릇도 하고 장거리에 나와서는 정미소를 한다는 소문도 들었으나, 그 후에 나와서 들으니까 그것도 인천 가서 미두米豆75)에 다 까불리고 지금은 남의 집의 협포에 들어서 다른 첩과 산다고 한다. 지금 이 좋은 외투에 몸을 싸고 금테 안경을 쓴 신사도 인천을 가느니 토지의 계약을 하였느니 하는 말을 들으면, 이전에 붙들려 가보기도 하고 낙향도 하고 정미소도 하여 보다가 인천 미두에 다니지나 않는가 하는 생각이 머리에 떠올랐다.

'그러다가 호상차지護喪次知76)나 하러 다니구……'

나는 이렇게 생각을 하여 보고 혼자 속으로 웃으며 금테 안경을 또 한 번 돌아다보았다.

---

74) 운이 틔어 복이 닥침.
75) 현물 없이 미곡을 거래하는 일. 현실의 거래를 목적으로 하는 것이 아니고 미곡의 시세를 이용하여 거래하는 일종의 투기 행위임.
76) 초상 일을 주장하여 맡은 사람.

기차가 영동역에 도착하니까 사냥꾼의 일행은 내리고 승객의 한 떼가 몰려 올라왔다.

"눈이 이렇게 몹시 왔다가는 내일 어디 장이 서겠나? 오늘두 얼매 손인지 알 수가 없는데……"

"공연히 우는 소리 말게. 누가 뺏어가나? 허허허."

하며 장꾼 같은 일행이 들어와서 자리들을 잡느라고 어수선하게 쿵쾅거리며 주거니 받거니 제각기 떠들어댄다.

정거장에 도착할 때마다 드나드는 순사와 헌병보조원이 차례차례로 한 번씩 휘돌아나가자 기차는 또다시 움직이기 시작하였다.

내 앞에는 역시 갓에 갈모를 쓰고 우산에 수건을 매어 든 삼십 전후의 촌사람이 들어와서 앉았다. 곰방담뱃대에 엽초를 부스러뜨려서 힘껏 담고 나더니 두루마기 속에 손을 넣어서 이 주머니 저 주머니를 한참 뒤적거리다가 내 옆에 성냥이 놓인 것을 보고,

"이것 잠깐만……"

하며 내 얼굴을 뚫어지게 들여다본다. 갓쟁이로는 구격具格[77]이 맞지 않게 손끝과 머리를 끄덕하며 빠르게 나의 눈치를 보는 것이 분명히 내가 일본 사람이 아닌가 하는 미심쩍고 겁이 나는 눈치다. 나는 웃으며 성냥통을 집어주었다.

담배를 붙이고 난 장꾼은 또 한 번 고개를 끄덕하며 나에게 성냥갑을 도로 주고 나서 인제는 안심하였다는 듯이 싱글싱글 웃으며 나의 얼굴을 멀거니 치어다보다가,

"우리 인사하십시다."

하며 번잡스럽게 말을 붙인다.

---

77) 격식을 갖춤.

나는 몹시 덜렁대는 위인이라고 생각하고 웃으며 하자는 대로 하였다.

인사를 한 뒤에 매캐하고 독한 연기를 훅훅 뿜으며,

"어디로 오시나요?"

하고 묻는다. 내가 사방모四方帽[78]를 쓴 것을 보고 일본에서 오나 싶어 이야기가 하고 싶은 눈치다.

"김천서요."

나는 마주 앉은 자의 광대뼈가 내밀고 두꺼운 입술을 커다랗게 벌린 시커먼 얼굴을 치어다보며 대답을 하였다.

"고향이 거기신가요?"

"네에."

"말소리가 다르신데요?"

부전부전한[79] 친구라고 생각하며 나는 웃어만 버렸다.

"어떤 학교에 다니시나요? 일본서 오시지 않으시는가요?"

무료한 듯이 잠자코 앉았다가 또다시 묻는다.

"어떻게 아슈?"

나는 웃으며 되물었다.

"아, 일본 갔다 오시는 분은 모두 그런 양복을 입으십디다그려."

하며 궐자는 외투 위로 내다보이는 학생복 깃에 달린 금글자를 바라보고 웃었다. 일본 유학생이 더구나 합병 이후로는 신시대·신지식의 선구先驅인 듯이 치어다보이는 때라, 이 촌청년도 부러운 눈으로 나를 자꾸 치어다보며 이것저것 묻고 싶으나 무얼 물을지 몰라서 망설이는 모양 같다.

"당신은 무엇을 하슈?"

---

78) 사각모자.
79) 남의 바쁜 사정은 생각지 않고 자기가 하고자 하는 일만 하려고 자꾸 서두르는.

나는 대답 대신에 딴소리를 하였다.

"네에, 갓(笠)장수를 다니는 장돌뱅이입니다."

그는 자비自卑하듯이 웃지도 않으며 자기 입으로 장돌뱅이라 한다.

"갓이요? 그래 요새두 갓이 잘 팔리나요?"

"그저 그렇지요. 촌에서들은 그래두 여전히 갓을 쓰니까요."

나는 좀 의외로 생각하였다. 두 사람은 잠깐 말을 끊었다가, 나는 다시 물었다.

"그러나 당신부터 왜 머리를 안 깎으우? 세상이 바뀌었을 뿐 아니라 귀찮고 돈도 더 들지 않소?"

"웬걸요. 촌에서 머리를 깎으려면 더 폐롭고 실상 돈도 더 들죠…… 게다가 머리를 깎으면 형장네들 모양으로 '내지어'도 할 줄 알고 시체 학문時體學問도 있어야지 않겠나요. 머리만 깎고 '내지사람'을 만나도 말대답 하나 똑똑히 못하면 관청에 가서든지 순사를 만나서든지 더 성이 가신 때가 많지요. 이렇게 망건을 쓰고 있으면 요보라고 해서 좀 잘못하는 게 있어도 웬만한 것은 용서를 해주니까 그것만 해도 깎을 필요가 없지 않아요?"

하며 껄껄 웃어버린다.

"그두 그럴 듯하지마는 같은 조선 사람끼리라도 머리만 깎고 양복을 입고 개화장開化杖을 휘두르고 하면 대접이 다른 것같이, 역시 머리라도 깎는 것이 저 사람들에게 천대를 덜 받지 않소. 언제까지든지 함부로 홀뿌리는 대로 꿈적꿈적하고 요보란 소리만 들으려우?"

나는 궐자의 말이 일리가 있다고 동정은 하면서도 무어라고 하나 들어보려고 이렇게 물었다.

"홀뿌리거나 요보라고 하거나 천대는 받을 때뿐이지마는, 머리나 깎고 모자를 쓰고 개화장이나 짚고 다녀보슈. 가는 데마다 시달리고 조금

만 하면 뺨따귀나 얻어맞고 유치장 구경을 한 달에 한두 번씩은 할 테
니! 당신네들은 내지어나 능통하시지요! 하지만 우리 같은 놈이야 맞으
면 맞았지 별수 있나요?"

천대를 받아도 얻어맞는 것보다는 낫다! 그도 그럴 것이다. 미친 체
하고 떡목판에 엎드러진다는 셈으로 미친 체하고 어리광 비슷한 수작
을 하거나 스라소니 행세를 하거나 하여 어떻든지 저편의 호감을 사고
저편을 웃기기만 하면 목전에 닥쳐오는 핍박은 면할 것이다. 속으로는
요놈 하면서라도 얼굴에만 웃는 빛을 띄면 당장의 급한 욕은 면할 것이
다. 공포恐怖, 경계警戒, 미봉彌縫, 가식假飾, 굴복屈服, 도회韜晦[80], 비굴卑
屈…… 이러한 모든 것에 숨어 사는 것이 조선 사람의 가장 유리한 생활
방도요, 현명한 처세술이다. 실상 생각하면 우리의 이러한 생활 철학은
오늘에 터득한 것이 아니요, 오랫동안 봉건적 성장과 관료 전제 밑에서
더께가 앉고 굳어 빠진 껍질이지마는, 그 껍질 속으로 점점 더 파고들
어 가는 것이 지금의 우리 생활이다.

"어떻든지 그저 내지인과 동등한 대우만 해주면 나중엔 어찌 되든지
살아갈 수 있겠죠."

청년은 무엇에 쫓겨가는 사람처럼 차 안을 휘휘 돌려다 보고 나서 목
소리를 한층 낮추어서 다시 말을 잇는다.

"가령 공동묘지만 하더라도 내지에도 그런 법률이 있다 하면 싫든 좋
든 우리도 따라가는 수밖에 없겠죠. 하지만 우리에게는 또 우리의 유풍
이 있지 않습니까? 대관절 내지에도 그런 법이 있나요?"

의외에 이 장돌뱅이도 공동묘지 이야기를 꺼낸다. 나는 아까 형님한
테 한참 설법을 듣고 오는 길에 또 이러한 질문을 받고 보니, 언제 규정

---

80) 자기의 재능·지위·형적 등을 감춤.

이 된 것이요, 어떻게 시행하라는 것인지는 나로서는 알고 싶지도 않고 그까짓 것은 아무렇거나 상관이 없는 일이지마는, 아마 요사이 경향에서 모여앉으면 꽤들 문젯거리, 화젯거리가 되는 모양이다. 나는 한번 껄껄 웃어주고 싶었으나 그리할 수는 없었다.

"일본에도 공동묘지야 있다우."

나 역시 누가 듣지나 않는가 하고 아까부터 수상쩍게 보이던 저편 뒤로 컴컴한 구석에 금테를 한 동 두른 모자를 쓴 채 외투를 뒤집어쓰고 누웠는 일본 사람과 김천서 나하고 같이 오른 양복쟁이 편을 돌려다 보았다. 나의 말이 조금이라도 총독 정치를 비방하는 것은 아니지만, 그중에서 무슨 오해가 생길지 그것이 나에게는 염려되는 것이었다.

"정말 내지에도 공동묘지가 있나요? 하지만 행세하는 사람야 좀 다르겠죠?"

"그야 좀 다르겠지마는 어떻든지 일본에서는 주로 화장을 지내기 때문에 타고 남은…… 아마 목구멍뼈라든가를 갖다가 묻고 목패든지 비석을 세운다우…… 그렇지 않아도 살아 있는 사람도 터전이 좁아서 땅조각이 금조각 같은데, 죽는 사람마다 넓은 터전을 차지하다가는 이 세상에는 무덤만 남고 말지 않겠소, 허허허."

나는 이러한 소리를 하면서도 묘지를 간략하게 하여 지면을 축소하고 남는 땅은 누구의 손으로 들어가고 마나 하는 생각을 하여 보았다.

"그리구서니 자기의 부모나 처자를 죽었다구 금세루 살라야 버릴 수가 있습니까? 더구나 대대로 내려오는 제집 산소까지를……."

이 사람은 나의 말이 옳다는 모양으로 고개를 끄덕끄덕하면서도 그래도 반대를 했다.

"화장을 지낸다기루 상관이 뭐겠소. 예전에 애굽이라는 나라에서는 왕후장상의 시체는 방부제를 쓰고 나무관에 넣은 시체를 다시 석관까지에 튼튼히 넣어서 피라미드라는 큰 굴 속에 묻어두었지만, 지금 와서는 미이라밖에는 되지 않고 만 것을 보면 죽은 송장에게 능라주의綾羅紬衣[81]를 입히고 백 평, 천 평 되는 땅에다가 아무리 굳게 파묻기로 그것이 무엇이란 말이오. 동상을 세우면 무얼 하고 송덕비를 세우면 무엇에 쓴다는 말이오……."

내 앞에 앉았는 장꾼은 무슨 소리인지 귀에 자세히 들어오지 않는 모양이다.

"네에, 그런 것이 있세요?"

하고 멀거니 앉았다.

"하여간 부모를 생사장제生死葬祭에 예禮로써 받들어야 할 거야 더 말할 것 없지마는, 예로 하라는 것은 결국에 공경하는 마음이나 정성을 말하는 것 아니겠소? 그러니 공동 묘지법이란 난 아직 내용도 모르지마는 그것은 별문제로 치고라도, 그 근본정신은 생각지 않고 부모나 선조의 산소치레를 해서 외화外華나 자랑하고 음덕蔭德이나 바란다는 것도 무슨 수작이란 것을 알아야 할 거 아니겠소. 지금 우리는 공동묘지 때문에 못살게 되었소? 염통 밑에 쉬스는 줄은 모른다구 깝살릴 것 다 깝살리고 뱃속에서 쪼르륵 소리가 나도 죽은 뒤에 파묻힐 곳부터 염려를 하고 앉았을 때인지. 너무도 얼빠진 늦둥이 수작이 아니오? 허허허."

나는 형님에게 하고 싶던 말을 장돌뱅이로 돌아다니는 이 자를 붙들고 한참 푸념을 하였다. 이야기를 하고 나니까 어쩐지 열적었다. 그러나 내가 한참 떠드는 바람에 여러 사람의 시선은 이리로 모인 모양이다. 저편에 앉았는 기생 아씨도 몸을 틀고 돌려다 보며 귀에 들어오지도 않는 이야기를 열심히 듣는 모양이다.

---

81) 비단옷과 명주옷.

"나는 모르겠습니다마는, 그래 형장께서도 양친이 계시겠지요? 어떻게 하실 텐가요?"

갓장수는 내 말은 어찌 되었든지 불평이 있으니만큼 시비조로 덤빈다.

"되어가는 대로 합시다."

하며 나는 웃고 입을 닫쳤다.

"그래두 누구나 부모나 조상을 위하는 것은 똑같겠죠?"

나는 더 말해야 쓸 데가 없다고 생각하며 아무 말 아니하려다가 그래도 오해를 사면 안 되겠기에 또 대꾸를 하여 주었다.

"글쎄 공동묘지가 좋으니 부모를 그리 모시겠다는 것이 아니라, 우리에게는 그보다도 더 절급한 문제가 하두 많다는 말 아니오? 그 절급 문제는 내버려두고—산 사람 문제는 내버려두고 왜 죽은 뒤의 문제부터기가 나서 법석이냔 말요. 아버지 어머니가 굶어 돌아가도 공동묘지에만 장사를 안 지내면 되겠소? 당신은 몇 대조까지나 선영先塋을 찾는지모르겠지마는, 가령 십 대조 이상의 묘지를 못 찾는다면 그것은 공동묘지기 때문이란 말요……."

하고 나는 화를 버럭 내다가 목소리를 낮추면서,

"그러니까 공동묘지가 좋다는 것이 아니라 근본 문제, 앞으로의 문제, 자식의 문제를 생각하여 놓고 이야기하자는 것이 아니오?"

하고 나는 눙쳐버렸다.

"나는 모르겠습니다."

하며 갓장수는 픽 웃어버린다. 나는 잠자코 말았으나 어쩐지 불유쾌하였다. 갓장수 따위를 데리고 그러한 논란을 한 것이 점잖지 않은 것같기도 하고, 남이 들으면 웃을 것 같아서 혼자 부끄러웠다.

두 사람이 잠자코 앉았으려니까 차는 심천深川 정거장엔지 도착한 모양이다. 새로운 승객도 별로 없이 조용한 속에 순사가 두리번두리번하고 뚜벅 소리를 내며 들어와서 저편 찻간으로 지나간 뒤에 조금 있으려니까, 누런 양복바지를 옹구바지로 입고 작달막한 키에 구두 끝까지 철철 내려오는 기다란 환도를 끌면서 조선 사람의 헌병보조원이 또 들어왔다. 여러 사람의 눈은 또 긴장해지며 일시에 구랄만 한 누렁저고리를 입은 조그마한 사람에게로 모이었다. 이 사람은 조그만 눈을 똥그랗게 뜨고 저편서부터 차츰차츰 한 사람씩 얼굴을 들여다보며 이리로 온다. 누구를 찾는 것이 분명하다. 나는 공연히 가슴이 선뜩하였으나 이 찻간에는 나를 미행하는 사람이 있으리라는 생각을 하니까 안심이 되었다. 찻간 속은 괴괴하고 헌병보조원의 유착한 구둣소리만 뚜벅뚜벅 난다. 그러나 여러 사람의 가슴은 남포의 심짓불이 떨리듯이 떨리었다. 한 사람 두 사람 낱낱이 얼굴을 들여다보고 지나친 뒤의 사람은 자기는 아니로구나 살았구나! 하는 가벼운 안심이 가슴에 내려앉는 동시에 깊은 한숨을 내쉬는 모양이 얼굴에 완연히 나타났다. 헌병보조원의 발자취는 점점 내 앞으로 가까워왔다. 나는 등을 지고 돌아앉았고 내 앞의 갓장수는 담뱃대를 든 채 헌병의 얼굴을 똑바로 치어다보고 있었다. 헌병보조원은 내 곁에 와서 우뚝 선다. 나는 가슴이 뜨끔하며 무심코 치어다보았다. 그러나 헌병보조원은 나를 본 체 만 체하고 내 앞에 앉았는 갓장수를 한참 내려다보고 섰더니 손에 들었던 종이 조각을 펴본다. 내 가슴에서는 목이 메게 꿀떡 삼키었던 토란만 한 것이 쑥 내려앉는 것 같았다. 찻간은 고작 헌병보조원―어린 조선 청년 하나의 한마디로 괴괴하여졌다.

"당신 이름이 뭐요."

헌병보조원은 갓장수더러 물었다.

"나요? 김××예요."

하고 허둥지둥 일어선다.

"당신 영동永同서 갓을 부쳤소?"

"네, 네."

"그럼 잠깐 내리십시다."

찻간 속은 쥐 죽은 듯한 공포에서 겨우 벗어났다. 여기저기서 수군수군하는 소리가 난다.

나의 앞에 앉아서 이때까지 노닥거리던 말동무는 헌병보조원의 앞을 서서 허둥지둥 차에서 내렸다.

그러나 문밖으로 나간 뒤에 정신을 차리고 보니까, 내 앞에는 수건으로 질끈 동인 헌 우산 한 개가 의자 구석에 기대어 섰다. 나는 유리창을 올리고 캄캄한 밖을 내다보며 소리를 쳤으나 벌써 간 곳이 없었다······ 난로에 석탄을 넣으러 들어온 역부에게 그 우산을 내어주면서 물어보니, 주는 우산은 받으면서도 이편 말은 못 알아들은 듯이,

"나니(무엇이야)? 나니?"

하며 여전히 못 알아들은 체하고 일본말로 묻는 데에는 어이가 없었다. 발길로 지르고 싶었다.

자정이나 넘은 뒤에 차는 대전大田에 와서 닿았다. 김의관 같은 금테 안경 채비의 하이칼라 신사는 커다란 가죽 가방에 담요를 비끄러매어서 옆에 놓았던 것을 앞에 앉았던 사람에게 들려가지고 내려갔다. 그러나 기생은 내리지 않는다.

얼마나 정거하느냐고 소제하는 역부役夫더러 물어보니까, 삼십 분 동안이라고 먹따는 소리를 꽥 지르고 달아난다. 나는 하두 심심하기에 모자를 집어쓰고 차에서 내려서 플랫폼으로 어슬렁어슬렁 걸어나갔다. 그동안에 눈이 서너 치나 쌓인 모양이다. 지금은 뜸하나 뼈에 저린 밤바람이 모가지를 자라목처럼 오그라뜨렸다. 맨 끝에 달린 찻간 앞까지 오니까 불을 환하게 켠 차장실 속에 얼굴이 해끄무레한 두 청년이

검정 방한모에 소매통이 좁은 옥색 두루마기를 입고, 누런 양복을 입은 헌병과 마주 서서 웃으며 이야기를 하는 것이 환히 보이었다. 얼굴 모습이 같은 것을 보면 두 청년은 형제 같고, 헌병 가슴에 권총을 단 줄이 늘어진 것을 보면 보조원이 아니요 이것이 분명하다. 나는 창 밑으로 가까이 가보니까 세 사람은 여전히 웃으며 무어라고 속살거린다. 그러나 그 청년들의 어설프게 웃는 낯빛과 입술이 경련적痙攣的으로 위로 뒤틀린 것은 공포 그것 같았다.

　'스파이는 아니군!'

　하는 가벼운 생각으로 나는 발길을 돌이켜 목책으로 막은 입구 앞으로 가서 내 손으로 열고 나갔다. 아무도 막지 않고 좌우편으로 눈발이 쳐들어오는 휑뎅그렁한 속에는 한가운데에 난로랍시고 놓고 그 가에 옹기종기 사람들이 모여 섰다.

　'대합실도 없이 이런 벌판에 세워둘 지경이면 어서 찻간으로 들여보낼 일이지!'

　나는 이런 생각을 하며 난로 옆을 흘끗 보려니까, 결박을 지은 범인이 댓 사람이나 오들오들 떨며 나무의자에 걸터앉고 그 옆에는 순사가 셋이서 지키고 있는 것이 눈에 띄었다. 나는 무심코 외면을 하였다. 그 중에는 머리를 파발을 하고 뗏덩이가 된 치마저고리의 매무시까지 흘러내린 젊은 여편네도 역시 포승을 지어서 앉아 있다. 부끄럽지도 않은지 나를 부러워하는 듯한 눈으로 물끄러미 치어다보다가 고개를 숙인다. 자세히 보니 등 뒤에는 쌕쌕 자는 아이가 매달렸다. 여자의 이런 꼴을 처음 보는 나는 가슴이 선뜩하며 멀거니 얼이 빠져 섰었다. 나는 흉악한 꿈을 꾸며 가위에 눌린 것 같은 어리둥절한 눈으로 한참 바라보다가 발길을 돌렸다.

　정거장 문밖으로 나서서 눈을 바삭바삭 밟으며 큰길 거리로 나가니까 칠 년 전에 일본으로 달아날 제 오정 때 대전에 내려서 점심을 사 먹던 그 집이 어디인지 방면도 알 수 없이 시가市街가 변하였다. 길 맞은편으로 쭉 늘어선 것은 빈지를 들였으나 모두가 신축한 일본 사람 상점이다. 우동을 파는 구루마가 쩔렁쩔렁 흔드는 요령 소리만이 괴괴한 거리에 처량하다. 열네다섯쯤에 말도 모르고 단신 일본으로 공부 간다는 데에 호기심이 있었던지 친절히 대접을 해주던 그때의 그 주막집 주인 내외가 그립다.

다시 돌쳐 들어오며 보니 찻간에서 무슨 대수색을 하는지 승객들은 아직도 아니 들여보내고, 결박을 지은 여자는 업은 아이가 깨어서 보채니까 일어서서 서성거린다.

'젖이나 먹이라고 좀 풀어줄 일이지.'

하는 생각을 하니 곁에 시퍼렇게 얼어서 앉은 순사가 불쌍하다가도 밉살맞다. 목책 안으로 들어오며 건너다보니까 차장실 속에 있던 두 청년과 헌병도 여전히 이야기를 하고 섰다. 나는 까닭 없이 처량한 생각이 가슴에 복받쳐 오르면서 한편으로는 무시무시한 공기에 몸이 떨린다.

젊은 사람들의 얼굴까지 시든 배춧잎 같고 주눅이 들어서 멀거니 앉았거나, 그렇지 않으면 빌붙는 듯한 천한 웃음이나 '헤에' 하고 싱겁게 웃는 그 표정을 보면 가엾기도 하고, 분이 치밀어 올라와서 소리라도 버럭 질렀으면 시원할 것 같다.

'이게 산다는 꼴인가? 모두 뒈져버려라!'

찻간 안으로 들어오며 나는 혼자 속으로 외쳤다.

'무덤이다! 구더기가 끓는 무덤이다!'

나는 모자를 벗어서 앉았던 자리 위에 던지고 난로 앞으로 가서 몸을 녹이며 섰었다. 난로는 꽤 달았다. 뱀의 혀 같은 빨간 불길이 난로 문틈으로 날름날름 내다보인다. 찻간 안의 공기는 담배 연기와 석탄재의 먼지로 흐릿하면서도 쌀쌀하다. 우중충한 남폿불은 웅크리고 자는 사람들의 머리 위를 지키는 것 같으나 묵직하고도 고요한 압력壓力으로 지그시 내리누르는 것 같다. 나는 한번 휘돌려다 보며,

'공동묘지다! 공동묘지 속에서 살면서 죽어서 공동묘지에 갈까 봐 애가 말라 하는 갸륵한 백성들이다!'

하고 혼자 코웃음을 쳤다.

'공동묘지 속에서 사니까 죽어서나 시원스런 데 가서 파묻히겠다는 것인가? 그러나 하여간에 구더기가 득시글득시글하는 무덤 속이다. 모두가 구더기다. 너두 구더기, 나두 구더기다. 그 속에서도 진화론적 모든 조건은 한 초 동안도 거르지 않고 진행되겠지! 생존 경쟁이 있고, 자연 도태가 있고, 네가 잘났느니 내가 잘났느니 하고 으르렁댈 것이다. 그러나 조만간 구더기는 낱낱이 해체가 되어서 원소가 되고 흙이 되어서 내 입으로 들어가고 네 코로 들어갔다가, 네나 내나 거꾸러지면 미구에 또 구더기가 되어서 원소가 되거나 흙이 될 것이다. 에잇! 뒈져라! 움도 싹도 없이 스러져버려라! 망할 대로 망해 버려라! 사태가 나든지 망해 버리든지 양단간에 끝장이 나고 보면 그중에서 혹은 조금이라도 쓸모 있는 나은 놈이 생길지도 모를 것이다……'

─나는 차가 떠나기 전에 자기 자리로 와서 드러누웠다. 어느덧 난로 옆으로 등 너머에 와서 누운 기생의 머리에서 가끔가끔 끼쳐오는 머릿내와 향긋한 기름내, 분내를 코로 은은히 맡아가며 눈을 감고 누웠었다.

'이것도 구더기 썩는 냄새이기는 일반이다!'

나는 이런 생각을 하여 보면서도 코를 막으려고는 아니하였다. 차가 움직이기 시작하였다…… 어느덧 잠이 소르르 왔다.

몇 번이나 눈을 떴다 감았다 하며 편치 못한 잠을 잔 둥 만 둥하고 눈

을 떠보니까 긴긴 밤도 흐지부지 훤히 밝았다. 으스스하기에 난로 앞으로 가서 불을 쬐며 옆사람더러 물어보니 시흥始興에서 떠났다 한다.

인제는 서울도 다 왔구나! 하고 생각하니 그래도 반갑지 않을 수 없다. 영등포를 지나서 한강 철교를 건널 때에는 대리석으로 은구를 놓은 듯한, 사람 그림자라고는 없는 빙판을 바라보고 무심코 기지개를 켜며 두 다리를 쭉 뻗었다. 용산역에까지 오니까 뒤의 기생이 일어나서 매무시를 만적거리고 곧 내릴 사람같이 나를 유심히 바라보며 머뭇거리다가 차가 떠나려고 호각을 부는 소리를 듣고서 그대로 앉아버렸다. 서울이 처음길이라 마음이 불안해서 무엇을 물어보려고 그리하는지 수상하다. 내가 자기 자리로 와서 선반에서 짐을 내려놓고 내릴 채비를 차리는 동안에도 일거일동을 눈으로 쫓으면서 무슨 말을 붙일 듯 붙일 듯하다가 입을 벌리지 못하고 마는 모양이다. 서울에 내려서 찾아갈 길을 묻자든지 무슨 까닭이 있는 것 같아서 이편에서 먼저 입을 벌리고 싶었으나, 대학 제복, 제모에 경의를 표하기 위하여 모른 척해 버렸다.

기차는 남대문에 도착하였다. 집에서 나온 큰집 종형님과 짐을 나누어 들고 나와서 인력거를 타다가 보니, 그 기생은 길 잃은 아이처럼 비켜서서 우두커니 이쪽을 바라보고 있다. 걱정 아니하여도 저 찾아갈 대로 찾아가겠지마는, 어떤 사정인지 이 추운 아침에 가엾어 보였다.

7

온밤 새도록 쏟아진 눈은 한 자 길이는 쌓였을 거라. 인력거꾼은 끙끙대며 끄나 바퀴가 마음대로 돌지를 않는다. 북악산에서 내리지르는 바람은 타고 앉았는 사람의 발끝 코끝을 쏙쏙 쑤시게 하고, 안경을 쓴 눈이 어른어른하도록 눈물을 핑 돌게 한다. 남문 안 '신창'으로 나가는 술집 더부살이 같은 것이 굴뚝에서 기어 나온 사람처럼 오동이 된 두루마기 위로 치룽[82]을 짊어지고 팔짱을 끼고 총총총 걸어가는 것이 가다가다 눈에 띌 뿐이요, 아직 거리에는 사람 자취도 별로 없다. 불이 나가지 않은 문전의 외등外燈은 졸린 듯이 뿌옇게 김이 어리어 보인다. 인력거꾼은 여전히 허연 입김을 헉헉 뿜으며 다져진 눈 위로 꺼불꺼불하며 달아난다.

나는 일 년 반 만에 보는 시가를 반가운 듯이 이리저리 돌려다 보고 앉았다가, 어느덧 머릿속에 아내의 가죽만 남은 하얗게 센 얼굴이 떠올랐다.

'이래두 남편이라구 기대리구 있을 테지?'

나는 이런 생각도 하여 보았다. 그러나 가엾은 생각이라고는 아니 난다. 도리어 별안간 아까 정거장에서 섭섭한 듯이 바라보고 섰던 대구 기생의 얼굴이 떠올랐다. 갸름하고 감숭한 얼굴, 무슨 불안을 호소하려는 듯한 그 눈.

'지금쯤 어디를 헤매누? 말을 좀 붙여보았더라면 좋았을걸!'

나는 추운 생각도 잊어버리고 멀거니 이런 생각을 하고 앉았다가 우리 집에 들어가는 동리를 지나쳤다. 인력거꾼의 꾸지람을 들어가며 두어 칸통이나 되짚어 내려와서 내렸다.

집안 식구들은 벌써 일어나서 세수까지 하고 앉아서 기다리고 있던 모양이다.

"공부두 중하지만 그렇게두 좀 아니 나온단 말이냐."

하며 어머님은 벌써부터 우는 목소리다.

---

82) 싸리로 채롱 비슷이 가로 퍼지게 둥긋이 결어 만든 그릇.

"그래도 눈을 감기 전에 만나라두 보게 되었으니 다행이다."

하고 또 우신다. 과부가 된 뒤로 본가살이를 하는 큰누이도 훌쩍훌쩍
하고 섰다. 작은누이도 덩달아서 눈을 비빈다. 뜰에서 멀거니 바라보고
섰던 큰집 사촌형수도 까닭 없이 돌아서며 행주치마로 콧물을 씻는 눈
치다. 그래도 아버지만은 벌써 안방에 들어와 앉으셔서 잠자코 절을 받
으셨다.

"아, 무엇 때문에 이렇게들 우셔요?"

나는 모친 앞에서도 여러 아낙네에게 핀잔을 주었다. 해마다 오면 어
머니의 울며 맞아주는 것이 귀찮다. 그러한 때에는 내 처도 으레 제 방
으로 피해 들어가서 훌쩍거리었다. 반갑다고 우는 것이겠지마는, 아내
에게 있어서는 그런 것만도 아니었다. 나는 혼자서 눈물이 핑 돌 때가
없지 않지만, 남이 우는 것을 보면 도리어 웃어주고도 싶고 무어라고
위로할 수도 없었다.

"좀 어떤 셈예요?"

인사가 끝난 뒤에 어머니에게 물으니까,

"그저 그렇지. 어서 들어가 보렴."

하며 어머니가 안방에서 나와서 건넌방으로 앞장을 서서 들어갔다.

"아가, 아가! 서방님 왔다. 얘, 얘, 일본서 서방님 왔어……."

혼수상태에 있던 병인은 눈을 슬며시 뜨고 시어머니의 얼굴을 바라
다보고 나서 곁에 앉은 나를 물끄러미 치어다보더니, 까맣게 탄 입술을
벌리고 생그레 웃는 듯하더니, 깔딱 질린 눈에 눈물이 글썽글썽하여지
며 외면을 한다. 두꺼운 이불을 덮은 가슴이 벌렁거리며 괴로운 듯이
흑흑 느낀다.

"우지 마라, 우지 마라, 인제 낫는다."

어머니는 이렇게 달래면서도 역시 훌쩍거리며 나가버리신다. 병풍으

로 꼭꼭 막고 오줌똥을 받아내는 오랜 병인의 방이라 퀴퀴한 냄새에 고약한 약내가 섞여서, 밤차에 피로한 사람의 비위를 여간 거슬리는 게 아니지마는, 그래도 금시로 나가버릴 수가 없어서 그 옆에 앉았었다.

"울지 말어요. 병에 해로우니."

나는 겨우 한마디 하고 무슨 말로 위로를 해야 좋을지 몰라서 벙벙히 앉았었다.

"중기重基, 중기 보셨소?"

병인은 눈물을 씻으며 겨우 스러져가는 목소리로 한마디를 하고 나를 치어다본다. 곁에 앉았던 계집애년이 집어주는 수건을 받는 손을 볼제, 나는 비로소 가엾은 생각이 났다. 가죽이 착 달라붙고 뼈가 앙상한 손이 바르르 떨리었다.

'저 손이, 이 몸에 닿던 포동포동하고 제일 귀여워 보이던 그 손이던가?'

하는 생각을 하여 보니 어쩐지 마음이 아프고 실쭉하여졌다.

"……난, 나는 죽는 사람이에요…… 하, 하지만 저 중기만은……."

하며 또 기운 없이 입을 벌리다가 목이 메고 말았다. 그저 그 소리지마는 시원하게 울고 싶어도 기운이 진하여서 눈물만 쏟아지는 모양이다.

"그런 소리 말아요. 죽기는 왜 죽어…… 마음을 턱 놓고 있으면 나요."

"인제는 더 살구 싶지두 않어요…… 어떻든 저것만은 잘 맡으세요……."

또다시 흑흑 느끼다가,

"……저것을 생각하니까, 하, 하루라두 더 살려는 것이지……."

하며 엉엉 목을 놓고 우니, 가다가다 목이 메어서 모기 소리만큼 졸아 들어갔다.

나는 무어라고 대꾸를 하여야 좋을지 망단하였다. 죽어가면서도 자식 생각을 하는 것이 불쌍하기도 하고, 부질없는 일 같기도 하다. 오래 앉았으면 점점 더 울 것 같고, 또 사실 더 앉았기도 싫기에, 나는 울지 말라고 달래면서 안방으로 건너와서 아랫목에 깔아놓았던 조선옷과 갈아입었다. 정거장에 나왔던 사촌형이 들어와서,

"사랑에서 부르시네."

하며 이르고 자기 방으로 들어간다. 이 형님은 종가宗家의 장남으로 태어난 덕에 일평생 손 하나 까딱하지 않고 우리 집에서 사십 년을 지내왔다. 그러나 이 형님에게 자식이 없는 것이 집안의 또 큰 걱정거리란다.

사랑에 나가서 깜짝 놀란 것은 김의관이 아버님 옆에 앉았는 것이다.

'언제부터 또 와서 있누?'

하며 어제 찻속에서 보던 금테 안경을 생각하고 들어가서 인사를 하니까,

"잘 있었나? 내환이 위중해서 얼마나 걱정이 되나?"

하며 한층 더 점잔을 빼고, 양복은 입었으나 장죽을 물고 앉았다. 아랫목에 도사리고 앉으셨던 아버님은,

"거기 앉어라."

하며 그동안 병세病勢의 경과를 소상히 이야기하며 무슨 탕湯을 몇 첩이나 썼더니 어떻게 변하고, 무슨 음飮을 몇 첩을 써보니까 얼마나 효험이 있었고, 무엇이 어떻게 걸리어서 얼마나 더치었다는 이야기를 기다랗게 들려주셨으나, 나에게는 무슨 소리인지 잘 알아들을 수가 없었다. 나는 가만히 듣고 앉았다가,

"그 유종乳腫은 총독부 병원에 가서 얼른 파종을 시켰더면 좋았을걸요?"

하며 한마디 하니까,

"요새 양의가 무어 안다던? 형두 그따위 소리를 하기에 죽여도 내 손으로 죽인다고 하였다만……."

하며 역정을 내셨다. 나는 잠자코 말았다.

안에 들어와서 급히 차려주는 조반을 먹다가,

"김의관은 왜 또 와 있어요?"

하고 어머니께 물어보았다.

"집을 뺏기구 첩허구 헤어진 뒤에 벌써부터 와 있단다."

"그럼, 큰집은 어떡하구요?"

"큰집은 있기야 있지만, 인제는 안 돌아다니나 보던. 더구나 셋방으로 돌아다니는 터에!…… 매일 술타령이요, 사람이 죽을 지경이다."

하며 어머니는 눈살을 찌푸리셨다.

"그, 왜 붙여요?"

김의관에 대한 숭배심을 잃은 나는 그 반동으로 보기가 싫었다.

"왜 붙이는 게 뭐냐? 아버지께서는 이 세상에 김의관만 한 사람이 없다고, 누가 무어라고만 하면 야단이시구, 꼭 겸상해서 잡숫다시피 하시는데……."

김의관은 합방合邦통에 무슨 대신大臣으로 합방에 매우 유공한 서 자작徐子爵의 일긴一緊으로서 그 서 씨의 집을 얻어 들었는데, 서 씨가 올여름에 죽은 뒤에는 집까지 뺏겼다는 것이다. 그러나 그 대신으로 서자작이 하던 사업—이라야 별다른 게 아니라 귀족들의 초상집 호상차지하는 것이지만, 이것만은 대를 물려받아서 한다는 소문이다.

"그건 고사하고, 여보, 김의관이 유치장에 들어갔다가 그저께야 나왔다우…… 모닝코트를 입구, 하하하."

시험이 며칠 아니 남았다고 책상머리에 앉아서 무엇인지를 꼼지락꼼지락하고 앉았던 누이동생이 돌려다 보며 말참견을 한다.

"응? 허허. 그거 걸작이다! 헌데 무슨 일루?"

나는 김의관이 예전에 두 번이나 붙들려 가는 것을 따라가 본 일이 있느니만큼 유치장이란 말에 커다랗게 웃었다.

"누가 아우. 밤중에 요릿집에서 부랑자 취체에 붙들려 들어갔다가 이 주일 만에 나왔다우. 하하하……."

"허허허……."

나는 합방통에 헌병사령부에 가던 일을 생각해 보고,

"이번에는 누가 쫓아갔던?"

하며 또 한 번 웃었다.

"아, 참 너두 밤출입 하지 마라. 요새는 부랑자 취체도 퍽 심한 모양 인데……."

어머니는 곁에서 주의를 시킨다.

"왜 내가 부랑잔가요? 그런데 김의관이 유치장에서 나와서 무어라구 해?"

하며 누이더러 물어보았다.

"아버지께서는 누가 먹어내기 때문에 들어갔다고 하시지만, 큰집 오빠가 그러는데 요릿집에서 취체를 당하니까, 물론 독립운동자를 잡으 려는 것인데, 김의관이 호기 좋게 정무총감政務總監에게 전화를 걸 테라 구 법석을 하기 때문에 형사들은 더 아니꽈서, 웬 되지 않은 놈이 이 기 승이냐고 곯려주었나 보다던데요."

"넌 뭘 안다구 어른들 이야기를 그렇게 하니!"

어머니는 누이를 잠깐 꾸짖고 나시더니, 아랫방에서 중기가 깨었다고 안고 나오는 것을 받아가지고 들어오신다.

"자아, 너 아범 봐라. 너 아범 왔다. 좀 봐라! 왜 인제 오셨소?"

어머니는 겨우 핏덩어리를 면한 조그만 고깃덩어리를 얼러가며 나에게로 디미셨다. 처네[83]에 싸인 바짝 마른 아이는 추워서 그러는지 두 팔을 오그라뜨리고 바르르 떨면서 핏기 없는 앙상한 얼굴을 이리로 향하고 말끄러미 나를 치어다보다가 으아 하며 가냘픈 목소리로 운다.

"그, 왜 그 모양이에요?"

나는 눈살을 찌푸리며 고개를 돌렸다.

"왜 어떠냐? 모습이 너 닮어 이쁘지 않으냐? 인제 석 달쯤 된 게 그렇지…… 그러나 나면서 어디 어미 젖이라군 변변히 먹어봤니. 유모를 한 달쯤 댔다가 나가버린 뒤로는 똑 우유로만 길렀는데."

울음을 시작한 어린아이는 좀처럼 그치지를 않고 점점 더 발악을 한다. 파랗게 질리어서 두 발을 뻐드덩거리고 배를 발딱발딱 쳐들어가며 방 안을 발칵 뒤집어놓는다.

"에그, 이게 웬 야단이야?"

하며 누이는 보던 책을 덮어놓고 눈살을 찌푸리며 마루로 홱 나가버렸다. 나도 상을 밀어놓고 총총히 일어났다. 사랑으로 나가서 건넌방에 들어가 담배를 피우며 누웠으려니까, 낯 서투른 청년이 하나 찾아왔다. 동경의 소할所轄 경찰서에서 지금 종로서로 인계를 하여 왔는데, 다시 떠날 때까지 자기가 미행을 하게 되었다고 하면서,

"얼마 아니 계실 테지요? 늘 쫓아다니지는 않겠습니다. 가끔가끔 올 테니 그 대신에 문밖이나 시골을 가시거든 요 앞 교번소로 통기를 좀 해주슈."

하며 매우 생색이나 내는 듯이 중언부언하고 가버렸다. 마음대로 하라고 하였다.

---

83) 덧덮는 얇고 작은 이불.

8

삼사 일은 집구석에서 그럭저럭 세월을 보냈다. 아버지는 무슨 일이 그리 분주하신지 매일 아침만 자시면 김의관하고 나가셨다가 어슬어슬해서야 약주가 취하여 들어오시기도 하고 친구를 한 떼씩 몰아가지고 들어오시기도 하였다. 큰집 형님한테 들으니, 요사이 동우회의 연종 총회가 있어서 그렇다 한다.

"그런 데 관계를 마시래도 한사코 왜 다니신단 말요? 모두 반미친놈들이 모여서 협잡질들이나 하고, 남한테 시빗거리만 장만하면서…… 공연히 김의관이 들쑤셔내서 엄벙뗑하고 돈푼이라두 갉아먹으려고 그러는 것을, 그걸 왜 짐작을 못 허셔?"

"내가 아나? 평의원이라는 직함 바람에 다니시는 게지, 허허허. 그런 데 중추원 부찬의라두 하나 생길 줄 아시는지도 모르지."

큰집 형님은 이런 소리를 하며 웃었다.

"중추원 부찬의는 벌써 철 겨운 지가 언젠데? 설령 그게 된다기루 그건 왜 하지 못해 애를 쓰신답디까? 참 딱한 일이야."

"그래두 김의관은 무엇이든지 하나 운동해 드리마든데, 하하하."

"미친 소리! 저두 못하는 것을 누구를 시키구 말구. 흥, 또 유치장에나 들어가구 싶은 게로군?"

"그래두 김의관 말은 자기가 총독이나 정무총감하고 제일 긴하다는데, 하하하."

"서가의 집을 뺏겼으니까, 아버지께 알랑알랑하고 집이나 한 채 얻어 들려는 거지."

"허허허. 그런 집 있으면 나부터 줍시사 하겠네."

사실 이 큰댁 형님을 집 한 채 주어 세간을 내야 하겠다고 생각하였다.

동우회라는 것은 일선인日鮮人의 동화同化를 표방하고 귀족 떨거지들을 중심으로 하여 파고다공원패보다는 조금 나은 협잡배들이 모여서 바둑·장기로 세월을 보내고 저녁때면 술추렴이나 다니는 회다. 회의 유일한 사업은 기생 연주회의 후원이나 소위 지명지사知名之士가 죽으면 호상차지나 하는 것이다.

"나는 요새 좀 바빠서 약 쓰는 것도 자세히 볼 수 없고 하니, 낮에는 들어앉아서 잘 살펴보아라."

내가 도착하던 날 아침에 아버지께서 이렇게 이르시기도 하였고, 또 나간대야 급히 찾아가 볼 데가 있는 것도 아니기에 들어 엎드려서 큰집 형님하고 저녁때면 술잔 먹고 사랑구석에서 버둥거리고 있었지만, 알고 보니 다니신다는 데라야 고작 동우회뿐이다. 병인은 하루 한 번이고 두어 번 들여다보아야 더 나은 것 같지도 않고 더친 것 같지도 않고, 의사가 와서 맥이나 본 뒤에 방문을 내면 큰집 형님이 쫓아가서 약봉지를 받아다가 끓여 디밀면 먹는지 마는지 하는 모양이다. 그래도 어머니께서만은 여전히 혼자 애를 쓰시나, 인제는 병구완에 지치시고 집안 사람들의 마음도 심상하여져서 일과로 약시중만 하면 그만인 모양이다. 나부터 병구완을 해본 일이 없으니 어떻게 되어가는지 대중을 모르겠다.

"그 망할 놈의 횐지 무언지 좀 그만두고 어떻게 다잡아서 약이나 잘 쓸 도리를 하셨으면 아니 좋을까."

하며 어머니께서 부친을 원망하시는 소리도 들었다.

"오늘도 또 나가우? 어젯밤부터는 좀 이상한 모양이던데……."

며느리를 들여다보고 나오시는 아버지를 치어다보며 어머니께서 책망하듯이 물으시니까,

"오늘은 좀 늦을지도 모를걸! 그리 다를 것은 없군."

하시고 나가시는 날도 있었다. 그러나 더하다는 날도 그 모양이요,

낮다는 날도 제턱이다. 또 며칠 음산한 날이 계속하였다.

'어서 끝장이나 났으면!'

하는 생각이 불쑥 날 때에는 정자의 생각이 반드시 뒤미처 머리에 떠올라 왔다.

'지금쯤 무얼 하고 있누? 경도로나 가지 않았나?'

하고 엽서를 띄운 것은, 서울 온 지 일주일이나 지난 뒤이었다.

정자에게 엽서를 부치던 날 저녁때에, 을라는 그동안 나왔나? 하고 인사 겸 병화의 집을 찾아가 보았다. 병화는 동경 유학 시대에는 나의 감독자 행세를 하였을 뿐 아니라 비교적 정답게 지냈지만, 을라의 문제가 있은 후로는 그럭저럭 나하고 데면데면하여지기도 하고, 만나면 어쩐지 이렇다 할 표면적 별 이유가 있는 것은 아니지마는 피차에 겸연쩍게 되었다. 더구나 이 사람 역시 지금 집에 있는 큰집 형님의 이복동생이기 때문에 형제간 자별하지도 못하려니와 우리 집에 한 달에 한 번쯤 들를 뿐이다.

나는 동대문 밑에서 전차를 내려서 아직도 눈에 녹은 땅이 질척거리는 길을 휘더듬어 들어가며, 눈에 익은 거리가 오래간만에 반가운 듯이 여기저기를 휘돌아보았다. 작년 여름에는 여기를 날마다 대어 섰었다. 그때 을라는 천안天安 자기 집에는 가끔 다니러만 가고 서울 와서 이 집에 묵고 있었다. 나는 하루가 멀다고 이 집에 와서는 밤이고 낮이고 을라와 형수를 데리고 문 안을 헤매기도 하고, 달밤에 병화 내외와 을라를 따라서 탑골 승방까지 가본 것도 그때였다. 밤이 늦었다고 붙들면 마지못하는 척하고 묵은 일도 한두 번이 아니었다.

'그러나 그때는 나두 참 단순하였어!'

나는 발자국 난 데를 따라서 마른 곳을 골라 디디며 속으로 그때 재미있게 놀던 것을 생각하여 보았다. 김장을 다 뽑아낸 밭에는 눈이 길

길이 쌓이고 길가로 막아놓은 산울[生籬]은 말라빠진 가지만 앙상하게 남았고 얽어맨 새끼도 꺼멓게 썩어 문드러졌다.

'그때에는 여기에 퍼런 호박 덩굴, 외 덩굴이 쫙 깔리고 누런 꽃이 건들거리었겠다.'

벽돌담을 쌓은 어떤 귀족의 별장[別莊]인가 하는 것을 지나서 좁은 길을 한 마장쯤 걸어가려니까 오른편은 낭떠러지가 된다.

'응, 저기가 자던 날 아침이면 나와서 세수도 하고, 달밤에 나와서 을라와 수건을 잠가놓고 물 튀기기를 하던 데로군.'

하며 바위 밑을 내려다보니까, 물이 말랐는지 얼음눈이 허옇게 뒤집어쐬워 있다. 병화 집에는 마침 주인도 돌아와 들어 있었다.

"언제 나왔나? 나왔다는 말은 들었지만, 한번 간다면서 자연 바빠서……."

하며 양복을 입은 병화는 방에서 튀어나왔다. 지금 막 들어온 모양이다.

"아씨는 좀 어떠세요?"

하며 형수도 반가운 듯이 어린아이를 안고 나와서 인사를 한다.

"명이 길면 살겠지요. 하나를 낳아놓으니까 신진대사로 하나는 가야지요."

하고 나는 방으로 따라 들어갔다.

"에그, 흉한 소리두 하십니다."

"아, 참, 좀 차도가 있으신 모양인가? 처음부터 양의를 대어가지고 수술을 한 뒤에 한약을 들이댄다든지 하였더면 좋았을걸…… 언젠가 그런 말씀을 하였더니 아버지께서는 펄쩍 뛰시는 모양이기에, 시키지 않은 참견은 하기가 싫어서 그만두었지만……."

"나 역시 하시는 대루 내버려두지. 지금 어쩌니 어쩌니 한들 쓸 데두 없구. 제 계집이니까 어쩐다구 하실까 봐서 되어가는 대루 내버려두지. 하지만 며칠 못 갈 듯싶어."

"그래서 어쩝니까?"

형수가 웃으면서 눈살을 찌푸린다. 한참 병인의 이야기를 하다가 나는 생각난 듯이,

"아, 그런데 올라 오지 않았세요?"

하고 형수를 치어다보았다.

"아뇨. 왜, 나왔대요?"

하고 형수는 나의 얼굴을 살피듯이 치어다본다. 병화는 못 들은 체하고 일어나서 양복을 벗기 시작한다.

"아뇨. 글쎄, 나왔는가 하구요."

"아뇨."

하며 형수는 생글생글 웃다가 끼고 앉은 어린애를 들여다보고 말았다. 나는 어쩐지 온 것을 속일 것은 무언구? 하며 불쾌하였다.

"오는 길에 신호神戶에 들렀더니, 부득부득 같이 가자는 것을 떼어버리고 왔는데, 이삼 일 후에는 떠나겠다 했으니까 벌써 왔을 텐데요?"

하며 숨길 것이 무어냐는 듯이 불쾌한 내색을 보였다.

"네에. 하지만 바쁘신 길인데 거기는 어째 들르셨세요?"

하고 형수는 책망하듯이 묻는다.

"심심하기에 들렀다가 형님께 소식이라두 전해 드리려구요."

하며 나는 슬쩍 웃어버렸다. 형수도 기가 막힌 듯이 웃어버린다.

"미친 소리로군. 내가 올라 소식 알겠다던가?"

병화는 옷을 갈아입고 자기 자리로 와서 앉으며,

"그 무어 없지? 무얼 좀 사오라구 하지."

하며 아내와 대접할 의논을 한다.

"아, 난 곧 갈 테예요…… 그런데 작년 생각 하십니까?"

하며 나는 짓궂이 종형수에게 을라의 이야기를 꺼냈다. 형수는 얼굴이 발개지며 픽 웃고 말았다. 나도 상기가 되는 것 같았다.

"자네두 퍽 변하였네그려?"

병화는 을라가 하던 말과 똑같은 소리를 하고 나를 치어다보았다. 그전 같으면 을라하고 아무 까닭은 없어도 누가 을라란 을 자만 물어보아도 얼굴이 발개지던 사람이 되짚어서 을라의 이야기를 태연히 하고 앉았는 것이 병화에게는 다소 불쾌하기도 하고 이상쩍은 모양이다.

종형수는 일 년 전에 무슨 실수가 생길까 보아 두 틈바구니에 끼어서 혼자 마음만 졸이고 있던 일을 머리에 그려보는지 한참 말없이 앉았다가,

"그래, 공부는 잘해요?"

하고 묻는다.

"그저 여전하더군요. 무어 노자 오기를 기다리고 있나 보던데, 보내주셨나요?"

하며 모자를 들고 일어서려니까,

"조금만 앉았어. 좋은 술이 한 병 생겼으니 한잔 하구 가란 말이야. 어디 나가서 할까?"

"술이 웬 거요? 아, 참 올가을에 한 동 올랐답디다그려. 그렇지 않아두 한턱 해야 하지 않소?"

하고 내가 웃으니까 병화는 매우 유쾌한 듯이 따라 웃다가,

"어쨌든 앉아요. 누가 양주를 한 병 선사를 하였는데……."

하며 묻지도 않은 말을 끌어낸다. 아닌 게 아니라 한 동 올라간 덕에 그런지 집 안 세간도 그전보다는 는 모양이다. 윗목에 양복장도 들여놓고 조끼에는 금시곗줄도 늘이었다. 아버지가 보내주시던 넉넉지 않은

학비를 가지고 한 칸 방에 들어 엎드려서 구운 감자를 사다놓고 혼자 몰래 먹던 옛날을 생각하면 여간한 출세가 아니다. 나는 더 앉아서 이야기를 하고 싶었으나, 늦으면 귀찮기에 병인 핑계를 하고 나와버렸다.

해가 거진 다 떨어진 뒤에 집에 들어와 보니, 사랑에는 벌써 영감님들이 채를 잡고 앉아서 술상이 벌어졌다. 그럴 줄 알았더라면 좀 늦게 들어올걸—하며 안으로 들어가 보니까 저녁밥 때에 술 치다꺼리가 겹쳐서 우환 있는 집 같지도 않게 엉정벙정하고 야단이다.

"사랑에 누가 왔니?"

나는 마루로 올라오며 약두구리를 올려놓은 화로에 부채질을 하고 앉았는 누이더러 물으니까,

"누가 아우? '차지'가 또 왔단다우."

하며 깔깔 웃는다.

"뭐? 그게 무슨 소리냐?"

"자네 차지도 모르나? 일본 가서 그것두 모르다니, 헷공부했네그려. 허허허."

술이 얼근하게 취해서 축대 위에 섰던 큰집 형이 놀리듯이 웃으며 치어다보았다. 여편네들도 깔깔 웃었다.

"'차지'라니, 누구 집 택호宅號요? 내 차지次知, 네 차지 말요?"

"그건 조선 차지지. 버금 차差 자하고 지탱 지支 자의 차지差支를 몰라?"

하며 또 웃는다. 나는 무슨 소리인지 몰라서,

"그래, 일본 차지가 어떻했어?"

하고 덩달아 웃었다.

"일본말로 붙여보시구려."

이번에는 누이가 웃는다.

"사시쓰가에[差支]란 말이지?"

"잘 알았네!"

하고 또들 웃는다.

지금 사랑에 온 손님이 김의관의 '차지'인데, 처음 찾아왔을 때에 방으로 들어오라니까 들어가도 관계없느냐는 말을 가장 일본말이나 할 줄 안다는 듯이,

"차지差支 없습니까?"

고 한 것을, 큰집 형이 옆에서 듣고 앉았다가 나중에 김의관더러 물어보니까, 그것이 일본말로 이러저러한 뜻이라고 설명을 하여 준 것을 듣고, 안에 들어와서 흉을 보기 때문에 어느덧 '차지'라는 별명을 얻게 된 것이라 한다. 집안에서들은 코빼기도 못 보고 이름도 모르면서 '차지, 차지'하고 부르는 모양이다.

"미친 영감쟁이로군! 무얼 하는 사람인데 그래?"

나는 다 듣고 나서 큰집 형더러 물어보았다.

"지금 세상에 오십이 넘어서 하긴 무얼 한단 말인가? 김의관한테 빨리러 다니는 위인이지. 그는 그렇다 하고 한잔 안 하겠나?"

하며 큰집 형은 자기가 한잔 내듯이 아내더러 술상을 보라고 분부를 한다.

"또 먹어요? 형님이나 자슈."

"자네야 언제 먹었나? 나는 한잔 했지만."

나는 먹고도 싶지만 조선에 돌아오면 술이 금시로 느는 것이 걱정이었다. 조선 와서 보아야 술이나 먹고 흐지부지하는 것밖에는 사실 할 일이 없다는 것도 무리가 아닐 것 같기도 하지마는, 생각하면 조선 사람이란 무엇에 써먹을 인종인지 모르겠다. 아침에도 한잔, 낮에도 한잔, 저녁에도 한잔, 있는 놈은 있어 한잔, 없는 놈은 없어 한잔이다. 그

들이 이렇게 악착한 현실 앞에서 눈을 감는다는 것은, 그들에게 무엇보다도 가치 있는 노력이요, 그리하자면 술잔밖에 다른 방도와 수단이 없다. 그들은 사는 것이 아니라 목표도 없이 질질 끌려가는 것이다. 무덤으로 끌려간다고나 할까? 그러나 공동묘지로는 끌려가지 않겠다고 요새는 발버둥질을 치는 모양이다. 하여간 지금의 조선 사람에게서 술잔을 뺏는다면 아마 그것은 그들에게 자살의 길을 교사敎唆하는 것일 것이다. 부어라! 마셔라! 그리고 잊어버려라!―이것만이 그들의 인생관인지 모르겠다.

"그럼 한잔 하십시다."

하며 나도 끌리고 말았다. 큰집 형을 안방으로 청하여 저녁상을 마주받고 앉으니까 어머니께서 다가앉으시면서,

"아까 김의관의 친구의 천薦이라면서 용한 시골 의원이 있다고 해서 들어와 보았는데, 또 약을 갈아대면 어떻게 될는지……."

하며 못 믿겠다는 듯이 나를 바라보셨다.

"김의관의 친구가 누구예요?"

"차지 말일세."

잔이 나기를 기다리고 앉았던 큰집 형님이 대신 대답을 하였다.

"차지라는 소리나 하고 다니는 위인이면 그까짓 게 무얼 안다구……."

하며 내가 눈살을 찌푸리니까,

"글쎄 말일세. 김의관이나 차지가 진권進勸84)한 것이 된 게 있을 리가 있나?"

"어떻든 나는 모르니까 아버님께 잘 여쭈어보고 하십쇼그려."

---

84) 소개하여 천거함.

"난 모른다면 누가 안단 말이냐? 아버지는 밤낮 저 모양으로 돌아다니시거나 술로 세월을 보내시고……."

어머니는 나는 모르겠다는 말이 매우 귀에 거슬리고 화증이 나시는 모양이다.

"글쎄 내야 무얼 알아야죠…… 그래 지금 그 의원이란 자를 대접하는 것이에요?"

"그건 그런 게 아니란다네. 김의관이 일전에 유치장에 들어갔었다지 않았나?"

하며 큰집 형이 대답을 한다.

"글쎄 그랬다는군요."

"그런데 잡혀가던 날이 바루 '차지'가 한턱을 내던 날인데, 그러한 횡액에 걸려서 미안하게 되었다고 나오던 이튿날 차지가 또 한턱을 내었다나. 그래서 오늘은 김의관이 벼르고 벼르다가 어디 가서 돈을 만들었는지 일금 오 원야라를 내놓고 지금 한턱 쓰는 모양이라네. 그런데 의원이란 자는 말하자면 곁두리지."

"차진가 무언가 하는 자는 무엇 하는 자길래 두 번씩이나 턱을 내어가며 그렇게 김의관을 떠받치드람?"

"그게 다 김의관의 후림새[85]지. 자세한 것은 몰라두 저희끼리 숙덕거리는 소리를 들으면 군수나 하나 얻어 하든지, 하다못해 능참봉陵參奉[86]이라도 하나 얻어 걸릴까 하구 연해 돈을 쓰며 따라다니나보데. 그런 놈이 내게두 하나 얻어 걸렸으면 실컷 빨아먹구 혹 불어세겠구먼……하하하."

큰집 형은 이따위 소리를 하고 취흥에 겨워 웃었다. 옆에 앉으셨던

---

85) 남을 죄여 후리는 솜씨.
86) 능을 맡아보던 종구품의 벼슬.

어머님은,

"그것두 입담이 좋다든지 재주가 있어야지 아무나 되는 줄 아는군."

하며 웃으셨다.

"응! 그래서 일본말 하는 체를 하고 차지를 휘두르며 다니는군마는, 김의관 주제에…… 군수, 참봉은 땅에 떨어졌든가!"

나는 하두 어이가 없어서 이렇게 한마디 하고 술잔을 내어주며,

"그래 그 틈에 아버지께서두 끼셨나요?"

하며 물으니까,

"아닐세, 천만에. 김의관이 그런 일야 변변히 이야기나 한다는가? 먹을 자국야 혼자 끼구 돌지. 또 그러나 지금 세상에 협잡꾼 아니구 술 한 잔이나 입에 들어간다든가? 김의관만 나무라면 뭘 하겠나?"

하고 큰집 형은 매우 김의관의 생화가 부럽기도 한 모양이다.

술이 취하여 가니까 독한 것이 비위에 당기어서 어머니께서 그만 먹고 어서 밥을 뜨라시는 것도 안 듣고 나는 찻속에서 먹다가 남겨가지고 온 위스키를 가져오라고 해서 따랐다.

"애는 병구완하러 오지 않구 술만 먹으러 왔나. 죽어가는 병인은 뻗어뜨려 놓고 안팎에서 술타령들만 하구…… 응!"

하며 어머니께서는 한숨을 쉬시고 밥상을 받으셨다. 생각하면 그도 그렇지마는 하는 수 없는 일이다.

"참, 아까 병화 형한테 갔더니 양주가 생겼다구 붙드는 걸……."

나는 양주를 보니까 생각이 나서 이런 말을 꺼냈다.

"응! 잘들 있던가?…… 그놈 주임대우奏任待遇인지 뭔지 했다면서 돈 한푼 써보란 말두 없구……."

얼쩡하여진 큰집 형은 또 아우의 시비를 꺼내려는 모양이기에 나는,

"맽겼습디까. 주면 주나 보다 안 주면 안 주나 보다 할 뿐이지, 시비

는 왜 하슈. 저도 살아가야지."

하며 말을 막아버렸다.

"그래 아우에게 얻어먹어야 하겠나? 삼촌이나 사촌에게 비럭질을 해야 하겠나?"

"형편 되어가는 대루 하는 거 아니겠소?"

"계집은 둘씩이나 데리구, 그래 명색이 형이라면서 모른 체해야 옳단 말인가?"

하며 소리를 빽빽 지른다.

"계집이 둘이라니요?"

"아, 그 을라라든가 하는 미친년의 학비를 대어주나 보던데! 그저껜가 잠깐 들렀더니 벌써 불러내왔나 보드군."

"네? 와 있세요?"

나는 놀랄 것도 없으나 아까 병화댁이 웃기만 하고 말을 시원히 안 하던 것을 생각하면 역시 불쾌하다. 그러나 그 집 형수가 나와 을라가 교제하는 것을 은근히 막으려는 것은 작년부터의 일이다. 한때는 오해도 없지 않았지마는, 일전 을라의 말을 들으면 그 집 형수가 그런 태도를 취하는 데는 여러 가지로 생각되는 점이 없지도 않다. 지금 이 형님의 말을 들으면 병화와 벌써 전부터 그렇지 않은 사이 같기도 하지마는, 을라의 말 같아서는 병화댁은 친한 동무지만은 이씨집에 들어오게 하고 싶지 않다는 단순한 의미로 막는 것인지도 모를 일이다. 더구나 작년만 해도 아내가 시퍼렇게 살아 있으니 으레 그랬을 것이다. 또 이 번은 내가 신호에 들러서 만나고 왔다니까 한층 더 경계를 하느라고 만나지도 못하게 하려는 눈치인 듯도 싶다. 혹은 아내가 죽게 되었으니까 딴 생각을 먹고 신호까지 찾아갔는가 하는 의심이 있어 그럴지도 모를 일이다. 그러나저러나 나의 을라에 대한 향의는 작년에 멋모르고 덤비던 첫 서슬과는 지금은 딴판이다. 문제도 아니 되는 것이다.

"그래 정말 학비를 대나요? 박봉 받아가지고 웬 돈이 자랄라구요?"

을라에게 전부터 학비를 대는 사람이 따로 있는 것을 나도 짐작하는 터이기에 재차 물었다.

"글쎄 자세한 내용야 누가 아나마는, 안에서들 그런 이야기들을 하기에 말일세!"

나는 '그러면 그렇지!' 하는 생각을 하였다. 안에서들 공연히 그러는 것이지, 다른 것은 몰라도 그 점만은 을라의 말이 진담일 것이라고 생각하였다.

그 이튿날이던가 병화댁이 병 위문 오는 길에 을라를 데리고 왔었다.

"어제 저기 오셨더라지요. 오늘 아침차에 들어와서 동무 집에 짐을 두고 놀러갔다가 잠깐 뵈러 왔습니다."

하며 묻기도 전에 발뺌을 하는 것이었다.

나는 구태여 변명을 듣자는 것도 아니요, 무슨 흥미를 느끼는 것도 아니었다. 그러나 병화댁이나 을라나 제각기 그 무엇을 변명하려고 하는 눈치는 나도 잘 알아차렸다.

9

민주를 대면서도[87] 하루바삐 납시사고 축원을 하고 축원을 하면서도 민주를 대던 병인은 그예 숨이 넘어가고 말았다. 김의관이나 차지가 댄 의원의 약이 맞지를 않아서 그랬던지, 죽을 때가 된 뒤에 횡액에 걸려

---

87) 몹시 귀찮고 미워서 싫어하다.

드느라고 그 의원이 불쑥 뛰어들었던지는 모르지마는, 그 약을 쓴 지 이틀 만에 죽고 말았다. 누구보다도 어머니께서 가엾어 하시고 섧게 우셨다. 사람의 정이란 서로 들면 저런 것인가 하여 보았다. 어머니 말씀마따나 시집이라고 왔어야 나하고 살아본 동안이 날짜로 따져도 몇 달이 못 될 것이다. 내가 열셋, 당자가 열다섯에 비둘기장 같은 신랑방을 꾸몄으니까 십 년 동안이나 시집살이를 한 셈이나, 내가 열다섯 살에 일본으로 달아난 뒤로는 더구나 부부라고 말뿐이다. 섣달 그믐날에 시집온 새색시가 정월 초하룻날에 앉아서 시집온 지 이태나 되었다는 셈밖에 아니 된다.

"그러나 하는 수 없지 않아요. 그것도 제 팔자니까."

어머니께서 불쌍하다고는 우시고 우시고 할 때마다 나는 냉정히 이렇게 대답을 하였다.

죽던 날 밤중이었다. 사랑 건넌방에서 널치가 되어서 한잠이 깊이 들어가는 판에,

"여보게, 여보게."

하며 깨우는 바람에 눈을 떠보니까, 큰집 형이 얼굴이 해쓱하고 두 눈이 똥그래져서 아무 말 않고,

"일어나게, 어서 일어나 안에 좀 들어가 보게."

하며 앞에 섰다. 나는 '인젠 그른 게로구나!' 하며 옷을 걸치고 따라나섰다. 저편 방에서 주무시던 아버님도 창황히 나오셨다. 안으로 들어가서 건넌방을 들여다보니 온 집안 식구가 조그만 방에 그득히 들어섰다. 어머니는 염주를 돌려가며 나무아미타불을 중얼중얼 외우며 자리를 비켜주시고 병인의 얼굴 앞으로 가라고 손짓을 하셨다. 아무도 입을 벌리는 사람은 없이 무슨 장숙莊肅하거나 그렇지 않으면 이로부터 시작되려는 보지 못하던 일을 구경이나 하듯이 숨도 크게 쉬지 못하고 우중

우중 늘어섰다. 나는 하라는 대로 병인 앞으로 가서 앉으면서 그저 숨을 쉬나 하고 손을 코에다 대어보니까 따뜻한 김이 살짝 힘없이 끼치었다.

"언제부터 그래?"

하며 아버님도 잠깐 문을 열고 들여다보시는 기척이었다. 병인의 목은 점점 재어지게 발랑거린다. 감았던 눈을 실만큼 떠서 옆에 앉은 내게로 향하더니, 별안간 반짝 뜨며 한참 노려보다가 다시 감는다. 나는 머리끝이 쭈뼛하고 가슴이 선뜩하였다. 나를 원망하는 것이나 아닌가 하며 정이 떨어졌다. 누운 사람은 당장 숨이 콱 막히는 것 같더니 방긋이 벌린 입가에 이번에는 생긋하는 웃음빛이 보이는 것을 보고 나는 비로소 마음을 놓았다.

나는 어머님이 이르시는 대로 지금 데워서 들여온 숭늉 같은 미음을 한 술 떠서 열린 둥 만 둥한 입술에 흘려 넣었다. 병인은 또 한 번 눈을 힘없이 뜨더니 곧 다시 감는다. 또 한 술 떠서 넣었다. 병인은 한 숟가락 반의 미음이 흘러 들어가던 입을 반쯤이나 벌리더니, 가죽만 남은 턱을 쳐들면서 입에 문 것을 삼키려는 듯이 고개를 뒤로 젖히고 두어 번이나 연거푸 안간힘을 쓴다. 목에서는 담이나 걸린 듯이 가랑가랑하는 소리가 모기 소리만큼 났다.

여러 사람들은 눈을 한층 더 크게 뜨며 고개를 앞으로 내미는 듯하고 들여다보았다. 어머님은 여전히 염불을 부르시면서 베개 위로 넘어가려는 머리를 쳐들어 놓으셨다. 베개를 만지시던 어머님의 손이 떨어지자 깔딱하는 소리가 겨우 들릴 만큼 숨소리도 없는 환한 방에 구석구석이 잔잔하게 파동을 치며 문틈으로 흘러갔다…… 이것이 모든 것이었다. 이 이상 아무것도 없었다. 다만 나는 이상할 뿐이었다. 대관절 이것이 죽음이라는 것인가 하며 눈을 꼭 감은 하얀 얼굴을 물끄러미 들여다보고 앉았었다. 가엾은지 슬픈지 아무 생각도 머리에 떠오르지는 않았으나, 나를 치어다보던 그 눈! 방긋한 화평스러운 그 입이 머릿속에서 오락가락하는 일편에, 내 손으로 미음을 떠 넣어준 것만이 무슨 큰일이나 한 것 같이 유쾌하였다. 어머님은 윗입술을 쓰다듬어서 입을 다물게 하여 주시고 가만히 들여다보시더니, 염주를 들고 눈물을 뚝뚝 흘리셨다.

나는 벌떡 일어나서 사랑으로 나왔다. 책상머리에 기대어 담배를 피워 물고 앉았으려니까 큰집 형님이 데리고 온 양의洋醫가 허둥지둥 들어왔다. 마침 아는 의사이기에 들어와서 녹여가라고 하였더니, 죽었다는 말을 듣고는 부정이나 타는 듯이 뺑소니를 쳐 가버린다. 사망진단서니 뭐니 성이 가신 일이나 맡을까 보아서 그런지, 의사도 주검이란 싫어서 그런지 나는 속으로 코웃음을 쳤다.

이튿날 어둔 뒤에 김천 형님 내외가 딸까지 데리고 올라온 뒤에는 나는 모든 것을 쓸어 맡기고 사랑에 나와서 담배만 피우며 가만히 누웠었다. 미음 한 술 떠 넣어주러 나왔던가 생각하면 공연히 온 것 같았다. 그러나 시체를 청주까지 끌고 내려간다는 데에는 절대로 반대하였다. 오일장이니 어쩌니 떠벌리는 것도 극력 반대를 하여 삼 일 만에 공동묘지에 파묻게 하였다. 처가 편에서 온 사람들은 실쭉해하기도 하고 내가 죽은 것을 시원히 아는 줄 알고 야속해하는 눈치였으나, 나는 내 고집대로 하였다.

그러나 초상 중에 또 한 가지 나의 고통은 눈물이 아니 나오는 울음을 울라는 것이었다. 이것도 처가붙이끼리라든지 집안 식구들까지 뒷공론을 하는 모양이나, 파묻고 들어올 때까지 나는 눈물 한 방울을 흘릴 수가 없었다.

"팔자가 사납거든 계집으로 태어날 거야. 어쩌면 눈물 한 방울 안 흘리누……."

하며 과부 누이가 마루에서 나더러 들어보라는 듯이 한마디 하니까

김천 형수가,

"남편네란 다 그렇지, 두구 보시구려. 달이 가시기도 전에 여학생을 끌어들이실 거니."

하며 소곤거리는 것을 나는 안방에서 혼자 밥을 먹으며 들었다. 나는 속으로 웃었다.

"너도 내년 봄이면 졸업이지? 인젠 어떻게 할 셈이냐? 곧 나와서 무어라두 붙들 모양이냐?…… 더 연구를 하련?"

장사 지낸 지 이틀 만에 사랑에서 아침을 같이 먹다가, 조용한 틈을 타서 형님은 불쑥 이런 소리를 꺼냈다.

"글쎄, 되어가는 대로 하죠. 하지만 무어든지 내 일은 내게 맡겨두시는 게 좋겠죠."

나는 이렇게 우선 한마디 해놓고 나의 계획을 대강 말하였다. 그리하여 자식은 요행히 잘 자라면 김천 형님이 데려가거나, 만일 김천 형님이 아들을 낳게 되면 큰집 형님이 데려가는 대신에 내 앞으로 오는 것이 다소간 있을 것이니, 그 반분은 양육비와 교육비로 제공하되 장성할 때까지 김천 형님이 보관하기로 김천 형님과만 내약을 하여 두었다. 간단한 일이지마는 이렇게 수편하게 끝이 나니까 한시름 잊은 것 같고 새삼스럽게 자유로운 천지에 뛰어나온 것 같았다.

그동안 청명한 겨울날이 계속되더니 오늘은 또 무에 좀 오려는지 암상스런 계집이 눈살을 잔뜩 찌푸린 것처럼 잿빛 구름이 축 처지고 하얗게 얼어붙은 땅이 오후가 되어도 대그락거리었다. 사랑은 무거운 침묵과 깊은 잠에 잠긴 것같이 무서운 증이 날 만큼 잠잠하다. 김의관은 자기가 청원(稱冤)[88])이나 들을까 보아서 제풀에 미안하여 그러는지, 그저께

---

88) 원통함을 들어서 말함.

발인 때 잠깐 눈에 띈 뒤로는 보이지를 않는다.

　우중충한 사랑방에 온종일 혼자 가만히 드러누웠으려니까 무슨 돌멩이나 납덩어리로 가슴을 내리누르는 것 같았다. 상처를 하였다 해서 별안간 섭섭하거나 서러운 생각이 나서 그런 것도 아니요, 아이들이 없어서 조용한 집안이 초상 뒤에 한층 더 쓸쓸하여진 것 같아서 그런 것도 아니다. 혹시는 세계대전이 끝나고 세상은 떠들썩하며 무슨 새로운 희망에 타오르는 것 같건마는, 조선만은 잠잠히 쥐죽은 듯이 들어 엎디어서 그저 파먹기나 하며 버둥버둥 자빠져 있고 눈에 보이지 않는 무슨 무거운 뚜껑이 꽉 덮여 있는 것 같아서 답답한 것인지도 모르겠다. 그러나 또다시 생각하면 아내가 죽어가는 꼴을 마주 앉아 보았느니만큼 어느 때까지 그것이 머리에서 떠나지를 않고 지난 일이 곰곰 생각이 나서 가엾은 추회追懷가 새삼스럽게 머리에 떠올라서 기분이 무거운 것도 사실이었다. 살아 있을 때에는 죽거나 말거나 될 대로 되라고 냉담하였지마는, 파묻고 들어와 보니 역시 한구석이 허전한 것 같고 지난 일이 뉘우쳐지는 것도 있는 것이었다. 아내가 살아 있을 때에는 꿈에도 생각지 못하던 가엾은 생각이, 동정하는 마음이 유연히 마음속에 괴어 오르는 것을 깨달았다.

　"에잇, 하여튼 한시바삐 빠져 달아나자!"

　나는 부친과 형님이 들어오시면 오늘 저녁차로라도 떠나버릴 작정으로 건넌방으로 건너가서 가방 속을 정리하고 앉았으려니까, 어느 틈에 왔던지 안에서 병화댁과 을라가 인사를 나왔다.

　"얼마나 섭섭하시구 언짢으십니까?"

　을라는 위문이라느니보다도 젊은 남편의 상처란 그저 그런 거라는 듯이 생긋 웃으며 당시 장가갈 치하를 하는 듯한 어조다.

　"죽은 사람야 가엾지만, 생자필멸이니 하는 수 없지요."

152

나는 금방 비로소 죽은 아내가 가엾다는 생각을 하고 난 끝이라 도리어 정중히 이렇게 대거리를 하며, 사랑에 올라올 리는 없지마는 인사로 올라오라고 하였다.

"그래두 섭섭하시겠죠?"

올라는 이런 소리를 하며 말뚱히 나의 기색을 살피려는 눈치다. '그래두 섭섭'이란 인사답지 않은 인사지마는 나는 웃고 말았다.

"언제 떠나십니까? 이번엔 꼭 같이 가세요."

인사를 온 것이 아니라 동행하자고 맞추러 온 것 같은 수작이다.

"오늘 저녁이라두 떠날까 하는데 함께 나서시겠나요? 동행을 해주시면 심심치도 않고 매우 좋기야 하겠지만."

나는 실없이 웃어 보였다.

"아, 그렇게 서두르실 게 뭐예요?"

올라가 놀라는 소리를 하려니까 한 걸음 뒤처져 안에서 나온 병화가 다가오며,

"뭐? 오늘 떠나?"

하고 아는 체를 하다가, 오늘 떠나든 말든 자기 집으로 가서 저녁이나 같이 먹자고 발론을 한다.

"아무려면 오늘 떠나시게 되겠세요? 아무것도 없지만 잠깐 가시죠."

병화댁도 옆에서 권한다. 자기네끼리 오늘 나를 찾아 인사도 하고 위로 삼아 저녁대접을 하려고 의논이 된 모양이다. 그러나 나는 그럴 한가로운 기분이 나지를 않았다. 또 그것이 병화 내외로서는 올라에 대한 자기네끼리의 입장을 명백히 하려는 기회를 만들려는 뜻인지도 모르겠고, 올라는 올라대로 딴생각이 있는지 모르나, 나는 그런 것이 도리어 성이 가신 생각이 났다. 하여간 이 사람들의 이러한 눈치로만도 나는 작년 이래로 지나치게 오해였던 것이 풀린 것은 기쁘고 마음이 거뜬하

여진 것 같았다.

　마루 끝에서 실랑이를 하다가 이 사람들을 돌려보낸 뒤에 나는 다시 짐을 싸기 시작하였다. 서류를 정리하다가 가방 속에서 나온 정자의 편지를 다시 한 번 펴보았다. 이것은 초상 중에 온 것을 대강 보고 집어넣어 두었던 것이다.

　'……과장誇張 없는 말씀으로, 저는 이제야 겨우 악몽에서 깨어나서 흐리터분하고 어리둥절하던 제정신이 반짝 든 듯싶습니다. 오랜 방황에서 이제야 제 길을 찾아든 것도 같습니다. 그렇다고 무슨 신앙을 붙든 것도 아니요, 생활의 도표道標를 별안간 잡은 것은 아닙니다마는, 언젠가 말씀처럼 고민은 역시 제 길 저 살 길을 열어주고야 말았는가 합니다…… 반년 동안 레스토랑의 경험은 컴컴하고 끈죽끈죽한 생활이었습니다마는, 그래도 저는 그 생활 속에서 새 길을 찾았는가 싶습니다. 인간 수양, 세간 수양이 조금은 되었는가 합니다. 만일 내가 지금 지향하는 길로 나갈 수 있다면 M헌에서의 반년 동안 얻은 문견이 무슨 보토가 될지도 모르겠지요. 그러나 그보다도 그동안에 당신을 만나 뵈었다는 것은 저의 일생에 잊지 못할 새로운 기록이었겠지요…….'

　정자의 편지는 저번 내가 부친 엽서의 답장이나, 매우 희망과 감격에 찬 기분으로 썼다. 동경역에서 헤어질 때 경도로 갈 듯하다더니 역시 설〔正初〕 전으로 M헌을 하직하고 경도 고모집으로 갈 작정이라는 것이다. 그리고 고모집에를 가면 소원대로 이번 신학년부터는 동지사대학同志社大學 여자부에 입학할 예정이라 한다. 아마 저의 본집과도 양해가 되어 학비도 나오게 되고, 제 자국에 다시 들어설 눈치인지 모르겠다. 저의 집이 경도·대판에서 뱃길로 대여섯 시간이면 건너서는 사국四國 고송高松이라는 데에서 해물상을 한다는 말은 들었지마는, 경도에 가서 동지사대학에 들어갈 준비를 할 터이라는 말을 듣고 보니, 나는 동경서 떠나올 제 목도리를 사다가 함부로 허리춤에 찔러주고 온 것을 생각하고 혼자 속으로 찔끔하는 생각이 들며 혼자 얼굴이 뜨뜻해 왔다. 물론 보통 카페 걸로 여긴 것은 아니지마는 좀 너무 함부로 한 것 같아서 열적은 생각이 드는 것이다. 저의 집이 얼마나 잘살거나 그거야 알 바 아니지마는 대학까지 가려는 생각인 줄은 몰랐던 것이다.

'……인생은 오뇌懊惱로 쌓아 올라가는 것인가 봅니다. 아니 번민, 오뇌로 쌓아 올라가는 노력이 있어야 할 것인가 합니다. 왜 이 말씀을 하는고 하니, 당신이 너무나 인생 문제와 사회 문제에 대하여 자기의 불만 불평보다는 더 큰 것을 위하여 애쓰시는 것이 가엾어 그렇습니다. 민족의 운명에 대해서 번민하시고 오뇌하시기 때문에─또 저는 거기에 경의를 느끼기 때문에 이런 말씀을 하고 싶은 것입니다. 고진감래苦盡甘來라는 그런 속된 말로가 아니라 괴로움을 알아야 사람은 거듭나는가 합니다. 일본의 남자들은 너무나 괴로움을 모릅니다. 역시 대륙적大陸的이라 할지? 괴로움을 꾹 참고 딱 버티고 섰는 거기에 깊이 있는 생활이 있는가 싶습니다……'

이런 말도 씌어 있다. 다감하고 예민한 계집애가 연애에 실패하고 집안에서는 쫓겨나고 하니까 보통 여자와는 다르겠지마는, 어떻게 생각하면 자기 나라 남성─일본 남성에게 반기反旗를 들고 내게로 오겠다는 사연인가도 싶다.

끝에는 동경으로 가는 길에 부디 경도로 전보를 미리 치고 자기에게 들러달라고 고모집 번지수까지 씌어 있었다. 그러나 이번에 만나면 전과는 달라서 퍽 여러 가지 이야기할 것도 많을 것 같지마는 한편으로는 어색도 하고 겁도 나는 것이었다.

'이번에 만나면 어떤 얼굴로 만날구?'

혼자 상상을 하여 보고는 큰 기대도 있고 큰 흥미도 있으리라고 궁리가 많았다. 갑갑하고 화가 나는 김에 어서 가서 정자나 만나면 이 무거운 기분이 조금은 나을 것 같다.

가방을 꾸려놓고 어머님께 오늘 밤차로 떠나겠다고 여쭈러 안으로 들어가니까, 출입하였던 큰형님이 뒤미처 들어왔다.

"얘가 오늘 저녁으로 떠나겠다는구나! 내 이런 주착없는 애가 있니?"

모친으로서 생각하면 딸자식이 죽은 것과는 다르다 하여도, 둘째 며느리를 열다섯부터 앞에서 키운 정이 있으니 집이 한구석 텅 빈 것 같은데, 아들마저 초상을 치르자 마자 훌쩍 가버리겠다니 어이가 없는 것이다.

"별안간 이것은 무슨 소리냐? 가자면 나부터 가야지. 네가 왜 먼저 서두르느냐? 나는 아이들을 놀려놓고 온 터 아니냐?"

하고 큰형님은 역정을 낸다. 나는 이 말에 찔끔하였다. 사실 경우가 틀렸다.

"너는 너무 기분주의야. 어쨌든 나는 내일 떠나야 하겠지만, 방학 동안은 좀 들어앉았으렴. 어머니께서 섭섭해 안 하시니?"

나는 떠나는 것을 무기 연기하기로 하였다.

사람이 죽어나간 건넌방에는 안에서들 들어가 자기를 싫어하는 모양이기에 내가 자기로 하였거니와, 형님이 떠난 뒤로는 더구나 혼자 드러누워서 이 생각 저 생각에 전전반측輾轉反側[89]하며 잠을 못 이루는 날이 많았다. 곰곰 생각하면 날이 갈수록 죽은 사람에게 역시 미안한 생각이 간절하였다. 더 산대야 하나 날 자식을 두셋 더 낳았을 것밖에 별수야 없겠지마는, 좀더 따뜻이 해주었더면 하는 후회도 난다. 그러나 생각하면 이런 뉘우침도 결국에는 자기가 당장 고적하고 아쉬우니까 그런가

---

89) 누워서 이리저리 뒤척거리며 잠을 못 이룸.

보다는 생각도 든다. 지금 애인이라도 있다면 이 생각 저 생각 없이 뛰어 달아났을 것이다. 그러나 당장 어린것을 기를 걱정은 없다 하여도 조만간―삼사 삭 후에 졸업하고 나오면 역시 혼자는 어려우니 장가는 들어야 할 것이나 누구를 고를까? 마음에 맞는 사람이 있기로 누가 선뜻 와줄까?…… 이런 걱정도 머리에 떠오른다…….

'올라……?'

나는 코웃음을 쳤다. 정자? 더구나 안 될 말이다. 공부를 시작한다는 것은 말 말고라도 인제 겨우 부모의 노여움도 풀려가는 눈치인데, 또다시 나 같은 사람과 문제가 새판으로 생긴다면 피차에 비극을 되풀이할 것이다. 그것은 고사하고 정자 같은 사람은 우리 집에 들어와서 살 수 없는 일이요, 장래를 생각하거나 민족적 감정으로나 문제도 아니 된다. 이것저것 실제 문제를 생각하면 그래도 아내가 더 살아주었더면 내 몸 하나는 편하였던걸…… 하는 생각도 든다. 죽으면 죽으라지 또 계집이 없을까 하는 방자한 생각이 뉘우쳐지기도 하였다.

그는 하여간에 정자의 열심으로 써 보내준 편지에 어느 때까지 모른 척하고 내버려두기도 안 되어서 이튿날 이런 답장을 써 부치었다.

'모든 것이 순조로이 해결되어 가고 학교에 들어가시게 되었다 하오니 얼마나 반가운지 모르겠습니다. 과거 반년간의 쓰라린 체험이 오늘의 신생新生을 위한 커다란 준비 시기이셨던 것을 생각하면, 그동안 나의 행동이 부끄럽지 않을 수 없습니다마는, 한편으로는 내 생애에 있어서도 다만 젊은 한때의 유흥 기분만에 그치지 아니하였던 것을 감사하며 기뻐합니다. 그러나 뒷날에 달콤하고 아름다운 추억으로 남아 있으리라고 생각할 뿐이라면 이렇게 섭섭한 일도 없고, 당신은 또 자기를 모욕하였다고 노하실지도 모르나, 언제까지 그런 기쁨과 행복에 잠겨 있도록 이 몸을 안온하고 자유롭게 내버려두지 않으니 어찌하겠습니까. 나도 스스로를 구하지 않으면 아니 될 책임을 느끼고, 또 스스로의 길을 찾아가야 할 의무를 깨달아야 할 때가 닥쳐오는가 싶습니다…… 지금 내 주위는 마치 공동묘지 같습니다. 생활력을 잃은 백의白衣의 백성과, 백주에 횡행하는 이매망량魑魅魍魎90) 같은 존재가 뒤덮은 이 무덤 속에 들어앉은 나로서 어찌 '꽃의 서울'에 호흡하고 춤추기를 바라겠습니까. 눈에 보이는 것, 귀에 들리는 것이 하나나 내 마음을 부드럽게 어루만져주고 용기와 희망을 돋우어주는 것은 없으니, 이러다가는 이 약한 나에게 찾아올 것은 질식밖에 없을 것이외다. 그러나 그것은 장미 꽃송이 속에 파묻히어 향기에 도취한 행복한 질식이 아니라, 대기大氣에서 절연된 무덤 속에서 화석化石되어 가는 구더기의 몸부림 치는 질식입니다. 우선 이 질식에서 벗어나야 하겠습니다.

……소학교 선생님이 사벨(환도)을 차고 교단에 오르는 나라가 있는 것을 보셨습니까? 나는 그런 나라 백성이외다. 고민하고 오뇌하는 사람을 존경하시고 편을 들어주신다는 그 말씀은 반갑고 고맙기 짝이 없습니다. 그러나 스스로 내성內省하는 고민이요 오뇌가 아니라, 발길과 채찍 밑에 부대끼면서도 숨이 죽어 엎디어 있는 거세去勢된 존재에게도 존경과 동정을 느끼시나요? 하도 못생겼으면 가엾다가도 화가 나고 미운증이 나는 법입넨다. 혹은 연민憐憫의 정이 있을지 모르나, 연민은 아무것도 구救하는 길은 못 됩니다.

……이제 구주歐洲의 천지는 그 참혹한 살육의 피비린내가 걷히고, 휴전조약이 성립되었다 하지 않습니까. 부질없는 총칼을 거두고 제법 인류의 신생新生을 생각하려는 것 같습니다. 그러나 이 땅의 소학교 교원의 허리에서 그 장난감 칼을 떼어놓을 날은 언제일지? 숨이 막힙니

---

90) 온갖 도깨비.

다……

우리 문학의 도徒는 자유롭고 진실된 생활을 찾아가고 이것을 세우는 것이 그 본령인가 합니다. 우리의 교유, 우리의 우정이 이것으로 맺어지지 않는다면 거짓말입니다. 이 나라 백성의, 그리고 당신의 동포의 진실된 생활을 찾아나가는 자각과 발문을 위하여 싸우는 신념信念 없이는 우리의 우정도 헛소리입니다……'

나는 형님이 떠날 제 초상에 쓰고 남은 것이라고, 동경 갈 노자와 함께 책값이며 용돈으로 내놓고 간 삼백 원 속에서 백 원을 이 편지와 함께 부쳐주었다. 혹시는 다른 의미나 있는 줄로 오해할 것이 성이 가시기도 하나, 동경에서 떠날 제 선사받은 것도 있으려니와, 정자의 새 출발을 축하하는 의미라고 한마디 쓰고, 다소 부조가 될까 하여 보낸 것이다. 실상은 동경 가는 길에 들르지 않겠다는 결심을 다시 하였기 때문에, 아주 이것으로 마감을 하여 버리고 나도 이 기회에 가뜬한 몸이 되고 싶었던 것이다.

나는 한 열흘 더 있다가 졸업 논문도 있고 아무래도 학교 일이 걱정이 되어서 떠나고 말았다. 정거장에는 큰집 형님, 병화 내외, 을라 들이 나왔다. 을라는 입도 벌리지 않고 오도카니 섰고, 병화 내외도 플랫폼의 보꾹[91]에 매달린 시계만 치어다보며 선하품을 하고 섰었다. 그러나 병화의 얼굴에는 그렇게 보아서 그런지 모든 오해를 풀고 인제는 안심하였다는 듯한 화평한 기색이 도는 것 같았다.

차가 떠나려 할 제 큰집 형님은 승강대에 섰는 나에게로 가까이 다가

---

91) 지붕의 안쪽. 곧 지붕 밑과 천장 사이의 빈 공간에서 바라본 천장을 이른다.

서며,

"내년 봄에 나오면 어떻게 속현續絃[92]할 도리를 차려야 하지 않겠나?"

하고 난데없는 소리를 하기에 나는,

"겨우 무덤 속에서 빠져나가는데요? 따뜻한 봄이나 만나서 별장이나 하나 장만하고 거드럭거릴 때가 되거든요……!"

하며 웃어버렸다.

---

92) 거문고와 비파의 끊어진 줄을 다시 잇는다는 뜻으로, 아내를 여읜 뒤에 다시 새 아내를 맞는 일을 비유적으로 이르는 말.

두 파산

두 파산

"어머니, 교장 또 오는군요."

학교가 파한 뒤다. 갑자기 조용해진 상점 앞길을 열어놓은 유리창 밖으로 내다보고 등상에 앉았던 정례가 눈살을 찌푸리며 돌아다본다. 그렇지 않아도 돈 걱정에 팔려서 테이블 앞에 멀거니 앉았던 정례 모친도 저절로 양미간이 짜붓하여졌다. 점방 안에는 학교를 파해 가는 길에 공짜 만화를 보느라고 아이들이 저편 구석 진열대에 옹기종기 몰려섰다가, 교장이라는 말에 귀가 번쩍하였는지 조그만 얼굴들을 쳐든다. 그러나 모시두루마기 자락이 펄럭하며 우둥퉁한 중늙은이가 단장을 짚고 쑥 들어서는 것을 보고, 학생 아이들은 저희들끼리 눈짓을 하고 킥킥 웃어버린다. 저희 학교 교장이 온다는 줄 알았던 모양이다.

"어째 이렇게 쓸쓸하우?"

영감은 언제나 오면 하는 버릇으로 상점 안을 휘휘 둘러보며 말을 건넨다.

"어서 옵쇼. 아침 한때와 점심 한나절이 한참 붐비죠. 지금쯤야 다 파해 가지 않았세요."

안주인은 일어나지도 않은 채 무관히 대꾸를 하였다. 교장은, 정례가 앉았던 등상을 내주니까 대신 걸터앉으며,

"딴은 그렇겠군요. 그래도 팔리는 거야 여전하겠죠?"

하고 눈이 저절로 테이블 위의 손금고로 갔다. 이 역시 올 때마다 늘 캐어묻는 말이지마는, 또 무슨 딴 까닭이 있어서 붙이는 수작 같아서 정례 어머니는,

"그야 다소 들쭉날쭉이야 있죠마는, 온 요새 같아서는……."

하고 시들히 대답을 하여 준다.

"어쨌든 좌처가 좋으니까…… 하루에 두어 번쯤 바쁘고, 편히 앉아서 네다섯 식구가 뜯어먹고 살면야, 아낙네 소일루 그만 장사가 어디 있을까마는, 그래 그리구두 빚에 쫄리다니 알 수 없는 일이로군."

왜 그런지 이 영감이 싫고 멸시하는 정례는,

'누가 해달라는 걱정인감.'

하는 생각에 입이 삐쭉하여졌다.

"날마다 쑬쑬히 나가기야 하지만, 원체 물건이 자(細)니까 남는 게 변변해야죠."

여주인은 마지못해 늘 하는 수작을 뇌었다. 그러나 오늘은 이 영감이 더 유난히 물건 쌓인 것이며 진열장에 늘어놓은 것을 눈여겨보는 것이었다. 정례 모녀는 그 뜻을 짐작하겠느니만큼 더욱 불쾌하였다.

여기는 여자 중학교와 국민학교가 길 건너로 마주 붙은 네거리에서 조금 외진 골목 안이기도 하나, 두 학교를 상대로 하고 벌인 학용품 상점으로는 그야말로 좌처가 좋은 셈이다. 원체는 선술집이었다든가 하는 방 한 칸 달린 이 점방을 작년 봄에 팔천 원 월세로 얻어가지고 이것을 벌이고 앉을 제, 국민학교 앞에는 벌써 매점賣店이 있어서 어떨까도 하였으나, 여학교만은 시작하기 전부터 아는 선생을 새에 넣고 선전도

하고 특약하다시피 하였던 관계인지 이때껏 재미를 보는 편이지, 이 장 삿속으로만은 꿀리는 셈속은 아니다.

"이번에 두 달 셈을 한꺼번에 드리쟀더니 또 역시 꿀립니다그려. 우선 밀린 거 한 달치만 받아가시죠."

정례 어머니는 테이블 위에 놓인 손금고를 땡그렁 열고서 백 원짜리를 척척 센다.

"이번에는 본전까지 될 줄 알았는데 이자나마 또 밀리니…… 장사는 깔축없이¹⁾ 잘되는데, 그 원 어째 그렇단 말씀유?"

하며 영감은 혀를 찬다. 저편에서 만화를 보며 소곤거리던 아이들은 교장이라던 이 늙은이가 본전이니 변리니 하는 소리에 눈들이 휘둥그래서 건너다본다.

"칠천오백 원입니다. 세보십쇼. 그러니 댁 한 군델 세야 말이죠. 제일 무거운 짐이 아시다시피 김옥임이네 십만 원의 1할 5부, 일만 오천 원이죠, 은행 조건 삼십만 원의 이자가 또 있죠…… 기껏 벌어서 남 좋은 일 하는 거예요. 당신에게 이자 벌어 드리고 앉았는 셈이죠."

영감은 옆에서 주인댁이 하는 말은 귀담아듣지도 않고 골똘히 돈을 세어보더니, 커다란 검정 헝겊 주머니를 허리춤에서 꺼내서 넣는다. 옆에 섰는 정례는 그 돈이 아깝고 영감의 푸둥푸둥한 넓적한 손까지 밉기도 하여 가만히 내려다보고 있으려니까,

"그래 이 달치는 또 언제쯤 들르리까? 급히 내가 쓸 데가 있으니까 아무래도 본전까지 해주어야 하겠는데……."

하고 아까와는 딴판으로 퉁명스럽게 볼멘소리를 하였다. 만화를 들여다보던 아이들은 또 한 번 이편을 건너다본다.

---

1) 조금도 축나거나 버릴 것이 없이.

부옇고 점잖게 생긴 신수가 딴은 교장 선생 같고, 거기다가 양복이나 입고 운동장의 교단에 올라서면 저희들도 꿈질하려니 싶은 생각이 드는데, 이잣돈을 받아 넣고 나서도 또 조르고 투덜대는 소리를 들으니, 설마 저런 교장이 어디 있으랴 싶어서 저희들끼리 또 눈짓을 하였다.

　"되는 대로 갖다 드리죠. 허지만 본전은 조금만 더 참아주십쇼. 선생님 같으신 어른이 돈 오만 원쯤에 무얼 그렇게 시급히 구십니까."

　정례 어머니는 본전을 해내라는 데에 얼레발을 치며 설설 기는 수작을 한다.

　"아니, 이자 안 물구 어서 갚는 게 수가 아니겠나요?"

　"선생님두 속 시원하신 말씀두 하십니다."

　정례 어머니는 기가 막혀 웃어 보인다.

　"참, 그런데 김옥임 여사가 무어라 않습디까?"

　그만 일어설 줄 알았던 교장은 담뱃불을 붙이고 새판으로 말을 꺼낸다.

　"왜, 무어라 해요?"

　정례 모녀는 무슨 말이 나오려는지 벌써 알아채고 입이 삐쭉들하여졌다.

　"글쎄, 그 이십만 원 조건을 대지루구 날더러 예서 받아가라니, 그래 어떻게들 이야기가 귀정이 났지요?"

　영감의 말이 떨어지기가 무섭게 정례는 잔뜩 벼르고 있었던 듯이 모친의 앞장을 서서,

　"교장 선생님! 그따위 경위 없는 말이 어디 있세요? 그건 요나마 우리 가게를 판들어 먹게 하구 말겠단 말이지 뭐예요!"

　하고 얼굴이 발끈해지며 눈을 샐쭉 뜬다.

　"응? 교장이라니? 교장은 별안간 무슨 교장…… 허허허……."

영감은 허청 나오는 웃음을 터뜨리며 저편 아이들을 잠깐 거들떠보고 나서,

"글쎄, 그러니 빤히 사정을 아는 터에 이럴 수도 없고 저럴 수도 없고……."

하며 말끝을 어물어물해 버린다. 이 영감이 해방 전까지 어느 시골선지 오랫동안 보통학교 교장 노릇을 하였다는 말을 옥임에게서 들었기에, 이 집에서는 이름은 자세히 모르고 하여 교장, 교장 하고 불러왔던 것이 입버릇으로 급히 튀어나온 말이나, 고리대금업의 패를 차고 나선 지금에는 그것을 내세우기도 싫고, 더구나 저런 소학교 아이들 앞에서는 창피한 생각도 드는 눈치였다.

"교장 선생님이 이럴 수도 없구 저럴 수도 없으실 게 뭐예요. 그 아주머니한테 받으실 건 그 아주머니한테 받으십쇼그려."

정례는 또 모친이 입을 벌릴 새도 없이 풍풍 쏘아준다.

"앤 왜 이러니."

모친은 딸을 나무라놓고,

"그렇겐 못하겠다구 벌써 끝낸 말인데 또 왜 그럴꾸."

하며 말을 잘라버린다.

"아, 그런데 김 씨 편에서는 댁에서 승낙한 듯이 말하던데요?"

영감의 말눈치는 김옥임이 편을 들어서 이십만 원 조건인가를 여기서 받아내려는 생각인 모양이다.

"딴소리! 내가 아무리 어수룩하기루 제 사폐만 봐주구 제 춤에만 놀까요?"

정례 어머니는 코웃음을 쳤다.

김옥임이의 이십만 원 조건이라는 것이, 요사이 이 두 모녀의 자나 깨나 큰 걱정거리요, 그것을 생각하면 밥맛이 다 없을 지경이지마는,

자초自初는 정례 모녀가 이 상점을 벌이고 나자 장사가 잘될 성부르니까 김옥임이가 저도 한몫 끼자고 자청을 하여 십만 원을 들여놓고 들어왔던 것이다. 그리고 그 가지고 들어온 동사2) 밑천 십만 원의 두 곱을 빼가고도 또 새끼를 쳐서 오늘에 와서는 이십만 원까지 달라는 것이다.

2

정례 모친은 남편을 졸라서 집문서를 은행에 넣고 천신만고하여 삼십만 원을 얻어가지고, 부비 쓰고 당장 급한 것 가리고 한 나머지 이십 이삼만 원을 들고 이 가게를 벌였던 것이었다. 팔천 원 월세의 보증금 팔만 원은 말고라도 점방 꾸미고 탁자 들이고 진열대 세 채 들여놓고 하기만도 육칠만 원 들었으니, 갖다 놓은 물건이라야 십만 원어치도 못 되는 것이었다. 그러나 학생 아이들이 차츰 꾀게 될수록 찾는 것은 많아가고 점심때에 찾는 빵이며 과자라도 벌여놓고 싶고, 수繡실이니 수틀이니 여학교의 수예手藝 재료들도 갖추어 갖다 놓고는 싶은데, 매일 시내로 팔리는 것을 가지고는 미처 무더기 돈을 돌려 빼내는 수도 없는데, 쫄끔쫄끔 들어오는 그 돈 중에서 조금씩 뜯어서 당장 그날그날 살아가야는 하겠으니, 자연 쫄리는 판에 김옥임이가 한 다리 걸치자고 덤비니, 동사란 애초에 재미없는 일이거니와, 요 조그만 구멍가게를 동사로 해서 뜯어먹을 것이 무에 있겠느냐는 생각도 없지 않았으나, 당장에 아쉬우니 오만 원씩 두 번에 걸쳐서 십만 원 밑천을 받아들였던 것이었다. 그러나 말이 동사지, 2할이 넘는 고리高利로 십만 원 빚

---

2) 영업을 같이함. 동업.

을 쓴 거나 다름없었다. 빚놀이에 눈이 벌게가지고 다니는 옥임이는 제 벌이가 바빠서도 그렇겠지마는, 하루 한 번이고 이틀에 한 번 저녁때 슬쩍 들러서 물건 판 치부장이나 떠들어보고 가는 것밖에는 별로 거드는 일도 없었다. 실상은 그것이 쌩이질[3]이나 하고 부라퀴[4]같이 덤비는 것보다는 정례 모녀에게는 편하기도 하였던 것이다. 하여튼 그러면서도 월말이 되면 이익의 3분지 1 가량은 되는 이만 원 돈을 또박또박 따가곤 하였다.

담보물이 있으면 1할, 신용대부로 1할 5부 변邊인데, 동사란 말만 걸고 2할─2할이 안 될 때도 있었지마는 셈속 좋은 때에는 2할 이상의 배당도 차례에 오니, 옥임이 생각에는 이익이 좀더 되려니 하는 의심도 없지 않았으나, 그래도 별로 힘드는 일을 하는 것도 아니요, 가만히 앉아서 2할이면 허구한 날 빌빌거리고 싸지르면서 긁어 들이는 변리돈보다는 나은 셈이라고 생각하였던 것이다. 하여간 올 들어서 밑천을 빼어가겠다고 하기까지 아홉 달 동안에 이십만 원 가까운 돈을 벌어갔던 것이다.

그러나 정례 부친이 만날 요 구멍가게에서 용돈을 얻어다 쓰는 것도 못할 일이라고, 작년 겨울에 들어서 마지막 남은 땅뙈기를, 그야 예전과 달라서 삼칠제三七制인 데다가 세금이니 비료니 하고 부담에 얽매이니까 그렇겠지마는─하여간 아버지 전장으로 물려받은 것의 마지막으로 남은 것을 팔아가지고, 전래에 없는 눈〔雪〕이라고 하여 서울 시내에서 전차가 사흘을 못 통할 동안에 택시를 부리면 땅 짚고 기기라 하여, 하이야를 한 대 사들여 놓고 택시를 부려보았던 것이라서 이것이 사흘들이로 말썽을 부려 고장이요 수선이요 하고, 나중에는 이 상점의 돈까

---

3) 씨양이질. 한창 바쁠 때 쓸데없는 일로 남을 귀찮게 구는 짓.
4) 제게 이로운 일이면 기를 쓰고 덤비는 사람.

지 하루만 돌려라, 이틀만 참아라 하고, 만 원 이만 원 빼내고는 시치미를 떼기 시작하니 점방의 타격은 의외로 큰 것이었다. 이 꼴을 본 옥임이는 에구머니나 하는 생각이 들었던지, 올 들어서면서부터 제 밑천은 빼내가겠다는 것이었다. 사실 잘못하다가는 자동차가 이 저자터까지 들어먹을 판인데, 별안간 옥임이가 빠져나간다니 한편으로는 시원하나 십만 원을 모개로[5] 빼내 주는 도리가 없었다.

"이렇게 거덜거덜할 바에야 집어치우지."

겨울 방학 때라 더구나 팔리는 것은 없고 쓸쓸하기도 하였지마는, 옥임이는 날마다 십만 원 재촉을 하러 와서는 이런 소리도 하는 것이었다.

남은 집문서를 잡혀서 이거나마 시작해 놓고 다섯 식구의 입을 매달고 있는 터인데, 제 발만 쑥 빼놓았다고 이런 야멸찬 소리를 할 제, 정례 모녀는 얼굴을 빤히 쳐다보곤 하였다.

"세전 보증금이나 빼내구 뉘께 넘겨버리지? 설비한 것하구 물건 남은 것 얼러서 한 십만 원은 받을까? 그렇다면 내 누구 하나 지시해 줄까?"

이렇게 권하기도 하는 것이었다. 뉘께 넘기게 해서라도 자기가 십만 원만 어서 뽑아가려는 말이겠지마는, 어떻게 보면 십만 원에 이 점방을 자기가 맡아 잡겠다는 말눈치인 듯도 싶었다.

"내가 바쁘지만 않으면 통틀어 맡아가지고 훨씬 화장을 해놓으면 이 꼴은 안 되겠지만, 어디 내가 틈이 있는 몸이야지……."

이렇게 운자를 떼는 것을 들으면 한 발 들여놓고 한 발 내놓은 수작 같기도 하였다. 자동차 동티로 밑천을 홀짝 집어 먹힐까 보아서 발을 뺀다는 수작이다. 한편으로는 이렇게 한참 꿀리고, 학교들은 방학을 하

___
5) 이것저것 몰아서.

여 흥정이 없는 이 판에, 뻔히 나올 구멍이 없는 십만 원을 해내라고 못 살게 굴면 성이 가시니 상점을 맡아가라는 말이 나오고 말리라는 배짱 같이 보이는 것이었다. 모녀는 그것이 더 분하였다.

"저의 자수로는 엄두두 안 나구 남이 해놓으니까 꿘 듯싶어서 솔개미가 까치집 채어들듯이 이거나마 뺏어가지고 저의 판을 만들어보겠다는 것이지만, 첫째 이런 좋은 좌처를 왜 내놓을라구."

누구보다도 정례가 바르르 떨었다.

"매사가 그렇게 될성부르니까 뺏어 차구 앉았지. 거덜거덜하면 누가 눈이나 떠본다든!"

정례 모친은 코웃음을 치기만 하였다.

하여간 이렇게 쫄리기를 반달쯤이나 하다가, 급기야 팔만 원 보증금의 영수증을 옥임에게 담보로 내주고, 출자금 십만 원은 1할 5부 변의 빚으로 돌라매고 말았다. 옥임으로서는 매삭 2할 배당의 맛도 잊을 수 없었으나, 기위 상점을 제 손으로 못 휘두를 바에는 이편이 든든은 하였던 것이다.

그러고도 정례 모친은 옥임이와 가끔 함께 들러서 알게 된 교장 선생님의 돈 오만 원을 얻어가지고, 개학 초부터 찌부러져가던 상점의 만회책挽回策을 다시 세웠던 것이다. 그러나 땅뙈기는 자동차 바람에 날려보내고, 자동차는 수선비로 녹여버리고 나니, 상점에서 흘려내 간 칠팔만 원이라는 돈은 고스란히 떼어버렸고, 그 보충으로 짊어진 것이 교장의 빚 오만 원이었다.

점점 더 심해 가는 물가에 뜯어먹고 살아야는 하겠고, 내남없이 종이 한 장, 연필 한 자루라도 덜 사겠지 더 팔리지는 않으니, 매삭 두 자국 세 자국의 변리만 꺼가기도 극난이었다. 그러고 보니 자연 좋지 못한 감정으로 헤어진 옥임이한테 보낼 변리가 한두 달 밀리기 시작했던 것이다. 팔만 원 증서가 집문서만큼 믿음직하지 못하다고 기어이 1할 5부로 떼를 써서 제멋대로 매놓은 것이 얄미워서, 어디 네가 그 이자를 긁어다가 먹나, 내가 안 내고 배기나 해보자는 뱃심도 정례 모친에게는 없지 않았다. 옥임이 역시 제가 좀 과하게 하였다고 뉘우쳤는지, 또 혹은 팔만 원 증서를 가졌느니만큼 마음이 놓여서 그런지 별로 들르지도 않으려니와, 들러서도 변리 재촉은 그리 아니하였다. 도리어 정례 어머니 편에서 변리가 밀려 미안하다는 말을 꺼내고 그 끝에,

"이 여름 방학이나 지내고 개학 초에 한몫 보면 모개 내리다마는 원체 1할 5부야 과한 것이오. 그때 형편에는 한 달 후면 자동차를 팔아서라두 곧 갚겠거니 해서 아무려나 해둔 것이지만, 벌써 이월서부터 여덟 달이 됐으니 무슨 수로 그걸 다 내우. 1할씩만 해두 팔만 원이구려. 어이구…… 한 반만 깎읍시다."

하고 슬쩍 비쳐보면 옥임이도 그럴싸한 듯이,

"아무려나 좋도록 합시다그려."

하고 웃어버리곤 하였다. 그러던 것이 개학이 되자, 이달 들어서 부쩍 잦히면서 1할 5부 여덟 달치 변리 십이만 원 어울러서 이십만 원을 이 교장 영감에게 치러달라는 것이다. 급한 사정으로 이 영감에게 이십만 원을 돌려 썼는데, 한 달 변리 1할, 이만 원을 얹으면 이십이만 원 부리가 맞으니, 셈치기도 좋고 마침 잘되었다고 생글생글 웃어가며 조르는 옥임이의 늙어가는 얼굴이 더 모질어 보이고 얄밉상스러워 보였다.

마치 이십이삼 원 부리를 채우느라고 그동안 여덟 달을 모른 체하고 내버려두었던 것 같다. 정례 어머니는 기가 막혀 말이 아니 나왔다. 옥임이에게 속아 넘어간 것 같아서 분하였다. 그러나 분한 것은 고사하고 이러다가 이 구멍가게나마 들어먹고 집 한 채 남은 것마저 까불리지나 않을까 하는 생각을 곰곰 하면 가슴이 더럭 내려앉는 것이었다. 소학교

적부터 한반에서 콧물을 흘리며 같이 자라났고, 도쿄 가서 여자 대학을 다닐 때도 함께 고생하던 옥임이다. 더구나 제가 내놓은 십만 원은 한 푼 깔축을 안 내고 이십만 원 가까운 돈을 벌어주었으니, 아무리 눈에 돈 동녹이 슬었기로 제가 설마 내게 1할 5부 변을 다 받으려 들기야 하랴! 한 반절 얹어서 십육만 원쯤 해주면 되려니 하는 속셈만 치고 있던 자기가 어리보기라고 혼자 어이가 없는 실소를 하였다.

그러나 십육만 원이기로 한꺼번에 빼내는 수는 없으니, 이번에 변리 육만 원만 마감을 하고서 본전을 오만 원씩 두 번을 갚자는 요량이었다. 집안 식구는 조밥에 새우젓 꽁댕이를 우겨대더라도 어떻든지 이 겨울 방학이 돌아오기 전에 그 아니꼬운 옥임이 조건만이라도 끝을 내고야 말겠다고 이를 악무는 판인데, 이렇게 둘러대고 보니 살겠다고 기를 쓰고 기어 올라가는 놈의 발목을 아래에서 붙들고 늘어지는 것 같아서 맥이 풀리고, 사는 것이 귀찮은 생각만 드는 것이었다. 평생에 빚이라고는 모르고 지냈는데 편편히 노는 남편만 바라보고 있을 수가 없어서 시작한 노릇이라서 은행에 삼십만 원이 그대로 있고, 옥임에게 이십이만 원, 교장 영감에게 오만 원, 도합 오십칠만 원 빚을 어느덧 걸머지고 앉은 생각을 하면 밤에 잠이 아니 오고 앞이 캄캄하여 양잿물이라도 먹고 싶은 요사이의 정례 어머니다.

"하여간 제게 십만 원 썼으면 썼지, 그걸 못 받을까 봐 선생님을 팔구 선생님더러 받아오라는 것이지만, 내가 아무리 죽게 돼두 제 돈 떼먹지 않을 거니 염려 말라구 하셔요."

정례 어머니는 화를 버럭 내었다. 해방 덕에 빚놀이를 시작해 가지고 돈 백만 원이나 착실히 잡았고, 깔려 있는 것만도 백만 원 이상은 되리라는 소문인데, 이 영감에게 이십만 원 빚을 쓰다니 말이 되는 소린가. 못 받을까 애도 쓰겠지마는, 십이만 원 변리를 본전으로 돌라매어 놓고 변리의 새끼 변리, 손자 변리까지 우려먹자는 수단인 것이 뻔한 노릇이었다. 십만 원에 1할 5부면 만 오천 원밖에 안 되나, 이십이만 원으로 돌라매 놓으면 1할 변만 해도 매삭 이만 이천 원이니 칠천 원이 더 붙는 것이다.

"그야, 내 돈 안 쓴 것을 썼다겠소. 깔려만 있고 회수가 안 되면 피차 돌려두 쓰는 것이지마는, 나 역시 한 자국에 이십만 원씩 모개 내놓고 오래 둘 수는 없으니까 이렇게 하면 어떻겠소……."

영감은 무척 생색을 내고, 이편 사폐를 보아서 석 달 기한하고 자기 조카의 돈 이십만 원을 돌려주게 할 터이니—다시 말하면 조카에게 이십만 원을 1할로 얻어 쓸 터이니, 우수리 이만 원만 현금으로 내놓고 표를 한 장 써내라는 것이다. 옥임이는 이 영감에게로 미루고 영감은 또 조카의 돈을 돌려쓴다고 표를 받겠다는 꼴이, 저희끼리 무슨 꿍꿍이속인지 알 수가 없으나, 요컨대 석 달 기한의 표를 받아놓자는 것이요, 그 사품에 칠천 원 변리를 더 받겠다는 수작이다. 특별히 1할 변인 동시에 석 달 기한이라는 조건을 붙이는 것도 무슨 계교 속인지 알 수가 없다. 석 달 동안에 이십만 원을 만드는 재주도 없지마는, 석 달 후면 마침 겨울 방학이 될 때니 차차 꿀려 들어가는 제일 어려운 고비인 것이다.

정례 어머니는 이 연놈들이 무슨 원수를 졌다고 이렇게 짜고서들 못살게 구는 것인가 하는 생각에 한바탕 들이대고 싶은 것을 꾹 참으며,

"선생님께 쓴 돈 아니니, 교장 선생은 아랑곳 마세요. 옥임이더러 와서 조르든, 이 상점을 떠메어 가든 마음대로 하라죠."

하고 딱 잘라 말을 하여 쫓아 보냈다.

3

그후 근 일주일은 옥임이의 그림자도 보이지 않았다. 정례 모녀는 맞닥뜨리면 말수도 부족하거니와 아귀다툼하는 것이 싫어서 그날 소리 없이 넘어가는 것만 다행하나, 어느 때 달려들어서 무슨 조건을 내놓고 졸라댈지 불안은 한층 더하였다.

"응, 마침 잘 만났군. 그런데 그만하면 얘기는 끝났을 텐데, 웬 세도가 그리 좋아서 누구를 오너라 가너라 허구 아니꼽게 야단야……."

정례 모친이 황토현 정류장에서 차를 기다리며 열 틈에 섰으려니까, 이리로 향하여 오던 옥임이가 옆에 와서 딱 서서 시비를 건다.

"바쁘기야 하겠지만 좀 못 들를 건 뭐구."

정례 모친은 옥임이의 기색이 좋지는 않아 보이나 실없는 말이거니 하고 대꾸를 하며 열에서 빠져나가려니까,

"그래 그 돈은 갚는다는 거야 안 갚을 작정야? 세도 좋은 젊은 서방을 믿고 그 텃세루 남의 돈을 무쪽같이 떼먹으려 드나부다마는, 김옥임이두 그렇게 호락호락하지는 않어……."

원체 예쁘장한 상판이기는 하면서도 쌀쌀한 편이지마는 눈을 곤두세우고 대드는 품이 어려서부터 삼십 년 동안을 보던 옥임이는 아니다. 전부터 '네 영감은 어째 점점 더 젊어가니? 거기다 대면 넌 어머니 같구나' 하고 새롱새롱 놀리기도 하고, 육십이 넘어 아버지 같은 영감 밑에 쓸쓸히 사는 옥임이는 은근히 부러워도 하는 눈치였지마는, 밑도 끝도 없이 길바닥에서 '젊은 서방'을 들추어내는 것을 보고 정례 어머니는 어이가 없었다.

'늙은 영감에 넌더리가 나거든 젊은 서방 하나 또 얻으려무나.'

하고 정례 모친도 비꼬아주고 싶었으나, 열을 지어 섰는 사람들이 쳐

다보며 픽픽 웃는 바람에,

"이거, 미쳐나려나? 이건 무슨 객설야."

하고 달래며 나무라며 끌고 가려 하였다.

"그래 내 돈을 곱게 먹겠는가 생각을 해보렴. 매달린 식솔은 많구, 병들어 누운 늙은 영감의 약값이라두 뜯어 쓸랴구, 이렇게 쩔쩔거리구 다니는 이년의 돈을 먹겠다는 너 같은 의리가 없는 년은 욕을 좀 단단히 봐야 정신이 날 거다마는, 제 사정 보아서 싼 변리에 좋은 자국을 지시해 바친 밖에! 그것두 마다니 남의 돈 생으루 먹자는 도둑년 같은 배짱 아니구 뭐야?"

오고 가는 사람이 우중우중 서며 구경났다고 바라보는데, 원체 히스테리증이 있는 줄은 짐작하였지마는 창피한 줄도 모르고 기가 나서 대든다. 히스테리는 고사하고, 이것도 빚쟁이의 돈 받는 상투수단인가 싶었다.

"누가 안 갚는대나? 돈두 중하지만 이게 무슨 꼬락서니냔 말야."

정례 어머니는 그래도 달래서 뒷골목으로 끌고 들어가려 하였다.

"난 돈밖에 몰라. 내일 모레면 거리로 나앉게 된 년이 체면은 뭐구, 우정은 다 뭐냐? 어쨌든 내 돈만 내놓으면 이러니저러니 너 같은 장래 대신 부인께 나 같은 년야 감히 말이나 붙여보려 들겠다든!"

하고 허청 나오는 코웃음을 친다.

구경꾼은 자꾸 꾀어드는데, 정례 모친은 생전 처음 당하는 이런 봉욕[6]에 눈앞이 아찔하여지고 가슴이 꼭 메어 올랐으나, 언제까지 이러고 섰다가는 예서 더 무슨 창피한 꼴을 볼까 무서워서 선뜻 몸을 빼져 옆 골목으로 줄달음질을 쳐 들어갔다. 뒤에서 발소리가 없으니 옥임이는 제대로

---

6) 욕된 일을 당함.

간 모양이다.

정례 모친은 눈물이 핑 돌았다.

스물예닐곱까지 도쿄 바닥에서 신여성 운동이네, 연애네, 어쩌네 하고 멋대로 놀다가 지금 영감의 후실로 들어앉아서 세상 고생을 알까, 아이를 한 번 낳아보았을까, 사십 전의 젊은 한때를 도지사 대감의 실내 마님으로 떠받들려 제멋대로 호강도 하여 본 옥임이다. 지금도 어디가 사십이 훨씬 넘은 중늙은이로 보이랴.

머리를 곱게 지지고 엷은 얼굴 단장에, 번질거리는 미국제 핸드백을 착 끼고 나선 맵시가 어느 댁 유한마담으로 알 것이지, 설마 1할, 1할 5부로 아귀다툼을 하고, 어려운 예전 동무를 쫓아다니며 울리는 고리대금업자로야 누가 짐작이나 할까? 해방이 되자 고리대금이 전당국 대신으로 터놓고 하는 큰 생화가 되었지마는, 옥임이는 반민자反民者의 아내가 되리라는 것을 도리어 간판으로 내세우고 부라퀴같이 덤빈 것이다. 증경曾經 도지사요, 전쟁 말기에는 무슨 군수품 회사의 취체역인가 감사역을 지냈으니, 반민법이 국회에서 통과되는 날이면 중풍으로 3년째나 누웠는 영감이 어서 돌아가 주기나 하기 전에야 으레 걸리고 말 것이요, 걸리는 날이면 떠메어다 징역은 시키지 않을지 모르되, 지니고 있는 집칸이며 땅섬지기나마 몰수를 당할 것이니, 비록 자식은 없을망정 자기는 자기대로 살 길을 차려야 하겠다고 나선 것이 이 길이었다.

상하 식솔을 혼자 떠맡고 영감의 약값을 제 손으로 벌어야 될 가련한 신세같이 우는 소리를 하지마는, 그래야 남의 욕을 덜 먹는 발뺌이 되는 것이다.

옥임이는 정례 모친이 혼쭐이 나서 달아나는 꼴을 그것 보라는 듯이 곁눈으로 흘겨보고 입귀를 샐룩하여 비웃으며, 버젓이 사람틈을 헤치고 종로 편으로 내려갔다. 의기양양할 것도 없지마는 가슴속이 후련하니 머릿속이고 가슴속이고 무언지 뭉치고 비비 꼬이고 하던 것이 확 풀어져 스러지고 화가 제대로 도는 것 같아서 기분이 시원하다. 그러나 그 뭉치고 비비 꼬인 것이라는 것이 반드시 정례 어머니에게 대한 악감정은 아니었다. 옥임이가 그 오랜 동무에게 이렇다 할 감정이 있을 까닭은 없었다. 다만 아무리 요새 돈이라도 이십여 만 원이라는 대금을 받아내려면은 한번 혼을 단단히 내고 제독制毒7)을 주어야 하겠다고 벼르기는 하였지마는, 얼떨결에 나온다는 말이 젊은 서방을 둔 텃세냐 무어냐고 한 것은 구석 없는 말이었고, 지금 생각하니 우스웠다.

그러나 자기보다도 훨씬 늙어 보이고 살림에 찌든 정례 모친에게는 과분한 남편이라는 생각은 늘 하는 옥임이기는 하였다. 남의 남편을 보고 부럽다거나 샘이 나거나 하는 그런 몰상식한 옥임이도 아니지마는, 자식도 없이 군식구들만 들썩거리는 집에 들어가서 몸도 제대로 가누지 못하는 늙은 영감의 방을 들여다보면 공연히 짜증이 나고, 정례 어머니가 자식들을 공부시키느라고 어려운 살림에 얽매고 고생은 하나, 자기보다 팔자가 좋다는 생각도 나는 것이었다. 내년이면 공과대학을 나오는 맏아들에, 중학교에 다니는 어머니보다도 키가 큰 둘째 아들이 있고, 딸은 지금이라도 사위를 보게 다 길러놓았고, 남편은 핀둥핀둥 놀며 마누라가 조리차를 하는8) 용돈이나 받아 쓰고, 자동차로 땅뙈기는 까불렸을망정 신수가 멀쩡한 호남자가 무슨 정당이라나 하는 데 조직부장이니 훈련부장이니 하고 돌아다니니, 때를 만나면 아닌 게 아니라 장래 대신이 되지 말라는 법도 없을 것이다.

팔구 삭 동안 장사를 하느라고 매일 들러서 보면, 젊은 영감을 등이

---

7) 미리 해독을 막음.
8) 아껴서 알뜰히 쓰는.

라도 두드리고 머리를 쓰다듬어줄 듯이 지성으로 괴는 꼴이란 아닌 게 아니라 옆에서 보기에도 부러운 생각이 들 때가 없지 않았지마는, 결혼들을 처음 했을 예전 시절이나, 도지사 관사에 들어서 드날릴 때에야 어디 존재나 있던 위인들인가? 그것이 처지가 뒤바뀌어서 관 속에 한 발을 들여놓은 영감이나마 반민자로 지목이 가다니, 이런 것 저런 것을 생각하면 쭉쭉 뽑아놓은 자식들과, 한참 활동적인 허우대 좋은 남편에 둘러싸여 재미있고 기운꼴 차게 사는 양이 역시 부럽고 저희만 잘된다는 것이 시기도 나는 것이었다. 보기 좋게 이년 저년을 붙이며 한바탕 해대고 나서 속이 후련한 것도 그러한 은연중의 시기였고, 공연한 자기 화풀이였는지 모른다.

옥임이는 그 길로 교장 영감 집에 들러서,

"혼을 단단히 내주었으니까 인제는 딴소리 안 할 거외다. 내일 가서 표라두 받아다 주슈."

하고 일러놓았다.

4

"오늘 아퀴를 지어주시렵니까? 언제 갚으나 갚고 말 것인데 그걸루 의 상할 거야 있나요?"

이튿날 교장이 슬쩍 들러서 매우 점잖은 수작을 하는 것이다.

"이렇게 말씀하신 교장 선생님부터가 어떻게 들으실지 모르지만, 김 옥임이가 그렇게 되다니 불쌍해 못 견디겠어요. 예전에 셰익스피어의 원서를 끼구 다니고, 《인형의 집》에 신이 나 하구, 엘렌 케이의 숭배자요 하던 그런 옥임이가, 동냥자루 같은 돈 전대를 차구 나서면 세상이 모두 노랑 돈닢으로 보이는지? 어린애 코 묻은 돈푼이나 바라고 이런 구멍가게에 나와 앉았는 나두 불쌍한 신세이지마는, 난 옥임이가 가엾어서 어제 울었습니다. 난 살림이나 파산 지경이지 옥임이는 성격 파산인가 보더군요⋯⋯."

정례 어머니는 분하다 할지 딱하다 할지, 속에 맺히고 서린 불쾌한 감정을 스스로 풀어버리려는 듯이 웃으며 하소연을 하는 것이었다.

"그런 말씀을 하시니 나두 듣기에 좀 괴란쩍습니다마는,[9] 다 어려운 세상에 살자니까 그런 거죠. 별수 있나요. 그래도 제 돈 내놓고 싸든 비싸든 이자라고 명토[10] 있는 돈을 어엿이 받아먹는 것은 아직도 양심이 있는 생활입니다. 입만 가지고 속여먹고 등쳐먹고 알로 먹고 꿩으로 먹는 허울 좋은 불한당 아니고는 밥알이 올곧게 들어가지 못하는 지금 세상 아닙니까⋯⋯ 허허허."

하고 교장은 자기 변명인지 옥임이 역성인지를 하는 것이었다.

이날 정례 어머니는 딸이 옆에서 한사코 말리며,

"그따위 돈은 안 갚아도 좋으니 정장을 하든 어쩌든 마음대로 하라구 내버려두세요."

하며 팔팔 뛰는 것을 모른 체하고, 이십만 원 표에 이만 원 현금을 얹어서 옥임이 갖다가 주라고 내놓았다.

정례 모친은 그후 두 달 걸려서 교장 영감의 오만 원 빚은 갚았으나, 석 달째 가서는 이 상점 주인이 바뀌어 들고야 말았다. 정말 교장 영감의 조카가 나서나 하였더니 교장의 딸 내외가 들어앉았다. 상점을 내놓고 만 바에는 자질구레한 셈속을 따진대야 죽은 아이 귀 만져보기지 별수 없지마는, 하여튼 이십만 원의 석 달 변리 육만 원이 또 늘어서 이십

9) 보고 듣기에 창피하여 얼굴이 뜨겁다.
10) 일부러 꼭 꼬집어내어 말하는 이름이나 설명.

육만 원인데, 정례 모녀가 사글세의 보증금 팔만 원마저 못 찾고 두 손 털고 나선 것을 보면, 그 팔만 원 에끼고[11] 남은 십팔만 원이 점방의 설비와 남은 물건값으로 치운 것이었다. 물론 옥임이가 뒤에 앉아 맡은 것이나, 권리값으로 오만 원 더 얹어서 교장 영감에게 팔아넘긴 것이었다. 옥임이는 좀더 남겨 먹었을 것이로되, 교장 영감이 그 빚 받아내는 데에 공로가 있었기 때문에 오만 원만 얹어먹고 말았다. 또 교장은 이북에서 내려온 딸 내외에게는 똑 알맞은 장사라고 생각이 있어서 애초부터 침을 삼키고 눈독을 들이던 것이라, 이 상점을 손에 넣으려고 애도 썼지마는 매득買得[12]하였다고 좋아하였다.

정례 모녀는 일 년 반 동안이나 죽도록 벌어서 죽 쑤어 개 좋은 일 한 셈이라고 절통을 하였으나, 그보다도 정례 모친은 오래간만에 몸 편해져서 그렇기도 하였겠지마는 몸살 감기에 울화가 터져서 그만 누운 것이 반달이나 끌었다.

"마누라, 염려 말아요. 김옥임이 돈쯤 먹자만 들면 삼사십만 원쯤 금세루 녹여내지. 가만 있어요."

정례 부친은 앓는 마누라 앞에 앉아서 이렇게 위로하였다.

"옥임이 돈을 먹자는 것두 아니지마는 무슨 재주루."

마누라는 말리는 것도 아니요, 부채질하는 것도 아닌 소리를 하였다.

"김옥임이도 요새 자동차를 놀려보구 싶어한다는데, 마침 어수룩한 자동차 한 대가 나섰단 말이지. 조금만 참어요, 우리 집문서는 아무래두 김옥임 여사의 돈으로 찾아놓고 말 것이니……."

하며 정례 부친은 앓는 아내를 위하여 뱃속 유하게 껄껄 웃었다.

---

11) 주고받을 물건이나 일을 서로 비겨 없애고.
12) 싼 값으로 삼. 매입.

표본실의 청개구리

표본실의 청개구리

1

　무거운 기분의 침체沈滯와 한없이 늘어진 생生의 권태는 나가지 않는 나의 발길을 남포南浦까지 끌어왔다.

　귀성한 후 칠팔개삭간의 불규칙한 생활은 나의 전신을 해면같이 짓 두들겨놓았을 뿐 아니라, 나의 혼백까지 두식蠹蝕[1])하였다. 나의 몸을 어 디를 두드리든지 알코올과 니코틴의 독취를 내뿜지 않는 곳이 없을 만 큼 피로하였었다. 더구나 육칠월 성하를 지내고 겹옷 입을 때가 되어서 는 절기가 급변하여 갈수록 몸을 추스르기가 겨워서 동네 산보에도 식 은땀을 줄줄 흘리고, 친구와 이야기하려면 두세 마디째부터는 목침을 찾았다.

　그러면서도 무섭게 앙분昂奮[2])한 신경만은 잠자리에서도 눈을 뜨고 있 었다. 두 해, 세 해 울 때까지 엎치락뒤치락거리다가 동이 번히 트는 것 을 보고 겨우 눈을 붙이는 것이 일주일간이나 넘은 뒤에는 불을 끄고 드러눕지를 못하였다.

---

1) 좀이 먹음. 좀먹듯이 개먹음.
2) 매우 흥분함.

그중에도 나의 머리에 교착膠着[3]하여 불을 끄고 누웠을 때나 조용히 앉았을 때마다 가혹히 나의 신경을 엄습하여 오는 것은, 해부된 개구리가 사지에 핀을 박고 칠성판 위에 자빠진 형상이다.

내가 중학교 이 년 시대에 박물 실험실에서 수염 텁석부리 선생이 청개구리를 해부하여 가지고 더운 김이 모락모락 나는 오장을 차례차례로 끌어내서 자는 아기 누이듯이 주정병酒精瓶에 채운 후에 옹위擁衛하고 서서 생도들을 돌아다보며 대발견이나 한 듯이,

"자 여러분, 이래도 아직 살아 있는 것을 보시오."

하고 뾰족한 바늘 끝으로 여기저기를 콕콕 찌르는 대로 오장을 빼앗긴 개구리는 진저리를 치며 사지에 못 박힌 채 벌떡벌떡 고민하는 모양이었다.

팔 년이나 된 그 인상이 요사이 새삼스럽게 생각이 나서 아무리 잊어버리려고 애를 써도 아니 되었다. 새파란 메스, 닭의 똥만 한 오물오물하는 심장과 폐, 바늘 끝, 조그만 전율…… 차례차례로 생각날 때마다 머리끝이 쭈뼛쭈뼛하고 전신에 냉수를 끼얹는 것 같았다.

남향한 유리창 밑에서 번쩍 쳐드는 메스의 강렬한 반사광이 안공眼孔[4]을 찌르는 것 같아 컴컴한 방 속에 드러누웠어도 꼭 감은 눈썹 밑이 부시었다. 그러나 그럴 때마다 머리맡에 놓인 책상서랍 속에 넣어둔 면도칼이 조심이 되어서 못 견디었다.

내가 남포에 가던 전날 밤에는 그 증이 더욱 심하였다. 칸 반통밖에 안 되는 방에 높이 매단 전등불이 부시어서 꺼버리면 또다시 환영에 괴롭지나 않을까 하는 염려가 없지 않았으나, 심사가 나서 위통을 벗은 채로 벌떡 일어나서 스위치를 비틀고 누웠다. 그러나 째웅하는 소리가

---

3) 단단히 달라붙음.
4) 눈구멍.

문틈으로 스러져나가자 또 머리를 엄습하여 오는 것은 수염 텁석부리의 메스, 서랍 속의 면도다. 메스…… 면도, 면도, 메스……, 잊으려면 잊으려 할수록 끈적끈적하게도 떨어지지 않고 어느 때까지 꼬리를 물고 머릿속에서 돌아다니었다. 금시로 손이 서랍으로 갈 듯 갈 듯하여 참을 수가 없었다. 괴이한 마력은 억제하려면 점점 더하여 왔다. 스스로 서랍이 열리는 소리가 나서 소스라쳐 눈을 뜨면 덧문 안 닫은 창이 부옇게 보일 뿐이요, 방 속은 여전히 암흑에 침적沈寂하였다. 비상한 공포가 전신에 압도하여 손끝 하나 까딱거릴 수 없으면서도 이상한 매력과 유혹은 절정에 달하였다.

"내가 미쳤나?…… 아니, 미치려는 징조인가."

하며 제풀에 겁이 났다.

나는 잠에 취한 놈 모양으로 이불을 와락 차 던지고 일어나서 서랍에 손을 대었다. 그러나 '그래도 손을 대었다가……' 하는 생각이 전뢰電雷와 같이 머릿속에 번쩍할 제, 깊은 꿈에서 깨인 것같이 정신이 반짝 나서 전등을 켜려다가 성냥통을 더듬어 찾았다. 한 개비를 드윽 켜 들고 창틀 위에 얹어둔 양초를 집어 내려서 붙여놓은 후 서랍을 열었다. 쓰다가 몇 달 동안이나 꾸려둔 원고, 편지, 약갑 들이 휴지통같이 우글우글한 속을 부스럭부스럭하다가 미끈하고 잡히는, 자루에 집어넣은 면도를 외면을 하고 꺼내서 창밖으로 뜰에 내던졌다. 그러나 역시 잠은 못 들었다.

맥이 확 풀리고 이마에는 식은땀이 비져 나왔다. 시체 같은 몸을 고민하고 난 병인처럼 사지를 축 늘어뜨려놓고 누워 생각하였다.

'하여간 이 방을 면하여야 하겠다.'

지긋지긋한 듯이 방 안을 휘익 돌아다본 뒤에 이렇게 생각하였다. 어디든지 여행을 하려는 생각은 벌써 수삭 전부터의 계획이었지만, 여름에 한 번 놀러 가본 신흥사新興寺에도 간다는 말뿐이요 이때껏 실현은 못 되었다.

'어디든지 가야 하겠다. 세계의 끝까지, 무한無限에, 영원히, 발끝 자라는 데까지, 무인도! 시베리아의 황량한 벌판! 몸에서 기름이 부지직 부지직 타는 남양! ……아아.'

나는 그림엽서에서 본 울창한 삼림, 야자수 밑에 앉은 나체의 만인蠻人을 생각하고 통쾌한 듯이 어깨를 으쓱하여 보았다. 단 일 분의 정거도 아니하고 땀을 뻘뻘 흘리며 힘 있는 굳센 숨을 헐떡헐떡 쉬는 풀 스피드의 기차로 영원히 달리고 싶다. ……만일 타면 현기眩氣5)가 나리라는 염려만 없었으면 비행기! 비행기! 하며 혼자 좋아하였을지도 몰랐다.

2

내가 두어 달 동안이나 집을 못 떠나고 들어앉았는 것은 금전의 구애가 제일 원인이었지마는, 사실 대문 밖에 나서려도 좀처럼 하여서는 쉽지 않았다.

그 이튿날 H가 와서 오늘은 꼭 떠날 터이니 동행을 하자고 평양 방문을 권할 때에는, 지긋지긋한 경성의 잡답雜沓6)을 등지고 떠나서 다른 기분을 얻으려는 욕구와 장단을 불구하고 하여간 기차를 타게 될 호기심에 끌리어서,

"응, 가지, 가지."

하며 덮어놓고 동의는 하였으나, 인제 정말 떠날 때가 되어서는 떠나

5) 어지러운 기운.
6) 사람이 많이 몰리어 붐빔.

고 싶은지 그만두어야 좋을지 자기의 심중을 몰라서, 어떻게 된 셈도 모르고 H에게 끌려 남대문역까지 하여간 나왔다.

열차는 아직 도착하지 않았으나 승객은 입장하는 중이었다.

나도 급히 표를 사가지고 재촉하는 H를 따라갔다. 시간이라는 세력이 호불호好不好[7] 긍불긍肯不肯[8]을 불문하고 모든 것을 불가항력 하에서 독단하여 끌고 가게 된 것을 나는 오히려 다행히 알고 되어가는 대로 되라고 생각하며 하나씩 풀려나가는 행렬 뒤에 섰다. 그러나 검역증명서檢疫證明書가 없다고 개찰구에서 H와 힐난詰難[9]이 되는 것을 보고 나는 행렬에서 벗어나서 또다시 아니 가겠다고 하였다.

심사가 난 H는 마음대로 하라고 뿌리치며 혼자 출장 주사실로 향하다가 돌쳐와서 같이 끌고 들어갔다.

백촉이나 되는 전등 밑에서 히스테리컬한 간호부가 주사침을 들고 덤벼들 제, 나는 반쯤 걷어올렸던 셔츠를 내리며 돌아서 마주 섰다. 그러나 간호부의 핀잔과 재촉에 마지못하여 눈을 딱 감고 한 대 맞은 후 황황히 플랫폼으로 들어가서 차에 올랐다. 차에 올라앉아서도 공연히 후회를 하고 앉았었으나 강렬한 위스키의 힘과 격심한 전신의 동요, 반발, 차 바퀴 달리는 소리, 암흑을 돌파하는 속력, 주사 맞은 어깨의 침통沈痛…… 모든 관능을 일시에 용약踊躍게 하는 자극의 와중에서 모든 것을 잊고 새벽에는 쿨쿨 잘 만큼 마음이 가라앉았다. 덕택으로 오늘 밤에는 메스도 번쩍거리지 않고 면도도 뛰어나오지 않았다. 동이 틀락말락하여서 우리들은 평양에 내렸다.

남포행은 아직 이삼십 분이나 있는 고로 우리들은 세면소에서 세수

---

7) 좋음과 좋지 않음.
8) 허락함과 허락하지 않음.
9) 트집을 잡아 거북할 만큼 따지고 듦.

를 하고 대합실로 나왔다. 나는 부석부석한 붉은 눈을 내리깔고 소파 끝에 앉았다가 벌떡 일어나서,

"나 예서 좀 돌아다닐 테니……."

내던지듯이 한마디를 불쑥 하고 H를 마주 쳐다보다가,

"혼자 가서 Y군을 만나보고, 오늘이라도 같이 이리 오면 만나보고, 그렇지 않으면 혼자 돌아다니다가 밤차로 갈 테야."

하며 H의 대답도 듣지 않고 돌아서 나왔다.

"응? 뭐야? 그 왜 그래…… 또 미친증이 난 게로군."

하며 H는 벗어 들었던 레인코트를 뒤집어쓰면서 쫓아 나와 붙든다.

"……사람이 보기 싫어서……. 사실 Y군과 만나기로 별로 이야기할 것도 없고."

하며 애원하듯이 힘없는 구조로 한마디 하고,

"영원히 흘러가고 싶다. 끝없는 데로……."

혼잣말처럼 힘을 주어 말을 맺고 훌쩍 나와버렸다.

H도 하는 수 없이 테이블에 놓았던 트렁크를 들고 따라 나왔다.

우리 양인은 대동강가로 찾아 나와서 부벽루로, 훤히 동이 틀까 말까 한 컴컴한 길을 소리 없이 걸었다.

한바탕 휘돌아서 내려오다가 종로에서 조반을 사 먹고 또다시 부벽루로 향하였다. 개시開市를 하고 문전에 물을 뿌린 뒤에 신문을 펴 들고 앉았는 것은 청량하고 행복스럽게 보였다.

아까 내려올 제는 능라도서 저편 지평선에서 주홍의 화염을 뿜으며 날름날름하던 아침 해가 벌써 수원지水源地 연통 위에 올라서 천변식목 川邊植木 밑으로 걸어가는 우리의 곁뺨을 눈이 부시게 내리쬐었다.

칫솔을 물고 바위 위에 섰는 사람, 수건을 물에 담그고 세수하는 사람들도 간혹 눈에 띄었다. 나는 발을 멈추고 무심히 내려다보다가 자기

도 산뜻한 물에 손을 담가보고 싶은 생각이 나서 얕은 곳을 골라서 물가로 뛰어 내려갔다.

H도 쫓아 내려와서 같이 손을 담그고 앉았다가,

"X군, 오후 차로 가지?"

"되어가는 대로……."

다소 머리의 안정을 얻은 나는 뭉쳤던 마음이 풀어진 듯하였다. 나는 아침 햇빛에 반짝이며 청량하게 소리 없이 흘러 내려가는 수면을 내려다보며 이렇게 대답하고 '물은 위대하다'라고 속으로 부르짖는다.

이때에 마침 뒤 동둑에서 누군지 이리로 점점 가까이 내려오는 발자취를 듣고 우리는 무심히 힐끗 돌아다보았다. 마른 곳을 골라 디디느라고 이리저리 뛸 때마다 등에까지 철철 내리덮은 장발長髮을 눈이 움푹 패인 하얀 얼굴 뒤에서 펄럭펄럭 날리면서 앞으로 가까이 오는 형상은 동경 근처에서 보던 미술가가 아닌가 의심하였다. 이 기괴한 머리의 소유자는 너희들의 존재는 나의 의식에 오르지도 않는다고 교만한 마음으로인지 혹은 일신에 모여드는 모든 시선을 피하려는 무관심한 태도로인지 모르겠으나, 하여간 오른편 손에 든 짤막한 댓개비(竹竿)를 전후로 흔들면서 발끝만 내려다보며 내 등 뒤를 지나 한 칸통쯤 상류로 올라가 자리를 잡고 앉았다.

그도 우리와 같이 손을 물에 성큼 넣고 불쩍불쩍 소리를 내더니 양치를 한 번 하고 벌떡 일어나서 대동문을 향하여 성큼성큼 간다. 모자도 아니 쓴 장발과 돌돌 말린 때 묻은 철겨운 모시박이 두루마기 자락은 오른편 손가락에 끼우고 교묘히 돌리는 댓가지와 장단을 맞춰서 풀풀 풀풀 날리었다.

"오늘은 꽤 이른걸."

"핫하! 조반이나 약조하여 둔 데가 있는 게지."

하며 장발객을 돌아서 보다가 서로 조소하는 소리를 뒤에 두고 우리
는 손을 씻으면서 동쪽으로 올라왔다.

진정한 행복은 저런 생활에 있는 게야, 하며 혼자 생각하였다.

우리는 황달黃疸이 들어가는 잡초에 싸인 부벽루 앞 축대 밑까지 다다
랐다. 소경회루小慶會樓라 할 만큼 빈 누내樓內에는 뽀얀 가을 햇빛이 가
벼운 아침 바람에 안기어 전면에 흘러 들어왔다. 좀 피로한 우리는 누
내에 놓인 벤치에 걸터앉으면서 여기저기 매달린 현판을 쳐다보다가,

"사람이란 그럴까, 저것 좀 보아."

좌편에 달린 현관 곁에 붙인 찰札을 가리키며 나는 입을 열었다.

자기의 존재를 한 사람에게라도 더 알리려는 것이 본능적 욕구라면
그만이지만, 저렇게까지라도 하지 않으면 만족할 수 없다는 것을 보
면…… 참 정말 불쌍하다고 생각하였다.

"그는 고사하고 지금 지나온 그 절벽에 역력히 새긴 이 모, 김 모란
성명은 대체 누구더러 보라는 것이야.…… 이러구서도 밥이 입으로 들
어갔으니 좋은 세상이었지."

나는 금시로 알 수 없는 분노가 치밀어 올라와서 벌떡 일어나와 성벽
에 기대어 아래를 내려다보고 섰었다.

"그것이 소위 유방백세流芳百世[10]라는 것이지."

H도 일어나 오며,

"그렇게 내려다보고 섰는 것을 보니…… '입포리'(〈사死의 승리〉의
여주인공)가 없는 게 한이로군……."

"내가 '쫄지요'."

하고 나는 고소苦笑하였다.

---

10) 꽃다운 이름이 후세에 길이 전함.

"적어도 '쫄지요'의 고통은 있을 테지."

"그야…… 현대인 치고 누구나 일반이지."

우리는 입을 다물고 잠시 섰다가 을밀대로 향하였다.

외외巍巍[11]히 건너다보이는 대각臺閣은 엎드러지면 코 닿을 듯하여도 급한 경사는 그리 쉽지 않았다. 우리는 허위단심[12] 겨우 올라갔다. 그러나 대상臺上의 어떤 오복점吳服店 광고의 벤치가 맨 먼저 눈에 띌 때 부벽루에서는 앉기까지 하여도 눈 서투르지 않던 것이 새삼스럽게 불쾌한 생각이 났다. 나는 눈을 찌푸리고 잠시 들여다보다가 발도 들여놓지 않고 돌쳐서서 그늘진 서편 성 밑으로 내려왔다.

높은 성벽에 가리운 일면은 아직 구슬구슬이 끝만 노릇노릇하게 된 잔디잎에 매달려서 어디를 밟든지 먼지가 앉은 구두 끝이 까맣게 반짝거렸다. 나는 성에 등을 기대고 앞에 전개된 광야를 맥없이 내려다보고 섰다가 다리가 풀리어서 그대로 털썩 주저앉았다. 엄동에 음산한 냉방에서 끼치는 듯한 쌀쌀한 찬 바람이 늘어진 근육에 와 닿을 때 나는 정신이 반짝 들었다.

그러나 다리를 내던지고 벽에 기대어서 두 손으로 이슬방울을 홀뜨리며 앉았는 동안에 사지가 느른하고 졸음이 와서 포켓에 넣어둔 신문지를 꺼내서 펴고 드러누웠다.

……H에게 두세 번 흔들려서 깬 때는 이렁저렁 삼사십 분이나 지났었다.

깜짝 놀라 벌떡 일어나 앉으니까, H는 단장 끝으로 조약돌을 여기저기 딱딱 치며 장난을 하다가 소리를 내어 깔깔 웃으면서,

"아, 예가 어덴 줄 알고 잠을 자아? 그리고 잠꼬댄 무슨 잠꼬대야?

---

11) 높은 산이 우뚝 솟은 모양.
12) 허우적거리며 무척 애를 씀.

왜 얼굴이 저렇게 뒤틀렸어?"

나는 멀거니 H의 주름 많은 얼굴을 쳐다보고 앉았다가 '으응……' 하며 무엇이라고 입을 벌리려다가 하품에 막히어 말을 끊고, 일어나서 두 손을 바지 포켓에 찌르고 이리저리 거닐었다. H가 내 꽁무니의 앉았던 자리가 동그랗게 이슬에 젖은 것을 보고 놀라는 데에는 대꾸도 아니하고, 나는 좀 선선한 증이 나서 양지로 나서면서 가자고 H를 끌었다.

"왜 그래? 무슨 꿈이야?"

H는 따라오며 물었다.

"……죽은 꿈…… 아주 영영 죽어버렸더라면…… 좋았을걸……."

나는 무엇을 보는 것도 없이 앞을 멀거니 내다보며 꿈의 시종을 차례 차례로 생각하여 보다가 이같이 내던지듯이 한마디 하고 궐련을 꺼내 물었다.

"자살?"

H는 웃으면서 나를 쳐다보았다.

"……미인의 손에. ……나 같은 놈에게 자살할 용기나 있는 줄 아나? 아—하."

"누구에게? 미인에겔 지경이면 한 두어 번 죽어보았으면…… 헤헤 헤."

"참 정말…… 하여간 아무 고통 없이 공포도 없이 죽는 경험만 해보고 그러고도 여전히 살아 있을 수만 있으면 여남은 번이라도 통쾌해……. 목을 졸라 매일 때의 쾌감! 그건 어떤 자극으로도 얻을 수 없는 거야."

나는 무엇이라고 형용할 수 없는 썩어가는 듯한 심사를 이기지 못하여 입을 다물고 올라가던 길로 천천히 내려오다가 H의 묻는 것이 귀찮아서 다점茶店 앞으로 지나오며 꿈 이야기를 들려주었다.

……무슨 일이었는지 분명치는 않으나…… 아마 쌀을 찧어서 떡을 만들었는데 익지를 않았다고 해서 그랬던지?…… 하여간 흰가루가 뒤발을 한 손〔手〕을 들고 마루 끝에서 어정버정하다가 인제는 죽을 때가 되었다는 것처럼 앞 툇마루 위에 반듯이 드러누우니까, 어떤 바짝 말라서 뼈만 남은 흰 손이 머리맡에서 슬그머니 넘어와서 목에 매인 수건의 두 자락을 좌우로 슬금슬금 졸라대었다. 그때에 나는 이것은 당연히 당할 약조가 있었다는 것처럼 어떠한 만족과 안심을 가지고 눈을 감은 채 조용히 드러누웠었다. 그때에…… 차차 목이 매어올 때의 이상한 자극은 낙지落地[13] 이후에 처음 경험하는 쾌감이었다. 그러나 무슨 까닭에 이같이 일찍 죽지 않으면 안 되는가.…… 참 정말 죽었는가 하는 의문이 나서 몸을 뒤틀며 눈을 번쩍 떠보았다…….

"깜짝 놀라 일어날 때에 빙그레 웃고 섰는 군은 악마가 아닌가 생각하였어…… H군의 웃음은 늘 조소하는 듯이 보이지만 아까는 참말 화가 나서…….''

실상 아까 깨었을 때에 제일 심사가 나는 것은 꿈자리가 사나운 것보다도 H가 조소하듯이 빙그레 웃고 섰는 것이었다.

"……그러나 암만 생각하여도 희한한 것은, 처음부터 눈을 감고 누웠었는데 어찌하여 그 '손'의 주인이 여성이었다고 생각되는지, 자기가 생각하여도 알 수가 없어…….''

이야기를 마친 후 나는 말할 수 없는 심화가 공연히 가슴에서 치미는 것 같아서 올라올 제 앉았던 강물가로 뛰어 내려가서 세수를 하였다.

---

13) 세상에 태어남.

남포에 도착하였을 때는 벌써 오후 두 시가 훨씬 넘었었다. 출입하였던 Y는 방금 들어와서 옷을 벗어 던지고 A와 마주 앉아서 지금 심방尋訪[14]하고 온 사람의 이야기를 하고 있다가 우리들을 보고 놀란 듯이 뛰어나와 맞아들였다. 우리를 맞은 Y는 웬셈인지 좌불안석坐不安席의 태도였다.

"P는 잘 있나? 금명간 올라가려고 하였지. 평양서 전화를 하였더면 내가 평양으로 나갈걸. 곤할 테지? 점심은?"

순서 없는 질문을 대답할 새도 없이 연발하였다. 나는 간단히 응대하고 졸립다고 드러누웠다.

Y는 무슨 다른 생각을 하면서도 좌중의 흥을 돋우려고 애를 쓰는 듯이 이 사람 저 사람 쳐다보며 입을 쫑긋쫑긋하다가 나를 건너다보며,

"······웬셈이야? 당대의 원기는 다 어디 갔나?······ 그 표단瓢簞[15]은? 하하하."

"글쎄······ 그것도 인제 좀 염증이 나서······."

나도 시든 웃음을 띄우며,

"여기까지 가지고 오긴 왔지!"

하고 누운 채 벗어놓은 외투를 잡아당기어 찻간에서 먹다 남은 위스키 병을 주머니 속에서 꺼내어 내미니까, 일동은 하하하 웃으면서 잠자코 누워 있는 나를 내려다본다.

"그러나 그것 큰일났군. 제행무상諸行無常[16]을 감感하였나······ 무표단

---

14) 방문해 찾아봄.
15) 표주박.
16) 우주의 모든 사물은 늘 돌고 변하여 한 모양으로 머물러 있지 아니함.

無瓢簞이면 무인생無人生이라던 것은 취소인가."

Y는 다소 과장한 듯이 흑흑 느끼며 웃었다.

"그런데 표단이란 무엇이야?"

영문을 모르는 A는 Y에게 묻고 나에게로 고개를 돌렸다.

"흥흥흥, 한마디로 쉽게 설명하면 우선 X군 자신인 동시에 X군의 인생관을 심벌한 X군의 술병이랄까."

"응? X군의 인생관……인 동시에 X씨 자신의…… 무엇이야? 어디나 같은 놈은 알아들을 수가 있나?"

하며 A는 손을 꼽다가 웃고 말았다.

"아니랍니다. 내가 일전에 서울서 어떤 상점에 갔던 길에 표단 모양으로 만든 유리 정종병이 마음에 들기에 사가지고 왔더니 여럿이 놀린답니다."

나도 이같이 설명을 하고 웃어버렸다.

"그러나 이 술을 선생한테나 갖다 주고 강연이나 들을까?"

H는 병을 들어서 레테르에 씌인 글자를 들여다보며 웃었다.

"남포에도 표단이 있는 게로군……."

H도 웃었다.

"응! 그러나 병유리가 좀 흐려〔曇〕…… 닦은 유리(스리 가라쓰―모래로 간 것)랄까."

일동은 와하하 하며 웃었다. 나는 눈을 감고 드러누워서 이야기를 듣다가 잠이 올 것 같지 않아 다시 일어나 앉으며,

"A씨도 표단당瓢簞黨에 한몫은 가겠지요."

하고 위스키 병을 들어서 한 잔 따라 권하고 나도 반배를 받았다.

"그래, 여기 표단은 어때?"

하며 H는 나를 쳐다보는 모양이었으나 나는 술을 마시느라고 못 보

았다.

"……별로 표단을 달고 다니지는 않지만, 삼 원 오십 전에 삼층집을 지은 대건축가인데……."

"삼 원 오십 전에? 하하하, 미친 사람인 게로군?"

H가 웃었다.

"글쎄 미쳤다면 미쳤을까.…… 그러나 인생의 최고 행복을 독점하였다고 나는 생각해……."

Y는 천연덕스럽게 대답하였다. Y와 H가 이야기하는 동안에 나는 A와 잡지계에 관한 이삼 문답을 하다가, 자기들 이야기를 들으라고 H가 부르는 바람에 나도 말참례를 하였다.

"술 이야기는 아니나 삼 원 오십 전에 삼층집을 지은 대철인大哲人이 있단 말이야……."

Y는 다시 설명을 하고 어느 틈에 빈 병이 된 것을 보고,

"술이 없군. 위스키를 사올까?"

하더니 하인을 불러 명하였다.

"옳은 말이야. 철학자가 땅두더지로 환장을 하였거나 위인이 하늘서 떨어졌거나, 삼 원 아니라 단 삼 전으로 삼십층을 지었거나 누가 아나…… 표단 이상의 철학서哲學書는 적어도 내 눈에는 보이지를 않으니까……."

나는 냉소를 하면서 또다시 A에게로 향하였다.

"그러나 군은 무슨 까닭에 술을 먹는가."

"논리는 없지. 다만 취하려고."

"그게 말이야.…… 군은 아무것에도 붙을 수 없었다. 아무것에도 만족할 수가 없었다. 결국 알코올 이외에 아무것도 없었다. 비통하고 비참은 하나 그중에서 위안은 얻기에 먹는 게 아닌가. 그러나 결코 행

복은 아니다. 그는 고사하고 알코올의 힘을 빌리지 않아도 알코올 이상의 효과가…… 다만 위안뿐 아니라 행복을 얻을 만한 것이 있다 하면 군은 무엇을 취할 터이냐—는 말이야. 하하하……."

"알코올 이상의 효과?…… 광증狂症이냐? 신념이냐…… 이 두 가지밖에 없을 것이오.…… 그러나 오관五官이 명확한 이상…… 피로, 권태, 실망…… 이외에 아무것도 없는 이상…… 그것도 광인으로 일생을 마칠 숙명이 있다면 하는 수 없겠지만—할 수 없지 않은가."

주기가 돌수록 나는 더욱더 흥분이 되어 부지불식간에 연설조로 한마디 한마디씩 힘을 들여 명확한 악센트를 붙여서 말을 맺고,

"하여간 우선 먹고 봅시다. A공, 자!"

하며 잔을 A에게 전하였다.

"그러나 A군, '톨스토이즘'에다가 '윌슨이즘'을 가미한 선생의 설교를 들을 제 나는 부럽던걸."

술에 약한 Y는 벌써 빨개진 얼굴을 A에게 향하고 동의를 구하였다.

"오늘은 좀 신기가 불편한데…… 연일 강연에 목이 쉬어서 이야기를 못하겠달 제는 사람이 기가 막혀서…… 하하하."

A는 Y와 삼층집에 갔을 때의 일을 꺼내었다.

"듣지 않아도 세계평화론이나 인류애쯤 떠드는 게로군."

하며 나는 윗목으로 나가 드러누웠다.

아랫목에서는 Y를 중심으로 하고 삼층집 주인의 이야기가 어느 때까지 끝이 아니 났다. 가다가다 와— 하고 터져 나오는 웃음소리에 나는 소르르 오는 잠이 깨고 깨고 하다가 종내 잠을 잃어서 나도 귀를 기울이게 되었다. Y가 두 발을 쳐들고 엉덩이로 이리저리 맴을 돌면서, 삼층집 주인이 자기 집에 문은 없어도 출입이 자유자재라고 자랑하던 흉내를 내는 것을 보고, 여럿이 웃는 통에 나도 눈을 떠보고 일어났다.

약간 취기가 오른 나는 찬 바람도 쐬고 싶고 또 어차피 오늘 밤은 평양에 나가서 묵을 작정인 고로 정거장 가는 길에 삼층집 아래를 가고 싶은 생각이 나서,

"우리 구경 가볼까?"

하고 Y에게 물었다.

"글쎄, 좀 늦지 않았을까?"

하며 Y는 시계를 꺼내보더니,

"아직 다섯 시가 못 되었군…… 그러나 강연은 못할걸! 보시다시피 역사役事를 벌여놓고 매일 강연에 목이 쉬어서."

하며 흉내를 내고 또 웃었다.

네 청년은 두어 시간 동안의 홍소훤담哄笑喧談[17)에 다소 피로를 느낀 듯이 모두 잠자코 석양판에 갑자기 번잡하여 오는 큰길로 느럭느럭 걸어 나왔다.

4

황해에 잠긴 석양은 백운을 뚫고 흘러 멀리 바라보이는 저편 이층집 지붕에 은빛으로 반짝거리었다.

Y의 집에서 나온 우리 일행은 축동거리를 일 정町쯤 북으로 가다가 십자로에서 동으로 꼽쳐 새 거리로 들어섰다. 왕래가 좀 조용하게 되었다. 나는 Y의 말이 과연 사실인가, 실없는 풍자나 조롱을 잘하는 Y의 말이라 혹은 나에게 대한 일종의 우의를 품은 농담이 아닌가 하는 제

---

17) 입을 크게 벌리고 웃고 떠듦.

버릇의 신경과민적 해석을 하며 따라오다가,

"선생은 원래 무엇을 하던 사람인구?"

하며 Y에게 물었다.

"별로 자세히는 모르지만…… 보통학교 훈도라든가! Y군도 아마 배웠다지?"

"응!…… 일본말도 제법 하는데…… 이전에는 그대로 미남자였었는데. 하하하."

A의 말끝에 Y도 웃으며,

"미남자이었든 추남자이었든 하여간 금년 봄에 한 서너 달 감옥에 들어갔다가 나온 뒤에 이상하여졌다는데…… 자세한 이유는 몰라……."

"처자는 있나?"

"예, 계집은 친정에 가서 있다기도 하고 놀아났다기도 하나 그 역시 자세한 것은 몰라요."

라고 A가 대답을 하였다.

"Y군, 그 계집이 어느 놈의 유혹에 팔리어서 돌아다니다가 그 유곽에 굴러 들어와 있다면 어떨까?"

나는 잠자코 있다가 말을 걸었다.

"흥…… 그리고 매일 찾아가서 미친 체를 부리면……."

Y는 대꾸를 하였다.

새 거리를 빠져 황엽이 되어가는 잡초에 싸인 벌판 중턱에 나와서 남북으로 통한 길을 북으로 꼽들어 유정柳町을 바라볼 때는 십여 칸통이나 떨어져 보이는 유곽 이 층에서는 벌써 전등불빛이 반짝거리며 흘러나왔다.

"응! 저기 보이는군……."

A가 마주 보이는 나직한 산록에 외따로 우뚝 선 참외 원두막 같은 것

을 가리켜주는 대로 희끄무레한 것이 그 위에서 움찔움찔하는 것을 바라보며 우리는 발길을 재촉하였다.

십여 보쯤 가다가 나는,

"이것이 유곽이야?"

하며 좌편을 가리켰다. 방금 전기가 들어온 헌등軒燈18)이 일자로 총총 들어박힌 사이로 목욕탕에서 돌아오는 얼굴만 하얀 괴물들이 화장품을 담은 대야를 들고 쓸쓸한 골짜기를 이리저리 돌아다니는 것이 부화浮華19)하다 함보다 도리어 처량히 보였다.

"선생이 여기 덕도 꽤 보지…… 강연 한 번에 술 한 병씩 주는 곳은 그래도 여기밖에 없어……."

A는 웃으면서 설명하였다.

삼층집 꼭대기에 퍼더버리고 앉아서20) 희미한 햇발이 점점 멀어가는 산등성이를 얼없이21) 바라보고 있던 주인은 우리들이 우중우중 올라오는 것을 힐끔 돌아보더니 별안간에 돌아앉아서 무엇인가 똑딱똑딱 두드리고 있다. 우리는 싸리로 드문드문 얽어맨 울타리 앞에서 들어갈 곳을 찾느라고 이리저리 주저하다가 그대로 넘어서서 성큼성큼 들어갔다.

앞서 들어간 A는 주인이 돌아앉은 삼 층 위에다 손을 걸어잡고 들여다보며,

"선생님! 또 왔습니다."

하고 인사를 하였다.

"선생님! 안녕하십니까."

---

18) 처마에 다는 등.
19) 실속은 없이 겉만 화려함.
20) 팔다리를 아무렇게나 편하게 뻗고 앉아서.
21) 조금도 틀리지 않게.

A는 소리를 내어 웃으며 재우쳐 인사를 하였다. 그러나 그는 여전히 농장籠欌 문짝에 못을 박고 있었다. A와 Y는 동시에 H와 나를 돌아보고 눈짓을 하며 소리 없이 웃었다.

"……신기가 그저 불편하신가요? ……오늘은 꼭 강연을 들으러 왔는데요."

이번에는 Y가 수작을 건네었다. 그제야 그는 깜짝 놀란 듯이 먼지가 뽀옇게 앉은 더벅머리를 휙 돌이키며,

"예? 왔소?"

간단히 대답을 하고 여전히 돌아앉아서 장도리를 들었다. 세 사람은 일시에 깔깔 웃었다. 그러나 귀밑부터 귀얄 같은 수염이 까맣게 덮인 주먹만 한 하얀 상을 힐끗 볼 제, 나는 앗! 하며 깜짝 놀랐다. 감전된 것 같이 가슴이 선뜩하며 심한 전율이 전신을 압도하였다. 그리고 그 다음 순간에는 다소 안심된 가슴에 이상한 의혹과 맹렬한 호기심이 일시에 물밀듯하였다. 중학교 실험실에 박물 선생이 따라온 줄로만 안 것이었다. 그러나 아무 이유 없이 무의식하게 경건한, 혹은 숭엄한 느낌이 머리 뒤를 떼미는 것 같아서 나는 무심중간에 모자를 벗고 인사를 하였다. 여러 사람들이 흥흥 하며 웃는 것을 볼 때 나는 미안하기도 하고, 무슨 큰 불경한 일이나 하는 것 같아서 도리어 패씸한 듯이도 보이고, 혹은 이 사람이 심사가 나서 곧 뛰어 내려와 폭행이나 하지 않을까 하는 염려도 생겼다.

"선생님! 정말 신기가 불편하신 모양이외다그려!"

A는 갑갑증이 나서 또 말을 붙였다.

"서울서 일부러 손님이 오셨는데 강연을 한 번 하시구려. 하……"

때 묻은 옷가지며 빨래 보퉁이 같은 것이 꾸역꾸역 나오는 것을 꾹꾹 눌러 디밀면서 고친 문짝을 열었다 닫았다 하고 앉았던 주인은 서울 손

님이란 말에 귀가 띄었는지 우리를 향하여 돌아앉으며 입을 벌렸다.

"예— 감기도 좀 들었소이다."

하고 영채 없는 뿌연 눈으로 나를 유심히 똑바로 내려다보다가,

"……보시듯이 이렇게 역사를 벌여놓고……."

한번 방을 휘익 돌아다본 후 또다시 나에게로 시선을 주며,

"요사이 같아서는 눈코 뜰 새도 없쇠다.…… 더군다나 연일 강연에 목이 꽉 쉬어서……."

말을 맺고 H를 돌려다 보았다.

그러나 별로 목이 쉰 것 같지는 않았다. Y가 H와 나를 소개하니까,

"예— 그러신가요? 서울서 멀리 오셨소이다그려."

반가운 듯이,

"나는 남포 사는 김창억金昌億이외다."

하며 인사하는 그의 얼굴에는 약간 미소까지 나타났다.

"예— 나는 ×××올시다."

나는 정중히 답례를 하였다. H도 인사를 마쳤다.

"선생님! 그 용하시외다그려…… 이름도 아니 잊으시고…… 하하하."

A가 놀렸다. 창억은 거기에는 대꾸도 아니하고 나를 향하여,

"좀 올라오시소그래. 아직 역사가 끝이 안 나서 응접실도 없쇠다마는……."

하며 올라오라고 재삼 권하다가,

"제다가 차차 스토브도 들여놓고 손님이 오시면 좀 들어앉아서 술잔이나 나누도록 하여야 하겠지마는……."

어긋 매인 선반 같은 소위 이층칸을 가리키며 천연덕스럽게 인사치레를 하였다.

세 사람은 깔깔 소리를 내어 웃었다. 그러나 자기의 말에 조금도 부자연한 과장이 없다고 생각한 그는 웃는 것이 도리어 이상하다는 듯이 힘없는 시선으로 물끄러미 웃는 사람을 내려다보다가 '힝' 하고 코웃음을 치고 외면을 하였다. 나는 이 사람이 미쳤다고 하여야 좋을지, 모든 것을 대오大悟[22])하고 모든 것에서 해탈한 대철인이라고 하여야 좋을지 몰랐다.

"너무 황송하여 올라가진 못하겠습니다마는, 어떻게 강연이나 좀 하시구려."

하며 이번에는 H가 놀렸다.

"글쎄, 모처럼 오셨는데 술도 한 잔 없어서 미안하외다."

그는 딴전을 부렸다. 처음 만나는 사람을 보고 술 이야기만 꺼내는 것이 이상하였다.

"여기 온 손님들은 모두 하나님 아들이기 때문에 술은 아니 먹는답니다."

늘 웃으며 대화를 듣고 섰던 Y가 입을 열었다.

"예? 형공兄公도 '예수' 믿습니까?"

그는 놀란 듯이 나를 마주 건너다보다가 히히히 웃으며,

"예수꾼도 무식한 놈만 모였나 봅니다.…… 예수꾼들 기도할 때에 하나님 아버지시여! 나의 죄를 구하소서, 아—맹…… 하지 않소?…… 그러나 아—맹이란 무엇이오. 맹자 같은 만고의 웅변가더러 벙어리라고 아맹啞孟이라 하니 그런 무식한 말이 아, 어디 있단 말이오? 나를…… 나의 죄를 사하여 달라고 할 지경이면 아면我免이라고 해야 옳지 않습니까?"

---

22) 크게 깨달음. 똑똑히 이해함.

강연의 서론을 꺼낸 그가 득의만면하여 히히 웃는 데 따라서 둘러섰던 사람들도 웃었다. 그러나 나는 그가 비상한 공상가라는 것을 직감한 외에 웃는지 어쩐지 알 수가 없었다.

여럿이 따라서 웃는 것을 보고 더욱 신이 나서 강연을 계속하였다.

"그러나 하나님은 참 지공무사至公無私[23]하시외다. 나를…… 이 삼층집을 단 서른닷 냥으로 꼭 한 달 열사흘 만에 짓게 하신 것이외다.…… 하나님의 은택이외다. 서양놈들이 아무리 문명을 했느니 기계가 발달되었느니 하지만, 그래 단 서른닷 냥에 삼층집을 지은 놈이 어디 있습니까…… 날마다 하나님이 와 보시고 칭찬을 하십니다."

"칭찬을 하시니까 지공무사한 것 같지요."

H가 한마디 새치기를 하였다.

"천만에, 이것이 모두 하나님 분부가 있어서 된 것이외다…… 인제는 불의 심판이 끝나고 세계가 일대 가정을 이룰 시기가 되었으니 동서친목회를 조직하라고 하신 고로, 우선 이 사무소를 짓고 내가 회장이 되었으나 각국의 분쟁을 순찰할 감독관이 없어서 큰일이 났소다."

일동은 와― 웃었다.

"여기 X군이 어떨까요?"

Y는 남의 어깨를 탁 치며 얼른 추천을 하였다.

"글쎄, 해주신다면 고맙지만……."

세 사람은,

"야…… 동서친목회 감독 각하!"

하며 한층 더 소리를 높여 웃었다.

아닌 게 아니라 첨아檐牙에 주렁주렁 매단 멍석 조각이며 밀감密柑 조

---

23) 더없이 공평하고 사사로움이 없음.

각들 사이에 '동서친목회 본부'라고 굵직하게 쓰고 그 옆에 '회장 김창억'이라고 쓴 궐련 상자 껍데기 같은 마분지 조각이 모로 매달려 있다. 나는 쳐다보던 눈을 돌이켜서 동서친목회 회장에게로 향하여,

"회의 취지는 무엇인가요?"

라고 물었다.

"아까 말씀한 것같이 성경에 가르치신 바 불의 심판이 끝나지 않았습니까. 구주 대전의 그 참혹한 포연탄우砲煙彈雨[24]가 즉 불의 심판이외다 그래. 그러나 이번 전쟁이 왜 일어났나요…… 이 세상은 물질 만능, 금전 만능의 시대라 인의예지仁義禮智도 없고 오륜五倫도 없고 애愛도 없는 것은 이 물질 때문에 사람의 마음이 욕에 더럽혀진 까닭이 아닙니까…… 부자, 형제가 서로 반목 질시하고, 부부가 불화하며, 이웃과 이웃이, 한 마을과 마을이…… 그리하여 한 나라와 나라가 서로 다투는 것은 결국 물욕에 사람의 마음이 가리웠기 때문이 아니오니까. 그리하여 약육강식의 대원칙에 따라 세계 만국이 간과干戈[25]로써 서로 대하게 된 것이, 즉 구주대전란이외다그래. 그러나 인제는 불의 심판도 다 끝났다, 동서가 친목할 시대가 돌아왔다고 하신 하나님의 말씀대로 나는 신종信從[26]합니다. 그렇기 때문에 하나님의 계시대로 세계 각국으로 돌아다니며 정찰을 하여야 하겠쇠다.…… 나도 여기에는 오래 아니 있겠쇠다. 좀더 연구하여 가지고…… 영미법덕英美法德으로 돌아다니며 천하 명승도 구경하고 설교도 해야 하겠쇠다."

말을 맺고 그는 꿇어앉아서 선반 위를 부스럭부스럭하더니 먹다가 꺼둔 궐련 토막을 찾아내서 물고 도로 앉는다.

---

24) 총포의 연기와 비 오듯 하는 탄환. 곧 치열한 전투를 말함.
25) 병장기兵仗器의 총칭.
26) 믿고 따라 좇음.

"선생님! 그러면 금강산에는 언제 들어가실 텐가요?"

A가 놀렸다.

"한번 다 돌아다닌 후에 들어가지."

"그러면 나는 어떻게 합니까. 그때까지 어떻게 기다릴 수가 있습니까."

"응……?"

그는 눈을 뚱그렇게 뜨고 A를 바라보았다.

"아, 선생님 망령이 나셨나 보구만…… 금강산에 들어가시면 군수나 하나 시켜주신다더니……."

일동은 박장대소를 하였다.

"응! 가기 전에 시켜주지!"

그의 하는 말에는 조금도 농담이 없었다. 유창하게 연설 구조로 열변을 토할 때에는 의심할 여지 없는 어떠한 신념을 가진 것같이 보였다.

"그러나 금강산에 옥좌玉座는 벌써 되었나요?"

Y는 웃으며 물었다.

"예— 이 집이 낙성되던 날 벌써 꾸며놓았답니다."

하고 여러 사람의 웃음이 끝나기를 기다려서,

"성姓 중에 김씨가 제일 좋은 성이외다. 옥玉은 곤강昆崗에서 나지만도 금은 여수麗水에서 나지 않습니까. 그렇기 때문에 하나님께서 말씀이 너는 김가니 산고수려山高水麗한 금강산에 들어가서 옥좌에 올라앉아 세계의 평화를 누리게 하라고 하십디다……."

하고 잠자코 가만히 섰는 나의 동정을 얻으려는 듯이 미소를 띠우고 바라본다.

"대단히 좋소이다…… 그러나 이 삼층집은 무슨 생각으로 지셨나요?"

나는 이같이 물었다.

"연전 여름 방학에 서울에 올라가서 중동학교에 일어日語 강습을 하러 다닐 때에 서양 사람의 집을 보니까 위생에도 좋고 사람 사는 것 같기에 우리 조선 사람도 팔자 좋게 못 사는 법이 어디 있겠소? 기왕이면 삼 층쯤 높직이 지어볼까 해서…… 우리가 그놈들만 못할 것이 무엇이오. 나도 교회에 좀 다녀보았지만 그놈들처럼 무식하고 아첨 좋아하는 놈은 없습니다.…… 헷, 그중에도 목사인지 하는 것들 한참 때에 대원군이나 뫼신 듯이 서양놈들이 입다 남은 양복 조각들을 떨쳐입고 그 더러운 놈들 밑에 굽실굽실하며 돌아다니는 것을 보면 이 주먹으로 대가리를……."

하며 새까만 거츳한[27] 주먹을 쳐들었다. 그때의 그의 눈에는 이상한 광채가 돌고 얼굴은 경련적으로 부르르 떨리면서 뒤틀리었다. 나는 무심히 쳐다보다가 깜짝 놀랐다.

"그러나 날은 점점 추워오고…… 어떻게 하실 작정인가요?"

나는 화제를 이같이 돌렸다.

"춥긴요, 하나님 품속은 사시 봄이야요…… 그러나 예다가 스토브를 놓지요."

하고 이 층을 가리켰다.

"그래, 스토브는 어디 주문하셨소?"

누구인지 곁에서 말참견을 하였다.

"주문은 무슨 주문……."

대단히 불쾌한 듯이 한마디 하고,

"스토브는 서양놈들만 만들 줄 알고 나는 못 만든답디까.…… 그놈들

---

27) 여위고 윤기가 없어 보기에 부스스하고 거친.

이 하루에 하는 일이면 나는 한 반나절이면 만들 수 있소이다. 이 집이 며칠이나 걸린 줄 아슈?…… 단 한 달 하고 열사흘! 서양놈들은 십삼이란 수가 흉하답디다마는, 나는 양옥을 지으면서도 꼭 한 달 열사흘에 지었다오."

"동으로 가래도 서로만 갔으면 고만 아니오."

H가 말대꾸를 하였다.

"글쎄 말이오. 세상놈들이야말로 동으로 가라면 서로만 달아나는 빙퉁그러진[28] 놈뿐이외다.…… 조선이 있고 조선 글이 있어도 한문이나 서양놈들의 혀 꼬부라진 말을 해야 사람의 구실을 하는 이 쌍놈의 세상이 아닙니까."

한마디 한마디씩 나의 동의를 얻으려는 것처럼 나를 똑바로 내려다보며 잠깐씩 말을 멈추다가 나중에는 열중한 변사처럼 쉴 새 없이 퍼붓는다…….

"네, 그렇지 않습니까. 네…… 그것도 바로 읽을 줄이나 알았으면 좋겠지만…… 가령 천지현황天地玄黃 하면 하늘 천 이렇게 읽으니 일대—大라 써놓고 왜 하늘 대 하지 않습니까. 창공은 우주 간에 유일 최대하기 때문에 창힐蒼頡이 같은 위인이 일대—大라고 쓴 것이 아니외니까. 또 흙야 할 것을 따—지 하는 것도 안 된 것이외다. '따'란 무엇이외니까? 흙이 아니오? 그러기에 흙 토 변에 언재호야焉哉乎也라는 천자문의 왼쪽자인 이끼 야也 자를 쓴 것이외다그려. 다시 말하면 따는 흙이요, 또 우주 간에 최말위最末位에 처한 고로 흙 토 자에 천자문의 최말자 되는 이끼 야 자를 쓴 것이외다."

우리들은 신기로이 듣고 섰다가,

---

28) 하는 짓이 꼭 비뚜로만 나감.

"그러면 쇠 금 자는 어떻게 되었길래 김가를 하나님께서 그처럼 사랑하시나요?"

하고 Y가 물었다.

"옳은 말씀이외다. 네— 참 잘 물으셨소이다.……"

깜빡 했더면 잊었을 것을 일깨워주어서 고맙고도 반갑다는 듯이 득의만면하여 그 일사천리의 구변으로 강연을 계속한다.

"사람 인人 안에 구슬 옥玉을 하지 않았소. 하므로 쇠 금이 아니라 사람구슬 금…… 이렇게 읽어야 할 것이외다."

일동은 킥킥킥 웃었다.

"아니외다. 웃을 것이 아니외다.…… 사람 구실을 하려면 성현의 가르치신 것같이 첫째에 인仁 하여야 하지 않쇠니까. 하므로 사람 인 하는 것이외다그려. 그 다음에는 구슬이 두 개가 있어야 사람이지 두 다리를 이렇게(人—손가락으로 쓰는 흉내를 내며) 벌리고 선 사이에 딱 있어야 할 것이 없으면 도저히 사람값에 가지 못할 것이외다. 고자는 그것이 없어도 사람이라 하실지 모르나, 그러기에 사람 구실을 못하지 않습니까. 히히히…… 그는 하여간 그 두 개가, 즉 사람을 사람값에 가게 하는 보배가 아닙니까. 그런 고로 보배에 제일가는 구슬 옥玉 자에 한 점을 더 박은 게 아니외니까……."

한마디 한마디마다 허리가 부러지게 웃던 A는,

"그래서 금강산에 옥좌를 만들었습니다그려…… 하하하."

하며 또 웃었다.

"그러면 여인네는 김가가 없구만요?"

이번에는 H가 놀렸다. 그는 무엇을 생각하는 것처럼 눈만 멀뚱멀뚱하며 앉았다가 별안간에,

"옳지! 옳지! 그래서 내 댁내宅內는 안安가로군…… 응! 히히히. 여인

네가 관冠을 썼어…… 여인네가 관을 썼어…… 히히 히히히."

잠꼬대 하는 사람처럼 이 사람 저 사람 쳐다보며 고개를 끄덕거리고 나서는 히히히 웃기를 두세 번이나 뇌었다.

"참, 아씨는 어디 가셨나요?"

나는 '내 댁내가 안가라고' 하는 그의 말에 문득 그의 처자의 소식을 물어보려는 호기심이 나서 이같이 물었다.

"예? 못 보셨소?…… 여보, 여보, 영희英姬 어머니! 영희 어머니……."

몸을 꼬고 엎드려서 아래를 내려다보며 부르다가 '또 나갔나!' 혼잣말처럼 하며 바로 앉더니,

"아마 저기 갔나 보외다."

하고 유곽을 가리켰다.

"또 난봉이 난 게로군…… 하하하, 큰일났소이다. 비끄러매두지 않으면……."

A가 말을 가로채서 놀렸다.

"히히히, 저기가 본래 제 집이라오."

"저긴 유곽이 아니오?"

H도 웃으며 물었다.

"여인네가 관을 썼으니까…… 하하하."

이번에는 Y가 입을 열었다.

그는 무슨 생각이 났는지 고개를 비스듬히 숙이고 앉았다가,

"예— 그 안에 있어요…… 그 안에. 오 년이나 나하고 사는 동안에도 역시 그 안에 있었어요. 히히히 히히."

"……그 안에 ……그 안에!"

나는 아까 그의 처가 도주를 하였다는 소문도 있다고 하던 A의 말을

생각하며 속으로 뇌어보았다.

"좀 불러오시구려."

"인제 밤에 와요. 잘 때에……."

"그거 옳은 말이외다.…… 잘 때밖에 쓸데없지요. 하하하."

H가 농담을 붙이는 것을 나는 미안히 생각하였다.

"히히히. 그러나 너무 뜨거워서 죽을 지경이랍디다.…… 어제는 문지기에게 죽도록 단련을 받고 울며 왔기에 불을 피우고 침대에서 재워 보냈습니다…… 히히히."

무슨 환상을 좇듯이 먼 산을 바라보며 누런 이[齒]를 내놓고 히히히 웃는 그의 얼굴은 원숭이같이 비열하게 보였다.

산등에서 점점 멀어가던 햇발은 부지중 소리 없이 날아가고 유곽 이층에 마주 보이는 전등불빛만 따뜻하게 비치었다.

홍소哄笑, 훤담喧談, 조롱 속에서 급격히 피로를 느낀 그는 어슬어슬하여 오는 으슥한 산 밑을 헤매는 쌀쌀한 가을 저녁 바람과 음산하고 적막한 암흑이 검은 이빨을 악물고 휘휘 한숨을 쉬며 덤벼들어 물고 흔드는 삼 층 위에 썩은 밤송이 같은 뿌연 머리를 움켜쥐고 곁에 누가 있는 것도 잊은 듯이 기둥에 기대어 앉았다.

"인제 가볼까."

하는 소리가 누구의 입에선지 힘없이 나왔다.

동서친목회 회장…… 세계평화론자…… 기이한 운명의 순난자殉難者…… 몽현夢現의 세계에서 상상과 환영의 감주甘酒에 취한 성신聖神의 총아寵兒…… 오욕육구五慾六垢, 칠난팔고七難八苦에서 해탈하고 부세浮世[29]의 제연諸緣을 저버린 불타佛陀의 성도聖徒와, 조소에 더러운 입술로 우리

---

29) 덧없는 세상.

는 작별의 인사를 바꾸고 울타리 밖으로 나왔다.

울타리 밑까지 나왔던 나는 다시 돌쳐서서 그에게로 향하였다. 이 층에서 뛰어 내려오는 그와 마주칠 때 그는 내 손에 위스키 병이 있는 것을 보고 히히 웃었다. 나는 Y의 집에서 남겨가지고 나온 술병을 그의 손에 쥐어준 후 빨간 능금 두 개를 포켓에서 꺼내주었다.

"이것 참 미안하외다⋯⋯."

그는 만족한 듯이 웃으며 받아서 이 층 벽에 기대어 가로 세운 병풍 곁에 늘어놓고 따라 나와 인사를 하였다.

가련한 동무를 이별하고 나온 나는 무겁고 울적한 기분에 잠기어서 입을 다물고 구두코를 내려다보며 무심히 걸었다. 역시 잠자코 앞서 가던 Y는 잠깐 멈칫하고 돌아다보며,

"X군! 어때?"

"글쎄⋯⋯."

"⋯⋯그러나 모자를 벗어 들고 공손히 강연을 듣고 섰는 군의 모양은 지금 생각을 해도 요절을 하겠어⋯⋯ 하하하."

"흐흥⋯⋯."

나는 힘없이 웃었다.

저녁 가을 바람은 산득산득 목에 닿는 칼라 속을 핥고 달아났다. 일행이 삼거리에 와서 A와 헤어질 때는 이삼 칸 떨어진 사람의 얼굴이 얼숭얼숭 보였다.

시시각각으로 솔솔 내려앉는 땅거미에 싸인 황야에, 유곽에서 가늘고 길게 흘러나오는 샤미센(三味線) 소리, 탁하고 넓게 퍼지는 장구 소리는 혹은 급하게, 혹은 느리게 퍼져서 정거장으로 걸음을 재촉하는 우리의 발뒤꿈치를 어느 때까지 쫓아왔다.

컴컴하고 쓸쓸한 북망北邙 밑 찬 바람에 사지를 오그리고 드러누운 삼

층집 주인공은 저 장구 소리를 천당의 왈츠로 듣는지, 지옥의 아비규환으로 깨닫는지, 나는 정거장 문에 들어설 때까지 흘끔흘끔 돌아다보아야 오직 유곡幽谷의 요화 같은 유곽의 전등불이 암흑 가운데에 반짝거릴 뿐이었다.

5

평양행 열차에 오를 때에는 일단 헤어졌던 A도 다시 일행과 합동되었다.

커다란 트렁크를 무거운 듯이 두 손으로 떠받쳐서 선반에 얹고 나서 목이 막힐 듯한 한숨을 휘— 쉬며 앉는 A를 Y는 웃으며 건너다보고,

"인젠 영원한가?"

"응!…… 영원히. 하하하."

A는 간단히 말을 끊고 호젓해하는 듯한 미소를 띄웠다.

"그러나 평양이 세계의 끝일지도 모르지…… 핫하하."

"하하하."

A도 숙였던 고개를 쳐들며 힘없이 웃었다.

"왜 어디 가시나요?"

A와 마주 앉은 나는 물었다.

"글쎄요. 남으로 향할지 북으로 달릴지 모르겠소이다."

A는 말을 맺고 머리를 창에 기대며 눈을 감았다.

"……A군은 오늘 부친께 선언을 하고 영원히 나섰다는 게라오."

Y가 설명을 하였다.

"하하하, 그것 부럽소이다그려…… 영원히 나섰다는…… 그것이 부

럽소이다."

나는 이같이 한마디 하고 A를 쳐다보았다. 고개를 들고 눈을 뜬 A는 바로 앉으며 빙긋 웃을 뿐이었다.

우리는 엽서를 꺼내 들고 서울에다가 편지를 썼다. 나는 P에게 대하여 이렇게 썼다.

'무엇이라고 썼으면 지금 나의 이 심정을 가장 천명闡明30)히 형에게 전할 수 있을까? 큰 경이驚異가 있은 뒤에는 큰 공포와 큰 침통沈痛과 큰 애수가 있다 할 지경이면, 지금 나의 조자調子를 잃은 심장의 간헐적 고동은 반드시 그것이 아니면 아닐 것이오—인생의 진실된 일면을 추켜들고 거침없이 육박하여 올 때 전령全靈을 에워싸는 것은 경악驚愕의 전율이요, 그리고 한없는 고민이요, 샘솟는 연민憐憫의 눈물이요, 가슴이 저린 애수요……그 다음에 남는 것은 미치게 기쁜 통쾌요……삼 원 오십 전으로 삼층집을 짓고 유유자적하는 실신자失神者를—아니오, 아니오, 자유민을 이 눈앞에 놓고 볼 제 나는 놀라지 않을 수 없었소. 현대의 모든 병적 다크 사이드dark side를 기름 가마에 몰아넣고 전축煎縮하여 최후에 가마 밑에 졸아붙은 오뇌懊惱의 환약이 바지직바지직 타는 것 같기도 하고, 우리의 욕구를 홀로 구현한 승리자 같기도 하여 보입니다……나는 암만하여도 남의 일같이 생각할 수 없습디다.'

나는 엽서 한 장에다가 깨알같이 써서 Y에게 보라고 주고, 다른 엽서에 다시 계속하였다.

'P군! 지금 아무리 자세히 쓴다 하기로 충분한 설명은 못하겠기로 후일에 맡기지마는, 그러나 이것만은 추측하여 주시오……지금 나는 얼마나 소리 없는 눈물을 정거한 화차火車의 연통같이 가다가다 뛰노는 심

---

30) 드러내서 밝힘.

장 밑으로 흘리며 앉았는가를…… 지금 나는 울고 있소. 심장을 압축할 만한 엄숙하고 경건한 사실에 하도 놀라고 하도 슬퍼서…… 지금 나는 울고 있소. 모든 세포, 세포가 환희와 오뇌 사이에서 뛰놀다가 기절할 만큼 기뻐서…….'

6

북국의 철인哲人, 남포의 광인狂人 김창억은 아직 남포 해안에 증기선의 검은 구름이 보이지 않던 삼십여 년 전에 당시 굴지하는 객주客主 김건화金健華의 집 안방에서 고고呱呱의 첫 소리를 울리었다. 그의 부친은 소싯적부터 몸에 녹이 슨 주색잡기를 숨이 넘어갈 때까지 놓지를 못한 서도西道에 소문난 외도객外道客. 남편보다 네 살이나 위인 모친은 그가 십사 세 되던 해에 죽은 누이와 단 남매를 생산한 후에는 남에게 말 못할 수심과 지병持病으로 일생을 마친 박복한 여성이었다. 이러한 속에서 자라난 그는 잔열포류孱劣蒲柳[31]의 약질일망정, 칠팔 세부터 신동이라고 들으리만큼 영리하였다. 영업과 화류 이외에는 가정이라는 것을 모르는 그의 부친도 의외에 자식이 총명한 것은 기뻐할 줄 알았다. 더구나 자기의 무식함을 한탄하니만큼 자식의 교육은 투전장 다음쯤으로 생각하였다. 그 덕에 창억이도 남만큼 한학을 마친 후 십육 세 되던 해에 경성에 올라가서 한성고등사범학교에 입학하게 되었다.

그러나 삼년급 되던 해 봄에 부친이 장중풍腸中風으로 졸사猝死했기 때문에 유학遊學을 단념하고 내려오지 않으면 아니 되었다. 그때 숙부의

---

31) 잔약하고 용렬함.

손으로 재산 정리를 하고 보니까 남은 것이라고는 몇 두락斗落32)의 전답하고 들어 있는 집 한 채뿐이었다. 유산이 있어도 선고先考의 유업을 계속할 수 없는 창억은 연래의 지병으로 나날이 수척하여 가는 모친과 일 년 열두 달 말 한마디 건네보지 않는 가속家屬을 데리고 절망에 싸여 쓸쓸한 큰집 속에 들어 엎드렸을 수밖에 없었다. 그러나 모친도 그해 겨울을 넘기기 못하였다. 전 생명의 중심으로 믿고 살아가려던 모친을 잃은 그에게는 아직 어린 생각에도 자살 이외에는 아무 희망도 없었다.

백부의 지휘대로 집을 팔고 줄여 간 뒤로는 조석 이외에 자기 아내와 대면도 않고 종일 서재에 들어 엎드렸었다. 조석 상식上食에 어린 부부가 대성통곡을 하는 것은 차마 눈으로 볼 수 없었으나, 그 설움은 각각 의미가 달랐다. 그것이 창억으로 하여금 더욱 불쾌하고 애통하게 하였다.…… 이 세상에는 자기와 같은 설움을 가지고 울어줄 사람도 없구나! 이런 생각이 날 때마다 오 년 전에 십오 세를 일기로 떠난 누이 생각이 새삼스럽게 간절한 동시에, 자기 처가 상식마다 따라 우는 것이 미워서 혼자 지내겠다고까지 한 일이 있다.…… 독서와 애곡哀哭……이것이 삼 년 전의 그의 한결같은 일과이었다.

그러나 부친의 삼년상을 마치던 해에 소학교가 비로소 설시設施되어 유지자의 강청으로 교편을 들게 된 뒤로부터는 다소 위안을 얻고 기력도 회복되었으며 가속에 대한 정의도 좀 나아졌다. 그러나 동시에 주연酒煙의 맛을 알기 시작하였다. 처음에는 의사의 주의로 반주飯酒를 얼굴을 찌푸려가며 먹던 사람이 점점 양이 늘어갈 뿐 아니라, 학교 동료와 추축追逐33)이 잦아질수록 자기 부친의 청년 시대를 생각하게 되었다. 그러나 그의 처는 내심으로 도리어 환영하였다.

---

32) 마지기. 논밭의 넓이의 단위.
33) 친구끼리 서로 오가며 사귐.

그 이듬해에 식구가 하나 더 느는 뒤부터는 가정다운 기분도 들게 되었다.…… 이와 같이 하여 책과 눈물이 인제는 책과 술잔으로 변하였다. 그 동시에 그의 책상 위에는 신구약전서 대신에 동경 어떠한 대학의 정경과 강의록이 놓이게 되었다.

그러나 기이한 운명은 창억의 일신을 용서치는 않았다. 처참한 검은 그림자는 어느 때까지 쫓아다니며 약한 그에게 휴식을 주지 않았다.

자기가 가르치던 이년생이 졸업하려던 해에 그의 아내는 겨우 젖 떨어질 만하게 된 것을 두고 시부모의 뒤를 따라갔다. 부모를 잃었을 때 같지는 않았으나 자기 신세에 대한 비탄은 일층 더하였다. 어미 없는 계집자식을 끼고 어쩔 줄 몰라 방황하였다. 친척들은 재취를 얻어 맡기라고 무수히 권하였으나 종내 듣지 않았다. 오직 술과 방랑만이 자기의 생명이라고 생각한 그는 마침내 서재에서 뛰어나왔다.…… 학교의 졸업식을 마친 후 그는 표연히 유랑流浪의 몸이 되었다. 그러나 멀리는 못 갔다. 반년쯤 되어 훌쩍 돌아와서 못 알아볼 만큼 초췌한 몸을 역시 서재에 던졌다. 그리하여 수삭쯤 지나 건강이 다소 회복된 후 권하는 대로 다시 가정을 이루었다. 이번에는 나이도 자기보다 어리거니와 금슬도 좋았다.

그러나 애처의 강렬한 사랑은 힘에 겨워서 충분한 만족을 줄 수가 없었다. 혈색 좋은 큼직하고 둥근 상에서 데굴데굴 구는 쌍꺼풀 눈썹 밑의 안광은 곱고 귀여우면서도 부시기도 하며 미웁기도 하며 무서워서 바로 볼 수가 없었다.…… 그는 될 수 있는 대로 피하였다.

이 같은 중에 재미있는 유쾌한 오륙 년간은 무사히 지냈다. 소학교는 제10회 창립 기념식을 거행하고 그는 십 년 근속 축하를 받게 되었다.

그러나 운명은 역시 그의 호운을 시기하였다. 내월이면 명예로운 축하를 받게 되는 이때에 그는 불의의 사건으로 철창에 매달리어 신음치 않으면 아니 되게 되었다.…… 앞서거니 뒤서거니 하며 그의 일생을 통하여 노려보며 앉았는 비운은 그가 사 개월 만에 무죄 방면되어 사바에 발을 들여놓을 때까지 하품을 하며 기다리고 있었다.

사 개월간의 옥중 생활은 잔약寡弱한 그의 신경을 바늘 끝같이 예민하게 하였다. 그는 파리하고 하얗게 센 얼굴을 들고 감옥 지붕의 이슬이 아직 녹지 않은 새벽 아침에 옥문을 나섰다. 차입하던 집으로 찾아오리라고 생각하였던 자기 처는 그림자도 보이지 않고 육십이 가까운 백부만 왔다.

출옥하기 일삭 전까지 일이 있어도 하루가 멀다고 매일 면회하러 오던 아내가 근 일 개월 동안이나 발을 끊은 고로 의심이 없지 않았으나, 가끔 백부가 올 때마다 영희가 앓아서 몸을 빼치지 못한다기로 염려와 의혹 속에서도 다소 안심하고 있었다. 그러나 출옥하던 전날 면회하러 오던 인편에 갑갑증이 나서 내일은 꼭 맞으러 와달라고 한 것이라서 뜻밖에 보이지 않는 고로 더욱 의심이 날 뿐 아니라 거의 낙심이 되었다. 백부에게 물어볼까 하다가 이것이 자기의 신경과민이 아닌가 하는 생각도 나서 갑갑한 마음을 참고 집으로 발길을 재촉하였다. 도중에서 일부러 길을 돌아 백부의 집으로 가자는 데에도 의심이 나지 않은 것은 아니나 잠자코 따라갔다.

대문에 발을 들여놓자,

"아, 아바지!"

하며 영희가 앞선 백부와 바꾸어 뛰어나오는 것을 보고 그는 깜짝 놀랐다.

"너 탈이 났다더니 언제 일어났니?"

영희의 어깨에 손을 걸며 눈이 휘둥글해서 숨이 찬 듯이 물었다.

"예? 누가 탈은 무슨 탈이 났댔나요?"

하고 영희는 멈칫하며 돌아다보았다.

"어머니는……?"

그는 자기가 추측하며 무서워하던 사실이 점점 명백하여 오는 것을 깨달으며 소리를 낮춰서 물었다.

"어머니 어디 갔어……."

그에게 대한 이 한마디가 억만 진리보다 더 명백하였다. 그 동시에 자기의 귀가 의심쩍었다.

온 식구가 다 뛰어나오며 웃음 속에서 맞으나 그는 얼빠진 사람처럼 인사도 변변히 하지 못하고 맥없이 얼굴이 새파래서 뜰 한가운데에 섰다가,

"인제 가보지요…… 영희야."

하며 그대로 뛰쳐나오려 했다.

뜰 아래에 여기저기 섰던 사람들은 그가 얼빠진 사람처럼 뚱그런 눈만 무섭게 뜨고 이 사람 저 사람을 쳐다보며 주저주저하는 것을 보고 아무도 입을 벌리지 못하고 피차에 물끄러미 눈치만 보다가,

"아, 아침이나 먹고…… 천천히……."

숙모가 끌어당기듯이 하며 만류하였다.

"아니요. 왜 영희 어미는…… 어디 갔나요?"

그는 입이 뻣뻣하여 말을 어우를 수 없는 것처럼 떠듬떠듬 겨우 입을 열었다.

"으응…… 일전에 평양에…… 어쨌든 올라오려무나."

평양이라는 것은 처가妻家를 말하는 것이다. 그러나 숙부가 말을 더듬는 것이 우선 이상해 보였다. 더구나 '어쨌든'이란 말은 웬 소리인가. 평시 같으면 귓가로 들을 말도 일일이 유심히 들리었다.

"흐흥…… 평양! 흐흥…… 평양!"

실성한 사람처럼 흐흥흐흥 코웃음을 치며 평양을 뇌고 섰는 그의 눈 앞에는 금년 정초에 평양 정거장 문밖 우체통 뒤에서 누구하고인지 수 군거리다가 휙 돌쳐서 캄캄한 밤길에 사라져버리던 양복쟁이의 뒷모양 이 환영같이 떠올랐다. 그는 차차 눈이 캄캄하여 오고 귀가 멀어갔 다.…… 절망의 깊은 연못은 점점 깊고 가깝게 패어 들어갔다.

그는 빈 집에라도 가서 형편도 보고 혼자 조용히 드러누워서 정신을 가다듬을까 하였으나, 현기가 나서 금시로 졸도할 듯하여 권하는 대로 올라가서 안방으로 들어가 픽 쓰러졌다.

피로, 앙분, 분노, 낙심, 비탄, 미가지未可知의 운명에 대한 공포, 불 안…… 인간의 고통이란 고통은 노도와 같이 일시에 치밀어와서 껍데 기만 남은 그를 삶아 죽이려는 듯이 덤벼들었다. 움푹 패인 눈을 감고 벽을 향하여 드러누운 그의 조막만 한 얼굴은 납蠟으로 만든 데드마스 크 같았다. 죽은 듯이 숨소리도 들리지 않으나 격렬한 심장의 동기와, 가다가다 부르르 떠는 근육의 마비는 위에 덮어준 주의周衣[34) 위로도 분명히 보였다.

한 시간쯤 되어 깨었다. 잔 듯 만 듯한 불쾌한 기분으로 일어나서 밥 상을 받았다. 무엇이 입에 들어가는지 정신을 차릴 수가 없었다. 그 속 에 들어앉았을 때에는 나가면 이것도 먹어보리라 저것도 하여 보리라 고 벼르고 별렀으나, 이렇게 되고 보니까 차라리 삼사 년 후에 나오는 것이 좋았겠다고 생각하였다.

밥술을 뜨자 마자 그는 허둥지둥 뛰어나왔다.

"아버지!"

하며 쫓아 나오는 영희를 험상스러운 눈으로 노려보며 들어가라고

---

34) 두루마기.

턱짓을 하고 나섰다. 머리를 비슷이 숙이고 동구까지 기어 나오다가 돌쳐설 때 숙부의 손에 매달려 나오는 딸을 힐끗 보고 별안간 눈물이 앞을 가리며 낳은 어미 없이 길러낸 딸자식이 불쌍히 생각되어 금시로 돌쳐가서 손을 잡고 오고 싶은 생각이 불쑥 나는 것을 억제하고 '야— 야—' 하며 부르는 백부의 소리도 못 들은 체하고 앞서서 나왔다.

……범죄자의 누명을 쓰고 처자까지 잃은 이내 신세일망정 십여 년이나 정을 들이고 살던 사 개월 전의 내 집조차 나를 배반하고 고리에 쇠를 비스듬히 차고 있는 것을 볼 때, 그는 그대로 매달려서 울고 싶었다.

백부는 숨이 찬 듯이 씨근씨근하여 쫓아와서,

"열쇠가 예 있다."

하며 자기 손으로 열고 들어갔으나, 그는 어느 때까지 우두커니 섰었다.

일 개월 이상이나 손이 가지 않은 마당은 이사한 짐을 나른 뒷모양으로 새끼 부스러기, 종이 조각들이 즐비한 사이에 초하의 잡초가 수채 앞이며 담 밑에 푸릇푸릇하였다. 그의 숙부도 역시 이럴 줄이야 몰랐다는 듯이 깜짝 놀라며 한번 획 돌아보고 나서 신을 신은 채 툇마루에 올라섰다. 먼지가 뽀얗게 앉은 퇴 위에는 고양이 발자국이 여기저기 산국화송이같이 박혀 있다. 뒤로 쫓아 들어온 그는 뜰 한가운데에 서서 덧문을 첩첩이 닫은 대청을 멀거니 바라보고 섰다가, 자기 서재로 쓰던 아랫방으로 들어가서 먼지 앉은 요 위에 엎드러지듯이 벌떡 드러누웠다.

"큰아버지— 여기…… 놓이!"

안방으로 들어온 영희는 깜짝 놀라며 큰 소리를 쳤다.

"예—?"

하며 어름더듬하던 조부는 서창 덧문을 열어젖히고 방 안을 자세히

살펴보더니 농장이 없어진 것을 보고 혀를 두세 번 차고 나서,

"망할 년의 새끼…… 어느 틈에 집어갔노……."

하며 밖으로 나왔다.

아닌 게 아니라 창억이가 첫 장가들 때 서울서 사다가 십칠팔 년 동안이나 놓아두었던 화류농장 두 짝이 없어졌다. 백부가 간 뒤에 일꾼 아이와 계집애년이 와서 대강 소제를 한 후 저녁밥은 먹기 싫다는 것을 건네왔다. 그 이튿날도 꼼짝 아니 하고 들어앉았었다.

백부의 주선으로 소년 과부로 오십이나 넘은 고모가 안방을 점령하기까지 오륙 일 동안은 한 발자국도 방문 밖에 나오지 않았다. 백부가 보제補劑를 복용하라고 돈푼 든 약첩을 지어다가 조석으로 달여다놓아도 끝끝내 손도 대지 않았다. 하루 이삼 차씩 백부가 동정을 살피러 와서 유리 구멍으로 들여다보면 앉았다가도 별안간에 돌아누워서 자는 체도 하고, 우릿간에 든 곰 모양으로 빈 방 안을 빙빙 돌아다니다가 누가 들여다보는 기척만 있으면 책상을 향하여 앉기도 하였다. 아침에 세수할 때와 간혹 변소 출입 이외에는 더운 줄도 모르는지 창문을 꼭꼭 닫고 큰 기침 소리 한 번 없이 들어앉았었다. 그가 속에서 무엇을 하고 있는가는 아무도 몰랐다. 사실 그는 아무것도 하는 것이 없었다. 가다 가다 몇 해 동안이나 손도 대어보지 않던 성경책을 꺼내놓고 들여다보기도 하였으나 결코 한 페이지를 계속하여 보는 법이 없었다.

이러한 모양으로 일 삭쯤 지내더니 매일 아침에 한 번씩 세수하러 나오던 것도 폐하고 방으로 갖다 주는 조석만 먹으면 자는지 깨어서 누웠는지 하여간 목침을 베고 드러눕기로만 위주하였다. 백부는 병세가 더 위중하여 그렇다고 약을 먹이지 못하여 달래도 보고 꾸짖어도 보았으나 약은 기어코 입에 대지 않았다. 그러나 노인은 하루 삼사 차씩은 궐하지 않고 와서 방문도 열어보고 위무하듯이 말도 붙여보나, 벙어리처

럼 가만히 돌아앉았다가 어서 가달라고 걸인이나 쫓아 보내듯이 언제
든지 창문을 후닥닥 닫았다.

　하루는 전과 같이 저녁때쯤 되어 가만가만 들어와서 유리 구멍으로
들여다보려니까 방 한가운데에 눈을 감고 드러누웠다가 무엇에 놀란
듯이 깎아 세운 기둥처럼 눈을 부릅뜨고 벌떡 일어나더니 창에다 대고,

　"이놈의 새끼! 내 댁내를 차고 인제는 나까지 죽이러 왔니?"

　두 주먹을 불끈 쥐고 소리를 버럭 질렀으나 감히 창문은 열지 못하고
얼어붙은 장승같이 섰다. 백부는 기가 막혀서 미닫이를 열며,

　"이거 와 이러니?"

　하고 소리를 질렀다. 문만 열면 곧 때려 죽이겠다는 듯이 딱 버티고
섰던 사람이 금시로 껄껄 웃으며,

　"나는…… 누구라고! 삼촌 올라오시소그래."

　하고, 이번에는 안방에다 대고,

　"여보, 영희 오마니! 삼촌이 왔는데 술 좀 받아오시소그래."

　하고 나서 경련적으로 켕기어 네 귀가 나는 입을 벌리고 히히히 웃었
다. 그의 백부는 한참 쳐다보다가,

　"어서 자거라, 잠이 아직 깨이지 못한 게로구나. 술은 있다 먹지, 어
서 어서."

　"그런데 여보소 삼촌! 영희 오마니는 지금 어데 갔소? 예? 술 받으
러? 히히히…… 아하, 어젯밤에도 왔어! 그 사진을 살라달라고……
그…… 어디 있던가?"

　하며 고개를 쳐들고 방 안을 휙 돌아 보다가는 무슨 생각이 났던지
별안간에 책상 앞으로 가서 꿇어앉으며 무엇인지 부리나케 찾는다. 노
인은 뒷모양을 한참 들여다보다가 방문을 굳게 닫고 안방으로 들어갔
다. 그 뒤에 방에서는 히히히 웃는 소리가 흘러나왔다. 그의 손에는 두

조각 난 사진이 있었다.

그 이튿날 아침에 그는 무슨 생각이 났는지 어느 틈에 방을 뛰어나와서 부엌을 들여다보고, 요사이는 왜 세숫물도 아니 주느냐고 볼멘소리를 하며 대야를 내밀고 물을 청하였다. 밥솥에 불을 때고 앉았던 고모가 깜짝 놀라 돌아다보니까 근 반년이나 면도를 아니 한 수염에는 먼지가 뿌옇게 앉았고 솟은 듯한 붉은 눈찌에는 이상한 영채가 돌면서 무시무시하게 보였다. 고모는 무서운 증이 나서 아니 나오는 웃음을 띄우고 달래듯이 온유한 목소리로,

"예예, 잘못하였쇠다. 처음 시집살이라 거행이 늦었쇠다. 히히히."

웃으며 물을 퍼주었다.

아침상을 차려다 디밀며 차차 좋아지는 듯한 신기를 위로 삼아 무엇이든지 먹고 싶은 것이 있으면 말하라고 하니까,

"영희 오마니, 뭐든지 해주시소."

하며, 의논할 것이 있으니 들어오라고 강청을 하였다. 고모는 주저주저하다가 오늘은 맑은 정신이 난 듯하여 안심하고 방을 치워줄 겸 걸레를 집어 들고 들어갔다. 책상 위와 방구석을 엎드려서 훔치며,

"무슨 의논이야?"

하며 말을 꺼냈다.

"……어젯밤에 영희 오마니가 왔더랬는데, 오늘 낮에는 아주 짐을 지워가지고 오겠다고……."

"무어? 지금은 어드메 있기에?"

고모는 역시 제정신이 아니 들어서 저러나 보다 하면서도 한편으로는 의아하여 눈이 휘둥그레지며 걸레 잡은 손을 멈추고 고개를 들었다.

"……지금? 히히히 연옥煉獄에서 매일 단련을 받는데 도망하여 올 터이니 전죄前罪를 용서하고 집에 두어달라고 합디다."

단테의 《신곡神曲》에서 본 것이 생각나서 연옥이란 말을 썼으나, 고모는 물론 무슨 소리인지 몰랐다. 다만 옥이라는 말에 대체 지옥이라는 말인 줄 짐작하고 하도 어이가 없어서,

"냉면이나 한 그릇 받아다 주지……."

하고 나오다가 아침에 세수하던 것을 생각하고 혼자 빙긋 웃었다.

날이 더워갈수록 그의 병세는 나날이 더하여 갔다. 팔월 중순이 지나 심한 더위가 다 가고 뜰에 심은 백일홍이 누릇누릇하여 감을 따라 그에게는 없던 증이 또 생겼다. 축대 밑에 나오려던 풀이 폭열暴熱에 못 이기어서 비틀어져버리던 육칠월 삼복에는 겨우 동창으로 바람을 들이면서 불같이 끓는 방 속에 문을 봉하고 있던 사람이, 무슨 생각이 났는지 매일 아침만 먹으면 의관도 아니 하고 뛰어나가기를 시작하였다. 무슨 짓을 하며 어디로 돌아다니는지 아무도 몰랐다. 대개는 어슬어슬하여 돌아오거나 혹은 자정이 넘어서 돌아올 때도 있었다. 그러나 별로 곤한 빛도 없었다. 안방에서 혹 변소에 가는 길에 들여다보면 그믐날 빛이 건넌방 지붕 끝에서 꼬리를 감추려 할 때에도 빈 방 속에 생불生佛처럼 가만히 앉았었다.

너무 심하여서 삼촌이 며칠을 두고 찾으러 다녀보아도 종적을 알 수가 없었다. 집에서 나갈 때에 누가 뒤를 밟으려고 쫓아나가는 기색만 있어도 도로 들어와서 어떻게 하여서든지 틈을 타서 몰래 빠져 달아나갔다. 그러나 그는 별로 다른 데를 다니는 것은 아니었다. 다만 자기 집에서 동북으로 향하여 일 마장쯤 떨어져 있는 유곽 뒤에 둘러싸인 조그마한 뫼 위에 종일 드러누웠을 뿐이었다. 무슨 까닭에 그곳이 좋은지는 자기도 몰랐다. 하여간 수풀 위에서 데굴데굴 구르는 것이 자기 방 속보다 상쾌하다고 생각하였다. 아침에 햇발이 두텁지 않은 동안에 잠깐 드러누웠다가 오정 전후의 폭양에는 해안가로 방황한 후 다시 돌아와

서 석양판에 가만히 누웠는 것이 얼마나 재미스러웠는지 몰랐다. 그것
도 처음에는 동네 아이들이 덤벼들어서 괴로워 못 견디었으나, 일 주,
이 주 지나갈수록 자기의 선경을 침략하는 자도 점점 없어졌다. 그러나
김모가 미쳤다는 소문은 전시에 모르는 사람이 없게 되었다. 그가 매일
어디 가 있다는 것은 삼촌의 귀에 제일 먼저 들어왔다.

그후부터는 매일 감시를 엄중하게 하여 나가지를 못하게 하였다. 그
는 하는 수 없이 이삼 일 동안 근신한 태도로 칩복蟄伏35)치 않을 수 없
었다. 그러나 사오 일 동안 신용을 보여서 감시가 좀 누그러져가는 기
미를 챈 그는 또다시 방문 밖으로 나섰다. 이번에는 땅으로 꺼져 들어
간 듯이 감쪽같이 종적을 감추었다.

7

반달 동안을 두고 찾다 못하여 경찰서에 수색원을 제출한 지 사흘되
던 날 밤중에 연통 속에서 기어나온 것처럼 대가리부터 발끝까지 새까
만 탈을 하고 훌쩍 돌아와서 불문곡직하고 자기 방으로 들어가 코를 골
며 잤다. 이튿날 아침에는 조반을 걸신들린 사람처럼 그릇마다 핥듯이
하여 다 먹고 삼촌이 건너오기 전에 또 뛰어나갔다. 삼사 시간 뒤에 쫓
아간 그의 백부는 유정柳町 유곽 산 뒤에서 용이히 그를 발견하였다.

그가 처음 감시의 비상선을 끊고 나올 때에는 맑은 정신이 들어서 그
러하였는지, 하여간 자기의 고향을 영원히 이별할 작정으로 나섰었다.
우선 시가를 떠나 촌리로 나와서 별장 이전의 상지祥地를 복卜하려고 이

---

35) 자기 처소에 들어박혀 몸을 숨김.

산 저 산으로 헤매었다. 가가호호로 돌아다니며 연명을 하여 가며 오륙일 만에 평양 부근까지 갔었다. 그러나 평양이 가까워오는 데에 정신이 난 그는 무슨 생각이 났는지 뒤도 돌아보지 않고 남포로 향하였다. 그 중에 다소 마음에 드는 곳이 없지는 않았으나, 무엇보다도 불만족한 것은 바다가 보이지 않는 것이었다. 그는 하는 수 없이 자기 서재로 자기를 위하여 영원히 안도하라고 하나님이 택정하신 바 유정 뒷산 밑으로 기어든 것이었다.

인간에게 허락된 이외의 감각을 하나 더 가지고 인간의 침입을 허락지 않은 유수미려한 신비의 세계에 들어갈 초대장을 가진 하나님의 총아 김창억은 침식 이외에는 인간계와 모든 연락을 끊고 매일 같은 꿈을 반복하며 대지 위에 자유롭게 드러누워서 무애무변無涯無邊[36]한 창공을 쳐다보며 대자연의 거룩함과 하나님의 은총 많음을 홀로 찬영하고 있었다.

이러한 상태가 달포나 되어 시월 하순이 가까워 초상初霜[37]이 누런 풀잎 끝에 엷게 맺을 때가 되었다.

하루는 어두워서야 들어오리라고 생각한 그가 의외에 점심때도 채 아니 되어서 꼭 닫은 중문을 소리 없이 열고 자취를 감추며 들어와서 자기 방으로 들어갔다. 안방에서 일을 하고 있던 고모는 도적이나 아닌가 하며 두근거리는 가슴을 억제하고 문틈으로 지키고 앉았으려니까, 한 식경이나 무엇인지 부스럭부스럭하더니 금침인 듯한 보따리를 들고 나온다. 가슴이 덜렁하던 고모는 문을 박차며 내다보고,

"그건 어디로 가져가니?"

소리를 버럭 질렀다. 도망꾼처럼 한숨에 뛰어나가려던 그는 보따리

---

36) 끝이 없음.
37) 첫서리.

를 진 채 어색한 듯이 히히히 웃으면서,

"새 집 들래…… 히히히, 영희 어머니를 데려오려고 저기 한 채 지었어……."

또 히히히 웃고 휙 돌아서 나갔다. 고모는 삼촌 집에 곧 기별을 하려도 마침 아이가 없어서 걱정만 하고 앉았었다. 조금 있다가 또 발자취가 살금살금 난다. 이번에도 안방으로 향하여 어정어정 들어오더니 부엌으로 들어가서 시렁 위에 얹어놓은 병풍을 끌어내려다가 아랫방 앞에 놓고 퇴로 올라서서,

"아지멈네, 그 농 좀 갖다 놓게 좀 주시소그래."

하고 성큼 뛰어 들어와서 위 칸에 놓았던 조그만 붉은 농장짝을 번쩍들고 나갔다. 다행히 영희의 계모가 갈 때에 그의 의복이며 빨래들을모아서 농장 속에 넣어두었기 때문에 고모는 걱정을 하면서도 안심하였다. 낙지落地 이래로 이때껏 빗자루 한 번 들어보지 못하던 그가 그 무거운 농짝에다가 병풍을 껴서 새끼로 비끄러매어가지고 나가는 것을방문에 기대어보고 섰던 고모는 입을 딱 벌리고 놀랐다.

기지基地 이전에 실패한 그는 유정에 돌아와서 일이 주간이나 언덕에드러누워 여러가지로 생각하였다. 답답한 방을 면하려면 우선 여기다가집을 한 채 지어야 하는데, 단층으로는 좁기도 하거니와 제일 바다가 보이지 않을 것이다. ……그러면 이 층? 삼 층? 삼 층만 하면 예서도 보이겠지! 하고 일어나서 발돋움을 하고 남쪽을 바라보았다. 그러나 인가에가려서 사오 정이나 상거相距38)가 있는 해면이 보일 까닭이 없다.

"삼 층이면 그래도 내 키의 삼사 배나 될 터이니까…… 되겠지."

하며 곁에 떨어진 나뭇가지를 들고 차차 햇발이 멀어가는 산비탈에

---

38) 서로 떨어져 있음, 또는 떨어져 있는 두 곳의 거리.

앉아서 건축 설계도를 그리기 시작하였다. 누렇게 된 잔디 뒤에 정처 없이 이리저리 줄을 쓱쓱 그으면서 가다가다 혼자 고개를 끄덕끄덕하며 해가 저물어가는 것도 모르고 앉았었다.

그날 밤에 돌아와서는 책궤 속에서 학생 시대에 쓰던 때 묻은 양척洋尺과 사기四機가 물러난 삼각정규를 가지고 동이 트도록 책상머리에 앉았었다.

도안을 얻은 그는 동이 트기도 전에 산으로 달아났다. 우선 기지基地의 검분檢分[39]을 마친 후 그는 그 길로 돌을 주워 들이기 시작하였다. 반나절쯤 걸리어서 두세 삼태기나 모아놓은 후, 허기진 줄도 모르고 제일 가까운 유곽 속으로 헤매며 새끼오라기, 멍석조각이며 장작개비, 비르 궤짝, 깨진 사기그릇 나부랭이…… 손에 걸리는 대로 모아들이기 시작하였다. 돌아다니는 동안에 유곽 속에서 먹다 남은 청요리 부스러기를 좀 얻어먹었으나 해 질 무렵쯤 되어서는 맥이 풀려서 하는 수 없이 엉기어 들어와서 저녁을 먹고 곧 자빠졌다.

그 이튿날은 건축장에 나가는 길에 헛간에 들어가서 괭이를 몰래 집어 삼켜가지고 도망하여 나왔다. 오전에 우선 한 칸통쯤 터를 닦아서 다져놓고 산을 내려와 물을 얻어다가 흙을 이겨놓고, 오후부터는 담을 쌓기 시작하였다. 그러나 한 모퉁이에서부터 쌓아 나와 기역 자로 꼬부릴 때에 비로소 기둥이 없는 데에 생각이 나서 일을 중지하고 산등에 올라앉아서 이 궁리 저 궁리 하여 보았다. 자기 집에는 물론 없지마는 삼촌 집에 가면 서까래 같은 것이라도 서너 개 있을 터이나 꺼낼 계책이 없었다. 지금의 그로서는 무엇보다도 제일 기외忌畏하는 것은 자기의 계획이 완성되기 전에 가족의 눈에 띄거나 탄로되는 것인 동시에 이것

---

39) 입회하여 검사함.

을 계획하는 것, 더욱이 이 계획을 절대 비밀리에 완성하는 것이 유일의 재미요, 자랑거리이며 또한 생명이었다. 만일 이때에 누가 와서,

'너희 계획은 이러저러하고 너의 포부는 약차약차히 고대高大하나 가없는 일이지만 그것은 한 꿈에 불과하다.'

고 설파하는 사람이 있다 하면, 그는 경악 실망한 나머지 자살을 하거나 살인을 하였을지도 모를 것이다.

'……어떻게 하였으면 아무도 모르게 아무도 모르는 동안에 하루바삐 이 신식 삼 층 양옥을 지어서 세상 사람들을 놀래 보일까!'

침식을 잊고 주소晝宵40)로 노심초사勞心焦思하는 것이 오직 이것이었다. 그는 삼촌 집의 재목을 가져올 궁리를 하였다.

'밤에나 새벽에 가서 집어와?…… 그것도 아니 될 것이다.…… 그러면 어느 재목상에나 가서?…… 응응, 옳지, 옳지!'

하며 그는 흙 묻은 손을 비벼 털며 뛰어 내려와서 정거장으로 향하여 달아 나왔다. 그는 '재목상에나!'라는 생각이 날 제 십여 년 전에 자기가 가르치던 A라는 청년이 재목상을 경영하고 있는 것을 생각하고 뛰어나온 것이었다. 삼거리로 갈리는 데 와서 잠깐 멈칫하다가 서로 꼬부려서 또다시 뛰었다. K재목상회라는 기다란 간판이 달린 목책木柵으로 돌려 막은 문전에 다다라 우뚝 서서 안을 들여다보고 멈칫거리다가 문 안으로 썩 들어섰다. 그는 무엇이나 도둑질하러 온 사람처럼 황황히 사방을 돌아보다가 사무실에서 누가 내다보는 것을 눈치 채고 곧 그리로 향하였다.

"재목 있소?"

발을 들여놓으며 한마디 부르짖었다.

---

40) 밤낮.

"그런데 이게 웬일이오?…… 재목 집에 재목이야 있지요. 하하하……"

테이블 앞에 앉아서 사무원들과 잡담을 하고 있던 주인은 바로 앉아서 그를 마주 쳐다보며 웃었다.

그는 얼이 빠진 사람처럼 이 사람 저 사람 사무원들을 차례차례로 쳐다보다가 마치 취한이나 광인이 스스러운 사람과 대할 때에 특별히 주의와 긴장을 가지는 거와 같이 뿌연 눈을 똑바로 뜨고 서서 한마디 한마디씩 애를 써 분명한 어조로,

"아니, 좀 자질구레한 기둥 있거든 몇 개 주시소그래, 지금 집을 짓다가……"

"그건 해 무엇 하시랴오? 그러나 돈을 가져오셔야지요?…… 하하하."

사소한 대금을 관계하는 것은 아니나 그가 광증이 있다는 소문을 들은 주인은 그대로 내주는 것이 어떨까 하여 물어보았다.

"응응! 옳지! 돈은 있어야지. 응응! 돈이 있어야지……"

돈이란 말에 비로소 깨달은 듯이 연해 고개를 끄덕거리며 멀거니 섰다가 아무 말도 없이 도로 뛰어나갔다. 처음부터 서로 눈짓을 하며 빙긋빙긋 웃고 앉았던 사무원들은 참았던 웃음을 왓하하하 하며 웃었다. 그는 눈을 부릅뜨고 유리창을 흘겨다보며 급히 달아 나왔다.

그 길로 자기 집으로 뛰어갔다. 방에 쑥 들어서면서 흙이 말라서 뒷발을 한 손으로 책상 위에 놓인 물건을 뒤척거리며 한참 찾더니 돈지갑을 들고서 선 채 열어보았다. 속에는 일 원짜리 지폐가 석 장 하고 은전 백통전 합하여 구십여 전쯤 들어 있었다.…… 옥중에서 차입하여 쓰고 남은 것이었다. 그는 혼자 히― 웃으며 지갑을 단단히 닫아서 바지춤에다 넣고 다시 뜰로 내려섰다. 대문을 막 나서렬 때 삼촌과 마주쳤다. 그

는 마치 못된 장난을 하다가 어른에게 들킨 어린아이처럼 깜짝 놀라며 꽁무니를 슬슬 빼며 급히 방으로 뛰어 들어가서 자는 체하고 드러누워 버렸다. 그날 밤에는 종내 나가지 못하게 되었다.

이튿날 아침에는 우선 재목상을 찾아갔다.

마침 나와 앉았던 주인은 아무 말 없이 들어와서 홈척홈척하다는 삼 원 오십 전을 꺼내놓고 '얼마든지 좀 주시소그래' 하고 벙벙히 섰는 그의 태도를 한참 쳐다보다가,

"얼마나 드리리까?"

하며 웃었다.

"기둥 여섯하고……."

"기둥 여섯만 하여도 본전도 안 됩니다."

주인은 하하 웃으며 그의 말을 자르고 사무원을 돌아다보고 무엇이라고 하였다. 그는 사무원을 따라 나가서 서까래만 한 기둥 여섯 개와 널판때기 두 개를 얻어서 짊어지고 나섰다. 재목을 얻은 그는 생기가 더 나서 우선 네 귀에 기둥을 세우고 두 편만은 중간에다 마주 대하여 두 개를 세운 뒤에 삼 등분하여 새끼로 두 층을 돌려 매어놓고 담을 쌓기 시작하였다. 담 쌓기는 쉬우나 돌멩이 모아들이기에 날짜가 많이 걸렸다. 약 삼 주간이나 되어 동편으로 드나들 구멍을 터놓고는 사방으로 삼사 척의 벽을 쌓았다. 우선 하층은 되었는 고로 널빤지를 절반 하여 한편에 기대어서 걸쳐놓고, 나머지 길이를 이 등분하여 어긋매겨서 삼 층을 꾸렸다. 그 다음에는 이 층만 사면에 멍석 조각을 둘러막고 삼 층은 그대로 두었다. 이것도 물론 그의 설계에 한 조목 든 것이었다. 그의 이상으로 말하면 지붕까지라도 없어야 할 것이지만 우로雨露를 피하기 위하여 부득이 역시 멍석을 이어서 덮었다.

이같이 하여 이렁저렁 일 개월 이상이나 걸린 역사는 대강대강 끝이

나서 우선 손을 떼던 날 석양에 그는 삼 층 위에 올라앉아서 저물어가는 산 경치를 내다보고 혼자 기꺼움을 이기지 못하였다. 인생의 모든 행복이 일시에 모여든 것 같았다. 금시에라도 이사를 하려다가 집에 들어가면 또 잡히어서 나오지 못할 것을 생각하고 어둡기까지 그대로 드러누웠었다. 드러누워서도 여러 가지 생각이 많았다. 우선 세계 평화 유지 사업으로 회를 하나 조직하여야 할 터인데…….

'회명은 무엇이라고 할까? 국제연맹이란 것은 있으니까 국제평화협회? 세계평화회? 그것도 아니 되겠어. 동서양이 제일에 친목하여야 할 것인즉 '동서친목회'라 하지! 옳지! 동서친목회…… 되었어.'

그 다음에 그는 삼 층 양옥을 어떻게 하면 거처에 편리하게 방세房勢를 정할까 생각하였다. 우선 급한 것은 응접실이다. 그 다음에는 사무실, 침실, 식당, 서재…… 차례차례로 서양 사람 집 본새를 생각하여 가며 속으로 정하여 놓고 어슬어슬할 때에 뛰어 내려왔다. 일단 집으로 향하였다가 무슨 생각이 났는지 다시 돌쳐서 유곽으로 들어갔다. 헌등 아래로 슬금슬금 기어가듯 하며 이 집 저 집 기웃기웃하다가 어떤 상점 앞에 와서 서더니 저고리 고름 끝에 맨 매듭을 힘을 들여서 풀고 섰다. 한 사람 두 사람 모여드는 것도 모르는 것같이 시치미를 떼고 풀더니 은전 네 닢을 꺼내서 던지고 일본주 이홉 병을 받았다…… 낙성연을 베풀려는 작정이었다.

공복에 들어간 두 홉 술의 힘은 강렬하였다. 유정의 사람 자취가 그칠 때까지 이 집 저 집 돌아다니며 동서친목회 회장이 너희들을 감독하려고 내일이면 떠나 오신다고 도지개를 틀며[41] 앉았는 여회원들을 웃기며 비틀거리고 돌아다닌 것도 그날 밤이었다.

---

41) 얌전히 있지 못하고, 공연히 몸을 비비 꼬며 움직이며.

8

세간을 나르느라고 중문 대문을 훨씬 열어젖혀 놓은 것을 지치려고 뒤를 쫓아나간 고모는 이맛살을 찌푸리고 그의 가는 방향을 한참 건너다보다가 긴 한숨을 쉬고 들어와서 큰집에 간 영희만 기다리고 앉았으려니까, 십오 분쯤 되어 삐걱하는 소리가 나더니 또 들어와서 이번에는 부엌으로 들어가서 한참 동안 훔척훔척하다가 석유통으로 만든 화덕 위의 냄비를 들고 나왔다. 그 속에는 사기그릇이며 수저 나부랭이를 손에 잡히는 대로 듬뿍 넣었다. 그는 안에서 무엇이라고 소리나 칠까 보아서 연방 힐끗힐끗 돌아다보며 뺑소니를 쳐서 나왔다.…… 십수년 동안 기거하던 자기 집을 영원히 이별하였다.

그날 석양에 고모는 영희를 데리고 동네 사람이 가르쳐주는 대로 그의 신가정을 찾아갔다. 고모에게 대하여는 가장 불행하고 비통한 집알이[42]였다. 엿과 성냥 대신에 저녁밥을 싸가지고 갔었다. 물론 가자고 하여야 다시 집에 돌아올 그가 아니었다. 영희가 울면서 가자고 하니까, 그는 무슨 정신이 났던지 측은해하는 듯한 슬픈 안색으로 목소리를 떨며,

"어서 가거라. 어서 가거라…… 아— 춥겠다. 눈[雪]이 저렇게 많이 왔는데 어서 가거라."

혼잣말처럼 꼭 한마디 하고 아래 칸에 늘어놓은 부엌 세간을 정돈하고 있었다.

고모는 하는 수 없이 돌아와서 남았던 시량柴糧[43]과 찬을 그에게로 보내주고 나서 어둑어둑할 때 문을 잠그고 영희와 큰집으로 건너갔다. 근

---

42) 새로 집을 지었거나 이사한 집에 집 구경 겸 인사로 찾아보는 일.
43) 땔나무와 먹을 양식.

보름이나 앓아 누운 그의 백부는 눈물을 흘리며 깊은 한숨만 쉬고 아무 말도 없었다.

······소년 과부로 오십이 넘은 그의 고모는 건넌방에 영희를 끼고 누워서 밤이 이슥하도록 훌쩍거렸다. 영희의 흑흑 느끼는 소리도 간간이 안방에까지 들렸다.

아랫목에 누웠던 영감이,

"여보 마누라, 좀 가보시구려."

하는 소리에 잠이 들려던 노마님이 건너갔다. 조금 있다가 이 마누라까지 훌쩍훌쩍하며 안방으로 건너왔다. 미선尾扇[44]을 가슴에 대고 반듯이 드러누운 노인의 눈에도 눈물이 글썽글썽하였다.

십칠야의 교교한 가을 달빛은 앞창 유리 구멍으로 소리 없이 고요히 흘러 들어와서 할머니의 가슴에 안기어 누운 영희의 젖은 베개 밑을 들여다보고 있었다.

9

평양으로 나온 우리 일행은 그 이튿날 아침에 남북으로 뿔뿔이 헤어졌다. 그후 이 개월쯤 되어 나는 백설이 애애皚皚[45]한 북국 어떠한 한촌 진흙방 속에서 이러한 Y의 편지를 받았다.

'형식에 빠진 모든 것은 우리에게 벌써 아무 의미도 없는 것이 아니

---

44) 대오리의 한끝을 가늘게 쪼개어 둥글게 펴고 실로 엮은 뒤, 종이로 앞뒤를 바른 둥그스름한 모양의 부채.
45) 서리·눈이 내려서 깨끗하고 흰 모양.

오? 어느 때든지 자기의 생활에 새로운 그림자(그것은 보다 더 선한 것이거나 혹은 보다 더 악한 것이거나 하여간)가 비쳐올 때나 혹은 잠든 나의 영靈이 뛰놀 만한 무슨 위대한 힘이 강렬히 자극하여 오거나, 그렇지 않으면 군에게 무엇이든지 기별하고 싶은 사건이 있기 전에는 같은 공기 속에서 같은 타임 속에서 동면 상태로 겨우 서식하는 지금의 나로서는 절絶하고 대적對的으로 누구에게든지 또는 무엇에든지 붓을 들지 않으려고 결심하였소. 자기의 침체한 기분, 꿈꾸는 감정을 아무리 과장한들 그것이 결국 무엇이오…….

그러나 지금 펜을 들어 이 페이퍼를 더럽히는 것은, 현재의 내가 무슨 새로운 의의를 발견하고 혹은 새로운 공기를 호흡하게 된 까닭은 아니오. 다만 내가 오래간만에 집을 방문하였다는 것과 그 외에 군이 어떠한 호기심을 가지고 심방하였던 삼 원 오십 전에 삼 층 양옥을 건축한 철인의 철저한 예술적 또한 신비적 최후를 군에게 알리려는 까닭이오.'

여기까지 읽은 나는 깜짝 놀랐다. 손에 들었던 편지를 책상 위에 놓고 바로 앉아서 한 자 한 자 세듯이 하여 가며 계속하여 보았다.

'……사실은 지극히 간단하나, 이 소식은 군에게 비상한 만족을 줄 줄로 믿소. 하나님이 천사를 보내시어 꾸며놓으신 옥좌에 올라앉아서 자기의 이상을 실현치 않으면 아니 될 시기라고 생각한 그는 신의神意로써 만든 삼 원 오십 전짜리 궁전을 이 오탁五濁[46])에 싸인 속계에 두고 가기 어려웠을 것이오. 신의 물物은 신에게 돌리리라. 처치하기 어려운 삼층집을 맡길 곳이 신 이외에 없었을 것도 괴이치 않은 것이겠소……. 유곽 뒤에 지어놓았던 원두막 한 채가 간밤 바람에 실화하여 먼지가 되어 날아간 뒤에 집주인은 종적을 감추었다……라고 하면 사실은 지극

---

46) 이 세상의 다섯 가지 더러운 것. 곧, 명탁命濁·중생탁衆生濁·번뇌탁煩惱濁·견탁見濁·겁탁劫濁.

히 간단할 것이오. 그러나 불은 왜 놓았나?'

나는 이하를 더 읽을 기운이 없다는 것같이 가만히 지면을 내려다보고 앉았었다. 의외의 사실에 대한 큰 경이도 아니려니와 예측한 사실이 실현됨에 대한 만족의 정도 아닌 일종의 형용할 수 없는 감정이 다대한 호기심과 기대에 긴장하였던 마음을 일시에 느즈러지게 한 상태였다.…… 나는 또다시 읽기 시작하였다.

'추위에 못 견디어서……라고 세상 사람들은 웃고 말 것이오. 그리고 군더러 말하라면 예의 현실 폭로라는 넉 자로 설명할 것이오. 그러나 그가 삼층집에서 내려와 자기 집 서재로 들어가기 전에는 불을 놓았다고도 못할 것이오. 또 현실 폭로의 비애를 감하여 그리하였다 하면 방화까지 할 필요는 없었을 것이오.…… 신의에 따라서만 살 수 있다는 신념을 확집確執한 그는 인제는 금강산으로 들어갈 때가 되었다고 삼 층 위에서 뛰어 내려온 것이오. 그리고 그 건축물은 신에게 돌린 것이오.…… 아— 그 위대한 건물에 홍염의 광란 속에서 구름 탄 선인같이 찬란히 떠오를 제 그의 환희는 어떠하였을까. 그의 입에서는 반드시 '할렐루야'가 연발되었을 것이오. 그리고 일편의 시가 흘러나왔을 것이오— 마치 네로가 홍염 가운데의 로마 대로를 바라보며 하모니에 맞춰서 시를 읊듯이. 아— 그는 얼마나 위대한 철인이며 얼마나 행복스러운가…… 반열 반온의 자기를 돌아볼 제 진심으로 자기 자신을 매도罵倒치 않을 수 없소…….'

10

기뻐하리라고 한 Y의 편지는 오직 잿빛의 납덩어리를 내 가슴에 던져주었을 따름이었다. 나는 여기저기 골라가며 또 한 번 읽은 뒤에 편지장을 책상 위에 펼쳐놓은 채 드러누웠었다. 음산한 방 속은 무겁고 울적한 나의 가슴을 더욱더욱 질식게 하는 것 같았다. 까닭 없이 울고 싶은 증이 나서 가만히 누웠을 수가 없었다.…… 나는 뛰어 일어나 방 밖으로 나섰다.

아침부터 햇발을 조금도 보이지 않던 하늘에는 뽀얀 구름이 건너다보이는 앞산 위까지 처져서 방금 눈이 퍼부을 것 같았다. 나는 얼어붙은 눈 위를 짚신발로 바삭바삭 소리를 내며 R동 고개로 나가서 항상 소요하던 절벽 위로 향하였다.

사람 하나나 간신히 통행할 만한 길 오른편 언덕에 거무스름하게 썩어서 문정문정하는 짚으로 에워 쌓은 한 칸 집이 있고 그 아래에는 비스듬하게 짓다가 둔 헛간 같은 것이 있다. 나는 늘 보았건만 그것의 본체가 무엇인지 아직껏 물어도 보지 않았다. 그러나 삼 층 양옥의 실화 사건의 통지를 받고는 새삼스럽게 눈여겨보았다. 나는 두세 걸음 지나다가 다시 돌쳐서서 언덕으로 내려와서 사면팔방을 멍석으로 꼭 틀어막은 괴물 앞에 섰다.

나는 무슨 무서운 물건이나 만지듯이 입구에 드리운 멍석 조각을 가만히 쳐들고 컴컴한 속을 들여다보았다. 광선 한줄기 들어오지 않는 속에서는 쌀쌀한 바람이 확 끼칠 뿐이요, 아무것도 보이지 않았다. 공연히 마음이 선뜩하여 손에 쥐었던 거적문을 놓으려다가 다시 자세자세히 검사를 하여 봤다. 그러나 무엇인지는 알 수가 없었다.…… 기둥 두 개를 나란히 늘여놓은 위에 나무관 같은 것을 놓고 그 위에는 언젠지 대동강변에서 본 봉황선 대가리 같은 단청한 목판짝이 얹혀 있었다. 나는 보지 못할 것을 본 것같이 께름하여 마른침을 탁 뱉고 돌아서 동둑 위로 올라왔다. 나는 눈에 묻힌 절벽 위에 와서 고총古塚 앞에 놓인 석대에 걸터앉으려다가 곁에 새로 붉은 흙을 수북히 모아놓은 것을 보고 외면을 하며 일어서 나왔다. 이것은 일전에 절골〔寺洞〕에선가 귀신이 씌어서 죽었다는, 무녀巫女가 온 식전 굿을 하던 떼도 안 입힌 새 무덤이다.…… 저녁밥상을 받고 앉아서 주인더러 등 너머의 일간두옥― 一間斗屋47)은 무엇이냐고 물으니까,

"그것이 이 촌에서 천당에 올라가는 정거장이라우……."

하고 웃으며 동리에서 조직한 상계喪契의 소유라고 설명하였다. 이 촌에서 난 사람은 누구나 조만간 그곳을 거쳐가야만 한다는 묵계默契48)가 있다는 그의 말에는 무슨 엄숙한 의미가 있는 것같이 들리었다. 나는 밥을 씹으며 저를 손에 든 채로 그 내력을 설명하는 젊은 주인의 생기 있는 얼굴을 물끄러미 쳐다보고 앉았었다. 그 순간에 나는 인생의 전 국면을 평면적으로 부감한 것 같은 생각이 머리에 떠오르는 동시에 무거운 공포가 머리를 누르는 것 같았다.

그날 밤에 나는 아무것도 할 용기가 없어서 몇몇 청년이 몰려와서 떠드는 속에 가만히 드러누웠다. 어쩐지 공연히 울고 싶었다. 별로 김창억을 측은히 생각하여 그의 운명을 추측하여 보거나 삼층집 소화燒火한 후의 행동을 알려는 호기심은 없었으나, 지금쯤은 어디로 돌아다니나 하는 생각이 나는 동시에 작년 가을에 대동강가에서 잠깐 본 장발객 長髮客의 하얀 신경질적 얼굴이 머리에 떠올랐다.

과연 그가 그 후에 어디로 간 것은 아무도 몰랐다. 더구나 뱀보다도 더 두려워하고 꺼리는 평양에 나와 있으리라고는 아무도 몽상 외였다. 그러나 그는 결국 평양에 왔다.…… 평양은 그의 후처의 본가가 있는 곳이다.

---

47) 한 칸밖에 안 되는 작은 초가집.
48) 말 없는 가운데 뜻이 서로 맞음, 또는 그렇게 하여 이루어진 약속.

……일 년 열두 달 열어보는 일이 없이 꼭 닫은 보통문 밖에 보금자리 같은 집더미 속에서 우물우물하기도 하고, 혹은 그 앞 보통 강가로 돌아다니는 걸인은 오직 대동강가의 장발객과 형제거나 다만 걸인으로 알 뿐이요, 동리에서도 누구인지는 아무도 몰랐다.

임 종

임종

"의사가 없으면 약이라두 지어올 일이지. 사람이 성의가 없어."

침대 위에 간신히 부축을 하여 일어난 병인은 만경에 빠진 사람 같지도 않게 의식이 분명하고, 숨결은 차지마는 말소리도 또랑또랑하다. 병인은 어제부터 새판으로, 입원하기 전에 대었다가 맞지 않는다고 물린 한의漢醫를 병원 속으로 불러오라는 것이었다. 그것도 다른 사람은 다 제쳐놓고 자기의 병 증세를 잘 이해하고 의사와 수작이라도 할 만한 아우 명호더러 꼭 가라는 것이었다. 그러나 어제 오늘 두 번을 갔다 오면서 의사가 시골에 출장을 가서 못 만났다고 약도 못 지어가지고 오는 것을 보니, 톡 건드리기만 하여도 끊어질 듯한 신경만 날카로운 병인은 자기를 속이는 것만 같고, 주위의 모든 사람이 의심스러운 판이라 화를 내는 것도 무리가 아니었다.

"어서 퇴원부터 하시고 의사는 있다 저녁때 불러오기로 하죠."

오늘로 부쩍 더워진 날씨에 전차를 타기도 어중된 거리라 걸어서 왕복을 하느라고 땀을 뻘뻘 흘리며 병실에 들어선 명호는, 웃통을 벗어놓고 땀을 들이며 찬찬히 병인을 달랬다. 오늘 해를 넘길지 모르는 병자에게 성의가 없다는 말을 들으니 몹시 섭섭하고 미안한 생각도 들었으나, 어쨌든 한약첩쯤 급한 것이 아니라 예정대로 퇴원을 어서 시켜야 하겠는데, 또 딴소리가 나올까 보아 어린아이 달래듯 달래려는 것이었다.

"퇴원은 무슨 퇴원, 약이라두 지어가지구 나가야지 이대루 나갔다간 당장 숨이 맥혀 죽어!"

남의 고통은 조금도 몰라 주고 성한 사람들이 저의 대중만 치고 저의 형편 좋을 대로만 하겠다는 것이 화가 나서 역정을 와락 내어보았으나, 숨결이 또다시 되지며 말은 입 속에서 어름하여져 버렸다. 병자는 성한 사람들의 자기에게 대한 동정과 성의가 부족하다고 늘 불만으로 여기는 모양이었다. 그것은 동정이 한편에서는 아름다운 것이나, 한편에 있어서는 비굴한 것이라는 것을 생각할 여지도 없이, 육체의 고통이 극도에 오를수록 모든 사람이 부족하게 구는 것만 같고 자기를 돌려내고 민주를 대는 듯싶어 고까운 생각이 늘 떠나지를 않는 것이었다.

퇴원 문제는, 급한 고비를 넘겼으나 인제는 아마 길게 끌 것이라는 의사의 말을 듣고 벌써부터 나온 문제인데, 병자의 반대로 미루적미루적하던 것을 어제 한약을 먹겠다는 말끝에 거기 따라 명호가 부쩍 우겨서 당자도 찬성을 하게 된 것이었다. 정신이 말짱할 때는 옆의 사람이 송구스러울만치 입원료가 더껌더껌 많아지는 걱정도 하고 죽은 뒤의 장비葬費[1] 마련까지 하던 사람이, 병세가 차차 침중[2]하여지고 육체적 고통이 시시각각으로 볶아쳐대니까 이런저런 생각 다 잊어버리고 덮어놓고 병원에만 있겠다고 고집을 부리던 것이었다. 그것은 병원에 누웠댔자 별수가 없는 것은 자기도 모르는 것이 아니지마는, 다만 하나 주

---

1) 장사를 치르는 데 드는 비용.
2) 병세가 위중함.

사를 못 잊어서 그러는 것이었다. 하마터면 뇌일혈腦溢血로 인사불성에 빠질 뻔한 것을 백지장 한 겹 지간에 요행히 붙들어서 한약으로 머리의 피를 내려앉게 하여는 놓았었지마는, 한 달 전에 입원할 때 이백 얼마 라는 혈압을 오륙십 그램씩 두 번이나 쥐어짜듯이 하여 피를 빼고, 무 슨 주사인지 미국치를 비밀 가격으로 사들여다가 연거푸 놓고 한 덕에 간신히 부지를 하여 온 머릿속이요 심장이다. 거기다가 신장염이 겹들 여서 부종이 들쭉날쭉하다가, 어쩐둥하여 부기가 내리고 구미가 당기 기 시작을 하여 한동안 수미愁眉3)를 폈던 것이나, 지금 와서는 완전히 마취제와 강심제의 농락으로 꺼져가는 등잔의 심지를 돋우고 돋우고 하는 것밖에 아무것도 아닌 것뿐이었다.

"전쟁이 끝나고도 약이 없어 죽다니! 하기야 돈이 없지, 약이 없겠 나!"

병인은 목에 걸리는 소리로 이런 한탄도 하던 것이었다. 하여간 주사 를 만날 놓아야 모르핀 진통제나 강심제 따위로는 병근을 건드리지도 못하는 것쯤은 번연히 알면서도, 그 주사나마 못 맞으면 당장 숨이 질 것 같으니 병원을 못 떠나겠다는 것이었다. 네 시간만큼씩에 놓던 것이 세 시간, 두 시간으로 단축이 되고, 나중에는 가슴이 타오르고 뻐개질 듯이 조 비비듯 할 제는 오밤중에라도 조르고 보채고 아귀다툼을 하다 시피 하여 한 대 맞고 나면 가슴이 후련히 툭 터지고 옥조이던 사지가 느른히 풀리는 그 신통한 맛이란 감칠 듯하여, 아편쟁이의 주사란 것도 이래서 못 떨어지나 보다고 생각하곤 하는 것이었다. 그러나 급한 고비 를 넘기고 본정신이 들면 이래서는 안 되겠다! 인제는 다만 하나 한약 을 다시 먹어보는 길밖에 없다는 생각이 불현듯이 드는 것이었다. 기구

---

3) 수심에 찬 눈썹. 곧 근심스러운 기색.

가 있으면 주사약을 한 상자 간호부에게 들려가지고 나가서 급할 때마다 주사로 숨을 돌려가면서 한약을 써보고 싶으나, 그럴 형세가 못 되고 보니 한약을 먹으러 나가기는 나가겠으되, 그러면 주사 대신에 숨이 지려 할 때 붙들어주는 즉효가 나는 한약을 지어오라고 어린아이처럼 보채는 것이었다.

"염려 마세요. 주사는 아침저녁으로 K선생이 댁에 가서 놓아드리마니까……"

이렇게도 안위를 시키고 달래었다.

그러나 집안 사람들은 병인의 그런 사정은 생각할 여지가 없었다. 병원에서 객사를 시킬 것이 싫어서 그런 것도 아니요, 다만 어서 집으로 나가서 운명을 시켜야 초상을 치르기가 편하다는 타산만으로 서둘러대는 것이었다. 병원에서 치르는 것이 도리어 비용이 덜 들겠다는 뒷공론도 있었으나, 집안 식구가 거산擧散4)을 할 것이요 더 고생일 것이라 하여 병인이 퇴원하여 준다는 것만 다행하여들 하였다. 사실, 저희들 성한 사람의 사정만 생각한다고 병인이 불편인 것도 그럴 듯한 말인지 몰랐다. 그러나 병이 이미 기울어져서 산 사람과의 교섭이 차츰차츰 멀어져가니 정성이나 애정이 한 꺼풀 두 꺼풀 벗겨져가고 엷어져가는 것도 어쩔 수 없는 모양이었다. 집에서 한 달, 병원에서 한 달, 두 달을 두고 잠시 한때 옆에서 떠나지를 못하게 하는 아내도 인제는 진력이 나서 어서 나가고만 싶어 하였다. 또 요행 이 고비를 넘긴다 하더라도 이러한 늙어가는 이의 병이란 대개 중풍으로 누워 있게 되기가 십상팔구이니, 그렇게 되면 없는 살림에 서로 못할 노릇이요, 한 달에 이삼만 원 하는 입원료를 무엇으로 대어나가느냐는 걱정부터 앞을 서는 것이었다. 가

---

4) 온 집안 사람이 모두 흩어짐.

장을 잃으면 어린것들과 노두에 방황하겠다고 애를 바득바득 쓰고 지성껏 병구완을 하던 것도, 아직 든든한 생활력이 남아 있고, 그래도 회춘할 일루의 희망이 있을 동안이었다. 산 사람이나 당장 내일부터라도 먹고살아야지 하는 태산 같은 걱정이 앞을 가리니, 다만 남는 것은 인연이라든지 의리나 체면뿐이었다. 그러나 앓는 사람은 그럴수록 동정과 애정과 성한 사람의 성의에 매달리려고 애원하는 것이요, 역정을 내는 것이었다.

·

2

성한 사람의 정성이 부족하여 가거나 저희들의 사정만을 생각하거나 말거나, 정신이 말짱하고 원체 체력이 든든하던 병인은 지치고 살이 야위기야 하였지마는, 좀체 자기가 그렇게 쉽사리 훌쩍 넘어가리라고는 생각지 않았다.

"큰산소의 아버지 옆에 내가 들어갈 자리는 하나 넉넉히 되지마는, 장비는 터무니없고 이런 세대에 무어 볼 거 있소. 간략히 화장을 해서 뼈나 갖다 묻두룩 하우."

자기가 세상을 떠난 뒤에 아이들의 교육과 취직이며 생활 방도를 의론한 끝에 이러한 유언도 하고, 어떤 때는 유골을 갈아서 정한 산에 올라가 날려 보내도 좋겠다는 지나는 말도 하여 가족들은 놀라기도 하였다. 그러나 그러한 유언은 언제나 한 번은 죽을 것이니 이 기회에 미리 자기의 의사 표시를 하여 두자는 것이지, 다시는 일어나지 못하리라는 각오를 하고서 하는 말은 아니었다. 주사의 힘으로 버티어나가거니 하는 불안은 있으나, 주사를 놓고 나면 그 저리고 쑤시던 가슴이 훤히 터지고 부축을 하여서라도 몸을 가누고 일어나 앉을 수 있는 것을 보면, 자기의 원기에 대한 자신이 다시 생기고, 능히 소복되리라는 새 희망도 비치는 것이었다. 사실 어제 퇴원을 하느니 마느니 하고 한참 부산한 통에 C라는 젊은 위문객이 왔을 때에는, 이때까지 서두르던 가족들이 무색하리만큼 병인은 내일이라도 일어날 듯이 명랑한 낯빛으로 수작을 하는 것이었다.

"그동안 이렇게 편찮으신 줄은 몰랐습니다그려. 지금 ××재단을 설립 중인데 물론 돌아가는 것을 보니까 어쩌면 선생을 부사장으로 추대할 듯싶더군요. 그야 이사理事 자리야 하나 안 드리겠습니까마는, 공교히 이렇게 누워 계셔서 안됐습니다. 어서 속히 일어만 나십쇼."

C청년은 병인의 기를 돋워주려고 위로로 하는 말이 아니라, 그러한 내통을 하여 주고, 또 그리하면 자기에게도 좋은 일이 없지 않겠다는 생각으로 찾아다니다가 병원까지 왔다는 말눈치였다.

"흥, 그런 이야기가 있어! 좀 있으면 일어나게야 되겠지마는, 하여간 그 축들 만나건 잘 부탁해 주우.…… 어, 오늘 C군이 찾아준 것도 의외지만, 아마 나두 인제 운이 틔려는군! 힘 좀 써주슈. 꼭 부탁하우."

병인은 젊은 친구의 손을 붙들고 은근한 정을 표하는 것이었다. 그러나 젊은 손은 병 증세를 캐어묻고 병인의 가다가다 허청 나오는 목소리와 어떻게 보면 사색에 질린 낯빛을 이모저모 뜯어보는 눈치더니, 처음 달겨들면서 떠벌여놓던 기세와는 딴판으로 차츰 기색이 달라지면서 꽁무니를 빼는 수작을 어름어름하고는 홀쩍 가버렸다. 병인은 그래도 신기가 매우 좋아서, 아내더러 내일은 P에게 연락을 해서 그 ××재단의 내용을 알아보고, A에게 가서는 이러저러한 전달을 하고 부탁을 하여 두라는 분별을 하고 누웠다. 옹위를 하고 앉았는 가족들은, 이 양반이 오늘 해를 못 넘기리라고 서두르던 양반인가? 하는 생각에 말끄러미 병인의 얼굴을 바라들 보며, 어쨌든 반갑고 기쁘기도 하며, 어떻게 보면 과시 병이 고망에 깊이 든 것이 아닌 것같이도 보여 다시 새로운 희망도 생기는 것이었다. 퇴원을 재촉하고 장사 지낼 걱정을 끼리끼리 수군거리던 것이 우습기도 하였다.

C청년이 다녀간 뒤에 의사가 저녁때에야 들어왔다. 오늘도 가슴이 메어지고 숨이 막힐 때마다 K선생을 불러오라 하고, 출근을 아니 하였거든 자기 집에 전화를 걸라고 하던 K의사가 들어왔다. 병자는 아까 놓은 주사 기운이 아직 남아 있어 그리 급한 지경은 아니나, 의사의 얼굴만 보아도 안심이 되었다.

"오신 길에 주사를 또 한 번……."

환자는 조금 있으면 또 닥쳐올 고통이 무서워서, 좀처럼 만나기 어려운 의사를 붙든 김에 아주 미리 주사를 듬뿍 맞아두고 싶은 생각이었다.

"아, 놓아드리죠."

진찰을 대강 하여 보고 의사가 주사약을 가지러 나가는 것을 보고, 명호는 병자의 눈에 안 띄게 슬며시 뒤쫓아나갔다.

"오늘 퇴원을 시킬까 하다가 선생두 안 오시구 해서 그만두고 있습니다마는, 어떤 모양인가요?"

"오늘 낼 새로 어떻겠습니까마는 퇴원하시죠."

퇴원한다는 말에 의사는 도리어 반색을 하는 눈치였다. 급한 고비는 넘겼으나 인제는 길게 끌 것이라는 예고를 할 제부터, 벌써 의사는 이이상 더할 수는 없으니 데리고 나가라는 말눈치였던 것이다. 어차피 내일 한약을 지어온 뒤에야 병인이 순순히 퇴원하겠고, 또 오늘내일 새로 어떨 리는 없으리라는 의사의 말에 안심이 되어서 퇴원은 내일로 미루기로 하였다.

그러나 뒤미처 주사침을 가지고 들어온 의사가 정맥 주사를 한참 신고苦5)를 하고 놓고 나더니, 명호에게 눈짓을 하며 나간다. 명호는 불길한 예감에 마음이 설레면서도 눈치 빠른 병자의 눈을 기우느라고 머무적거리다가 넌지시 따라 나갔다.

"될 수 있으면 오늘 해 전으로 나가시는 게 좋을 것 같은데요. 지금 보시다시피 약을 빨아들일 힘이 없는 것을 보니 인제는 심장이 완전히 주사의 힘으로만 부지를 하는 건데요……."

하고 의사가 되레 서두른다. 아닌 게 아니라 지금 주사에 피가 자꾸 흘러나와서 주사약은 분홍빛으로 물이 들고, 몇 차례를 쉬어가며 간신히 억지로 넣고 나온 길이었다. 그러나 퇴원을 한다고 법석을 하다가, 겨우 준좌蹲坐6)가 되고 병인도 ××재단이 되면 이사가 되리라는 뜬소문엘망정 기분이 좋은 터에 새판으로 소동을 피울 수도 없었다.

병인은 두 번씩이나 의사를 따라 나가서 수군수군하고 들어오는 명호의 얼굴을 빤히 치어다보며 무엇을 찾아내려고 몹시 초조해하는 기색이었다. 마음을 턱 놓았던 화색이 금시로 스러지고, 불안과 공포의 빛이 휙 떠오르다가 꺼지면서 어색한 웃음을 띄우고 무슨 말을 꺼내려는 눈치더니, 자기도 입 밖에 내서 물어보기가 무서운 듯이 멈칫하고는 또다시 퀭한 눈으로 언제까지 명호의 기색만 노려본다. 위중하다는 기별을 듣고 이른 아침이나 날이 저문 뒤에 뛰어가면 어째 왔나? 하고 도리어 놀라며 겁을 내고 싫어하거나 흥분이 되곤 하는 병인이었다. 이렇게 의혹과 공포에 저린 눈으로 쏘아보는 양은, 마치 무서운 마굴에 불법 감금이나 당하고 앉아서 감시하는 옥졸의 눈치만 숨을 죽이고 슬금슬금 노려보는 것 같아서, 명호가 도리어 얼굴을 둘 데가 없고 말이 막혀버렸다.

---

5) 어려운 일을 당하여 몹시 애씀.
6) 주저앉음. 일을 하다가 중도에 그만둠.

"의사 말이, 훨씬 차도가 있으니 오늘 내일 주사를 좀더 넉넉히 맞으시구 내일 오후에 퇴원하시라는군요."

명호는 잠자코만 있기가 도리어 괴로워서, 안 나오는 웃음을 지어 보이기까지 하였다.

"응?"

병인은 바르르 떨리던 잔뜩 땅긴 신경이 일순간 확 풀리는 듯하며 귀가 번쩍해하다가,

"정말 그럴까?"

하고 의아한 눈치로 맥없이 한마디 하고서는,

'그런 말씀야 내게 직접 말 못할 것은 무언구?'

하며 코웃음을 친다. 그러나 그 코웃음과는 반대로 좀더 자세한 의사의 말의 실증實證을 붙들어보겠다는 듯이, 일단 늦추어졌던 정신력과 주의력을 눈으로 힘껏 모아서 또다시 명호의 얼굴빛과 입술을 겨누어 보며,

"별안간 어떻게 차도가 있다는 거야?"

하고, 마치 명호의 말 한마디가 자기의 운명을 마지막 결정이나 한다는 듯싶이 커다란 희망을 가지고 애원하듯이 매달려오는 기색을 보인다. 명호는 마음이 무거워지며 괴로웠다. 조금 전까지도 인제는 운이 틔나 보다고 좋아하던 이 안타까운 병인에게 꾸며선들 무어라고 대꾸를 해주어야 이 어려운 처지를 모면할지 선뜻 말이 아니 나왔다.

"형님이 원체 기력이 좋으니까, 인제 한약을 제 곬을 찾아서 잘 쓰기만 하면 염려 없다는 말이겠죠."

"딴소리!"

아까 C청년이 왔을 때부터 너무나 긴장이 계속된 끝이라, 뒷말을 더 하려고 입을 쫑긋쫑긋하다가 기운이 빠져서 맥이 풀려가는 눈만 멀거

니 뜨고 천장을 바라보고 반드시 누웠다. 그러나 '딴소리'라고 핀잔 주듯이 힘 있게 부인한 것은, 명호가 거기 달아서 딴소리가 아니라고 무슨 변명이라도 하고 덤비기를 바랐던 것인데, 아무 대꾸가 없이 명호가 담배를 붙이고 마는 것을 보자 병인의 눈에는 절망의 빛이 차차 짙어갔다.

'그런 말이면야 내게 직접 말 못할 리가 없지.'

탈진은 하여 가면서도 맑게 개인 병인의 머릿속에서는 이런 생각이 언제까지 스러지지 않았다.

'……이것은 사형수보다도 더 못 견딜 일이다. 사형수는 제 운명을 알구나 있지 않은가? ……사형을 집행할 때라두 미리 일러는 줄 테지. ……이놈들이 정작 내게는—누구보다도 먼저 알아야 할 내게는 알리려 들지를 않구서, 목숨의 임자가 저희들인 듯싶이 저희들만 뒷구멍으루 숙설숙설하구 우물쭈물하다니! ……대관절 산다는 거냐, 살려주겠다는 거냐…….'

눈을 감고 누웠는 병인은 머릿속이 점점 더 환하여지며 조리가 뻔하게 이런 생각이 떠오르자, 별안간 눈을 번쩍 뜨고 누구든지 눈에 띄는 대로 소리를 버럭 질러보려고 이상한 광채가 솟으며 부리부리 휘둘러 보았으나, 가위에 눌린 사람처럼 목이 탁 잠겨서 소리가 아니 나왔다. 눈의 정채가 훅 꺼지며 앞에 앉은 아내의 얼굴이 차차 멀어간다. 다시 눈꺼풀이 스르르 감기며 잠이 혼곤히 들어갔다. 그러나 금시로 드르렁하고 코 고는 소리가 나다가, 그 소리에 소스라쳐 다시 눈을 번쩍 뜨고 두리번두리번 사방을 돌려다 본다.

"……응, 잠이 들었던 게로군!"

그는 죽은 것이 아니었구나 하는 생각에 마음이 놓였다. 잠이 들었다가 그대로 숨이 넘어가지나 않는가 하여 잠이 드는 것도 겁이 나고 싫었다.

3

"그럼 약을 지어가지고 오죠."

젊은 아이가 퇴원 수속을 마치고 올라오는 것을 보고 명호가 벗어놓 았던 저고리를 입고 나서려니까, 침대에 꾸부리고 앉았는 병인의 뒤에 서 어깨를 주무르고 있던 명호의 형수가 그만두라고 손을 두른다. 그 러나 명호는 못 알아들은 척하고 나와버렸다. 입원하던 맡에 용한 한 의가 있다고 하여 불러다가 보이니까, 고개를 내두르고 가버리는 바람 에 왕복 자동차삯만 없앤 일도 있었지마는, 그러기에 병인이 아무리 졸라도 아내는 한의를 또 불러온다는 것은 반대요, 지금 입원료를 치 르고 나면 병인을 태울 자동차삯이 부족하지나 않을까 하여 애가 닳는 판이라, 그까짓 먹을지 말지도 모르는 한약 몇 첩 값이라도 절약을 하 려는 것이었다. 물론 명호도 그만 짐작이 없는 것은 아니지마는, 병인 의 마지막 원이라도 풀어주고 싶고 산 사람의 유감이 되지나 않게 하 자는 생각이었다.

명호는 자기 집 근처의 안면 있는 약국에서 세 첩을 지어가지고 나오 는 길에 약에도 소위 '연대'가 맞는다는 말이 있으니, 요행 들어서 또 지어가게 되더라도 그 화제和劑[7]를 나를 주시오 하여 약봉지 묶은 데 끼 어가지고 나왔다. 지금 같아서는 기적을 바라는 것 같지마는, 그렇게도 죽지 않는다는 자신을 가지고 애를 부덩부덩 쓰는 그 정신력이라든지 체력으로라도, 어떠한 돌리지 말라는 법도 없으리라는 엷은 희망은 아 직도 한편에 남아 있고, 또 사실 집안 형편이나 가족의 앞길을 생각하 면 지금 이대로 세상을 떠나 보내서는 큰일이라는 걱정이 뉘게나 있는

---

7) 약화제, 약방문.

것이었다. 그러나 그 역시 산 사람의 사정부터 가지고 따지는 말이었다. 죽는 사람도 정신이 말짱하고 죽는다는 공포에서 벗어나서 한숨 돌릴 때에는 가족이나 자식 생각이 앞서기는 하겠지마는, 그 무서운 육체적 고통을 이를 깨물며 헤어나려는 모질고 줄기찬 본능과는 거리가 먼 수작 같았다.

'……실상 사신대도 여년이 얼마 남은 것은 아니지만…….'

올 정초에 형제들이 모인 자리에서 동생들이 병인의 육십잔치를 지낼 의론들을 하던 것이 머리에 떠올라서 이런 생각을 하다가, 명호는 그 말이 어쩐지 앓는 형을 비난하는 뜻같이도 생각이 들자 찔끔하였다. 그야 누구나 하는 말이지마는, 여년이 얼마 남았거나 말거나 단 하루 단 한 시간이 남았어도 마지막 순간까지 살려고 바드득바드득 애를 쓰는 그 형상을 비웃어서는 안 될 것이 아닌가 하는 생각이 드는 것이었다.

'……백 년을 산대도 가던 길을 반도 못 걷고, 하던 일을 손에 붙든 채 쓰러지고 마는 것이 아닌가. 자기완성自己完成을 하고 떠나지는 못하는 것인데—미완성인 대로 뒷대에 물려주고 가는 것이 인생이면야, 죽은 뒤에 남는 처자식이 어떻게 되든지 뒤를 깡그리 드리지 못했다는 것이 문제가 아니다. 주검의 마지막 순간까지 다만 그것을 두 손으로 버둥대고 막아내려는 것이 생물의 본능이나, 좋게 말하면 생리적 조건이 허락하는 때까지의 자기주장自己主張이요, 자기의 존재를 잃지 않겠다는 무서운 단판 씨름이라 할 것이나, 그러나 자기완성을 허락하지 않는 바에야 항복이 아니라, 앞질러 선선히 길을 비켜서서 뒤에 물려주고 시사약귀視死若歸로 조용히 물러가라는 말인데…… 그렇지만 '시사약귀'란 저마다 할 수 있는 노릇인가…….'

명호는 병원으로 터덜터덜 오면서 갈피 없는 이 생각 저 생각에 마음이 어두워지고 쓸쓸하였다.

'……이번에는 내 차례인데…….'

명호는 무심코 이런 생각이 떠오르자 이렇게도 살기 어렵고 보기 싫은 세상에 죽는 것쯤 조금도 아깝고 원통한 것은 없겠으나, 병고病苦에 시달리고 부대낄 것을 생각하면, 이때까지 겪어온 평생의 고생을 한 묶음 묶어다가 앞에 놓은 듯싶이 벅찬 생각이 들고 지금부터 걱정이 되는 것이었다. 주사라는 현대적 마술에 맛을 들이고 감질이나 나지 않고서라도 죽는다면 얼마나 편하고 팔자 좋게 죽을 것인가 하고 혼자 실소도 하였다. 불도에 골독汨篤8)하던 제종형이 요새 앓아누웠다는 말을 듣고 병원에서 헤어날 새가 없어서 아직 위문을 가지 못하고 있지마는, 위문도 위문이려니와 불도에 신앙을 가진 사람의 투병술鬪病術은 어떤지 견학도 하고 사생관死生觀도 한번 가서 들어보고 싶은 생각도 들었다. 머리가 허예져가는 명호는 차차 죽을 채비를 차려야 하겠다는 생각을 곰곰 하는 것이었다.

4

명호는 병실에 들어서며 손에 든 약을 병인에게 내보이고,

"여기 이 화제는 이 약이 듣는 경우에 내게로 보내시든지, 댁 근처에서라도 더 지어다 잡숫게 하라는 것입니다."

고 설명을 하니까, 병인은 웃지는 않으나 만족하고 안심한 낯빛이었다. 약봉지는 거지반 다 꾸려놓은 봇짐 속에 대수롭지 않은 듯이 꾸려

---

8) 한 가지 일에만 열중함.

넣었다.

자동차를 부르게 하고, 이 층에서 병인을 담아 내려갈 담가9)를 올려
오고 하는 동안에, 위문을 온 원도 부인 같은 서너 부인이 들어오더니
아낙네끼리 수군수군한 뒤에 병상 앞에 둘러서서 기도를 시작하였다.
병인은 직접 모르는 모양이나, 병인의 아내의 옛날 친구들이 위문을 왔
다가 의외의 중태인 데에 놀라서 마지막 축원을 드리는 것이었다. 어제
명호가 한의를 부르러 갔다가 오니까, 형수의 말이 그동안에 성교회에
서 와서들 세를 붙이고 갔다 하면서,

"저기 성수聖水까지 받아놓았답니다."

하고 탁자를 가리키기에, 명호는 잔소리가 하기 싫어서 그저 그런가
보다고 생각하면서도 좀 이상히 여겼던 것이다. 원체 병인은 불교를 좋
아하였었다. 부모의 장례 때도 일부러 승려를 청하였던 것이다. 이번에
도 명호 형제들은 형이 돌아가면 중을 부르겠느냐, 비용 관계가 있으니
제례하느냐는 것까지 벌써 의논하고 있던 터다. 그러나 그동안 병원 안
에 천주교를 믿는 간호부가 늘 와서 권하기 때문에 처음에는 몇 번 사
퇴를 하였으나, 나중에는 병인도 그 설교에 마음을 돌리고 승낙을 하여
서 세까지 붙이게 된 것이라 하는 것이었다. 병인이 승낙하였을 뿐 아
니라 해로운 일은 아니니 그런가 보다고 별 이의異議는 없었다. 그러나
지금 안손님이 와서 기도를 드리는 것을 보고는 좀 이상하고 우스운 생
각도 들었다. 그러면서도 눈이 여린 명호는 부인네들 뒤에 가로놓인 마
주잡이 들것 옆에 서서 그 기도 소리를 듣다가 눈물을 걷잡지 못하여
방문 밖으로 피하여 나가버렸다.

물에 빠진 자가 새뼈기10)라도 붙든다는 세음으로 이 선령 저 부처에

---

9) 들것.
10) 띠, 갈대, 억새 등의 껍질을 벗긴 가는 줄기.

게 닥치는 대로 매달려서 공덕을 애걸하며 빌자는 것이 아니라, 주위와 지기知己가 제각기의 신안神眼[11]을 빌어서 병인의 쾌복이나 명복을 빌어 주는 것은 물리칠 수도 없거니와, 고마운 일이요 아름다운 일이거니 하고 바라볼 뿐이었다. 그러나 병자는 기도 소리를 듣는지 마는지 무표정한 얼굴로 다만 눈을 감고 깊은 잠에 들어가는 듯이 까드락도 않고 누워 있다.

그래도 담가에 옮겨 뉠 때는 눈을 분명히 떠서 둘러보고, 병원 문밖에 나와서 자동차에 떠메어 올리려니까,

"운전수한테 길을 잘 알려주어야지."

하고 분명한 소리를 치는 데에 여러 사람은 서로 치어다보며 신기해서 웃었다. 그러나 자동차 안의 시트에 들여 뉘자, 병인의 눈자위는 틀려갔다. 명호는 눈결에 힐끔 보고 다짜고짜 병원 안으로 다시 뛰어 들어가서 간호부를 끌고 나왔다. 강심제를 또 한 번 놓아달라는 것이다. 자동차 속에 들어서서 주사를 놓고 있는 간호부의 하얀 뒷모양을 바라보며, 명호는 시급히 조수석으로 뛰어 들어가 앉았다.

달리는 자동차 속에서 병인의 증세가 어떻게 되었는지는 앞의 조수석에 앉은 명호는 몰랐다. 오 인승인 차 안에서 젊은 애들이 여상 좋은 낯으로 수작을 하는 것을 보고 안심이 되었을 뿐이었다.

병인이 더 살고 싶고 말고 간에 집에 들어갈 때까지만 숨이 붙어 있기를 바랄 뿐이었다. 이 지경에 캠퍼 주사가 효험이 있을까 없을까를 헤아려볼 새도 없이 간호부를 끌어온 것은, 다만 송장을 데리고 집에 들어가지 않겠다는 욕심이요, 밖에서 죽은 송장을 집에 끌어들였다는 말만 듣지 않게 하자는 발뺌이나 체면을 먼저 생각하였던 것이다.

---

11) 지술地術이나 상술相術 따위에 정통한 눈.

신체를 모셔 들인 방에는 불은 때어놓았으나, 미리 세간을 말끔히 치우고 병풍만 한 채 남겨 있었다. 병원에서 떠나기 전에 벌써 빈소 방이 준비되었던 것이다. 발상 전의 과수댁은 옆방에서 부리나케 보따리를 풀고 무엇을 찾았다. 명호가 오늘 반나절을 걸려서 땀을 뻘뻘 흘리며 지어온 약봉지가 먼저 방바닥에 떨어졌다. 병자가 이틀을 두고 성화를 하며 졸라서 먹으려던 것이다. 과수댁은 곱뿌 속에 넣은 물종지를 찾아내서 빈소로 가지고 가더니 신체의 주위에 말끔히 뿌렸다. 세를 붙이고 받아둔 성수이었다.

발치께 서서 가만히 바라보던 명호가,

"그럼 장례는 어떻게 지내시렵니까? 제사는 일체 폐하시나요?"

하고 물으니까 과수댁은,

"그렇게까지야 하겠습니까."

하고 다만 좋은 일이니 교회 사람이 하라는 대로 한다는 것이었다.

초상집에서는 우선 삼일장이냐 오일장이냐는 의론이 벌어졌다.

"화장을 하라신 유언도 계셨으니, 화장으로 모시면야 삼일장도 넉넉할 겁니다."

명호는 첫째 장비 걱정으로 화장을 앞세웠다.

"그야 우리 형세에 삼일장이죠마는, 화장은 아닙니다. 처음에는 그런 말씀이 계셨지만 나중에 다시 아무래두 아버님 곁으로 들어가시겠다는 데요."

여기에 가서는 아무도 이렇다 저렇다 말할 나위가 없었다. 혹은 이 과수댁도 뒤미처 들어갈 데고 보니 자기부터 화장이 싫어서 그럴지도 모르나, 돌아간 이도 아직 먼 앞일이거니 하고 가상적으로 여유를 두고

말할 때에는 화장을 입 밖에 냈을지 몰라도, 당장 닥쳐온 실제 문제가
되고 보니 역시 선산에 묻히고 싶어하였을 것도 넉넉히 짐작할 일이었
다. 나 죽은 뒤에는 수의壽衣를 무슨 감으로 하여 달라느니, 관 속에는
이것저것을 넣어달라느니 하는 유언도 하거늘, 자기 묻힐 자리를 초점
까지 해놓고서 거기 못 묻힐까 보아 애를 쓰며 세상을 떠나는 것도 무
리가 아닐지도 몰랐다.

"말이 삼 일이지, 오늘 해는 다 가구 내일 하루인데, 첫째 산역山役12)
이 문제로군."

호상차지의 걱정이었다.

"영구차에 버스 한 대는 따라야 할 테니, 자동차삯만 해두 두 대에 사
만 원은 예산 쳐야 할걸."

홍제원 화장장이면 고작 해야 오륙천 원에 너끈할 것인데, 없는 돈에
찻삯만 사만 원 예산이란 엄청난다는 말눈치였다.

"화장이나 매장이나 돌아간 뒤에야……."

젊은 축들은 저희끼리 이런 소리도 수군거리는 것이었다. 그러나 아
무도 그 말을 옳다고 찬성하는 사람은 없고, 그르다고 나무라는 사람도
없었다. 하여간 하룻밤 하루낮을 안팎이 복작대고 들볶아쳐서 제시간
에 성복제成服祭13)도 지냈다. 성복제를 지내고 나니까 앓아누웠던 명
호의 재종형이 지팡이를 짚고 지척지척 조상을 왔다.

"허! 내가 먼저 갈 줄 알았더니 이게 웬일이란 말인가!"

하고 관을 붙들고 상제들보다도 더 섧게 울고 나더니, 염주를 꺼내
들고 염불을 시작하였다. 한 식경이나 옆사람들이 지루하도록 염불을
끝마치고는, 이 늙은이는 품에서 훔치적훔치적 백지에 기름하게 싼 봉

---

12) 시체를 묻고 뫼를 만들거나 이장하는 일.
13) 초상이 나서 처음으로 상복을 입을 때에 차리는 제사.

지를 꺼내서 관상명정을 쳐들고 관 위에 끼워 넣는 것은 손수 베낀 경문인지 한 모양이었다. 장지에 나가서도 하관할 때 폐백과 함께 이 종이 봉지도 횡대 밑에 넣는 것을 잊지는 않았다. 성수에 말끔히 씻긴 혼백이 또다시 불타의 대자대비한 공덕에 안겨 안온히 잠들지 모르나, 그보다도 먼저 산 사람이 제각기의 소임이나 향의(向意)[14]를 기울인 데에 만족을 느낄 것이다.

---

14) 마음을 기울임. 또는 그 마음.

굴레

굴레

1

비는 뜸하지마는 벌써 통행금지 시간이 가까워오는데, 영감은 어디서 비에 막혔는지 들어오지 않는다. 비에 막혔기로 택시만 집어타면 그만일 텐데…… 아무리 생각해도 알 수 없는 일이다. 도대체 저녁밥을 나가 자시는 일이 없고, 별로 사랑 소일을 하러 다닌다거나 친구 교제가 넓은 것도 아니니, 그저 출입이래야 아침저녁에 소풍 삼아 배우개 장에 나가서 물정도 보고 한 바퀴 휘돌다가, 대개는 반찬거리나 사 들고 들어오지 않으면, 취대(빚놀이)나 너더댓 채 가진 집의 세전이 밀리면 그것을 채근하러 다니는 따위의 볼일쯤밖에는 없는 영감이다. 오늘도 서퇴暑退[1]가 되자 의관을 하고 나서기에 철원집은,

"다 저녁때 어디를 가시는 거요? 요새 또 공고公故를 치르러 다니는 데가 생긴 게 분명하지!"

하고 비꼬면서 내보내지를 않으려는 생각도 들었으나, 장에 가서 민어나 한 마리 사다 먹을까 하며 어쩌고 어름어름하기에 그대로 내버려

---

1) 더위가 물러감.

두었던 것인데, 정말 민어를 사가지고 어느 년의 집에를 가서 민어국수나 민어회를 먹느라고 이렇게 늦는지, 철원 마누라는 모기장 속에 혼자 누워서도 얼밋거리는 시계만 쳐다보며 귀를 대문간으로 모으고 있었다.

열한 시를 땡땡 친다.

"……흥! 아무래도 또 병통이 단단히 난 거야!"

철원집은 혀를 끌끌 차며 고쟁이 바람으로 모기장 밖을 나와 문지방 밑으로 다가앉아서,

"아범은 들어왔니?"

하고 아래채에 소리를 쳐본다.

"안 들어왔어요."

며느리가 툇마루로 나서며 대꾸를 한다.

"열한 시를 쳤는데 모두 붙들렸단 말이냐? 젊은것두 못된 건 닮아서……."

하고 마누라는 아들마저 난봉이 났다고 또 혀를 차며 담배를 붙인다.

"더위에 잔뜩 들어앉았어두 성이 가셔요. 어련히 들어올라구요."

며느리는 영감을 하도 바치며 꿈쩍을 못하게 하는 시어머니가 못마땅해서 이렇게 대꾸를 하며,

"그런데 아버님께선 웬일이세요?"

하고 불도 끄고 컴컴한 건넌방을 바라본다.

"정녕 그년을 또 어디다가 끌어다 논 거지! 민어를 사 들고 그년의 집에를 가서 민어회에 관격이 된 거라. 늙은 게 마지막 기를 쓰느라구…… 저러다 며칠 못살구 거꾸러질려구!"

마누라는 영감의 방까지 미운 듯이 건넌방을 흘겨보고는,

"그래도 너희는 짐작이 있을 게지? 그렇게 모를 리가 있니."

하고 또 이런 소리를 꺼내었다. 그년이란 작년 겨울에 숨어 사는 것을 기어코 발견해 내서 세간을 짓부수고 헤어지게 하였던 개성집 말이다. 이래저래 이 늙은 내외는 점점 더 버스러져서 올봄부터는 방을 각각 쓰게 되었지만, 각방을 쓰게 되자 어디를 가는지 영감의 낮 출입이 잦아가고, 보약은 전부터도 먹던 것이라 하더라도 온 여름내 약이 떠날 날이 없으니 이런 것도 의심스러워 늘 들컹거리는 조건이 되었다. 그것은 고사하고 요새 와서는 아들 내외더러 눈치를 챈 것이 있을 터이니 알려 바치라고 조르는 것이었다.

"밤낮 들어앉았는 제가 무얼 알겠어요."

며느리는 언제나 하는 똑같은 대답을 하는 수밖에 없었다.

"그만둬라. 내일은 내가 나서 볼 거다. 이눔의 늙은이가 자기 손으로 제물에 광중壙中[2]을 파놓고 들어가 누워서 콧노래를 부르고 자빠졌다마는, 자기를 하루라도 더 살리려구 그러는 줄은 모르구……."

마누라는 아랫입술을 악물며 성미가 부르르 났다. 올해 쉰넷이라 하여도 머리 하나 세었을까, 전등불 밑에서 보면 분이라도 바른 듯이 부옇고 피둥피둥한 얼굴이 이젠 한 사십쯤 된 성싶다. 사실 날마다 분세수도 하고, 영감이 어름어름 달래서 아들의 식구를 아래채로 내려쫓고 건넌방으로 옮아간 뒤부터는 웬일인지 몸가축[3]도 전보다 더하는 마누라였다. 물론 마누라가 안방에서 영감을 떼민 것은 아니었다. 육십이나 되는 늙은이가 마치 젊은 애들처럼 보약 먹겠으니 딴 방 쓴다는 말도 우스운 말이었지마는, 영감은 하여튼 그런 핑계로 슬며시 안방을 빠져 나간 것이었다. 마누라가 보기 싫어 늙어가는 것도 아니요, 영감을 지성껏 아껴주는 것이 마음에 안 드는 것도 아니다. 이십여 년이나 보아

---

2) 시체를 묻는 구덩이.
3) 몸을 매만져서 잘 거두는 일.

온 그 거벽스러운4) 얼굴이 이제는 싫증도 나거니와, 그보다 젊었을 때에 지지 않게—아니, 젊었을 때보다도 한술 더 떠서 툭하면 입이 부어 가지고 자리에 누웠다가도 일어나 앉아서 남 잠도 못 자게 옆에서 까닭없이 찡얼대고 들볶고 하는, 그 생강짜에는 웬만큼 넌덜머리가 나서 마루 하나 격해서나마 피접避接5)을 나왔던 것이다. 그러나 마누라의 감독이 나날이 더 심해 가고, 그 잔소리에는 세어가는 머리가 빠질 지경이었다.

대문이 찌걱하는 소리에 행여 영감인가 하고 마누라는 눈이 번쩍하였으나, 떨거덕거리며 문을 잠그고 아들이 들어온다.

"아버지 안 들어오셨어?"

아들은 뜰에서 뚱기는 아내의 말에 예사로이 대꾸를 하고 제 방으로 들어가려 한다. 방문턱에 앉았던 모친은 아들이 걱정을 아니하는 말눈치에 또 의심이 버쩍 났다.

"너두 아버지 따라 그년 집에 가서 민어국 얻어먹구 오니?"

하고 모친은 비꼬아보았다. 아무래도 아들놈까지 부친에게 돈 얻어쓰던 맛에 부친의 비밀을 알고도 어미에게까지 속이는 것만 같았다.

"난 몰라요."

아들은 무슨 말인지 모르겠으나 부친이 숨어 다니다가 이제는 터놓고 개성집에게 가서 자는 것이고나 하는 짐작만은 들어갔다. 부친이 개성집을 다시 데려다가 냉동에 새로 배포를 차려놓은 것이 벌써 올봄 일인 것은 누이에게 들어서 아는 일이나, 어머니의 그 성미가 무서워서 남매는 입을 봉하기로 짰던 것이다.

"그만둬라. 돈이 무언지, 돈만 있으면 자식두 매수를 하는가 보더라

---

4) 드레지고 기승스러운.
5) 비접. 병중에 자리를 옮겨 요양함.

마는, 난 돈 없다든? 다시는 내게 돈 달라구 손을 내밀어봐라."

모친은 입을 삐쭉하였다. 사실은 철원집은 철원집대로 집과 땅을 나누어 가지고 있기도 하였지마는, 이십여 년을 이 영감과 사는 동안에 구미구미 모아둔 봉창돈으로 지금 빚놀이에 풀어논 것만 해도 상당한 것이었다.

아들은 껄껄 웃다가,

"그렇지 않아도 한 만 원 내일 쓸데가 있는데, 운동비로 만 원만 내놓으세요. 사람을 내세워서 알아드릴게니요."

하고 제 방으로 들어간다.

"너, 저번 봄에 집 파시구 어디 다시 사신 것 알겠구나?"

"모르죠."

영감이 집 시세가 떨어질 때까지 아직 사지 않겠다는 말을 그럴 듯이 들어오면서도, 새집을 사거나 혹은 세놓아 먹는 집 중에서 한 채가 비어 개성년이나 어떤 년을 들여 앉혔으려니 하는 의심이 늘 떠나지를 않던 터이라, 내일은 그 집들을 모조리 뒤져볼 작정이나, 숨어 살자면 새집을 샀으려니 싶은 것이다.

아들 식구가 제 방으로 들어간 뒤, 마누라는 자기 열쇠꾸러미를 꺼내들고 영감방으로 건너갔다. 지금 들어 있는 이 집문서는 자기가 맡아 있지마는 다른 것은 영감이 손금고에 넣어둔 것을 잘 아는 터이라, 그 것을 맞은쇠질을 해서 꺼내보자는 생각이었다.

그러나 양복장 아랫서랍은 맞은쇠질로 단박에 열고 그 속에 둔 손금고를 꺼냈으나 이것만은 맞는 쇠가 없다. 머리맡의 책상 서랍에 두고 다니는 영감의 열쇠꾸러미를 꺼내자면 책상 서랍 두 개를 얼러서 거멀을 하고 조그만 백통 맹꽁이 자물쇠로 채워놓았으니, 이 맹꽁이 자물쇠가 또한 문제다. 영감이 오늘 나가서 잔 이 중대한 '죄'를 생각하면 책상을 도끼로 쪼개고 열쇠를 꺼내기로 영감이 꼼짝 못하고 큰소리 한마디 못할 것이지마는, 그래도 물건이 아까워서 재봉틀의 나사못 빼는 것을 가져다가 거멀의 나사를 빼기 시작하였다. 나사 두 개를 빼고 우선 오른편 서랍을 열고 보니, 만 원 뭉치가 여남은 꼭꼭 늘어 놓인 앞에 열쇠꾸러미가 들어 있다. 그까짓 돈은 눈도 아니 떠보고 열쇠꾸러미를 집어내면서, 마누라는 무심코 귀를 대문 있는 편으로 기울였다. 설령 영감이 들어와서 들킨대야 무서울 것도 조금도 없지만, 텅 빈 대청에서 깊어가는 밤중에 혼자 이런 일을 꾸물꾸물 하고 있는 것이 무슨 도둑질이나 하는 것 같아서 본능적으로 잠깐 흥측스럽고 무서운 생각도 드는 것이었다.

손금고를 열고 이 봉투 저 봉투를 꺼내보는 중에 집문서가 나왔다. 까막눈의 마님이라도 집문서는 늘 보아서 알았다. 그것은 고사하고 문서가 다섯 장인데, 마누라는 우선 시앗의 머리채나 붙든 듯이 속으로 허 하고 반색을 하는 것이었다. 다섯 채에서 한 채를 팔았으면 넉 장이 있어야 할 터인데 다섯 장이란 말이다. 새집 한 채를 또 사놓고도 속인 것은 뻔한 노릇이다.

"애, 애 어멈아, 좀 올라온."

아랫방에다가 소리를 쳤다. 날짜는 알아볼 수 있어서 겉짐작으로 새집 문서를 골라잡기는 하였으나, 동리 이름을 알 수 없으니 며느리를 불러내는 것이었다. 벗고 누웠던 며느리가 꾸물거리고 나오는 것을 기다리기가 갑갑하였다.

"이것 좀 봐다우. 어디냐?"

"냉동이군요."

며느리는 집문서를 받아들고 속으로는 웃으며 대답을 하였다.

"삼월에 산 거지?"

270

"네."

"그것 봐! 삼월에 사 놓구 그 집값 치르느라구 한 채를 판 것일 텐데, 어저께까지두 집은 안 샀대지 않으시던. 그 헛바닥부터 빼놓을라!"

마누라는 종이쪽지를 다시 받아서,

"냉동 ××번지!"

하고 번지수를 똑똑히 들여다보고는 다시 봉투에 넣으며, 며느리더러는 책상 서랍의 나사못을 다시 박으라고 일을 시킨다.

"그런데 그게 뭐예요?"

며느리는 나사를 박으며 영문을 도무지 모르는 듯이 묻는다.

"어림없는 너 같은 소리두 한다. 어떤 년인지 이번에는 내가 데려다가 실컷 부려두 먹구, 말려 죽이련다!"

마누라의 목소리는 덜덜 떨리었다.

2

자정이 넘어 자리에 누워서, 네 시를 치고 동이 틀 때까지 그 너덧 시간이 왜 그리 지루한지, 하룻밤 새에 철원집은 그 부풀부풀한 얼굴이 다 까칠해지고, 잠을 못 잔 눈은 핏발이 서고 퀭하였다. 세수를 부리나케 하고 옷을 갈아입고 다섯 시가 되기만 기다리고 앉았다가, 땡 소리가 나자 자는 며느리를 깨워놓고 철원집은 팽이같이 나섰다.

여기 연건동에서 냉동까지면 서대문까지 전차를 한 구역은 타야 한다. 게다가 생전 이름도 들어보지 못하던 동리여서 찾기에 거진 두 시간은 걸렸다. 이른 아침이라 이런 골짜기에는 대문 열어논 데도 드물지마는, 행인도 급급히 공장에 나가는 사람 아니면 해장국집이나 가는 사람들뿐이다. 그래도 큰길 가게에서 대중 치고 일러주는 대로 뺑뺑 돌아서 어쩐둥 비슷한 번지를 찾아놓고 더듬으려니까, 문패도 번지도 없는 집 한 채가 나타났다. 아래윗집 번지로 보아 분명 그 집이요, 금방 영감의 기침 소리가 나는 것만 같았다. 그러나 덮어놓고 문을 흔들었다가 개성집 같으면야 모르거니와, 코빼기도 못 보던 젊은 년이 나와서 시침을 뚝 떼고, 그런 이는 모른다고 잡아떼면 남의 집에 들어가서 안방을 뒤져보자나? 조급한 생각을 하면 당장 뛰어 들어가서 자리에 나자빠졌는 영감의 목을 그대로 눌러서 썩썩 비는 꼴을 보고 싶으나, 아무리 부푼 성미의 철원집도 마지막 판에 섣불리 서둘렀다가는 물 위에까지 끌어낸 고기를 낚시째 떠내려 보내는 수도 있으니 싶어 신중을 기하여야 하겠다고, 옆집 문전에 몸을 비켜서서 영감이 나올 때만 기다리기로 하였다. 영감이 나오지 않더라도 옆집에서 누구든 얼굴을 내밀면, 저 집 동정을 물어볼 수도 있으려니 싶어 어쨌든 섰는 것이다. 그러자 마침 뒤에서 대문이 삐걱 열리는 소리가 나며, 젊은 아낙네가 수수비를 들고 나온다.

"아씨, 저 집 성씨가 뭔가요?"

철원집은 반색을 하며 말을 붙였다.

"두 가구가 사는데…… 안집은 김 씨라든가요?"

아낙네는 꾸부리고 비질을 하기 시작한다.

"네, 그 김 씨가 노인네죠?"

"그런가 봐요."

옆집 아낙네는 그제서야 무슨 짐작이 드는 일이 있는지, 비 든 손을 쉬고 철원집의 무엇에 몰려온 것 같은 당황한 나이 먹은 얼굴을 갸웃이 쳐다보는 것이었다.

"주인댁은 노상 젊죠?"

"네, 애어머니는 이제야 첫애로 요전에 돌잡이6)를 했는데요."

철원집은 '첫애'라는 말에 입이 뒤둥그러졌지마는, 요전에 돌을 잡혔다는 말에는 목구멍이 콱 막혀서 꼭 닫힌 문전만 흘겨보다가 비질하는 아낙네는 내던져두고 단걸음에 문전까지 뛰어 들어갔다. 문을 흔들어서 떼미니 찌걱하고 힘없이 열린다. 문이 열려 있는 것을 보고,

'……이놈의 영감, 벌써 집으로 간 게로구나!'

하는 생각이 든다. 막 밝자 뛰어 나선 것은 현장에서 영감을 붙들고 그 자리에서 요정을 짓자는 것이었는데, 집 찾느라고 거레7)를 하는 동안에 놓쳐버린 것이 분하다. 하여간 중문을 들어서 안마당으로 곧 들어서려니까,

"허, 어디를 갔다가 왜 이제야 오는 거요?"

하고 마루에 노란 구두를 신은 채 걸터앉았던 영감이 반가운 손님이나 기다리고 앉았었다는 듯이 껄껄 웃는다.

딴은 육십이나 된 노인이 흰 양복에 파나마8)를 머리에 얹고, 캥캥한 편이나 정력적인 동안童顔에 혈색이 아직도 좋고, 젊어서는 난봉깨나 피웠을 성싶지마는, 세상에 어려운 것을 모르고 한평생을 지냈으니만큼 늙어도 버젓이 주짜를 빼고 남에게 굽히려 들지 않는 고집이 있어 보였다. 그러면서도 또 한편으로 무턱대고 호인인 듯한, 어설프고 뼈진 데가 없이 느슨한 데가 있기도 하였다.

"이 망종아!"

마누라는 하도 어이가 없어서 뜰 한가운데 딱 서서 외마디소리로 '이 망종아!'를 불러놓았으나, 끓어오르는 분기에 말이 탁 막히고 말았다.

---

6) 돌상에 각종 음식과 물건을 차려놓고 돌쟁이에게 마음대로 잡게 하는 일.

7) 까닭 없이 지체하며 매우 느리게 움직임.

8) 파나마풀의 잎을 얇게 쪼개어 만든 여름 모자.

"아, 어제는 철원 최참봉을 만나서 새집 들었으니 집 구경을 가자구 끌기에 잠깐 앉았다 온다는 것이, 술상이 나오구 비가 쏟아지구 하는 바람에 좀 과음을 했거든……."

하며 영감은 축대를 올라오려는 마누라를 가로막듯이 같이 가자고 마주 내려선다.

"응, 다 알았어! 그래 안방의 최참봉 영감을 좀 만나러 왔어."

"글쎄, 내 말 들어봐요. 그래 거기서 쓰러졌다가 막 밝자 집에를 들어갔더니, 마누라가 여기는 왜 찾아 나섰는지 왔다기에 뒤쫓아온 것인데 내가 먼저 왔구먼. 어서 갑시다. 이 집은 내 친구한테 빌려준 거야."

마누라의 팔을 정답게 끼며 끌고 나가려니까 철원집은 뿌리치며,

"응, 알았어! 난 그 '친구'를 만날 일이 있어 왔다니까……."

하고 그 뚱뚱한 몸집이 축대로, 마루로 신발을 신은 채 비호같이 뛰어 올라가더니, 안방 문을 화닥닥 열어젖혔다. 아직 걷지 않은 모기장 속에는 큼직한 요 하나에 베개가 둘이 나란히 놓였고, 옆에는 어린애 요와 홑이불들이 널려 있으나 방 안은 텅 비었다.

"네깐년이 숨었으면 어딜 숨구, 달아났으면 어디루 달아나겠니!"

철원집은 그 자리와 베개에 한 번 더 눈이 뒤집힐 것 같으면서 여전히 신을 신은 채 뛰어 들어가서, 모기장을 휘어 밀고 다락문을 열어보았다. 역시 사람은 눈에 안 띄고 너저분한 앞턱에는 눈에 익은 영감의 손가방이 놓여 있다. 마누라는 가택 수사에 물적 증거를 잡은 듯이 한층 기가 나서, 묵직한 가방을 들고 한 귀퉁이가 떨어진 모기장을 짓밟으며 서창을 밀치고 내다보았으나 역시 계집의 그림자는 간 데 없었다.

"아주 마음 놓고 돈을 한 가방씩 실어다 놓구 쓰는구나!"

하고, 가방을 보면 영감도 더 앙탈은 못하려니 하는 생각으로 들고 나오던 가방을 마루 끝에다가 탕 내어던지며 쭈르르 건넌방으로 내닫

다가 뜰 아래를 힐끔 보니, 거기 섰을 영감조차 없어졌다. 아랫방에서
는 나이 지긋한 여편네가 나와서 화로에 불을 피우는 모양이다.

"응? 이눔의 영감마저 들구 뛰었구나! 어디루 갑디까?"

마누라가 단걸음에 뛰어 내려오며 묻자,

"지금 두 분이 나가시던데요."

하는 아랫방네의 대답도 채 들을 새 없이 문밖으로 달음질쳐 나왔다.

너희들이 갔으면 얼마나 갔으랴 하고 헐레벌떡 큰길까지 나왔으나,
위로 갔는지 아래로 갔는지 이제는 해가 퍼져서 사람이 우글거리니 좀
처럼 찾을 가망도 없을 것 같다. 그러나 하여간 감영 앞 전차 정류장까
지 내려가 보리라 하고 달음질을 치자니까, 아랫골목에서 하얀 양복에
파나마를 쓴 영감의 그림자가 쓱 나타나며 마침 지나는 택시에 손을 들
다가, 마누라가 대엿칸통 위에서 허덕허덕 내려오는 것과 눈이 마주치
자 멀쑥해서 들었던 손을 떨어뜨리며 허허허 웃어버린다. 마누라는 이
때처럼 영감이 때끝까지 밉고도 반가운 때는 없었다.

아이를 업고 뒤를 따라 나오던 개성집은 자리옷을 입은 채니 주제도
꾀죄죄하였지마는, 골목 모퉁이에서 철원집과 얼굴이 딱 마주치니 고
양이 만난 쥐였다. 작년 겨울에 지독한 서리를 맞아본 경험이 있는지
라, 얼굴이 해쓱해지며 입술이 까맣게 탔다.

"이년아, 그래두 혼이 덜난 게로구나? 젊으나 젊은 년이 세상에 서방
이 없어 저런 늙은이한테 또 기어들어?"

거리가 아니면 곧 머리채를 휘두를 형세다. 영감도 단념하고 택시를
보낸 뒤에 마누라를 달래며 골목으로 다시 끌고 들어섰다.

3

"너 밤에는 젊은 서방이 자구 나가면, 낮에는 늙은 서방이 다녀가구 팔자 좋더라. 동넷집에서 들어 내 다 안다."

마당에 들어서기가 무섭게 철원집은 개성집의 머리쪽지부터 휘어잡고 맴을 돈다.

"늙은 서방 등골을 뽑아서 얼른 죽게 해야 집 한 채라두 어서 생기겠다는 거지? 요눔의 새끼 뉘눔의 새끼냐? 그 잘났다, 영감 쏙 빼 썼구먼."

아랫방네가 하도 딱해서 업힌 아이를 풀으라고 하여 아랫방으로 받아 들여가는 것을, 철원집은 앗아서 동댕이라도 치려는 듯이 펄펄 뛰는 것이었다.

"그만 고정하세요. 애어머니두 불쌍해요. 무슨 욕심이 있는 거 아니구, 이 애기 하나 때문에 영감님을 또 모시는 거지…… 애어머니두 마음씨가 무던해요."

아랫방네가 개성집의 역성을 드는 것이었다. 그 말에 꿀 먹은 벙어리처럼 부엌문 밑에 얼굴이 파래서 섰던 개성집은 눈물을 주르륵 흘렸으나, 철원집은 한통속이 되어서 방에다가 감추어두었다가 달아나게 하고, 역성을 들고 하는 것이 밉고 분해서, 개성집과 어떻게 되는 일가붙이나 되느냐, 한통이 되어서 어수룩한 영감을 빨아먹기로만 위주냐고 이번에는 아랫방네와 맞붙어서 또 한바탕 악다구니가 벌어졌다.

영감은 이것을 뜯어말리기에도 진땀을 뺐으나, 언제처럼 세간을 또 들부술까 봐 무서워서, 마누라가 하자는 대로 둘이 같이 나가서 이삿짐꾼을 불러다가 당장에 짐을 내어 실렸다. 그렇게 못 떨어지겠거든 함께 들어가서 살자는 것이다.

'……어림없는 소리!'

영감은 속으로 코웃음을 쳤으나, 마누라 성미를 뻔히 아느니만큼 하루라도 함께 사는 수도 없지마는 그렇다고 들어가자는 것을 못한다고 할 용기도 없고, 또 그랬다가는 개성집이 더 얻어맞고 볶일 것이 애처러워서 허허허 하고 안 나오는 웃음만 웃고 앉았다.

"육십이 되도록 계집의 궁둥이나 줄줄 쫓아다니구, 집 세전이나 쩔쩔 거리구 다니며 받아다가 저년의 아가리로 퍼붓고 앉았다가 죽으려는 거지? 이 딱한 늙은이야, 며칠을 살겠다구 기를 쓰는 거야? 정신을 좀 차려요."

짐을 다 실어놓고 직성이 좀 풀리니까, 철원집은 담배를 피워 물고 마루 끝에 앉아서 영감을 타이르는 것이었다.

"임자는 내 뒤나 밟고 다니면서 시앗샘을 하느라구 이가 다 빠져 오물할미가 되었습더니까? 저 기승이 앞으로 몇 해나 남았을꾸……."

영감의 말에도 한숨이 섞였다.

"내 이[齒] 탓은 왜 해. 내 이하구 살았던감?"

마누라는 근년에 낙치落齒9)가 심하여 전부를 다시 해 박고, 더 젊어진 듯이 혼자 좋아하고 잇속 자랑을 하는 것이었다.

"피차에 다 늙으니 기승 고만 떨구 좋두룩 지내잔 말야."

"누가 할 소린지!"

마누라는 말소리도 한풀 꺾여서 구슬프게 들렸다. '육십'이니 '늙게'니 하는 말이 새삼스럽게 쓸쓸히 들려서 피차에 적막을 똑같이 느끼는 것이었다. 늙은 두 양주의 눈은 무심코 부엌문 앞에 섰는 개성집에게로 갔다. 수심에 싸여 맥을 놓고 섰는 꼴이 가엾다는 생각도 똑같

---

9) 늙어서 이가 빠짐.

이 들었으나, 그 토실토실한 두 볼을 아름답게 보면 부러운 마음도 일반이었다.

연건동 집으로 짐을 날라다 놓고, 건넌방은 개성집에게 내주라는 마누라의 분부대로 영감이 다시 안방으로 이사를 갔다. 영감은 마누라의 쪽 고른 잇속과 유들유들한 얼굴을 자나 깨나 다시 마주 보고 앉았어야 하는 것은 고사하고, 잠시 한때 몸도 마음대로 놀릴 수 없이 마누라의 감시가 어찌나 심한지,

"······이거 감옥살이보다 더 호되구나!"

하고 영감은 울화가 뻗치는 것을 꾹 참고 마누라의 비위 맞추기에 전력을 다하였다. 개성집은 개성집대로 입을 봉하고 몸은 부지런히 놀리니 마누라의 잔소리도 차차 줄어들고 젊은것들의 동정도 샀다. 그러자 냉동 집을 딸에게 주자는 의논이 마누라 입에서 나왔다.

"아무래도 좋지."

어차피 지금 들어 있는 딸의 집도 자기가 사준 것이니, 칸살10)이 크고 얌전히 손질을 하여 좋은 애첩의 집을 바꾸어주기는 아까운 생각도 드니 마누라의 뜻을 거슬린다는 것은 차제에 금물이었다.

개성집이 이리로 옮아온 지 한 열흘 지나서, 딸은 동대문 밖 경마장 앞에서 서대문 밖으로 이사를 갔다. 이날 마누라는 영감이 점심 후에 시장에나 가서 한 바퀴 돌고 들어오겠다고 나간 틈을 타서 며느리에게 개성집 단속을 단단히 일러놓고 딸의 집 드는 것을 보러 시급히 냉동으로 갔다. 영감은 영감대로 시장을 돌면서 굴비니, 암치니, 고기니 늘 하는 버릇으로 반찬거리를 한 묶음 사 들고 들어왔다. 들어와 보니 마누라가 없다. 금시로 집안이 환하고 기죽을 펼 것 같고, 건넌방을 마음 놓

---

10) 일정한 간격으로 어떤 건물이나 물건에 사이를 갈라서 나누는 살.

278

고 들여다보는 것만 해도 사람이 살 것 같다.

"어떻게 해요? 난 개성으로 갈 테에요."

개성집은 자는 아이 앞에 앉아서 푸새[11]를 만지다가, 애원하듯이 쳐다보며 생글 웃어 보인다. 이 집에 온 뒤로 처음 말을 붙여보는 것이요, 몇 해 만에 보는 듯싶은 귀여운 웃음이었다.

"응, 가만 있어. 갈 데가 있으니 옷을 넌지시 갈아입구 있어."

영감은 이 한마디만 남겨놓고 풍우같이 나가더니 조금 있다가 들어와서 다짜고짜 아랫방에 대고,

"애, 아랫방 아가, 건넌방 애에미는 세 시 차루 개성으로 내려 보내련다. 너 어머니가 있으면 또 이러니저러니 말썽스러우니까 없는 틈에 보내버릴 작정이다."

며느리는 시어머니의 당부도 있어서 무슨 야단을 만날는지 겁도 나지마는, 시아버지가 하는 일을—더구나 자기 첩을 보낸다는 것을 가로막고 나설 만한 일은 못 되었다. 이불 보퉁이와 옷 보퉁이를 거들어 급히 뭉뚱그리다가 밖에 기다리고 있는 택시에 실려 세 식구를 훌쩍 떠나보냈다. 그동안이라도 마누라가 달려들까 봐서 겁을 벌벌 내던 영감은 차가 움직이기를 시작하니 웃음이 저절로 떠올랐다. 벌써 열흘을 두고 궁리궁리하여 놓은 계획이 이렇게 손쉽게 단행된 것만 다행하였다.

비가 축축이 오는 날이었다. 벌써 옥양목 적삼을 입을 때니 늦장마 끝의 가을비였다. 철원집은 우산을 받고 경마장 앞 예전에 딸이 살던 집을 찾아와서, 안으로 걸려 있는 앞대문을 삐걱삐걱 흔들어보고는 문틈으로 마당을 들여다보았다. 쓸쓸하니 물에 젖은 검부러기가 뒤널린 마당에는 빗방울만 처량히 듣고, 인기척 하나 있을 리 없었다. 철원 마

---

11) 옷 따위에 풀을 먹이는 일.

누라도 쓸쓸한 생각이 들었다. 그래도 뒤로 돌아서 부엌 뒤에 난 판장문이 그대로 잠겨 있나 돌아보러 왔다. 역시 떠나던 날 딸이 잠가두었다는 맹꽁이 자물쇠가 그대로 댕그렁하니 매달려 있었다. 이 집이—그년의 자식이 왜 그리 주줄이 많이 달렸는지, 올망졸망한 사오 남매가 온종일 드나들며 떠들썩하게 살던 딸의 집이었거니 하는 생각을 하면 철원 마누라는 마음이 더 쓸쓸하고 우산 위에 듣는 빗소리조차 조용한 골짜기에 유난히 구슬피 들렸다.

철원 마누라는 또 공연히 헛애만 썼고나 하는 생각을 하며 터벅터벅 돌쳐섰다.

영감이 개성집을 보낸다고 나간 뒤에 벌써 사흘이 되어도 집에는 얼씬을 아니하니, 애꿎은 며느리 탓만 하고 집 속에서 법석을 해보았어야 숨어버린 영감이 나올 리가 없었다. 생각다 못하여 어제오늘 이렇게 나서서, 이번에야말로 다섯 채의 집을 모조리 뒤지고 다니는 판이었다. 개성으로 보낸다는 말이 빨간 거짓말인 것이야 처음부터 안 일이지마는, 그래도 설마 늙은이가 계집을 꿰어 차고 도망질이야 할까 싶었던 것이다. 또 도망을 쳤기로 무어 지질한 본가라고 개성까지 쫓아갔을 리는 없고, 시내에서 여관 같은 데 하루 이틀 숨어 있었기로 요새 같은 비싼 여관비를 물고 있을 그런 영감도 아니었고 보니, 또 어느 집으로나 한 채 치우고 들었을 것이라고 찾아 나선 것이었다. 그러나 네 채는 다 소리 없이 들어 있었다. 그러면 빈 집이니 당장 발각은 나더라도 딸이 살던 이 집에나 와 있을까 하고 마지막으로 비를 맞아가며 나와 본 것이었다.

"갔어요? 갔어요?"

다락문을 방긋이 열어놓고, 간이 콩알만해져서 어린것에게 젖을 물리고 앉았던 개성집이 소리를 죽여 묻는다. 앞문이 삐걱삐걱하는 소리에 다락으로 기어오르고, 영감도 따라 올라가 숨으려다가 앞뒤로 망을 보며 뒷문 곁으로 난 안방 들창 밑에 매달려 숨을 죽이고 유리 구멍으로 마누라의 차차 멀어져 가는 쓸쓸한 풀없는 뒷모양을 바라보며 섰는 것이었다. 마누라의 진흙이 튄 발꿈치가 허리께로, 허리께가 검정 우산 밑으로 가리우며 멀어가더니, 마지막 우산 꼭지가 보이고는 그나마 사라지고 말자, 호젓한 골짜기에는 인기척 하나 없이 가랑비만 살살살 내려앉는다.

영감은 마누라의 뒷모양이 눈에 안 띄게 된 것이, 조바심을 하던 마음은 후련하게 놓이면서도 어쩐지 커다란 적막이 가슴 속에 꽉 내려앉는 듯 뒤도 아니 돌아다보고 어느 때까지 길 건넛집, 비에 젖은 지붕만 멀거니 바라보고 섰다.

먹을 것이 없었더라면 그래서나 저럴 것이요, 젊었을 때 같으면 젊어서나 그렇다 할 것이지, 얼마 안 남은 평생에 쓰고도 남을 만큼 너끈히 미리 나누어주었겠다, 제나 내나 늙어가는 판인데…… 이런 생각을 하면 밉살맞다가도 욕심에 끌려서 그러는 것이 아니니만큼, 개성집보다도 정말로 자기를 생각하고 위하여 주는 사람은 철원 마누라거니 하는 생각이 들어서, 비를 맞아가며 쩔쩔거리고 찾으러 다니는 것이 가엾기도 하였다.

'……그러나 내가 아주 반편이로 드러누웠던들 어쨌을꾸?…… 제가 아직 젊어서 다른 데 눈을 뜰 수 있었어두 나를 놓칠세라구 기가 나서 쫓아다녔을까?

영감의 머리에는 자기가 철원집의 셋째 남편이었다는 고랫적 생각이 또 떠올랐다.

그러나 삼십도 못 된 개성집이나 꼼질거리는 재롱거리를 옆에 두고도 가다가다 적막하고 쓸쓸한 자기 심경을 생각하면 철원 마누라에게 동정이 아니 가는 것도 아니었다.

"아, 그러나 비는 오지만 무얼 좀 먹으러 나가야지. 이젠 됐어. 또 올 리도 없구."

영감은 들창 앞에서 떨어져 나오며, 다락에서 나오는 젊은 첩에게서 아들을 받아 손자새끼 같은 것을 서투른 입내로 쩟쩟 어른다. 세 식구는 점심 겸 늦은 아침을 먹으러 비를 맞아가며, 안으로 빗장을 지른 앞 대문을 열고 나와서 또 쇠를 채웠다. 여관에서 물, 밥 사 먹고 있을 수도 없어 집을 팔려고 미리 딸에게 일러둔 대로 열쇠는 복덕방 가게에 맡겨두었기에, 그것을 찾아다가 열고 우선 여기에 숨어 있기로 짐을 옮겨오고 뒷문에는 다시 자물쇠를 제대로 잠가놓은 것이다. 그래서 이 속에서 벌써 이틀이나, 세 번째 꾸미는 이 늙은이의 가련한 '사랑의 보금 자리'를 빈집에 들어가 자는 거렁뱅이처럼 드새고 있었던 것이다. 영감은 비를 맞으면서도 위에 입었던 레인코트를 홀렁 벗어서 어미 등에 웅크리고 업힌 어린것에게 이미 얼러 들씌워주고는, 또 자기의 가슴께를 만져보았다. 양복 주머니에 넣어둔 집문서 다섯 장이 그대로 있나, 비에 젖지나 않는가 하고 애가 쓰이는 것이었다.

금반지

금반지

1

그가 오후 열 시가 넘은 뒤에 C병원 환자실로 통한 동편 복도를 지나 동東 5호로 돌쳐서려니까 뒤에서 누구가—누구라는 것보다는 간호부 견습생 E자가 "O씨!" 하고 겨우 들릴까 말까 한 떠는 목소리로 불러놓고, 팔싹팔싹 가벼운 왜짚신 소리를 내며 쫓아온다. 그는 귀에 익은 목소리에 벌써 알아차렸다는 듯이 다시 돌쳐서서 나란히 같이 서게 될 때까지 웃으며 기다리고 섰다.

십촉 전등을 드문드문 높다랗게 매단 흐릿하고 둔한 불빛은 잿빛 면회面灰[1]를 한 한편 벽과 감장칠을 한 듯한 저편 유리창에 반사가 되어서 한층 더 우중충한 광선이 잔잔히 흐르고 사방은 가냘픈 신음 소리 위에 괴괴하다. 모든 것이 음침하고 졸음이 오는 눈같이 피로할 대로 피로한 것 같다.

"오늘은 왜 이렇게 늦으셨어요?"

그 계집애는 남자의 몸에 실리려는 듯이 바짝 다붙어서 그를 웃으며

---

1) 담이나 벽의 겉에 회를 바름.

치어다보았다.

"오늘은 좀 바쁜 일이 있었어요. 한데 쟤는 어때요?"

남자도 웃음을 띤 눈으로, 파란 테를 두른 간호부 모帽를 뒤통수에 얹은 여자의 머리와 얼굴을 쓰다듬으면서 수군수군하였다.

"그저 그 모양이지요."

하며 여자는 고개를 떨어뜨린다. 백설 같은 간호복을 입은 여자의 어깨에는 눈에 뜨일 만한 잔 파동이 점점 기어오른다. 이 여자는 지금 우는 것일까?

그는 잠자코 잠깐 섰다가 여자의 왼손을 슬며시 쥐었다. 빤질빤질하게 닳은 여자의 손끝은 바르르 떨리고, 남자의 가슴에 파묻듯이 구부린 얼굴에는 분홍빛 핏발이 살짝 기어 올라왔다. 남자의 왼팔이 여자의 분때가 있을 듯 말 듯한 상큼한 목덜미를 사뿟이 간질일 때에 두세 치밖에 떨어지지 않았던 두 사람의 거리는 일분의 틈도 남기지 않았다. 저편 문밖에서 흘러오는 엔진의 덜거덕거리는 소리는 여전히 들린다. 그러나 이 두 사람에게는 쌔근거리는 숨소리가 귀를 에워쌀 뿐이다. 머리 위에 외로이 매달린 흐릿한 전등은 놀란 듯 비웃는 듯이 내려다보고 있다.

2

그는 이 년 전에 어느 날 밤엔지 경험한 이 광경이 머리에 떠오를 때마다 은행 잎사귀 모양을 플래티나(白金)로 봉 박은 금반지가 눈앞에 알찐알찐한다. 그럴 때마다 그는 눈살을 찌푸린다. 그러나 그와 동시에 그의 입가에는 자기만이 이해할 수 있는 기쁨을 느끼는 사람에게서 흔

히 보는 아름답고 생기 있는 미소가 떠돌았다. 그리고 그 다음에는 반드시,

'무얼, 오히려 잘된 셈이지. 그편이 제게 대해서는 사실 행복일 테니까!'

하는 생각을 하고서 스스로 위로하는 모양이나, 그래도 서운한 듯하여 풀 없이 고개를 내려뜨리고 멀거니 앉았고는 한다.

3

그가 스물세 살 되던 해 봄이었다. 일본 S고등상업학교를 졸업하고 사령(辭令2)만 나오면 곧 K은행에 취직할 작정으로 급히 귀국을 하여 보니까, 아직 돌도 못된 누이동생을 늑막염으로 C병원에 입원을 시켜놓고 대수술을 한 뒤이었다. 사내 동생은 둘이나 있건만 계집애 동생이 없어서 내심으로 바라던 차에 누이가 생겼다는 말을 외국에 앉아서 들을 때부터 축전을 놓는다, 모자를 사 보낸다 하며 기뻐하였고, 나올 때에는 계집애 양복하고 빨간 우산까지 사가지고 나온 터에, 병세가 의외에 위중한 것을 보고는 놀라지 않을 수 없었다.

처음 와서 보던 날, 간호부장이 조수를 데리고 와서 붕대를 갈아 맬제, 그는 갈빗대만 남은 어린아이의 가슴을 보고 깜짝 놀라며,

"그래 이렇게 되도록 무엇들을 하느라구 그대루 내버려두었더람!"

하고 자기 모친을 칭원이나 하듯이 짜증을 내니까, 간호부 조수는,

"그래두 처음 수술을 하였을 때보다는 퍽 나은 모양이랍니다."

---

2) 임명, 해임 따위의 인사에 관한 명령.

하고 감던 붕대를 매고 나서 그를 치어다보았다. 그때에 그는 일본 사람으로만 알았던 여자가 조선말을 하는 것을 보고 다시 한 번 유심히 치어다보았다.

호리호리한 키에 날씬한 허리를 꼭 잘라매고, 상큼한 모가지 그 위에 간들거리며 갸름하게 자리를 잡은 얼굴은, 첫눈에 많이 보던 사람 같은 친숙하고 상냥한 표정을 띠고 있다. 아래윗니가 앞으로 좀 삐듯하고 그 위를 얇은 듯한 두 입술로 덮어서 꼭 다문 것도 귀엽지만, 상큼하게 올라간 콧나루 그 위에 화순和順히 좌우로 갈라 앉은, 그러나 한 초 동안도 쉴 새 없이 대록대록하는 두 눈, 넓도 좁도 않은 이마…… 이러한 것이 모두 균제均齊3)의 미를 가졌을 뿐 아니라, 얇고 보드라운 살갗은 그의 성정性情을 말하는 것 같았다. 다만 혈색이 좋지 못한 것을 보면, 간호부 기숙사 생활에 찌든 것을 알 수 있다.

"아가, 이따 오마!"

눈을 말똥말똥 뜨고 가만히 누웠는 아기의 곁뺨을 손등으로 문지르고 상긋 웃으며 저편에 앉은 그는 거들떠보지도 않고 팔딱팔딱 간호부장의 뒤를 따라가는 뒷모양을 한참 바라보던 남자는, 어린아이에게로 눈을 옮기어 들여다보면서도 머리로는 지금 그 여자의 태도와 목소리를 생각하여 보았다.

"그 간호부가 조선 사람이로군요."

한참 있다가 그가 모친더러 이상하다는 듯이 물으니까 모친은 웃으며,

"그럼 일본 사람으로 알았던? 어떻게 사람이 안상安詳4)하고 잽싼지, 애를 부덩부덩 써가며 제 일같이 친절하게 해준단다. 나이 보아서는 참 숙성하지!"

---

3) 고르고 가지런함.
4) 성질이 찬찬하고 자상함.

하며 칭찬이 늘어졌다.

"몇 살인데요?"

"열일곱이라든가?"

"공부나 시켰더면. 간호부는 좀 아까운데……."

모자는 이러한 소리를 하면서도, 아들은 자기 모친이 칭찬하는 것이 기쁘기도 하고 한편으로는 무슨 의미가 있는 듯이 들었다.

그후부터는 날마다 만나게 되었다. 아직 학생이기 때문에 좀처럼 하여서는 숙직을 할 때가 없지만, 그래도 간호부가 째이는 때에는 밤까지 일을 보고 숙직실에서 자는 때도 있었다. 그리고 병실에서는 그가 돌아온 뒤부터 고모가 쉬러 가고 모자가 번갈아서 밤을 새게 되었기 때문에, 그 간호부가 숙직을 하는 날은 그의 독서 시간을 그 여자가 차지하게 되었다. 그러나 그는 물론 환영하였다. 친숙하여 감에 따라서 밤을 같이 새게 되는 날 같은 때에는,

"이야기 하나 해주세요, 해주세요."

하며 조르는 대로 그는 서양 소설책을 가지고 앉아서 요점을 찾아가며 선생이 가르치듯이 자상하게 들려줄 때도 있었다. 그러나 그가 간병을 하러 다니게 된 뒤부터 이 계집애에게 유표有表[5]히 달라진 것은 몸맵시다.

언젠가 하루는 새 옥양목 왜버선을 조그마한 발에 꼭 맞게 팽팽히 신고 빨간 끈을 단 얌전한 왜짚신을 잘잘 끌면서 병실로 돌아다니는 것을 보고 그는 속으로 기쁘기도 하고 천하게도 생각하였다. 그러나 그날 밤에 마침 그의 모친이 어린아이를 끼고 누워서 잠이 들었을 때 E자는 아까 보던 그 버선과 그 신을 신고, 세수를 다시 하였는지 보얗게 분기가

---

5) 여럿 중에 특히 두드러짐. 얼른 눈에 뜨임.

끼어 보이는 얼굴에는 진정으로 반기는 기색을 보이며 살금살금 들어와서 자는 아기를 잠깐 들여다본 뒤에 저편 구석에 신문을 펴 들고 앉았는 그의 앞으로 오더니,

"심심하시지요?"

하고 은근히 인사를 하였다.

"아뇨. 거기 좀 앉으시구려!"

하고 그는 옆에 놓인 교의를 가리키면서,

"때때신 신으셨구려!"

하고 여자의 발을 내려다보았다. 그는 이 여자를 다만 예쁘장스러운 어린 동생이나, 자기와는 격수格手가 되지 않는 손아랫사람으로 생각하기 때문에, 이때까지 이러한 실없는 소리를 틈틈이 한 일이 있었다. 그러나 이번에는 여자가 매우 무안한 듯이 얼굴이 발개지며 발을 움츠러뜨리고 교의에 주저앉는다. 그는 좀 심하게 말을 하였구나 하는 후회를 하면서도,

"나 좀 신어봅시다. 난 일본에 십여 년을 있었어야 그런 신은 구경은 했어도 내 발에 끼어보지를 못한 게 철천지 한이에요."

하며 부덕부덕 졸라보았다. 그러나 여자는 그럴수록 한층 더 얼굴이 발개지며 발을 오므라뜨리다 못하여 나중에는 벌떡 일어났다. 여자가 일어나는 것을 본 그는 웃으며 별안간 여자의 손목을 꼭 쥐고 따라 일어나서 한편 슬리퍼를 벗고 여자의 발등을 사뿟이 누르며,

"좀 신어봐요!"

하고 추근추근 시달렸다. 여자는 치마 앞을 휩싸안고 전반신을 구부린 채 캑캑하며 한 손 한 발을 빼지 못하여 애를 쓰는 모양이나, 공연히 몸을 비비 꼴 뿐이다. 그 사품에 뒤통수에 얹혔던 흰 모자가 홀떡 벗겨지며 떨어졌다. 남자는 잠자코 얼른 집으면서 손을 놓고 자리에

앉았다.

"이리 주세요, 네? 어서 가봐야 해요."

E자는 한 걸음 다가서며 어리광 비슷하게 손을 내밀었다. 남자는 소리를 죽여서 웃기만 하고 앉았다가 모자를 씌워주려는 듯이 두 손으로 가장자리를 벌려 들고서, 이리 오라고 고갯짓을 하였다.

"내 쓰게 이리 주세요."

E자는—뒤를 돌아다보며 또 한마디 곱게 하였다. 그러나 남자는 웃고만 앉았다. E자는 하는 수 없이 또 한 걸음 다가서며 남자에게 몸을 비스듬히 가볍게 실렸다. 그는 그제서야 여자의 머리를 왼팔로 얼싸안으며 모자를 씌워주고 머리를 한참 매만져주었다. 두 사람은 잠자코 한참 동안 그렇게 하고 있었다. 그의 모친이 부스스 일어날 때까지.

그날 밤에 그는 자기 모친에게 몇 마디 사살6)을 들었다. 간호부 또래 같은 여자에게 실례하지 말라는 꾸지람이다. 이 말을 들은 그는 처음 오던 날 칭찬하던 것이 마치 계집 하인에게 대한 것과 다름없다는 것을 깨닫고 불쾌히 생각하였다.

그런 지 이틀 만에 비로소 조용히 만난 것이—그가 지금도 아름다운 꿈같이 때때로 혼자 생각하여 보고는 혼자 웃고 혼자 역정을 내는 일이지만—그날 밤중에 복도 한구석에서 E자가 뒤쫓아오며 불러가지고 속살거린 때이다.

이러한 일이 몇 번 있은 뒤에는 자연히 앓아누웠는 어린 누이보다는 E자를 생각할 때가 많아져 가고, 병구완을 어떻게 하겠느냐는 걱정보다는 어떻게 틈을 타면 한번 E자를 데리고 나가서 산보도 하고 자유롭게 이야기라도 할 수 있을까? 하는 욕구가 점점 간절하여졌다. 그러나

---

6) 잔소리로 늘어놓는 말.

아직 학생인 그에게 더구나 이목이 번다한데 그러한 청을 하는 것은 무리할 뿐 아니라, 어린아이는 나날이 달라가서 집안 식구가 총출동을 하여 연락부절連絡不絶[7]한 터에, 그러한 한가로운 짓을 하였다가는 야단도 야단이려니와 틈을 탈 수가 없었다.

사실 그런 일이 있은 후에 언젠지 한번 늦게 갔다가 그의 모친에게,

"너는 병인을 위해서 와 있니, 심심파적으로 와 있니?"

하며 핀잔을 맞은 뒤부터는 처음 같지 못한 열심이라도 한층 더 집안 식구들에게 보이지 않을 수 없었다.

이 모양으로 그가 돌아온 지 거진 한 달짝이나 된 뒤에, 그는 취직을 하자 며칠 안 되어서 밖에 있는 여러 친구와 같은 은행원 몇 사람이 축하 겸 환영회를 발기하여 어느 일요일 오후에 한강에서 선유船遊[8]를 하게 되었다. 그날 오정 때쯤 그가 한강으로 나가는 길에 병원에 들르니까 모친은,

"그저 그만한 모양이지만 누가 아니? 그러나 술은 조금 먹고 일찍이 들어오너라! 이리 바로 오겠지?"

하며 강에 나간다는 말에 마음이 아니 놓인다는 듯이 아들을 치어다보았다.

"그러지요!"

아들은 환자를 잠깐 들여다보고 이렇게 대답을 하며 무심코 옆에 있는 E자를 치어다보니까, 그 계집아이도 자기를 보아주기를 기다렸다는 듯이 방긋 웃어 보이었다. 그러나 그의 머리에는 한강 부두에 꾸며놓은 선유배—그 속에 그득 실린 보지도 못한 고운 아씨네—연소한 자기의 성공과 장래의 발전을 축복하는 마음으로 기다리는 여러 친구와 수십

---

7) 왕래가 잦아 끊이지 않음.
8) 뱃놀이.

의 축배가 한꺼번에 우글우글하기 때문에 E자의 얼굴이 이쁜지 어떤지 다시 생각해 볼 여유가 없었다.

그날 그는 새로 한 시가 넘은 뒤에 인력거에 실리어서 가까스로 자기 집에 들어왔다. 그러나 취중에도 자기 어머니가 안방에서 나와 맞는 것을 보고 깜짝 놀라서 마당 한가운데에 딱 서며,

"앗, 어, 어머니 이게 웬일이세요? 아, 아, 이거 웬일이에요? 네? 네?"

하고 비틀거리며 마루를 치어다보았다.

"무에 뭐란 말이냐? 어서 네 방으로 가서 자거라."

하며 모친이 마루 끝에 앉으려니까 아들은 축대 위로 엉금엉금 기어오르면서 여전히 혀 꼬부라진 소리로,

"그예 죽었…… 아, 참 정말 죽었습니까?"

"내일 다아 들으려무나! 어서 가서 자거라."

하는 모친의 눈에 눈물이 괴는 것을 보고 그는,

"아, 그예 죽었습니다그려. 꿈 같은 일이로군."

하며 께께 울었다.

그 이튿날 그가 술이 깨어서 맑은 정신에 들으니까, 자기가 다녀간 지 두 시간쯤 지나서 절명이 되자 부랴부랴 치워버렸다 한다.

"웬일인지 숨이 진 뒤에도 얼마 동안이나 눈을 뜨고 있더라. 볼 사람을 못 보면 그렇다더니 너를 못 보아서 그랬는지……"

하며 모친이 새로운 눈물을 저고리 고름으로 씻는 것을 보고는 그도 창연한 빛을 띠었으나 어제 취해서 울던 눈물은 간 곳 없다. 다만 아까운 듯도 하고 매일 공과가 하나 줄어서 서운한 것 같기도 할 따름이었다. 그러나 뒤미처서 머리에 떠오르는 것은 E자가 어떻게 되었나 하는 생각이었다.

그날 은행에서 파사罷仕[9]하는 길로 우선 간호부들에게 치사를 하느라고 선물을 한 보자褓子나 사가지고 C병원으로 부리나케 찾아갔다. 휑뎅그렁한 복도에는 다 넘어간 석양의 여광이 엷게 비치고 어쩐지 한층더 처량한 것 같았었다. 우선 동東 5호의 간호부실을 기웃해 본즉 아무도 없다. 죽은 누이가 누웠던 병실을 들여다보니 우중충한 속에 침대한 채만 벌거벗은 듯이 가만히 누워 있다. 다시 나와서 복도를 왔다 갔다 하려니까 낯익은 일본 간호부 하나를 만났다.

"부장婦長상은?"

하며 물은즉,

"지금 저기 계세요. 여쭈어 오죠."

하고 달아난다.

그러나,

'E자 씨는?'

하고 물을 용기는 없었다. 뒤미처 부장이 와서 인사를 주고받은 뒤에, 가지고 간 물품을 내논 뒤에도 한참 망설이다가, 죽을 힘을 들여서 어머니께서 특히 몇몇 사람에게 인사를 전하여 달란다고 늘어놓고 나서,

"E자상은?"

하며 물으니까 벌써 기숙사에 들어갔다 한다.

전등불이 뿌옇게 막 들어온 긴 복도를 나오면서, 그는 아까 아침에 모친이,

'너를 보려고 절명한 뒤에도 눈을 뜨고 있었나 보더라.'

하던 말을 생각하여 보았다.

---

9) 그날의 일을 끝냄.

'보이려는 사람에게는 감은 눈도 떼주고 안 보이려는 사람에게는 뜬 눈도 가리우려는 운명이 아닌가?'

이렇게 생각하면서 그가 두세 번이나 붉은 벽돌집을 돌려다 볼 제, 땅거미는 벌써 발미를 감추었다. 전찻길로 나와서 닫은 대문의 철창 틈으로 인생의 육체의 고뇌를 고〔煎〕는 큰 도가니 같은 삼 층 벽돌 양실을 쳐다볼 제는, 영원한 신음과 고뇌의 상이 흘립屹立[10]한 것같이 박모薄暮[11]에 가리웠다. 그 속에는 E자도 안기어 있으리라고 다시금 생각하고 그는 진정으로 축복하고 싶었다. 어제 한강에 가는 길에 들렀을 제 왜 좀더 다정하게 수작을 아니하였던고 후회도 났다.

4

그가 본점에서 반년쯤 근무하고 D시 지점으로 영전을 하였다가 다시 본점으로 오던 그해 가을이었다.

아직 출근을 아니하고 며칠 쉬는 동안에 하루는 모친이 아침을 자시다가 안방에서 상을 받은 그를 돌려다 보고,

"애, 내 눈이 늘 성치 않은데 어디 가서 의사를 좀 보이면 어떻겠니?"

하는 말에,

"그거 뭐 어렵습니까. 오늘이라도 가보시지요."

하고 조반 후에 모친을 모시고 나섰다.

"C병원으로 가잔 말이냐? 거긴 말구 없겠니?"

모친은 작년 봄에 딸을 없애던 것을 생각하고 실쭉해하였으나, 다른

---

10) 산이 깎아지른 듯이 우뚝 솟아 있음.
11) 땅거미.

데보다는 역시 아는 사람도 있겠고 늘 다녀 버릇하던 데니까 나오리라고 그리로 향하였다. 그러나 그의 내심으로는 일 년 반이나 못 만난 E자나 혹 만날까 하는 호기심에 더 끌리기 때문이었다.

여전히 사람이 붐비고 여전히 우중충한 좁은 복도를 거치어서 제일 막다른 안과실로 휘더듬어 들어가려니까, 모퉁이에서 젊은 간호부 하나가 홱 돌려 나오면서 딱 마주치자,

"에구머니!"

하며 우뚝 선다. 한눈을 팔며 앞서 가던 그가 깜짝 돌려다 볼 때는 벌써 그의 모친하고 인사를 하고 있다.

"참 오래간만이구려. 그래 몸 성히 잘 있었소?"

"네! 댁내 다아 안녕하세요. 그후에는 어쩌면 그렇게두 한 번두 뵐 수가 없어요?"

하며 그 간호부는 자기 옆에 그가 섰는 것을 알면서도 고개를 돌릴 듯하며 잠깐 말을 끊었다.

"안녕하십니까?"

그는 말이 끝난 틈을 타서 비로소 모자를 벗으며 공손히 인사를 하였다.

"네! 참 오래간만이올시다."

하며 여자는 해죽 웃어 보이었다.

그는 첫눈에 벌써 아깝다는 생각부터 났다. 키는 더 클래야 더 클 수도 없겠지만 포동포동한 두 뺨이며 윤광潤光이 도는 눈찌라든지 도담스러운 어깨통, 눈에 띄게 불룩한 가슴께가 어디로 보든지 작년 봄에 본 E자라고는 할 수 없다. 일 년 반쯤 되는 동안에 이렇게도 피었나 하고 놀라지 않을 수 없었다. 이때까지 그대로 내버려둔 것이 아깝다고 생각하였다. 그러나 수작 붙이는 것이라든지 침착한 태도가, 그전 같은

앳된 티가 너무 없어 보이었다. 인제는 남자를 정말 남자로 정시할 만한 무슨 힘이 있는 것 같았다. 어쩌면 모성으로서의 경험까지 있는지도 모르겠다고 그는 생각하였다. 그러나 그렇게 생각할수록 까닭 없는 엷은 질투까지 생기었다.

"그전보다 퍽 나아졌는걸. 인젠 아주 노처녀 꼴이 배겼는데!"

그의 모친도 총총히 저편으로 달아나는 E자의 뒤를 돌아다 보며 이러한 소리를 하였다. E자가 볼일을 보고 안과실로 들어갈 때에는 그의 모자를 치어다보지는 않고 고개만 까딱하고 지나갔다.

차례가 돌아와서 "O상" 하고 부르는 대로 그가 모친과 같이 진찰실로 따라 들어가니까, E자는 간신히 그를 거들떠보고 콧잔등이나 간지러운 사람처럼 방긋이 열린 입가에 어린 보일 듯 말 듯한 미소를 감추고 일하는 듯싶게 잽싸게 돌아다니며 의사의 시중을 들고 있다. 그러나 그가 통역을 하려고 교의에 앉은 모친의 옆으로 다가서려니까, 곁에 섰던 조선 의사가 E자의 얼굴을 말끄러미 바라보던 눈을 그에게로 옮기며,

"노형은 나가두 예서 다아 할 테예요."

하고 그를 내쫓았다.

"시키지 않은 말썽두 퍽 부리는 자제로군!"

하며 그는 하는 수 없이 나와버렸다.

진찰이 끝난 뒤에 E자는 그의 모친을 따라 나오며,

"한 달은 걸리시겠다지요? 날마다 오시겠어요?"

하고 인사를 하니까 그의 모친이,

"글쎄 봐야 알겠소."

하며 어림뻥뻥한 대답을 하는 뒤를 이어 그는,

"암, 오시지요. 내일 또 뵙겠습니다."

고 인사를 깍듯이 하고 헤어졌다.

"애, 내일부터는 어디든지 가까운 데루 가자. 너두 며칠 있으면 사진 仕進[12] 하지 않니? 나 혼자는 다니기도 싫구, 누가 저물도록 전차를 바꿔 타가며 날마다 다니겠니."

전차 속에서 그의 모친은 이런 소리를 하였다.

"다른 데 가면 비싸지 않아요? 행기 삼아서 어멈이나 데리고 다니십쇼그려. 노는 동안만은 저하구 다니시구……."

그는 이렇게 대답하였으나 이러쿵저러쿵하면 귀찮지 않느냐고 모친은 반대하였다. 그중에는 늘 통혼이 어근버근하고 잘 들어서지를 않는 이때에 E자와 자주 만나게 하는 것은 위험하다는 속다짐도 없지 않은 것을 그는 눈치 채었다. 그 이튿날은 그가 병원에 가자고 하고 싶었으나, 모친이 혹 의심이나 내지 않을까 하고 잠자코 있어 보았다. 오정 때쯤 되어서,

"애, 아니 가랸?"

하고 모친이 소리를 친 다음에야,

"어디로 가실 테예요?"

하고 물으니까,

"어디든지 가깝고 좋은 데만 가자꾸나."

하는 바람에 하는 수 없이 그의 집 근처의 민간 의사에게로 갔다.

5

일 년 반이나 아니 만날 동안에는 친구끼리 실없는 이야기 끝에 자랑

---

12) 규정된 시간에 출근함.

삼아서 E자의 인물을 그려보고 떠든 일은 있으나, 그것도 그때나 그후 며칠 동안 공상으로 간혹 머리에 떠오를 뿐이요, 탐탁하게 생각하여 본 일도 없었다. 사실 귀국한 당시에는 지각이 난 뒤에 조선 여성으로 만난 것이 E자가 처음이니까 얼만큼은 마음이 끌리었었다. 그러나 E자의 지식이라든지 취미가 자기와는 거리가 멀고, 아직 나이 어린 데다가 계모 시하에서 자라나느라고 고생살이에 찌든 사람처럼 환히 트이지가 못하고, 어디라고는 말할 수는 없으나 좀 궁기가 끼어 보이는 듯싶은 것이 마음에 실쭉하였었다. 그보다 더 나은 여성이 지금 어디서 기다리고 있을지도 모를 것이다. 그렇게 급히 서두르지 않아도 좋을 것이라고, 상업학교 출신이니만치 주판질도 아니한 게 아니었다. 그러나 우연한 기회로 뜻밖에 한번 만나본 뒤로는 새삼스럽게 작년 봄 일이 그립고, 어떻게 해서든지 조용히 다시 만나서 옛 정서를 추억게 하고 새로운 정열을 돋워보고 싶었다.

일 년 반이라는 세월이 오고 가는 동안에 간혹 기생이라는 여성과도 접촉하여 보고 소위 여학생이라는 것과도 추축追逐[13]하여 보았지만, 결국에는 그게 그것이요, 그리 남다른 여성이란 것을 본 게 없다. 부모는 보기가 무섭게 혼인, 혼인 하지만 그다지 떠드는 폭에 비해서 과연 얼만한 것이 걸려들는지 의문이다 하고 보면, 역시 마음에 들고 다소간이라도 서로 보고 아는 사람이 나을 것이다. 되기만 하면 승낙이야 어떻게든지 받을 수 있겠지—이러한 생각을 몽롱히 하여 보았으나 대관절 저편이 어떨지 알 수가 없다.

"여태껏 간호부 노릇을 하고 있는 것을 보면 아직 결혼은 아니하였을 듯하지만, 무서운 세상에 부대끼는 동안에는 편 변하였을걸! 지금쯤 나

---

13) 벗 사이에 서로 왕래하여 사귐.

같은 것은 수효에도 치지 않으렷다! 대관절 이런 얼굴에도 반할 계집이 있을까?"

하며, 그는 커다랗고 허여멀건 자기의 얼굴을 면경에 비춰보기도 하였다.

'그러나 그만큼 생겼으면 자기두 여태껏 그대루 있을 리가 없고, 번잡한 그런 속에서 벌써 어떤 놈의 눈에든지 걸려들었을 것이라……'

이렇게 생각할 때에는 세상만사가 무심하고 무엇을 바라고 사는 것인지, 말할 수 없이 고독하고 처량할 뿐이었다. 은행에 가서 한참 분주히 일을 할 때에는 이것저것 다 잊어버렸다가도, 오후 세 시를 땅 친 뒤에 한숨 돌리고 잠깐 멀거니 앉아서 백여 명 가까운 행원이 갈팡질팡하고 제각기 떠들썩거리는 것을 가만히 건너다볼 때에는, 대체 이 사람들이 무엇을 위하여 움직이고 있누? 하는 의심이 새삼스럽게 들어가서 자기부터 불쌍하게 보이기도 하고, 또 어떻게 생각하면 자기가 그중에서는 제일 행복스러운 것 같기도 하였다.

'내게는 그래도 나의 장래와 행운을 빌면서, 내 말 한마디를 기다리고 있는 사람이 있다!'

이렇게 생각할 제 그는 가슴이 뻐근하도록 기쁘고 주판을 재깍거리는 소리마다 그것이 모두 앞으로 오는 자기의 행복을 위하여 춤추는 장단 소리같이 들리었다. 그러한 날은 하루가 어떻게 갔는지 모르게 일이 손쉬웠다. 그러다가 저녁때 파사하여서 나오는 길에 전차 속에서 예쁘장한 여학생이나 혹은 인력거를 위세 좋게들 몰아가는 기생을 만날 때에는, 반드시 E자의 모습이 전광같이 머리에 떠올라 왔다. 그러나,

'지금쯤 무엇을 하고 있누? 기숙사에서 동무들하구 퉁탕거리고 깔깔대며 돌아다니렷다!'

하며 그 거동을 그려보려다가 아니 되면 공연히 혼자 속으로 짜증을

내며,

'무얼 나 같은 것은 꿈에도 생각지 않고 어떤 의학생이나 선생에게서 온 편지나 몰래 펴놓고 혼자 단꿈을 꾸며 앉았을지도 모를 게다…… 아 깝다. 그때 왜 내가 좀더 열심을 내지 않았던구? 에이, 분해!'

이러한 생각을 할 적이면 그의 모친과 안과에 갔을 때에 나가라고 하던 가무잡잡한 의사의 얼굴이 떠올라 와서,

'그 놈팽일지도 모르지?'

하는 생각도 하여 보았으나, 그때에 E자가 허둥허둥하며 제풀에 겸 연쩍어하던 양을 다시 생각하여 보면 아직 그대로 있는 듯도 싶다.

'편지를 해볼까?'

어떤 날 밤에 혼자 누워서 이렇게 공상을 하여 보다가 정말 벌떡 일어나 앉아서 밤새도록 편지를 댓발만큼 썼다. 그 이튿날 무슨 급한 볼일이나 있는 사람처럼 부리나케 일어나서 아침 먹기 전에 어젯밤에 써놓은 것을 다시 한 번 읽어보니, 말이 잘 돌아가지 않는 데도 있고 또 보낸다손 치더라도 당자의 손에 잘 들어갈까? 무어라구 답장이 올까……? 말씀은 반가우나 이편 사정이 뜻과 같지 못하오니 미안 천만이외다. 일생의 친우로 알아주시고 끝끝내 잊지 말아 주시오면 이 사람의 무상의 광영이겠습니다…… 운운한 엽서 한 장밖에는 소득이 없다 하면, 처음부터 그만두는 것이 체면이나 아니 깎이니만큼 도리어 나을 것 같기도 하다. 그는 이러한 생각을 하여 가면서도 척척 접은 편지를 봉투에다가 넣었다 꺼냈다 하기도 하고, 피봉 글씨가 잘못 되었다 하고는 또 찢고 또 쓰고 하다가는 밥 먹으라는 바람에 짜증을 내면서 그대로 소봉투素封套에 다시 넣어서 양복저고리 속주머니에 넣고 일어섰다.

'어떻든 한번 만나보는 게 상책이다. 다시 한 번 만나서 눈치를 더 살펴보고 편지를 해두 하는 것이다. 그러나 누구든지 새에 세웠으면 똑

좋겠구만······.'

밥이 입으로 들어가는지 무슨 반찬을 집어넣는지 정신없이 퍼부으며 이런 생각을 하였다. 상을 물리고 자기 방으로 와서 옷을 갈아입고 벽에 걸린 석경石鏡 앞에서 넥타이를 매고 섰던 그는, 별안간 깜짝 놀라며 면경 앞으로 바짝 다가서서 두 눈을 똥그랗게 뜬다.

"트라홈trachoma[14]은 아니겠지."

하며 넥타이를 쥐었던 두 손을 올려다가 아래위 눈꺼풀을 비집고 한참 들여다보고 섰다. 아닌 게 아니라 좀 불그스름하게 약간 충혈이 되었다. 왼편 눈을 켕기어 보니까 여기도 역시 그렇다.

'흥! 트라홈이 전염된 게로군!'

이렇게 생각을 하고 보니, 눈시울이 죄는 것 같고 좀 아픈 듯하다.

'어떻든 한번 가보는 게다!'

그는 오히려 잘되었다는 듯이 이렇게 생각하며 뜰로 내려오다가,

"어머님 눈병이 제게루 옮았나 봅니다."

하며 웃었다.

"별소리를······ 수건이 다르구, 대야까지 따루 쓰는데······."

하며 모친은 웃고 나서,

"이따가 나오다가 나 다니는 데 좀 가보려무나! 그 길에 나는 얼마나 더 다녀야 할지두 물어보구······."

하며 아들을 치어다보았다.

그는 어디로 갈까 하는 작정도 채 못하고 전차에 올라서 한참 망설이다가, 차장이 표를 청구할 때에야 비로소 C병원 앞이라고 대답을 하였다.

---

14) 전염성 만성 결막염.

그러나 시간이 아직 이른 듯하여 도중에 차를 내려가지고 전화를 빌릴 겸하여 친구의 상점을 찾았다.

"아침결에 이게 웬일인가? 지금 들어가는 길인가?"

하고 친구가 인사를 하니까,

"응, 안질이 나서 오전은 베떼리고 병원에 좀 가는 길일세. 게다가 요새는 눈이 점점 침침해져서……."

하며 묻지도 않는 말에 기다랗게 늘어놓고 그는 전화실로 들어가더니, 역시 안질이 나서 병원에 시급히 가는 길이니까 오정에 들어갈 터이니 주임더러 그렇게 말하라고 은행에 전화를 걸어놓았다.

6

그래도 시간이 일러서 복도에는 아직 그리 사람이 붐비지 않고, 안과 진찰실에는 낯선 간호부 두 명이 준비를 하고 있을 뿐이요, E자도 눈에 안 띄었다.

"출근 시간이 바쁜데, 속히 좀 못 될까요?"

그가 진찰권을 내놓고 이렇게 물으니까,

"한 삼십 분 기다리셔야 할걸요."

한다.

밖으로 나와서 의사가 오기만―의사라는 것보다는 E자가 오기만 기다리고 앉았으려니까 어쩐지 쑥스런 짓을 하고 있는 것 같았다. 눈을 끔벅끔벅해 보아야 그리 아픈 것 같지도 않다.

'아무 이상이 없다고 하고 웃으면 어떡하나? 온 길에 안력 시험이나 하자고 해서 안경이나 하나 만들까?'

이러한 생각을 하고 앉았으려니까, E자가 타달타달 들어오다가 그를 보더니 별안간 얼굴이 발개졌으나 매우 침착한 태도로 허리를 납신 구부리고 나서,

"그동안 어찌 아니 오셨어요?"

"다니기가 머시다구 가까운 데서 치료를 하시지요."

하며 머뭇머뭇하였다. 좌우에 늘어앉은 사람의 시선은 분명히 이리로들 모인 것을 두 사람은 의식하였다.

"그래, 누구를 보시러 오셨어요?"

"네, 내가 어제부터 좀 이상해서…… 아직 의사가 아니 온 모양이지요?"

하며 그는 인제야 정신을 가다듬어가지고 여자를 똑바로 치어다보았다. 남자의 얼굴에서 무슨 뜻을 읽으려고 말끄러미 치어다보고 섰던 E자는,

"어디 들어가 보아야 하겠습니다."

하며 진찰실로 쪼르르 들어갔다. 그는 자기의 왼편 가슴을 사붓이 만져보고 다시 앉았다. 거기에는 아침에 넣고 나온 편지가 들어 있었다.

"어디가 어때요?"

윗수염을 도톰한 입술가와 나란히 깎고 금무테 안경을 쓴 의사는, 그가 앞에 앉기를 기다려서 이렇게 물었다.

"글쎄, 자세히는 모르겠습니다만 어제부터 두 눈이 다 아프고 금세루 벌게져서요. 일전에 와서 진찰을 하고 갔습니다만, 우리 어머니께서 트라홈을 앓으시기 때문에……."

의사는 그가 장황히 늘어놓는 이야기를 채 다 듣지도 않고 그의 턱을 끌어당겨다가, 먼 데나 바라보는 사람처럼 눈을 위로 뜨고 이리저리 들여다보고 나더니, 옆에 괴어놓는 대야에다가 손을 말끔히 씻고 다시 덤

벼들어서 이쪽저쪽의 눈등을 발깍발깍 뒤집어본 후에 고개를 잠깐 기웃하고 앉았다가,

"별로 이상은 없는 듯하외다. 어제 늦게 주무시지 않았소?"

하고 묻는다.

그는 자기 뱃속을 들여다나 보는 것 같아서 깜짝 놀라면서도 용히 들어맞힌 것에 만족한 듯이 웃으며,

"네! 그동안 며칠 늦게 자기는 하였습니다마는……."

하며 의사를 치어다보았다.

"그래요. 그래서 좀 충혈이 된 모양이외다. 약을 드릴게 갖다가 이삼 일 써보아서 그래도 낫지 않건 다시 오슈."

하며 그와 나란히 앉은 조수에게로 향하고 독일어로 무어라고 두어 마디 일러주니까 그 사람은 곧 받아 써서, 그 종이를 옆에 있는 간호부에게로 넘기었다.

그러나 그는 어쩐지 미진한 것 같아서 잠깐 머뭇머뭇하다가,

"선생님! 눈이 좀 침침한 듯해서 왔던 길에 안력 시험을 해보구 싶은데요?"

하고 웃으며 의사를 또 치어다보니까,

"네, 그건 저리 가서……."

하며 귀찮은 듯이 얼른 한마디 하고 간호부를 건너다보며,

"그 다음!"

한다.

그는 하는 수 없이 벌떡 일어나 저편으로 가서 젊은 의사를 붙들고 아까 한 말을 다시 뇌었다. 그 의사는 몇 마디 물어보고 나서, 누구든지 이리 하나 오라고 간호부를 부르니까 E자가 쪼르르 왔다. 그는 인제야 온 보람이 있다고 생각하였다.

E자는 의사의 분부대로 상하좌우로 터진 여러 가지 부호를 크고 작게 층층이 박은 기다란 안력 시험표를 내어 걸고,

"저쪽 벽에 가서 기대 서세요!"

하더니, E자 자신이 가느다란 막대기를 들고 서며 그를 한번 치어다 보았고, 부끄러운 듯이 방긋 웃고 나서 일본말로,

"이거 뵈세요?"

하며 맨 꼭대기에 입춘만큼 가로 씌인 터진 입 구口 자를 가리켰다.

"네— 뵙니다!"

두 사람은 또 한 번 마주 보고 웃었다.

"이거 뵙니까?"

"네—."

"그럼, 이거 뵙니까?"

이번에는 한 두어 층 내려가서 가리키고 웃는다.

"네—."

"이것두?"

E자는 중간쯤 내려가서 꽤 자질구레한 글자를 가리켰다. 그는 E자의 말씨가 점점 반말처럼 변하여 가는 것을 내심으로 기뻐하면서,

"그건 아리숭아리숭한데요."

하고 웃음을 참았다.

"그럼, 이거?"

"그것두 좀 잘 안 뵈어요."

"이건 어때요?"

"네— 게서부터는 보입니다."

그가 이렇게 대답을 하니까, E자와 그의 중간에 앉았던 의사는,

"그만!"

하며 무엇인지 종이 조각에 끄적끄적하고 나서 그를 검은 휘장으로 가린 암실로 끌고 들어갔다. 한 십 분쯤 지난 뒤에 의사는 그를 다시 데리고 나와서,

"안경을 쓰시려면 왼쪽은 이십팔 도쯤 되고, 오른쪽은 삼십이 도 가량밖에 아니 되겠소이다."

하고 독일어로 다시 끄적끄적해서 그에게 주며,

"아직은 쓰지 않으시는 편이 오히려 보안保眼이 되겠지요."

하며 그를 치어다보고 웃는다. 옆에 섰던 E자도 따라 웃었다. 그러나 그것은 반드시 비웃는 웃음이 아닌 것은 그도 짐작하면서 어쩐지 얼굴이 버럭 취하는 것을 깨달았다.

"아무렇게나 하지요. 고맙습니다."

그는 이렇게 인사를 하고, E자에게도 고개를 끄덕하여 보이고 총총히 나왔다.

제약실에서 조그만 약병을 받아가지고 레테르를 들여다보다가 혼자 깔깔 웃고 싶었으나 잠자코 약병을 포켓에 쓸어넣고 문밖으로 빠져나오면서,

"나도 죽을 때에는 눈을 뜨고 죽으련다!"

하며 속으로 웃었다.

저녁때 집에 돌아와서 그의 모친더러 아무렇지도 않더라고 하니까,

"그러면 그렇지!"

하며 그의 모친은 기쁜 듯이 웃었다.

7

한동안 질펀질펀하던 진장바리가 뜸하여진 뒤에는 음산한 일기가 연일 계속하고, 아침저녁으로는 제법 겨울날같이 쌀쌀한 바람이 부는 십일월 그믐께이었다. 그는 네 시쯤 해서 은행에서 나오는 길로 월급 때마다 돌림턱으로 내는 노름에 가려고 같은 축의 한 사람과 작반(作伴15)을 하여 전차에 오르려니까, 바로 문 옆에 자리를 잡고 앉았던 여학생 하나가 깜짝 놀라며 일어나서 공손히 인사를 한다. 그이 역시 주춤하면서도 공손히 답례를 하였으나 별안간 그의 눈은 무엇에 놀란 듯이 똥그래지며 두세 번 깜짝깜짝하여졌다. 남藍 끝동 아래로 갸름하게 내려뜨려진 여자의 왼손 무명지에는 플래티나로 은행나무 잎사귀 모양을 본받은 순금 반지가 반짝하고 눈에 띄기 때문이다.

'그동안 벌써? 흐응!'

그는 덜컥 내려앉는 듯한 가슴을 마음으로 쓰다듬어서 가라앉혀가며 절망한 듯이 속으로 이렇게 부르짖었다. 까닭 모를 분노와 숨었던 질투가 일시에 뒤범벅이 되어서 염통 밑 저— 깊은 데서 안간힘을 쓰는 듯한 일순간이 지나간 뒤에 그는 비로소 머뭇머뭇하고 섰는 여자를 똑바로 보며,

"어서 앉으시지요."

하고 제자리에 앉는 여자의 무릎을 덮은 감색 세루치마 위에 사뿟이 놓인 왼손을 또 한 번 슬며시 내려다보았다—흰 은행잎 하나가 날아 앉은 누른 조그만 고리는 끼울 만한 제자리를 찾아 앉았다는 듯이, 포근포근한 손가락에 여전히 꼭 싸여 있다.

---

15) 동행자나 동무로 삼음.

"지금 저긴 그만두셨지요?"

그는 일 분쯤 지난 뒤에 입을 떼고 나서 아까부터 여자와 나란히 앉아서 자기를 유심히 치어다보던 젊은 양장 신사에게 잠깐 눈을 주었다. 여자는 훌륭한 붉은 회색 비단 목도리 위에 떨어뜨렸던 고개를 쳐들며,

"네ㅡ."

하고 여자는 눈을 어디다가 둘지 몰라 애를 쓰며 생긋하여 보이었다.

"언제 그만두셨어요?"

"지난달 초순께요. 그후에 가보셨어요?"

여자는 그가 트라홈이라고 진단을 맡으러 C병원에 가서 안력 검사를 받던 생각을 하고, 유착한 대모테 안경을 쓴 남자의 얼굴을 치어다보았다. 그러나 그 알은 아무리 봐도 평면경이었다.

"그럼 그때 내가 다녀온 지 며칠 아니 되어섰니다그려…… 참 그런데……."

하고 그는 결혼을 한다더니 어떻게 되었느냐고 떠보려다가, 정말 결혼을 한 부부인지, 제멋대로 달떠서 다니는 판인지 알아보려고 말 뒤를 돌려서,

"지금 어디 계셔요?"

하며 물었다.

"차차 아시지요."

여자는 웃으면서 이렇게 대답을 하고 빨간 얼굴로 곁에 앉았는 남자를 잠깐 흘겨보더니,

"참, 그런데 댁을 몰라서 청첩도 못 보내구 실례했습니다."

하고 고개를 숙여버린다. 그는 무어라고 대답을 할지 몰라서 어물어물하다가,

"말씀은 들었습니다만, 얼마나……."

하고 또 말 뒤를 흐리마리하였다.

여태껏 잠자코 눈치만 보고 앉았던 곁의 남자는 그제서야 여자에게 소곤소곤하더니,

"우리 인사하십시다!"

하며 조그만 몸집에 거드름을 피우며 일어났다.

그는 이 남자의 명함을 보고 비로소 E자가 새문 밖에 사는 어느 미곡상의 며느리가 된 것을 알았다.

"지금 그게 누군가?"

전차에서 내려서 그의 친구는 눈이 뚱그래지며 물었다.

"왜 그러나? 이쁘지?"

하며 그는 풀없이 웃었다.

"응! 그만하면 되었어!"

"그게 내 애인이었다네!"

"그럼 그런 미인을 두구 왜 장가를 안 갔단 말인가?…… 그러나 그런 애인이 있었다는 것만 해두 자네에게는 명예일세."

하며 그의 친구는 커닿게 웃었다.

"옳으이! 명예일세. 나는 그 명예 때문에 살아가는 송장일세. 일평생 그 자랑이나 하고 돌아다니며 살까? 허허허. 허지만 어딜 가면 계집 없겠나?"

"그런 말 같지 않은 말은 그만두게. 그렇기루 말하면 이 세상에 연애하는 놈은 맨 미친 놈이게……"

"몰라! 몰라! 난 그런 이치 속은 처음부터 손방16)이니까…… 자, 들어가세, 오인吾人의 목적은 재어차처在於此處다! 적어도 오늘만은……"

---

16) 할 줄 모르는 솜씨.

하며 그는 앞장을 서서 요릿집 문 안으로 부리나케 들어갔다.

뒤따라 들어가던 친구는 텅 빈 목소리로 껄껄 웃었다.

짖지 않는 개

짖지 않는 개

1

　자정은 훨씬 넘었을 것이다. 제시간에 대어 들어와 본 적이 없는 막차의 승객들이 두런두런 떼를 지어 지나간 뒤로는 인적이 끊긴 지도 벌써 언젠지 모른다.

　아직 서리가 내릴 절기도 아니겠는데 강바람이 쌀쌀한 국경의 밤은, 단칸방에 다섯 식구가 꼭꼭 끼어 누웠으면서도 이불깃 속으로 목이 옴츠러져 들어가고, 손을 한참 내놓고 있기가 싫을 지경이다. 바로 머리맡 두 겹 유리창 밖은 정거장 앞 큰거리이다. 가다가다 윙— 하고 가랑잎을 휩쓰는 바람 소리가, 피난꾼의 잠을 못 이루는 어수선한 마음에 향수를 들쑤셔놓고 간다.

　책을 펴서 벽에 기대어 세워놓고 자리 속에 누워 보고 있던 나는, 문밖에서 버스럭거리는 소리를 처음에는 풍생원이거니 하고 무심히 들었다. 그러나 머리맡 창 밑으로 서붓서붓 발소리를 죽여서 은구隱溝[1]를 밟고 가는 기척에 책에서 눈을 떼며 귀를 기울였다. 이 밤중에 통행할 수

---

1) 땅속에 묻어서 만든 수채.

있는 사람이라고는 경비대원이 아니면 소련 병정뿐인데, 구둣소리가 아니요 고무바닥으로 밟는 발소리가 살살 스치고 가는 눈치가 더욱 수상했다. 그렇게 생각하니 조금 전에 바스락거리던 소리가 정녕 바로 윗집 대문을 건드려보던 것이나 아닌가도 싶다. 아직도 치안이 잡히지 않은 이 시가에는 밤만 들면 도둑과 강간과 살인이 하룻밤에도 몇십 건씩 일어나는지 신문이 없어 자세한 것은 알 길도 없고, 신문이 있기로 자유로이 보도할 수가 없겠거니와 보도하려고 들지도 않겠지만, 하여간 마음 놓고 잠도 잘 수 없는 요즈음이다.

발소리가 스러진 뒤로는 바람결에 유리창이 흔들리는 소리 외에 다시 괴괴하여졌다. 옆에서 아이들은 세상 모르고 숨소리도 없이 곯아떨어져 있다.

다시 눈이 책으로 가서 읽던 데를 더듬어 찾노라니까, 이번에는 뜰 안으로 난 방문 쪽에서 또 버스럭한다. 머리끝이 오싹하며 고개를 돌린 채 전신이 얼어붙는 듯싶었다. 서벅서벅 고무바닥으로 생철지붕을 밟는 소리가 나더니 수룩수룩 미끄러져 내리는 기척이 난다. 이 방문에서 한 칸통쯤 떨어져 한 길 반이나 되는 높직한 토담을 의지해서 저 너머 쪽으로 생철지붕을 한 의지간[2]이 요새 새로 섰는데, 거기에서 뛰어내린다면 아무리 운동화를 신었기로 쿵쿵하고 발을 구르는 소리가 날 텐데, 그런 자취가 없는 것이 희한한 일이다. 다시 가뭇같이 기척이 없다.

'내가 잘못 들었나? 괭인가?'

이렇게 생각을 하니 마음이 조금은 늦추어지며 숨을 돌렸다. 이 담 너머는 일본 절[寺]의 뒷마당이다. 해방이 되자 일본 사람들을 한데 모는 통에 대개는 강가의 창고에 수용되었지마는, 이 동리에서는 여기에

---

2) 원채의 처마 밑에 잇대어 지은 조그만 집.

다 헛간을 들이고 몰아넣었다. 바로 이 생철지붕 밑에는 적어도 육칠십 명의 여자와 그 이상의 어린애들이 캄캄한 속에 끼여서 새우잠을 자고 있을 것이다. 그러고 보니 스르륵 미끄러져 내려가는 소리가 저편 마당 으로 떨어지는 소리였을 것도 같다.

'아니, 무에 들어왔으면야 '나다' 가 짖을 게 아닌가!'

주인집에 '나다' 라는 개가 있는 것이 생각나니 이제는 아주 안심이 되었다.

그러나 또 좀 있다가 저 뒷간 쪽에서 판자를 씨적씨적 흔드는 소리가 난다. 이번에는 벌떡 일어나 앉아서 숨을 죽이고 귀를 기울였다. 도깨 비에 홀린 듯이 미쳐 죽을 노릇이다. '나다' 가 부스럭대는 소린가도 싶 었다. 그러나 '나다' 는 이 방에서 부엌 하나를 지나 일자로 앉은 주인집 마루 앞 멍석을 두른 의지간에 쇠사슬로 매어놓았으니, 저 뒤로 곱들어 들어가는 변소까지는 갈 수가 없을 것이다.

판자를 흔드는 소리가 여전히 잇달아 나는 것이 겹결에 한 십 분은 되는가 싶었다. 이 뒷간 옆 판자 너머는 윗집의 앞마당으로 빠져나가는 골짜기가 된다. 무역상인가 무슨 회사인가를 해서 이 바닥에서 손꼽는 주인은 소련군이 들어온다는 소문에 벌써 서울로 뛰어버렸고, 문전이 커다란 집 속에 중년부인이 열대여섯쯤 된 곱다란 딸 하나만 데리고 단 두 식구가 문을 첩첩이 닫고 들어 엎딘 집이다. 아무리 거리는 쓸쓸해 지고 날마다 듣느니 강도요, 강간이요, 무시로 총소리가 팽팽 나기는 하지만, 그래도 정거장이 지척이요, 문전만 나서면 피난민이 우글대는 여관에서는 밤새도록 문을 닫는 일이 없고, 이편짝 냉면집, 장국밥집에 서 흘러나오는 전등불은 대낮같이 밝으니, 그것을 믿고 의지 삼아 기차 가 삼팔선을 뚫고 서울까지 단숨에 갈 때까지 기다리느라고 조마조마 하며 집을 지키고 있는 것이었다.

그것은 하여간에 아까 앞대문에서 부스럭거리던 것을 보아도 도둑이든 무어든 간에 노리는 것은 윗집이구나 하는 짐작이 들자 조금은 절박한 생각이 늦추어지나, 날마다 저녁이면 내게 와서 집의 딸년과 함께 국어며 역사, 지리를 서둘러 배우는 그 집 딸아이가 머리에 떠오르자, 당장 자기 발등에 떨어질 불은 아니라는 마음의 여유가 생기니만큼 또 새로운 참혹한 걱정이 펄쩍 났다. 그러자 수군수군하는 말소리가 마당에서 나며 발소리도 없이 이리로 다가오는 눈치다. 조선말인지 노서아 말인지 분간할 수가 없으나 두 놈인 것을 이제야 알았다. 등불을 껐더면, 하는 생각도 났으나 될 대로 되라고 금시로 대담하여지며 한참 긴장하였던 마음이 확 풀리었다.

똑 똑 똑…… 노크와 함께,

"여보……."

하고 서투른 목소리가 방문 밑에서 가만히 난다. 계집아이들과 아내의 이불을 얼굴까지 뒤집어 씌우는 바람에 눈을 뜬 아내에게 손짓을 하는 것과 함께 밖에서는 안으로 잠근 방문을 흔든다. 나는 속바지를 천천히 입고서야 대꾸를 하며 전등불 줄을 떼어 들고 방문을 열고 불부터 내밀어 문에 가로막고 섰다. 컴컴한 뒤에서는 식구들이 이불 속에 파묻혀서 덜덜 떨고 있을 것이다.

전등불에 환히 나타난 빨간 코가 뾰족하고 키가 작달만한 노상 어린애는 장교인 모양이요, 뒤에는 똑같은 키의 졸병이 담총擔銃[3]을 하고 섰다.

떠듬떠듬 반벙어리 같은 조선말로 조잘대는 것을 되묻고 되묻고 하여 간신히 알아들은 말은, 평양서 와서 여관을 정하고 친구와 거리에 나와서 술을 먹었는데, 여관을 잃어버렸으니 나더러 여관을 찾아달라

---

3) 총을 어깨에 멤.

는 뜻이었다.

이런 억탁의 소리가 있을까. 무엇보다도 이 밤중에 나오라는 데에는 기가 막혔다. 언젠가는 경비대원이, 그것도 오밤중에 문이 어느 틈에 열렸는지 마당에 들어와서 마침 변소에 갔다가 나오는 나에게 총부리를 들이대며 지금 이 집으로 들어오는 사람이 아니냐고 서두는 통에 혼이 난 일이 있었지마는, 툭하면 불문곡직하고 탕 하는 총부리가 무서웠다. 그때는 사랑쌈을 하느라고 들락날락하던 주인의 작은집이 캄캄한 추녀 밑에 숨어 섰다가 나타나서 무사하였거니와, 이번에는 문밖으로 끌려나가기만 하면 당장 총부리가 덜미를 겨눌 것이다. 좋은 낯으로 여관이 바로 이 앞에 있으니 그리 들어가 자라고 순순히 일렀으나, 무슨 말인지 통 못 알아듣겠다 한다. 나중에는 화가 버럭 나서 시위를 하느라고 안방에 대고 소리를 치며 주인을 깨웠다. 주인 부인은 마침 어린 애를 데리고 친정에 가서 주인이 혼자 자고 있었을 뿐만 아니라, 이때쯤의 첫 서슬에는 노어 강습소가 여기저기 생겨서 젊은 사람은 한 달쯤 배우면 웬만한 통사정쯤은 한다 하니, 주인의 그 노어를 이런 데 써먹자는 생각도 들었다. 주인이 그 부산통에 깨어 있었던지 마루로 나오며 불을 환히 켜니 저희들도 그리로 발길을 돌리지 않을 수 없는 모양이었다. 나도 속바지 바람으로 따라 나가서 내가 들은 대로 설명을 하여 주니까 주인이 노서아말로 수작을 붙이었다.

얼마만 한 어학력인지는 모르되 이 심야의 침입자들의 조선말만큼은 떠듬대는 수작이었다. 그래도 어쨌든 상대자가 뜻밖에도 제 나라 말을 꺼내는 데는 반갑기보다도 겸연쩍은 생각이 드는 눈치로 싱거운 웃음을 짓고 멀거니 섰다. 그것은 남모르는 타향에 왔다는 안심으로 파탈擺脫[4]

---

4) 구속이나 예절 등으로부터 벗어남.

하고 체면 없는 짓을 하다가 뜻밖에 아는 사람에게 들킨 듯이나 열적어
하는 표정이었다. 나는 춥기도 하고 환한 불빛에 속바지 바람인 것이 창
피하기에 옷을 입고 나오마 하고 돌쳐서며 개우릿간을 들여다보니, 나
다는 여전히 짖지를 못하고 눈만 멍하니 우두커니 밖을 내다보고 섰다.
오밤중에 누가 문전에 얼씬만 하면 길길이 뛰며 짖어대는 나다이건만.

　방에 들어와서 바지를 부덩부덩 입으려니까, 이불을 머리까지 덮고
엎드렸던 아내가 파랗게 질린 얼굴을 내밀고 나가지 말라고 손짓을 하
며 방문 걸라는 시늉을 하여 보인다. 그러나 주인에게만 떠맡기고 모른
체하고 있을 경우도 아니어서 부리나케 바지 앞을 여미는데, 밖에서 또
다시 방문을 똑똑 두드린다. 대개는 무사 타협이 되었으려니 하는 안심
도 없지 않았지마는 방문을 열고 내다보니 앞선 꼬마 장교가 선뜻 손을
내밀며,

　"아버지, 미안합니다."

　하고 악수를 청한다. 뒤의 졸병도 거기 따라 악수를 청하는 것이었다.
나는 그저 다행하다는 생각에 웃어 보이며 나와서 대문을 열어주었다.

　저 보기에도 오십이나 되는 사람이니 아버지라고 하는 것이요, 아버
지의 아내면 역시 오십은 되는 노파려니 싶어서 다시는 길로 나가자고
않는 것이지, 남자가 둘씩이나 되고 젊은 주인의 노서아말 바람에 기가
죽어서 그런지, 잊어버렸다는 숙사는 어떻게 찾아갈 요량으로 순순히
떨어져가는 것인지는 알 수 없다.

　이튿날 아침에 앞 절간 일본 사람 수용소에 들어 있는 늙은이가 대표
격으로 인사를 온 것은 의외였다. 앞장을 서 안내해 온 희끄무레한 일
본 계집애는 일본 여자들이 파는 옷가지를 사느라고 왔다 갔다 하는 동
안에 아내와 낯이 익은 처녀였다.

　"간밤엔 참 고마웠습니다. 생철지붕 위를 쿵쿵거리는 소리에 잠들이

320

깨어서 어른, 애들이 캄캄한 속에서 옷들을 주워 입고 꼭 일을 당하는 줄만 알았더니, 천만다행으로 소리 없이 쫓아 보내주셔서 그런 고마울 데가……"

다리는 절망정 기골이 장대하고 신수가 좋은 늙은이는 웃음을 띄우면서도 한숨 섞인 인사요 하소연이었다. 여기서는 버스럭거리는 정도로 들렸지만, 지붕 밑에서 자는 사람은 생철 한 겹 밟는 소리가 벼락 치는 듯했을 것이다. 여자들은 옷을 단정히 입고 꿇어앉아 하회만 기다리고 있었더라는 것이다.

닭도둑처럼 일본 여자만 모아놓은 곳으로 야습을 하여 다니는 이 판에 마음을 놓고 잘 수도 없었지마는, 제 발등의 불을 끄기 위해서나 민족적 감정으로나 이 앞집에는 색시가 수두룩하다고 똥기어주리라고만 생각하였더니, 말막음을 하여 돌려보내서 욕을 면하게 해주었으니 이런 고마울 데가 없다는 것이다. 저희들이 한 일을 생각하면 이 판에 조선 사람이 직접 손을 대지는 않더라도 기회만 있으면 저희들을 못살게 굴고 보복을 하려 들 줄 알았더니, 그렇지 않은 데에 무척 감격하였다는 눈치였다. 우리가 수작을 하고 있는 동안에 대문 밖에서 묘령의 일본 처녀들이 웅성웅성 모여 서서 기웃거리며 호의와 감사의 미소를 던지고들 있는 것도, 아침 햇살이 쫙 퍼진 신선한 공기 속에 화려한 한때의 풍경이면서도 어쩐지 가련하여 보이는 것이었다.

2

"집은 되는 거예요? 떠나면 어서 떠나구…… 윗집에선 내일 아침 차로 떠난다는데, 우리두 더 처지기 전에 결단하고 나서든지……"

오늘도 K과장 집에 가서 원고 정리를 하다가 저녁밥때쯤 되어서 돌아오니까, 아내가 또 이런 걱정을 뇌까리는 것이었다. 적산[5] 신문사를 맡는 한편 적산 극장이 넷, 적산 인쇄소가 넷이나 되니 이것들을 중심으로 일을 하나 익혀놓고 가라 하여 도중에서 붙들린 셈인데, 좌익 계열이 차츰 드세어가서 일이 될 성스럽지 않은 한편, 날은 추워가니 기차는 통하지 않고 오도 가도 못하는 딱한 사정이다.

"그나마 로스키가 쓴다구 내놓으란다나, 우린커녕 K과장두 쫓겨날 판인데……."

K과장이란 도청 교육국의 문화과장이다. 이번 해방 후 L위원장 밑에 나선 젊은 인텔리인데, 적산 문화 시설을 가지고 무어나 해보자 하여 독신인 이 사람의 집으로 매일 모이는 축이 있는 것인데, 이 집이란 것도 이번 통에 큼직한 것을 한 채 접수하였기 때문에 나더러 이 층에 와서 들고 살림을 하라는 것이나, 또 중간에 가로채고 나선 사람이 있어 야박하게 앞장을 질러 밀고 들어갈 수도 없기 때문에 머뭇거리고 있는 동안에, 요사이 와서는 소련군에게 내놓으라고 또 하나 새치기가 들어 상치를 하고 있는 터이다.

"에구, 그나마 틀리면 어서 나섭시다. 설마 삼팔선 넘는다구 쏘기야 하겠수. 아무리 밤중에 산길을 돌아가기루 남들도 다 가지 않나."

엊그제 그런 일이 있은 뒤 옆집에서 겁이 펄쩍 나 집을 일가에게 맡겨놓고 간다는 말을 들으니, 아내와 아이들은 더욱 마음이 들먹거려서 조바심이다. 그러나 지방 신문일지라도 시설이 완비된 공짜 신문을 책임자가 맡으라는 것을 버리고 가기는 아깝고, 주인 없는 극장이나 인쇄소가 뉘게 떨어지든 간에 낙착도 보지 않고 자리를 뜰 수는 없는 일이

---

5) 자기 나라나 점령지 안에 있는 적국의 재산.

다. 게다가 걸핏하면 붙들려서 여자는 욕을 보고, 남자는 어느 귀신이 잡아가는 줄도 모르게 없어지는 판에, 어린것을 업고 걸리고 하여 밤중에 산길을 돌파하기란 서울서 자란 우리 집 식구 따위로는 좀처럼 엄두가 아니 나는 일이었다.

나는 여전히 매일 아침만 먹으면 K과장 집으로 사진을 하였다. 독신인 주인이 도청에 사진을 하고 나면 드나드는 사람은 수월치 않으나 널찍하니 서재 삼아 좋았다. 드나드는 사람이 많으니 정보도 빨랐다. 그러나 모여들어 쑥덕공론을 하는 축들이 천냥 만냥꾼들이요, 어느덧 밀수입의 소굴같이 되어 이상한 공기를 빚어내게 되었다. 간혹은 늙은것 젊은것 여자들도 나타나서 끼리끼리 속삭이었다. 이것들은 함경도에서 아편을 속옷 속에 차고 오는 용감한 낭자군이라는 것을 차차 알게 되었다. 하여튼 길을 찾아서 소련 장교나 끼고 압록강을 건너다닐 통행증만 있으면 짐차, 양처(인력거)는 물론이요, 트럭으로라도 한 왕복만 하면 지폐 뭉치가 왔다 갔다 하는 판이니 자연 연줄연줄하여 이런 아늑한 고장으로 찾아드는 모양이지만, 소련군이 이 층을 쓰겠다고 한다는 것도 어지간히 농락이 아니었던가 싶었다. 호위병을 세우고서 판 차리고 밀수입 암거래가 마냥 벌어지는 저희들의 꿍꿍이속이었던 모양이다. 사실 한 사날 후에 위층에 소련군 중위가 와서 들었다 하더니만 당장 마당에 나무가 한 트럭 쌓이고, 위층에 난로를 놓는 길에 아래층에도 큼직한 스토브를 어디서 징발하여 온 것인지 놓더니, 길이 넘도록 쌓아놓은 통장작을 저희 집 것처럼 들이지펴서 따뜻한 대낮에는 웃통을 벗고도 땀이 날 지경이었다. 나무값이 나날이 껑충껑충 뛰어오르는 초겨울에 소련 장교가 제 나라에서 가져온 것도 아니겠고, 공짜니 때자고 들이지피는 것이겠지마는 하여간 위아래 층이 그만큼 통하는 것이었고, 그 바람에 나는 그 이 층을 놓치고 말았다.

"노상 어린애야, 키는 작달만한 게. 그러니 중위쯤이 되어가지구 계집애를 둘씩 차구 있으니 사령관은 후궁 삼천은 못 돼두 한 삼십 명 끼구 놀겠지."

난로 앞에 꾀는 젊은 사람들의 입에서는 이렇게 씨부렁대는 소리가 나왔다.

"사령관에게 조선 여자만은 손을 대지 말라고 명령을 해달라고 청을 하니까, 사령관 말씀이 사오 년 동안 전지로만 휘돌다가 온 우리 부하라는 것을 양해해 주시오라고 대답하더라는가! 흥!"

이런 소리도 누가 꺼낸다. 그러나 다행히 위층에 주야로 교대해서 번을 든다는 두 계집아이는 일본 처녀라 한다.

키가 작달만한 노상 어린 중위라니, 저번에 우리 집에 닭도둑처럼 들어와서 '아버지' 하고 악수를 하고 가던 그 자식은 아닌가 하는 혼잣생각을 하면서, 밤번, 낮번을 돌려가며 든다는 그 일본 계집애가 어떤 집 아이들인지 궁금도 하고 가엾은 생각이 들었다.

어느 날인가 변소에서 나오다가 위층에서 물통을 들고 통통 내려오는 계집애와 딱 마주쳤다. 계집애는 주춤하며 깜짝 놀란 눈으로 말똥히 바라보다 선뜻 마음을 돌려 상긋이 웃음을 지어 보이며 지나쳐 부엌으로 들어갔다. 수도의 물을 길러 내려온 것이다.

'어디서 본 애다.'

하는 생각과 그 해말간 예쁘장한 모습에 끌려,

"어디선가 본 법한데 언제 이리 왔나?"

하고 부엌에다 대고 소리를 쳤다.

"네, 묘심사 뒤에 사시죠? 이런 데서 뵐 줄은 몰랐어요."

물고동을 틀고 돌아보며 의외로 정답게 대꾸를 한다. 딴은 소련 군인이 닭도둑처럼 들어왔던 이튿날 일본 사람이 인사 왔을 때 대문간에서

324

기웃거리던 계집아이들 틈에서 눈에 띄던 한 아이였다. 노서아 사람 옆에 시중을 들고 있으니만큼, 얼굴빛이 같은 이 늙은 사람이 정다운 눈치인지도 모르겠다.

"허! 어떻게 이리 오게 됐나?"

나는 부엌으로 발을 옮기며 일본 사람의 생활이며 위층 소식이 듣고 싶어서 호기심을 가지고 말을 다시 붙였다. 처녀는 얼굴빛이 살짝 붉어지며 우울한 기색으로 눈을 내리깔았다.

"지금두 그 절에 있나?"

"아뇨."

"방을 다시 얻은 게로군?"

처녀는 생긋 웃어만 보인다. 노서아 장교의 시중을 들게 된 덕분에 저의 식구만 수용소에서 빠져나온 눈치다.

오늘은 원고 정리의 손을 떼는 날이었다. 한편으로는 신문사니 극장, 인쇄소 들의 관리 기구와 운영 방식의 조직 편성을 추진시키면서, 한편으로는 나 개인의 사업으로 한자 삼천 자를 추려서 중등 이상 학생을 상대로 한 소자전을 편찬하기로 착수하여 두 달 동안이나 걸린 노력이 끝을 맺게 된 것이다.

중앙에서는 한자를 전폐할 방침이라는 것을 라디오로도 듣고, 서울 갔다 오는 사람마다 전하여 오지마는, 나는 코웃음을 치면서 하나는 내 공부 삼아, 하나는 서울 올라가면 당장 출판에 걸어보겠다는 생각으로 오륙 종의 자전을 놓고 불철주야하고 편찬에 노력해 온 것이다.

저녁때 원고 가방을 끼고 김 과장 집에서 나오려니까 뒤에서 통통통 구둣발 소리가 나며,

"선생님!"

하고 다가오는 기척에 돌아다 보니 위층의 그 계집아이다. 손에는 형

겊으로 만든 핸드백을 들었다.

"아래층에서 식모를 구한다죠?"

"응, 그러나 봐."

어정쩡한 대답이었다.

"우리 어머니 와 계시게 할까 하는데요."

하고 눈치를 본다.

"아무래도 좋겠지. 어머니가 올해 몇이신데, 그런 일 해내실 수 있을라구?"

"갓 마흔이세요. 하면 하죠 뭐."

김 과장에게 식모를 구해 달라는 부탁을 받았다는 것이다. 요즈음에는 일본 여자들이 조선 사람의 집에 식모살이를 구해 다니기도 하고, 웬만한 집에서는 대개들 일녀 식모를 두고 있다. 해방 이후에는 조선 여자 식모가 없어지기도 했지만, 일녀들은 첫째 먹는 거와 잠자리가 수용소보다는 편하고, 이남으로 따라 내려갈 길이 뚫리려니 싶어서 아무쪼록 조선 사람과 인연을 맺자고 그러는 것이었다. 노서아 장교란 어떤 위인인지 그 덕에 다시 방 칸이라도 얻고, 식량이며 땔나무라도 공짜로 얻는 모양이나, 이남으로 내려가는 조건만은 아무래도 조선 사람에게 매달려야 할 형편인 것이다.

3

이틀쯤 후에 김 과장이 들어앉았는 공일날, 식모로 선을 뵈러 온 처녀의 모친은 얌전한 중년 부인이었다. 마지못해 나섰겠지만, 식모살이로서는 아까운 여염집 아낙네였다.

"마침 이 애가 저 위층에 드나들게 됐기에 보살펴두 줄 겸, 나두 가만히 들어앉았으니 나서보려는 겁니다마는……."

아무리 보아도 이때껏 식모를 부리었을 사람이라, 악에 받쳐서 나서기는 하였어도 수줍은 태도였다.

"주인 양반은 뭘 하셨나요?"

저만치 떼놓고 바라보는 그런 감정이면서도 얼마쯤 동정과 호기심을 가지고 나는 옆에서 말을 붙이었다.

"지금 안 계셔요."

되도록은 말을 피하려는 눈치였다. 나중에 김 과장에게 들으니 남편은 지방법원 판사였다고 한다. 아낙네가 이 집에 와서 살게 된 뒤, 그 지방법원 판사가 경찰 사법 관계의 고관들과 함께 시베리아로 추방되었다는 말과, 또 위층의 장교가 주선을 해서 어쩌면 무사히 되돌아오게 될지도 모른다는 말을 들었다.

위층의 딸과는 달라서 아래층의 어머니는 이 집 살림을 맡아보기도 하거니와, 추운 날씨에 통근하기가 싫다고 아주 금침을 가져다 두고 묵었다. 손님이 뜸하고 조용한 한나절에는 책상머리서 떨어져 난로 앞으로 다가와서 나하고 곧잘 이야기가 어울리기도 하였다. 언젠가는 위층에서 딸이 내려온 것이라고 조그만 워트카 병을 따고 달걀 삶은 것을 내놓아서 의외의 대접도 받았다. 저번 날 노서아 장교가 침입했을 때 절간에는 손을 대지 않게 해주었다는 좋은 인상과, 이 집에 와 있게 말을 잘해준 인사로도 그러는 것이겠지마는, 서울까지만 데려다가 주면 거기서부터는 곧 일본으로 갈 수 있으리라는 희망에서 이 판에 이런 융숭한 대접을 하는 것인 모양이다.

위층에 있는 장교라는 아이가 키가 작달막하고 얼굴이 오종종하다니, 저번에 남을 놀래 주던 닭도둑놈이나 아닌지? 하여간 허구한 날 생돼지고기와 달걀 삶은 것만 먹는다니 계집아이 둘은 낮번, 밤번으로 끌어들여 놓고 쥐 죽은 듯이 자빠져 있기만 하니까 그런지도 모를 것이나, 하여간 그 덕에 얻어 걸린 술이요 달걀이었다.

대관절 장교란 자도 보고 싶고 밤번을 든다는 아이도 누구인지 궁금하나 일체 눈에 띄지 않는다. 그러자 하루는 아침 후에 김 과장 집에를 가보니 식모가 눈에 띄지 않는다. 아래도 조용하고 위층도 감감하기에 그런가 보다고 내버려두었더니, 점심때쯤 식모가 달려들며 자기 남편이라고 머리가 반백이나 되고 누런 홀태바지 작업복을 입은 남자를 내게 소개하는 데는 좀 얼떨떨하였다.

물론 내게 소개가 급한 것이 아니라 풀려 돌아오게 해준 위층의 장교인지 사위인지한테 인사를 온 것이었다.

얼굴은 번듯이 마주 들지 못하면서 그저 꿈적꿈적 비슬비슬하는 눈치가 가엾기도 하거니와, 군대 바지에 도꾸리셔츠를 입은 양이 어느 집 비부쟁이6) 같다.

"한 편 다리가 신경통이 도져서 몸을 제대루 가누지두 못한답니다."
아내의 설명이었다.

그래도 곁눈질을 슬쩍 뜨는 그 눈치라든지, 꼭 다문 입모습이 어딘지 지식 있는 사람의 점잖고 야무진 데가 있어 보였다.

이날은 위층에 올라가서 인사만 하고 가는 눈치였다.

'전쟁이란 무서운 거다. 진다는 것은 이렇게도 비참한 것인가.'
하고 나는 혼자 책상 앞에 멀거니 앉아 있었다.

며칠 후엔가 군화 소리가 창밖 마당에서 저벅저벅 나더니 문을 삐걱 열고,

---

6) 계집종의 지아비.

"미네 미네."

하고 식모를 부르는 소리가 난다.

남편이 왔나 보다고 가만히 귀를 기울이고 있었다. 숙설숙설하고 식모가 위층으로 올라가고 하더니 다시 잠잠하여졌다.

나는 피로한 끝에 난로 앞으로 건너가며,

"요새 영감의 다리가 났소?"

하고 말을 붙이었다.

"부대에 취직이 됐죠. 지금두 위층 장교더러 나오라구 알리러 왔었어요."

하고 식모는 위층의 기척을 엿듣듯이 그리고 귀를 기울이는 것이었다.

"잘됐구먼."

하고 나는 대꾸를 하다가 위층에서 쿵쿵쿵 내려오는 발소리에,

'그 장교란 누군가?'

하는 늘 궁금해하던 호기심에서 문이 열린 틈으로 내다보니, 층계에서 툭 뛰어 내려오는 군복 입은 조그만 몸집이 바로 보름께쯤 전에 우리 집에 뛰어들어,

"아버지!"

하고 악수를 하고 가던 그 자가 아닌가! 나는 어이가 없어 벙벙히 난로 앞에 섰었다.

의 처증

의처증

1

해 질 머리에 전등불은 아직 아니 들어오고, 좀 침침한 점방 안이다. 삼 칸통이나 되는 저자터를 드르륵드르륵 여닫고 다니는 유리창으로 푹 끼어놓아서 바깥거리에서도 저 속 방 안까지 빤히 들여다 보인다. 왼쪽 벽에는 쌀가마니가 그득 쌓였고, 가운데가 소매 터전으로 갖가지 곡물을 수북수북 담은 멍석이 채를 잡고 있고 오른쪽 구석으로 들인 방 한 간이 사무실 겸 배달꾼들을 재우는 데다. 아직 추운 때가 아니라, 가 운뎃문은 활짝 열어놓았다.

주인 기정이는 동리에 놀러 나갔다가 열려 있는 문으로 별 자취 없이 쓱 들어오더니 무엇엔지 깜짝 놀라 얼어붙은 듯이 가만히 바라보고만 서 있다. 이때까지 저희끼리 무슨 기롱을 하고 있었는지는 모르겠으나 배달 쾌남이가 문턱에 걸터앉아서 몸을 비꼬아 방 안을 들여다보고 있 고, 방 안의 조그만 책상을 등지고 마주 앉았는 아내는 '그런 버르장머 리 없는 소리 말어!' 하고 쾌남이에게 삿대질을 하며 깔깔대다가, 히끗 눈에 띄는 남편과 눈이 마주치자 아내 인숙의 얼굴 표정은 남북이 양단 된 것처럼 상하가 제대로 놀아서 괴상망측하여졌다. 눈 언저리의 웃음은 훅 꺼지고 놀란 눈이 똥그래졌으나, 입가에 남은 웃음은 아직 스러지지가 않아서 여전히 하얀 이빨을 내놓고 하— 웃고 있는 것이다. 쾌남이는 무색해서 후딱 바깥으로 나가버리고, 인숙이는 입가의 웃음까지 스러지자 이번에는 남편의 그 암상맞은 눈총에 항거하여 눈을 곤두세워서 마주 똑바로 쳐다보았다. 말 없는 눈씨름이 잠깐 지나간 뒤에, 인숙이는 방으로 들어서는 남편을 피하여 안마당으로 들어갔다.

'무슨 키스라두 하다가 들켰다면 모르지만 뭐 어쨌다구 그렇게 무섭게 눈을 까뒤집구 덤빌 건 뭔구.'

인숙이는 남편이 하도 눈을 매섭게 뜨는 통에 잠깐 찔끔하기는 하였지마는 그까짓 것 부리는 아이들 데리고 실없는 말끝에 삿대질쯤 하기야 예사지 무어 그리 놀라 자빠질 것까지야 있느냐는 생각이다. 사실 쾌남이를 은근히 귀여워해 왔지마는, 귀여운 거야 귀여워했지 별수 있느냐는 이런 나빠지는 달뜬 생각도 든다.

부엌에서는 큰딸아이 원애가 벌써 밥상을 보는 모양이나 남편에게 짜증도 부려보고 싶고 어쩐지 심란하여 안방으로 들어가 누워버렸다. 역시 머리에는 쾌남이 생각이 떠오른다. 언제라고 오매불망을 하던 쾌남이도 아니요, 삿대질쯤 한 거야 그만 잊어버렸을 텐데, 남편의 그 암상스러운 험악한 눈총에 자극이 되어서인지 좀 흥분한 기미다.

'허기야 병역까지 치르고 스물셋이니, 귀염둥이라기보다두, 어른 다 되지 않았나!'

인숙이는 이런 생각을 하며 어둑한 방 속에서 두 볼이 화끈하는 것을 깨달았다. 따져보면 마흔 고비에 다다라 서른아홉이니 스물셋을 빼면 열여섯이라, 인숙이에게는 열여섯이라는 숫자가 징그러운 듯이 생각되었다. 그야 지금 세상에 주사 맞고 얼굴 가축하기에 있지, 아무려면 나를 마흔 가까운 중늙은이로 보기야 할라구 하며 혼자 코웃음을 쳤다.

그러나 이때까지 무심하였지마는 퍼뜩 머리에 떠오르는 것은 갓 스물이 된 원애다. 불과 세 살 차이가 아닌가? 이 좁은 집 속에서 둘을 무심히 내버려두었다가는 큰일이라는 생각이 새삼스레 든다.

저녁을 먹으러 들어온 남편의 기색을 불빛에 힐끗 보니 아까와는 딴판으로 여상하다. 인숙이는 안심이 된다느니보다도,

'생각을 고쳐 먹었나? 으레 그럴 일이지.'

하고 속으로 웃으며 교대를 하여 점방으로 나왔다.

배달 나갔다가 들어온 병직이도 있었다.

"아즈머니, 주무시다 나오셨에요."

병직이도 딴은 아주머니란 인사로 말을 걸으며 웃어 보인다.

"응, 잘 갖다 두구 왔어?"

하고 대꾸를 하여 주면서도 인숙이의 눈은 자연 평상에 느른히 앉았는 쾌남이에게로 갔다. 조금 전에 자기가 잠깐 실없이 군 탓으로 남편에게 눈총을 맞고 미움을 받게 되었으니 그것만으로도 급작스레 동정이 더 가는 것이었다. 쾌남이가 올봄에 누구의 소개론지 왔을 제 벌써 첫눈에, 이 애는 이 조그만 싸전의 배달부로는 아깝다는 생각이 들었었지마는 지내보니 저는 입을 봉하고 아무 말이 없지마는 그렇지 않은 집 귀둥이로 자란 모양이요, 학교는 난리통에 간신히 중학 이 년까지밖에는 못 치렀다지마는 싹싹하니 붙임성이 있는 성깔인데 요새로 눈에 띄게 어깻집이 떡 벌어지면서 그리 작지 않은 키에 씩씩한 어른꼴이 실꽉히 배어가는 것도 뒷모양을 볼 때마다 탐스러워졌다.

"아즈머니, 이번 추석에 송편(松餠) 하시겠죠?"

쾌남이에 대면 좀 덜된 데가 있는 병직이가 또 시룽시룽 웃음의 소리를 건넨다. 쾌남이에게 대어놓고 보니까 덜된 데가 있다는 것이지 사람은 진국이요 진실하다.

"아무렴! 있는 쌀에 떡 해주지."

인숙이는 가벼이 받아넘기며 생글 웃었다. 인숙이는 남편에게 대할 때 얼굴 표정과 딴 남자―더구나 이런 젊은애들을 다룰 때의 표정이 딴사람같이 달랐다. 남편에 대해서는 별로 생신한 호기심이 없어서도 그렇겠지마는 의무감과, 또 하나는 무언지 모르게 경계하는 태도로 나오기 때문에, 대개가 무표정하고 딱딱한 낯빛이 되는 것인데, 이렇게 젊은애들과 터놓고 수작을 하느라면 그러한 의무감의 짐이 덜리고 경계망을 걷어치워서 그러한지, 또 혹은 신선한 남성적 젊은 향취에 감염되어서 그러한지 얼굴 전체에 화색이 돌고 웃는 입모습이 금시로 고와진다. 웃지는 않더라도 눈매와 입귀에 청춘의 여운餘韻이 되살아나와 방싯이 피어오르는 것이었다.

"아니 제가 먹자는 게 아니라, 추석에 집에 빈손 들구 가기가 안돼서 그러는 거예요. 돈은 따루 드릴게 한 되쯤 제 몫을 만들어주셨으면 하는 건데요……."

병직이는 정색을 하며 하기 어려운 청을 한다는 말눈치다.

"호호호…… 염려 말어, 내 한 소쿠리 해줄게. 효자로군! 집이 용인이랬지?"

인숙이는 낯빛과 목소리가 한층 더 명랑하여졌다.

병직이가 입이 헤벌어져서 껄껄대니까 쾌남이도 따라 싱긋하면서 뒤의 방문턱에 앉은 주인 아주머니를 돌아보았다.

"그래! 이 총각두 해줄 테야. 호호호……."

돌아보는 쾌남이와 눈길이 마주치자 인숙이는 입이 활짝 벌어지며 좀더 명랑한 웃음을 터뜨렸다.

"싫습니다. 저는 가지구 갈 데가 있어야죠……."

쾌남이는 어설픈 웃음을 띠며 풀 없는 소리를 한다.

이 청년은 휴전선 하나를 격해 놓고 부모가 사는 땅을 빤히 바라보면서도 못 건너고 있는 개풍군 출신이다.

인숙이는 그 말소리가 언짢아서 얼굴이 잠깐 흐려졌다.

"뭘 해? 어서 들어가 밥 먹지!"

상을 물리고 나오는 남편의 말은 다른 때보다 핀둥이를 주는 어기었다. 평상에서 벌떡 일어나는 두 배달꾼을 휙 둘러보는 그 눈도 좀 다르다고 인숙이는 약삭빨리 눈치 채었다. 그러나 쾌남이가 고개를 떨어뜨리고 섰는 꼴이 가여워서 인숙이는 선뜻,

"자네들두 어서 들어와서 밥 먹어."

하며 끌고 들어왔다.

'웬 또 변덕인지? 금시루 말짱해지더니? 흐렸다 개었다 어느 춤에 놀라는 건구? 차차 의처증에 걸려가시는 거군.'

인숙이는 이런 생각을 하면서 아이들과 밥을 뜨다가 남편이 못마땅한 김에 와락 마루로 나와서 두 배달꾼이 겸상에 먹는 밥상을 휘휘 둘러보며,

"얘 원애야, 어디 무슨 반찬이 있니? 그 꽁치 조린 거라두 더 갖다 줘라."

하고 일부러 한 뼘만 한 마당을 격해서 듣고 앉았을 남편이 들어보라고 소리를 친다.

기정이는 기정이대로 뽀로통히 담배만 피우면서 문밖을 내다보고 앉았다.

'아무래도 제가 잘못이지, 한두 살 먹은 어린애 아니고, 장가를 갔으면 자식을 두었을 젊은애를 데리구…… 큰소리를 내면 이 시장바닥에 붙어 있을 수가 없구, 잘못하다간 젊은애를 버려놓을까 봐 잠자쿠 있으려니까 한 길 더 뛰어서, 쳇!'

기정이는 이십 년이나 같이 살아왔어야, 아내를 그렇게 알뜰살뜰히 생각하여 본 일도 없었지마는, 또 오늘같이 난잡한 광경을 보았거나 의심을 해본 일도 없이 턱 믿어왔기 때문에 더 불쾌한 것이다.

2

소두 한 말 송편을 빚기에, 점심 후부터 시작하였건마는 모녀와 격장에서 혼자 사는 동생 인임이와 옆집 색시까지 와서 빚어주고 하였어도 자정 넘어서나 손을 떼게 되었다. 인숙이는 시루에 앉혀만 주고, 방에 들어가서 곯아떨어져 버렸다. 원애와 인임이, 둘이서 졸면서 김이 오르기를 기다려 쪄내서는 솔을 씻고 기름을 바르고…… 죽을 지경이었다. 간신히 끝을 내서 광주리에 담아 밀어놓고는 두 처녀도 건넌방에 들어가 아이들 틈에 쓰러진 것은 거의 밝을 녘이었다. 그래도 부엌데기인 원애는 두어 시간 눈을 붙였을까, 날이 새기가 무섭게 소스라쳐 깨어 부엌으로 내려갔다. 산소에 나가는 아버지와 떡 되기를 기다려서 새벽같이 용인으로 떠날 병직이를 위하여 이른 아침을 지어야 하겠기 때문이다. 그래도 국 밥이 다 되어갈 무렵에는, 어머니가 내려와서 미리 만들어두었던 나물도 담고, 상을 보아주어 한결 일이 덜렸다. 오늘은 점방 문을 아니 열기로 했기에 어머니가 부엌에를 내려왔지, 다른 때 같으면야 모든 것을 딸한테 쓸어 맡기고 눈만 뜨면 가게터로 나가는 것이다.

하여튼 떡 한 소쿠리를 신문지에 싸서 들고 신바람이 나서 나가는 병직이를 보내고, 올에는 국민학교에 들어간 셋째 놈까지 따라나선다 하여 사 부자를 치행 차려 내보내느라고 한바탕 부산하였지마는, 다 내보내고 나니 뒤는 집 안이 텅 빈 듯이 호젓하여졌다. 더구나 가게 문을 닫았으니 그렇다.

"어머니, 난 잘 테야."

"자는 게 뭐냐. 명절날이라구 그래두 더운 국이라두 마시구 한술 뜨구 자야지. 뒷설거지는 내가 해주마."

인숙이는 졸려 하는 딸과 동생에게 세수를 시키고, 손수 상을 보아다가 세 살짜리 딸과 함께 아침을 떴다. 인숙이는 부산 피난 때와 서울 올라와서, 사이가 떠서 두어 번 걸려서 그렇지, 그렇지 않았더라면 사십도 되기 전에 지금쯤 칠팔 남매쯤 두었을지? 하여튼 다산계多産系요, 오남매에 부부 알라 일곱 식구면 구멍가게 싸전 하나를 가지고는 대식구다. 그래도 난리를 치르고 나서 작년부터는 성묘도 하게 되었고 삼 형제를 데리고 나가는 것을 보니 대견하다. 아침상에서 물러앉으니까 두 계집애아이들은 또다시 쓰러졌다. 인숙이는 오랜만에 부엌 뒤치다꺼리를 말끔히 하여 놓았다. 하늘은 드높이 푸르고 맑은 가을 햇발이 쨍쨍히 비치는 손바닥만 한 마당이라도 상글하니 기분이 좋다. 인숙이는 마루 끝에 걸터앉아서 뜰에서 바스락대고 노는 딸년을 무심히 바라보다가, 심심해서 혼자 빙빙 돌던 쾌남이는 제 방 속에 들어가 자나? 놀러 나갔나? 하는 생각을 하여 보면서, 방문이 열린 안방을 들여다보니, 두 계집애아이는 묶어가도 모를 지경으로 코를 골고 있다.

"인젠 우리두 들어가 자자."

하고 인숙이는 아이를 마루에 안아 올려놓고, 뒤따라 올라서면서 웬일인지 얼굴이 확확하여지고 숨이 가쁜 것을 깨달았다. 어린것을 끼고 누워서도 아이가 잠이 들기를 기다리기가 지루하였다. 그래도 어쩌다 아이가 잠이 들자 인숙이는 사지를 기껏 뻗어서 기지개를 한참 켜고서도 또 한 번 무슨 생각에 잠겼다가 살며시 일어나서 자는 아이들을 휘

둘러보고는 마루로 가만히 나섰다. 송편 광주리로 가서, 미리 아이들 몫을 접시에 한몫씩을 지어 담아둔 속에서 한 접시 꺼내가지고 또다시 안방을 들여다보면서 축대로 내려섰다. 아까 쾌남이의 아침 밥상에 떡 접시도 놓아주었지만, 잘 안 먹었기에 심심히 혼자 제 방 속에 있을 것이 가엾어서 갖다 주자는 것이다. 안으로 통하는 점방 쪽문을 살짝 밀치고 들어갔다.

인숙이가 빈 떡 접시를 들고 마당으로 나서며 사방을 휘휘 둘러볼 때, 마침 오정 뚜우가 불었다. 가만히 마룻전에 와서 접시도 소리를 안 내고 놓으며 안방을 들여다보니, 여전히 널치들이 되어 잔다. 어린아이도 쌕쌕 잔다.

"혼자 심심하게 방 속에서 무얼 하구 있누? 따라 나올 일이지."

하고 인숙이는 마당으로 난 가겟방 들창을 바라보며 마루턱에 앉았다. 금시로 헤어져 나왔건마는 혼자 무슨 생각을 하는지 그동안이 궁금하고 보고 싶었다. 그러나 두 시나 되어서 먹게 된 점심때에, 안에 들어올 쾌남이가 좀 수줍어할 뿐이지 어설피 굴지 않는 데에 안심이 되었다.

"오늘은 노는 날이지만 심심하건 그 장부 정리 끝나지 않은 것 마쳐 놓자구, 내 좀 있다 나갈게."

인숙이는 점심을 먹고 나가는 쾌남이에게 이렇게 일렀다. 옆에 앉았던 인임이는 형이 혼자 있는 총각방에를 나가겠다는 말이 귀에 거슬렸는지, 형의 콧날에 생글하는 웃음이 스쳐가는 것이 이상해 보였는지, 유심히 인숙이의 얼굴을 쳐다보았다.

인임이에게 떡을 싸서 주어 보내놓고 인숙이는 역시 빈손으로 나가기가 안되어서, 송편 한 접시를 또 들고 점방으로 들어갔다. 장부 정리를 한다던 것 보아서는 이번에는 아까 아침결보다 떡 같은 것 인제는 시들하여 건드리지도 않기에, 두었다가 밤에라도 먹으라고 그대로 두고 나온 것이다. 부엌에서는 딸이 쌀을 씻고 있었으나, 다가오는 어머니를 본 체 만 체다.

"오늘은 떡들을 먹구 찬밥두 밀렸으니, 산소에서 들어오는 사람 것만 짓지?"

인숙이는 부엌을 들여다보며 딸에게 말을 붙였다. 무엇보다도 눈치를 보려는 것이었다.

"그러지 않아두 둘 했에요."

원애는 조리질을 하면서 역시 거들떠보지도 않고, 예사로운 말소리다. 인숙이는 마음이 놓였다. 둘이란 조그만 양재기로 쌀을 되어서 말이다.

산소에서 남편이 아이들을 데리고 들어오니까, 남편의 양복을 벗겨서 솔질을 해 넣고 묘지기집 사는 형편을 묻고…… 하다가는, 부엌에 내려가서 미리 마련해 두었던 찌개를 손수 만들고, 쾌남이를 시켜서 술을 받아다가 밥상을 받게 하였다. 그러나 인숙이가 아이들과 깔깔대며 유쾌히 저녁을 먹는 것 보아서는 남편은 고단해서 그런지 말수가 없어 먹을 것만 먹고 상을 물리고는 곧 자리를 펴라 해서 누워버렸다.

이튿날부터는 여상히 상점문을 열고, 좀 늦게 돌아온 병직이도 어울려서 추석 전 며칠 동안 같지는 않으나 시내로 쌀을 팔고 배달을 하고 하였다. 그러나 좀 이상한 것은, 인숙이는 어젯밤의 그 명랑하던 기분이 간 데 없고 통 입을 벌리지 않았다. 쾌남이도 남과 눈이 마주치는 것이 싫은 듯이 슬슬 피하여 틈만 있으면 문밖에 나가서 우두커니 섰고 하니, 병직이 역시 말 붙일 데가 없어서 멀거니 맥을 놓고 있었다. 병직이는 무슨 까닭인지 하루 동안에 집안 공기가 달라졌구나 하고 눈치만 살피면서 곰곰 생각하여 보았다.

그런가, 하면 온종일 입을 봉하고 안팎으로 들락날락하는 남편의 거동이나 기색도, 남의 눈치만 보려는 것 같아서 인숙이는 지긋지긋이 싫었다.

저녁때 좁은 마당을 오락가락하던 남편이, 마침 점방 쪽문에서 톡 튀어나오는 아내의 얼굴을 유심히 쳐다보자니까,

"왜 남의 얼굴을 이상한 눈으루 보는 거야? 왼종일 벙어리가 돼서 무슨 까닭야? 산소엘 다녀오더니 산소 동티가 난 게로군?"

하고 쏘아붙였다. 안에서 큰소리가 나는 것을 듣고 전방 안의 평상에 앉았던 쾌남이는 찔끔해서 또 밖으로 슬그머니 피해 나갔다. 기정이는 아내는 무어라고 발악을 하든 모른 척하고 이쪽 대문으로 나갔다. 문밖에서 우두커니 섰는 쾌남이와 마주치자, 쾌남이는 고개를 떨어뜨리고 스르르 피하여 다시 점방으로 들어갔다.

이렇게 하루해를 보내고, 저녁에 오늘 판 셈을 따져보니 아무리 명일을 지낸 뒤라 해도 평일의 반도 못된다. 기정이는 마음이 더욱 어두워졌다. 어쩐지 간신히 버티어나가는 이 생활에나마 어딘지 모르게 검은 그림자가 깃들어가는 것 같은 불길한 예감이 들어서 점방 안 사무실의 전등불 밑에서 맥이 풀려 앉았었다.

아랫도리로만 베도는 경찰관 생활 십여 년에 멀미가 난 끝에, 죽어죽어 부어나가던 계를 오십만 환 탄 김에 경찰을 그만두고 새발의 피 같은 퇴직금과 이것저것 긁어모아서 시작한 노릇인데, 그것도 재직한 동안에 우연히 가까워진 정미소 주인의 원조가 적지 않았던 관계이지마는, 하여튼 일 년 남짓 지내는 동안 쏠쏠히 재미를 보아왔던 것이다. 그렇다고 무어 한밑천 뽑은 것도 아니요, 그저 일곱 식구가 간신간신히 뜯어먹고 살아왔을 뿐이다. 그런데 근거는 그렇다 하고 요전에 힐끗 눈에 띈 아내의 그 삿대질이 동티가 나고야 말려는지, 그 후부터는 기정

이의 마음이 점점 침울하여지면서 아내의 눈치를 살피기에만 신경이 쓰여왔던 것이다. 어제 산소에 나갈 제만 해도 좀 마음이 놓이지 않았으나, 혼자 있는 것도 아니요, 두 계집아이들이 지키고 있고, 설마하니 자식이나 다름없는 아직 어린것하고 어쩌랴 싶어 그런 더러운 군걱정은 집어치우자고 돌려 생각하였던 것이다. 그러나 어제 오늘 두고 아무리 보아야 눈치가 다르니, 이 성화를 어쩌느랴고 또 끙끙 앓고 있는 것이다.

3

남편의 감시가 나날이 심하여지니까, 인숙이는 일일이 탓할 수도 없고 수족을 제대로 놀릴 수가 없게 되었다. 늘 드나들던 옆집에만 잠깐 가 앉았어도 벌써 딸년을 시켜 부르러 온다. 밤에 뒷간에를 가러 일어나 나와도 자는 척하고 지키고 있었던지 부시시 뒤쫓아 나온다. 이거야 아주 가두어놀 일이지, 배겨내는 수가 없다. 그러나 가만히 생각하니 큰소리를 낸댔자 이 좁은 시장바닥에서 소문만 왁자하여질 것이요, 창피만 스러운 노릇이다. 그러한 눈치에 점점 더 기를 못 펴는 쾌남이가 가엾고 보기에 딱하였다. 하루는 간신히 틈을 타서 쾌남이와 둘이서 만나자,

"염려 말어. 괜한 걱정을 하구 비슬비슬하면 남이 더 이상스럽게만 봐."

하고 넌지시 일러놓았다. 원체 수단도 경험도 없는 숫보기라 그렇겠거니 싶어 인숙이는 귀엽고 미안한 생각이 들면서도, 요다음 곗날 나갈 제 어떡하면 좀 데리고 나가서 교육을 시켜놓을까 하는 궁리를 하기에

골몰하였다. 하여간에 남편의 감시의 눈을 늦추자면 남편의 신용을 회복하는 것이 첫 문제라고 생각하자 얼마 동안 남편의 눈이 자기의 뒤를 쫓을 필요도 없게, 싫고 성이 가셔도 아주 남편의 옆에 매달려 지내보기로 결심하였다. 효과가 백 퍼센트는 아니더라도 며칠이 못 가서 어느 정도 남편의 그 무서운 눈자위가 제대로 가라앉고 신경이 누그러져가는 눈치다. 다만 앞에서 영등같이 시중을 들고 비위를 맞추고 하기에 뼛골이 빠졌다.

그래도 그 덕엔지 곗날 나가는 데 별 트집도 없었고, 옛날로 말하면 계도가契都家랄까 계원들이 모이는 너멋동리 충주집에 쌀 한 가마니를 보내라는 부탁을 할 때도 남편은 그러마고 순순히 들었다. 그것은 충주집에서 미리 주문이 있었기에 장삿속으로 부탁한 것이요, 또 하나는 충주집을 아는 아이가 쾌남이기에, 으레 쾌남이가 쌀배달을 하여 오려니 생각하고 바로 이 곗날을 기다려서 배달하게 하자는 것도 계획적으로 그런 것이다. 그러나 눈이 빠지게 기다려야 쌀은 배달해 오지 않고 충주집에서 쾌남이는 못 만나고 말았다.

이날 기정이는 아내를 내보내고 나니 감시할 대상이 없어져서 도리어 자기가 해방이 된 듯싶어 마음 턱 놓고 술이나 한잔 할 생각으로 나섰다.

그동안 눈치코치로 다 알아차린 병직이가 쾌남이의 어깨를 탁 치며,

"너도 울적한 김에 아저씨 따라 한잔 하러 가렴."

하고 비꼬아주니까, 쾌남이는 못 들은 척하여 버렸다. 쾌남이는 요새 며칠을 두고 병직이가 밤이면 자릿속에서 수릉시릉 비양거리는 소리에 진저리가 날 지경이다.

"에라, 내나 가서 한잔 먹구 오겠다."

하고 병직이는 안으로 툭 튀어 들어가서, 마침 저녁을 지으러 부엌에

내려와 섰는 원애를 보고,

"여보 아가씨, 물 한 잔 주우."

하고 낄낄대며 말을 붙였다. 원애는 전에는 그렇지 않았는데, 애가 별안간 웬일인가 하고 눈이 똥그래졌다.

그러나,

'옳지! 어머니 눈치가 다르니까 내게까지 별안간 버르장머리 없이 구는구나!'

하고 돌려 생각하였다. 하여튼 일 년이나 한솥밥을 먹은 젊은 애라, 그런 가벼운 기롱쯤 예사일 것 같고 또 불쾌한 것은 조금도 없었다. 원애는 얼굴 하나 붉히지 않고 선뜻 물 한 대접을 떠서 주었다. 병직이는 싱끗 웃고 쳐다보며 물대접을 받아서 몇 모금 인사로 마시고는 물그릇을 내어주면서 나직한 목소리로,

"뽕 따러 가세, 뽕 따러 가세……."

하고 노랫가락을 내다가 말고는,

"이따 밤에 만나자구, 뽕은 밤에 따는 것이 재미야, 하하하……."

하며 아무 거리낌 없이 껄껄대며 휙 밖으로 나가버렸다. 원애는 하어이가 없어 멀거니 부엌 속에 서 있었다.

대포 한 잔에 얼근해서 돌아온 주인은 문턱에 섰는 쾌남이를 보자,

"이 자식, 요새 너 왜 이렇게 얼이 빠졌니? 정신 좀 차려."

하고 홀 닦아세우다가 슬쩍 말을 돌려서,

"아참, 충주집에서 쌀 한 가마니를 갖다 달란다더라. 자전거에 신구 가서 오는 길에 아즈머니 태워 가지구 오너라."

진담인지 취담인지 이렇게 일러놓고는 안으로 들어가 버렸다. 이래저래 말을 못하고 분통이 터지는 쾌남이가 귓가로 들어두었지마는 누가 전표를 떼고 쌀가마니를 내다주어야 말이지, 가만히 있을 수밖에 없

었다.

쾌남이는 인제는 옆의 가게들 사람의 눈치까지 보이게 되고, 사람이 오금을 못 쓰게 되니 주인 아주머니가 차차 원망스러워졌다.

그러자 반 시간도 못되어서, 주인 아주머니가 하얗게 질린 얼굴로 허둥지둥 들어서더니 쾌남이를 보고 전 같은 정다운 눈길을 주는 것도 아니요,

"아저씨 어디 가셨니?"

하고 남편부터 찾는다. 두 배달 아이들은 무슨 심상치 않은 일이 생겼나 보다는 짐작이 들었다.

안방으로 들어간 인숙이는 술김에 잠이 든 남편을 깨워 일으켜 앉혀 놓고 나들이옷을 입은 채 퍼더버리고 앉아서,

"여보, 계가 깨졌다우. 이를 어쩌우? 적어두 육십만 환은 무리꾸럭을 해놔야 할 텐데……."

하고 울상이다.

"듣던 중 반가운 소리군. 난 몰라. 알아 해."

남편은 소리를 꽥 지르고 돌아누워 버렸다.

"이건 무슨 소리야? 올봄에 오십만 환 쓴 건 똥 됐단 말이지? 세상에 공짜가 어디 있어."

인숙이는 반발적으로 발끈하였다.

이번 계를 모으는 데는, 인숙이가 계주가 되어서 첫번으로 오십만 환을 타다가 집 세전을 찔러 넣었던 것이다. 애초에 이 집을 오십만 환에 들어서 다달이 오만 환씩 까가게 된 것인데, 올봄에 와서 그동안 지난 여섯 달치를 에끼고 보니 남은 것이라곤 이십만 환밖에 안 된다. 생각다 못하여 계주가 되어가지고 오십만 환을 들여놓고 칠십만 환의 전세로 돌려 매어놓은 것이다. 그러니 지금 점방에 쌓아놓은 쌀가마니도 반

은 외상 거래로 갖다 놓은 것인데, 다 털어야 잔빚거래나 마감하면 그만이요, 고작 남은 것이 집 세전 칠십만 환뿐이다. 거기에서 육십만 환을 깨어진 계의 빚으로 무리꾸럭을 하라니 인제는 거지 다 된 것이로구나 하고, 인숙이도 겁을 벌벌 내는 것이지마는 기정이 역시 잠이 반짝 깨어 돌아누워서 속으로,

'네년이 지랄을 버릇더라니! 되는 노릇이 있겠니?'

하고 이를 갈며 아내를 원망하는 것이었다.

그런데 일은 당장으로 고비에 닥치게 되었다. 부부가 티각태각하고 말다툼만 하고 구체적으로 대책을 의논할 새도 없이 날이 밝은 바로 그 이튿날 낮에 계원들이 질질 흐르는 옷차림으로 거진 여남은 명이나 풍우같이 몰려들었다.

귀부인(?)들이 여남은씩 몰려드는 것은 이 좁은 시장바닥에서는 보기 드문 광경이라, 당장 문전이 왁자히 뒤집히고 구경꾼들이 삼지위겹으로 꾀어들어서 장사가 안 되는 것은 고사하고 창피해 못 견딜 지경이다. 마침 인숙이는 안에 있었던 터라, 살짝 뒷문으로 빠져나가서 멀찌감치 떨어져 동리 사람들의 눈에 안 뜨이는 데로만 헤맸다.

그러니 혼자 죽을 지경인 것은 기정이었다. 참새 볶듯 하는 아낙네들의 사정은 노노히 들으나 마나 뻔한 일이요 마음이 약한 기정이로서는 뻗대 볼 뱃심도 없거니와 그 등쌀에 배겨날 것 같지가 않아서 긴 수작 집어치우고 아주 선선히,

"짐작하겠어요. 실상은 얼마두 안 되는 돈인데, 보시다시피 이 점방을 팔아서라두 그만 돈을 물어드릴 거니 염려 마세요."

하고 당장 동곳을 빼어버렸다. 여자들은 의외로 쉽사리 낙착이 난 바람에, 도리어 김이 빠진 것 같기도 하였으나, 기정이가 헌헌한 대장부 같아서 저만치 쳐다보이기도 하고, 계로 해서 금시로 거덜이 나는 것이

가엾다는 동정이 없지 않아서 무색한 낯빛을 짓는 여자도 있었다. 여기에 충주집은 끼어오지 않았었다. 누가 계주가 되든지 충주집은 언제나 깨끗하고 남편이 나간 뒤는 조용하기가 절간 같아서 그리들 모이는 것이나 충주집 마나님은 틀거지가 있어 함부로 이런 데 나다니지도 않고 실상은 그 총중에서 채를 잡고 있는 것이다.

불시에 공격을 받은 낭자군娘子軍을 남편이 진땀을 빼고 퇴산시키니까 낌새를 챈 인숙이가 스르르 들어왔다. 그러나 기정이는 그 오십만 환을 아내가 딴 데 쓴 것이 아니요, 집 세전에 보태어 들여놓은 것이니까 책잡을 일도 없어 역시 모른 척해 두었다.

그날 밤에, 옆집도 같은 싸전이라, 웬 분란이었더냐고 주인이 궁금해서 위문 삼아 찾아왔길래, 기정이가 솔직히 털어놓고 점방을 팔겠다고 의논을 하니까, 그거쯤야 자기가 주선하여 줄 터이니 염려 말라고 큰소리치고 갔었다. 제기나 하면, 이웃 간에 그거 될 말요, 빚이야 차차 벌어 갚지, 좀체 붙들기 어려운 장사터를 손쉽게 내어놓다니! 하고 말릴 법한데 그런 말 한마디 없었다. 하여간 그리해서 흥정이 벌어진 지 사흘째 가서, 우수리 없는 백만 환을 받고 점방을 넘겨주기로 계약이 되었다. 전셋돈 칠십만 환에 현물과 이것저것 설비하여 놓은 것을 그대로 물려주기로 하여 삼십만 환 친 것이다. 기정이는, 에이 시원하다고 생각하였다. 아내 감시에 피로한 머리이기는 하지마는 다 집어치우고 자리를 떠보자는 것이요, 어차피 가로맡에서 큰소리쳐 놓은 일이니 계의 빚이나 깡그리 갚고, 구멍가게라도 새판으로 차리자는 것이다. 그러나 육십만 환 빚 무리꾸럭하고 이사 가서 구멍가게라도 벌이자면 사십만 환 가지고도 부족할 테니, 거래하던 정미소의 빚을 못 가리는 것이 걱정이기도 하였다.

어쨌든 계약금이고 끝전이고 없이 손쉽게 백만 환을 모아 갖다 주니까, 육십만 환은 아내에게 뚝 떼어주고 이십만 환은 어제 오늘 이 근방을 돌아다니며 정해 놓은 판잣집 값으로 떼어놓고 나니, 나머지 이십만 환이 일곱 식구가 목숨을 매어달 구멍가게의 밑천인 것이다. 요행히 지금 잡아놓은 판잣집은 방이 둘이요, 바깥에 처마 밑으로 반 간 넓이 이 간통쯤 되는 가게터전이 있는 것이 마음에 들어서 잡아놓은 것이다. 모녀가 이것을 의지 삼아 벌어서 일곱 식구 입에 풀칠이라도 하여 줄까 하는 막연한 기대다.

싸전은 나흘 닷새 문을 닫고 있어 거래하던 손님이 옆집으로만 가는 터라 새로 오는 사람에게 와서 문을 열게 하여 주어야 하겠고, 마침 판잣집도 소리 없이 곧 내어놓아 주기에 부랴사랴 떠나버렸다. 다행히도 두 배달꾼 아이는 새로 들어서는 사람이 눌러 쓰겠다 하여 한시름 잊고, 섭섭하니 당장 용돈이나 쓰라고 삼천 환씩 쥐어주고 헤어졌다.

그동안 내외는 별로 성이 난 기색도 아니었으나, 무슨 큰 천냥을 지니고 산 것은 아니라도 살림이 별안간 이렇게 되어가는 것이, 피차에 딱하여서인지 서로 의논하는 일도 없고 말이 없이 집 안은 조용하였다. 인숙이는 남편이 하는 대로 내버려두었다. 기정이도 인제는 전처럼 아내를 감시하려 들지도 않고 방임하였다. 그러나 아이들은 어머니 아버지가 서로 웃든지 말다툼을 하든지 하면 사람 사는 집 같겠는데 통 말이 없으니 쓸쓸하여 못 견디겠고 그것이 또 하나의 걱정이 되었다.

그런데 집 떠나던 날 마지막에 끝끝내 돌발 사건이 생기고 말았다. 일찌감치 짐을 나르고 한참 부산한 통인데 인숙이는 새집 들러 가는데 주제가 사나워서는 창피하다고 새 옷을 갈아입고 나섰다. 누구나 그러려니 하고 무심히 보았었다. 그런데 결국 어디로 새었는지 온 데 간 데가 없었다. 새 집을 들고 어린것까지 나서서 세간을 들여놓고, 저녁밥까지 해치우고 나도록 감감무소식이다. 아이들은 일찍 곯아떨어졌지마는 기정이와 원애는 통행금지의 뚜우가 불 때까지 기다리다 못하여 지쳐서 잠이 들었다.

이튿날 신새벽에 인숙이는 달려들었다.

"이사를 하다 말구 헤갈을 해놓구, 어디를 이러구 다니는 거야? 집안이 망하기루 이럴 법이 있나!"

아무리 큰소리 안 내고 얌전한 기정이도 펄펄 뛰었다. 원애도 어머니의 얼굴을 빤히 쳐다보았다.

"글쎄, 이리루 오는 길에서, 운수가 사나우느라구, 계원 하나를 만났더니, 저번 보낸 돈 분배가 잘못됐다구 시비죠. 하는 수 없이 이리 끌려 다니구 저리 끌려 다니구 하느라구 쌈쌈해 가며 통행금지 시간이 됐구면……."

하고 인숙이는 자질구레한 변명을 늘어놓았다. 기정이도 듣고 보니 그럴싸하여 더 삐진 소리는 못하고 말았다.

하지마는 인숙이가 제 생각을 해도 낯간지러운 수작이다. 어제 한나절쯤 되어서 세간을 다 날랐겠다, 인제는 저희끼리 세간을 들여놓고 자리를 잡겠거니 하고, 눈치를 보아가며 부리나케 옷을 갈아입고 살짝 빠져나온 것이다. 너멋동리로 넘어가는 길목에서 기다리게 한 쾌남이가 눈을 껌벅거리고 기다리고 있을 것이 안타까워서였다. 새로 온다는 사람이 두 아이를 맡겠다고는 하였지마는, 당장 저녁 한 끼 얻어먹을 데가 없는 쾌남이를 그대로 내버려두는 수도 없고, 하숙이고 셋방이고 자기 손으로 정하여 주어야 하겠기 때문이다.

인숙이는 쾌남이를 끌고 청요릿집에 가서 된장국수를 두둑이 먹여가지고 나와서, 반나절을 걸려서 되도록이면 멀찌감치 떨어진 데에 셋방 하나를 얻어놓고 전셋돈 오만 환을 자기 주머니에서 꺼내 당장 치렀다. 남편에게는 계의 빚 육십만 환을 받아냈지마는, 기실은 오십만 환 무리

꾸럭하는 것이요, 이런 데 쓰자고 십만 환 덕거리질을 했기에 아직 여유작작하다. 해질머리에나 방을 정하고 나서, 자취할 부엌 제구며 기명을 사들이고, 쌀을 팔아오고 하여, 저녁을 끓여 먹고 난 것이 열 시 넘어였다. 설거지하고 어쩌고 하는 동안에 통행금지의 뚜우가 불었다. 실상은 그 뚜우를 은근히 기다렸는지도 몰랐었다.

하여간 이튿날 신새벽에 눈을 뜨고 나니, 창피한 생각부터 들었다. 어제 방을 정할 적에 동생이라고 하였는데, 사정이야 어쨌든 주인집에서 어찌 알지 몰라서 새벽같이 아무도 일어나지 않는 틈에 몰래 빠져 나왔던 것이다.

어 머니

어머니

1

행자가 학교에서 돌아오니까 어머니가 와서 안방에서 기다리고 있었다. 한시도 떨어지지를 않는 어린것을 안고 마루로 나서는 어머니를 마당에서 잠깐 치어다보며 행자는,

"언제 오셨에요?"

하고 심상히 대꾸를 하였다. 그동안 궁금도 하고, 혹시나 찾아오지나 않을까 하며 은근히 기다리던 분수 보아서도 그리 반갑지도 않았다. 그보다도 불쑥 얼굴도 잊어버린 돌아간 아버지 생각이 떠올랐다. 그 아버지가 지어준 행자라는 제 이름이 일본 애 이름 같다고 마음에 들지 않으면서도 고치지도 못하고 마지못해 달고 있는 것처럼 요새로 어머니에게 대한 감정이 그 비슷한 것을 깨닫는 행자이었다.

행자가 책가방을 두려고 제 방인 아랫방으로 들어가려니까 모친이 따라 내려왔다.

"아이 좀 어때요?"

들여다보지도 않고 그저 인사성으로 말을 붙이는 것이었다.

"아무래두 살지 못할 것 같애."

어머니는 풀이 죽어 눈살을 찌푸리며 맨바닥에 앉았다.

그동안에 벌써 추석이 지났으니, 여름에 불기가 들어가지 않은 방바닥은 뼈가 저리게 찼다. 그동안이라는 것은 어머니가 부평서 그 풍파를 일으집어놓고 올라온 뒤 말이다.

"이것 까세요."

하고 행자는 단 하나인 책상 앞에 깔아논 방석을 밀어놓으니까 어머니가,

"아이 난 상관없다. 어서 깔구 앉어라."

하며 도로 밀어놓는 것이 어쩐지 딸에게릴망정 그런 대접을 받는 것이 분에 겹다는 듯이 쭈뼛쭈뼛하는 기색 같아서 행자는 어머니가 못마땅은 하면서도 가엾어 보였다.

"그동안 아버지 오셨던?"

"녜. 한 번……."

행자는 자연 말수가 적고 쌀쌀하였다. 어머니가 숨은 데가 어딘지? 어떻게 지내는지 궁금하고 물어보고 싶은 말도 하두 많지만 행자는 말을 꺼내기가 답답만 하고 그럴 기운이 나지 않았다. 그러나 아버지가 한 번 다녀갔다고 했지만 어머니의 뒤를 쫓아서 올라왔던 아버지와 한태의 집에를 찾아갔다가 같이 나와서 시장거리를 걷다가 우연히 원광으로 어머니의 뒷모양이 눈에 띄었건마는 그대로 놓쳐버린 뒤에 또 한 번 아버지가 다녀갔으니 두 번 왔던 셈이다. 두 번 왔을 때 아버지는 인제는 아주 단념하였던지 다시는 어머니의 소식을 알려고도 아니하였었고 입 밖에 내지도 아니하였었다. 행자 역시 다시는 찾아 나서지를 않았었다. 한태의 집은 아니, 한태만 찾아가면 어머니가 숨은 데를 알겠지마는 한태부터 보기 싫거니와 어머니를 찾아내야 별수가 없지 않느냐고 암상이 나서 모른 척하고 한 달 동안이나 지내고 말았던 것이다.

"넌, 토요일이면 내려가니?"

"아니. 그건 내려가 봐 뭘 해요."

행자는 그러지 말자면서도 말이 쌀쌀히 나오는 것을 어찌하는 수가 없었다. 혜련이는 딸의 쌀쌀한 말소리를 들으면 무슨 채찍질이나 맞는 듯이 가슴이 아팠다.

—그래두 좀 가봐 줄 일이지. 어쩌면 매정스럽게……

혜련이는 이런 말이 곧 입에 나오려는 것을 질겁을 해 참아버렸다. 각 애비 자식들이 우글거리는 것을 떼내쳐 두고 빠져나온 자기를 생각지 못하도록 얌체 빠진 혜련이는 아니었다.

행자는 전에는 서울까지 통학을 했지마는, 외삼촌 집에 가 있게 된 뒤로는 토요일이면 부평집에 내려가서 하루 쉬고 올라오곤 하였었다. 그러나 그것도 어머니가 있으니까 중심이 있고 목표가 있으니까이었지, 어머니 없는 집에는 갈 맛이 없어졌다. 어머니 밑이니까 아버지가 다른 동생들도 동생이거니 하여 왔지, 어머니 없는 그 집은 남의 집이요, 동생들도 동생 같지가 않다. 행자는 외톨박이 제 한 몸이거니 하는 쓸쓸한 생각에 점점 마음이 뒤틀려가는 것을 저도 깨닫는 것이었다.

혜련이는 말문이 막힌 듯이 잠자코 한데를 보고 앉았다. 수심에 잠겨서 망단해하는 눈치가 또 무슨 걱정이 생겼는지 자기의 한 일을 뉘우치면서 그런지? 행자는 눈치만 보며 앉았다가, 언제까지나 싸운 사람같이 마주 앉았기가 숨이 막힐 것 같아서,

"지금 계신 데가 어때요?"

하고 말을 다시 꺼냈다.

"응, 아직은 그런대루 지내지만…… 있다 나하구 가보란? 집두 봐둘 겸."

"저 위, 효자동 가는 중턱의 시장께 어디죠?"

행자는 따라간다는 말은 없이 이렇게 대꾸를 하였다.

"넌 어떻게 아니?"

혜련이는 눈이 커대졌다.

"아버지하구 찾아가다가 만 일이 있어요."

행자의 입가에는 무슨 비밀이나 설토한 듯이 처녀애다운 웃음기가 비로소 떠올랐다.

"응! 아버지께서 찾아다니셨어?"

딸의 기색이 좋은 것을 보고 그런지 혜련이의 입귀에도 웃음이 떠오르면서 반색을 하는 소리를 한다. 사실 영감이 찾아다녔다는 말이 얼마나 반가웠는지 몰랐다. 그것은 꿈에도 생각지 못한 일이다.

"그래 아버지 뭐라시던?"

"뭘 뭐라세요. 역정을 내구 내려가신 뒤엔 그 후에 올러오세서두 암말 없으세요."

행자의 말씨는 핀잔 주듯이 다시 쌀쌀하여졌다.

"아버진 한번 올라오셨더라면서?"

행자는 긴 잔사설을 하기가 싫은 듯이 잠자코 말았다. 혜련이는 좀더 영감의 눈치를 캐어묻고 싶었으나 딸의 새침한 기색에 찔끔하여지며 입을 닫아버렸다.

혜련이의 무릎 위에 포대기 속에서 숨소리도 없이 자던 아이가 별안간 경풍이나 하듯이 까르륵하고 숨이 막히는 소리로 울어젖힌다. 혜련이는 아이를 추슬러 안고 일어서서 달래며 빈 젖꼭지를 물리려 하였다. 우유로만 자라고 뜨물 같은 거나 나오는 젖꼭지는 별로 물어본 일이 없는 아이는 점심 고달이 나서 도리질만 하고 울어젖혔다. 그러나 숨이 가쁜 울음소리는 기를 쓰는 것만 같고 듣기에도 답답하였다.

―어차피 살지두 못할 배에는……

행자는 외면을 하며 속으로 이런 생각을 하였다. 혜련이도 이와 똑같은 생각을 몇 번이나 하였던지 모른다. 그러면서도 딸이 우는 애를 들여다본다든지 알은 체도 하지 않고 외면을 하는 것이 덜 좋기도 하고 송구스럽기도 하였다.

"누가 아이 기르지 못해 하는 사람이나 있으면……."

행자의 입에서는 기어코 이런 소리가 한숨처럼 가만히 새어나왔다. 행자는 학교에 다니기 전부터 동생들을—그나마 아버지 다른 동생들을 차례차례 업어주던 기억이 머리에 떠오르며 지금 이 아이는 한 번도 안 아주어 본 일이 없는 것이 다행이라고 생각하는 것이었다. 더구나 이 만식이는 제 동생이거니 하는 생각은 한 번도 해본 일이 없는 행자이었다.

"난 가겠다."

혜련이는 어린것을 달래다 못해 방 밖으로 나섰다.

"어머니, 그럼 나두……."

하고 행자도 따라 일어나서 옷을 교복으로 부리나케 갈아입었다. 딸더러 같이 가자고 또 한 번 채쳐 이르기가 거북해하던 혜련이는 속으로 반색을 하며 오랜만에 '어머니' 소리를 듣는 것이 좋기도 하였다. 서울에 올라온 뒤에 이 집에도 일체 발 그림자를 안 하던 어머니가 찾아오고 숨어 있던 집도 가르쳐주마고 하는 것을 보면 집으로 다시 들어가고 싶어서 그러는 것은 아닌가 싶어서 행자는 어쨌든 새 희망이 생기는 것이었다.

안방으로 올라간 혜련이가 간신히 울음이 그친 아이를 천의로 둘러 업고 내려오려니까, 오라범댁이 배웅을 내려오며, 이 공중에 뜬 늙어가는 시뉘의 꼬락서니를 속으로는 혀를 차는지 몰라도 아무 내평을 모르는 듯이,

"그래 어쩌우. 이 애두 중하지만 두구 온 애들이 더 거산일 텐데, 어

서 부평으로 내려가셔야지……."

하고 걱정을 해주었으나 혜련이는 이렇다 저렇다 대꾸할 말이 없었다.

2

"아우, 저런 큰딸이!"

주인마님이 뜰에 나왔다가 행자를 보고, 동생이요, 딸요 하고 묻다가, 혜련이가 맏딸이라니까 놀라는 소리를 하며 혀라도 찰 것같이 이상한 얼굴빛이 되는 것을 보고, 행자는 웬일인지 얼굴이 발개졌다. 마님의 혀라도 차려는 듯한 이상한 표정이 어머니를 나무라는 것 같아서 더 부끄럽고 싫었다.

그러지 않아도 이 마님은 아들에게 이야기를 들어 대강 짐작도 있었지마는, 한동안은 한태가 날마다 같이 와서 묵고 가는 것을 보고 얼굴을 찌푸리고 혀를 차고 하였던 것이다. 아들의 친구 한태가 방을 빌려달라 해서 이 아랫방을 내놓은 것인데, 온다는 것이 혜련이었다.

다른 것은 어쨌든 간에 나이 지긋한 사십이나 된 것이 젖먹이를 달고 와서 삼십이 될까 말까 한 젊은 놈과 지내는 것이 꼴사나워서 집안이 더러워진다고 아들을 나무라며 틈틈이 며느리에게 잔소리를 하는 마님이다.

"두 번씩 과부가 되구, 주줄이 달린 자식을 멕여 살리느라구 또 영감을 해간 것은 어쩔 수 없구 제 팔자라 하더래두, 그게 사람야? 늙은 영감이 싫다구 젊은것을 꼬여내서 끌구 도망질을 쳐 나오다니! 젊으나 젊은 놈이 눈깔이 뒤집혔지, 저깐년을 뭘 보구 줄줄 따라다니는 거야?"

나중에는 자식의 친구인 한태까지 끌고 들어가서 나무라는 것이나,

이것은 자기 방 속에서만 중얼대는 소리가 동리간에 말동무인 한태 어머니한테도 뒷공론을 할 때마다 맞대놓고 몇 번이나 뇌까리던 잔소리이었다.

"학생, 어서 어버지 오세서 데려가시라지, 아이는 그저 그만한 모양인데…… 그러기루서니 어째 한 달이 넘두룩 애아버진 한 번두 안 들여다보시누."

이것두 주인마님은 혜련이에게 몇 번이나 들어보라고 한 말이나 행자에게도 또 한마디 하고야 말았다. 행자는 이 마나님이 어떤 마나님인지 알 수 없으나 그저 쥐구멍이 찾고 싶었다.

"인제 오신답니다. 나두 곧 떠날 테니까 염려 마세요."

혜련이는 이 집에서 내대는 것을 모르는 것도 아니거니와, 이 노마님의 입에서 또 무슨 소리가 나올까 봐서 겁을 내며 말을 막느라고 애를 썼다.

한태의 모친이 와서 한바탕 들싸고 간 뒤로 한태의 눈치가 달라진 것은 벌써 짐작한 노릇이나 요새로 한태의 발그림자가 뜸하여진 데에 애가 타서 마음이 이리 뇌고 저리 뇌고 하는 혜련이다. 그러기에 오늘 오라범 집에도 찾어 나섰고, 행자를 끌고까지 온 것이다. 혜련이도 이런 생활이 오래 가리라고는 생각지 않는 것이다. 그도 그렇지만 부평서 나올 적에 영감이 추려둔 구제물자 보퉁이를 꾸려가지고 나온 거나마 그동안 벌써 다 팔아먹고 수중에 남은 거라고는 불과 몇 만환 안 되니 당장 버는 것 없는 한태만 바라보고 닥쳐오는 겨우살이를 어떻게 할까도 은근히 걱정인 것이다. 한태 역시 부평서 쫓겨 올라온 지 인제 한 달 남짓하니 금시로 취직이 될 데 없고 편둥편둥 놀면서 늙은 어머니와 자식이 셋씩이나 달린 제 처가 밤을 새워가며 녹두를 갈고 팥죽을 끓이고 하여 장바닥으로 헤매며 벌어오는 잔단 돈냥 덕에 연명해 지내는 신세는 뻗댈 힘이 없어 슬슬 꽁무늬를 뺀는 것인지는 모른다.

"어머니 난 가겠어요."

처음 보는 주인마님의 그 두툼한 입술에서 또 무슨 잔말이 나올까 봐서 겁을 내던 행자는 마님이 스르를 나가버리는 것을 보고 얼른 일어섰다.

"애, 무슨 소리냐. 밥 먹구 가거라. 누가 뭐래든 귓가루 들어둬, 이건 내가 오만 환 내놓구 한 달에 오천 환씩 꺼가는 어엿한 내 방야. 부평집보다두 어엿한 네 어미 방이 좋지 않으냐."

혜련이는 어떤 생각이 들었는지 아까 행자에게 갔을 때와는 딴판으로 뻣뻣하여졌다. 영감이 자기를 찾아다녔다—영감의 노염이 풀렸나 보다—한태가 박차고 돌아서더라도 다리를 뻗을 데가 아직은 있다는 안심에서 새 기운이 난 것인지도 몰랐다.

"아녜요, 난 가겠어요. 밥 먹구 가면 어둬요. 길에서 깡패녀석들이 무서워요."

고등 여학교 삼 년쯤인 아이들의 말이었다.

"호호호. 내 데려다주지. 에미한테 왔다가 밥 안 먹구 가는 법이 어디 있니. 내, 시장 갔다 와서 어둡기 전에 얼른 해줄게."

행자는 더 우길 수가 없었다. 기분도 아까 어머니를 오랜만에 만났을 때보다는 퍽 누그러졌었다. 혜련이는 아랫목에 뉜 아이의 포대기를 치켜 덮어주고 부엌으로 나가서 찬거리 망태를 들고 훙녀케 나갔다.

행자는 지금 아무 생각도 다 잊어버리고 어머니가 무슨 맛있는 것을 사가지고 오려누? 하는 기대와 함께 외갓집에서 아침이나 저녁이나 두부점이 둥둥 뜨는 된장국과 한 번도 익은 것을 먹어보지 못한 김치를 머리에 그려보며 오늘은 맛난 반찬에 밥을 먹으려니 하는 공상에 팔려 있으면서 헤갈이 된 방 안을 주섬주섬 치우려니까 문간에서 지껄지껄

하며 마나님들이 들어오는 기척에 깜짝 놀랐다.

"아, 학생애기 왔구먼! 그리지 않아두 좀 만나구 싶었는데 어디 있는
줄 알았어야지."

앞장선 주인마님의 뒤를 따라 들어와서 방문 앞에 딱 서는 노파는 요
전 봄까지 부평서 아침저녁으로 드나들던 한태 어머니다.

"안녕하세요."

행자는 까닭 없이 또다시 가슴이 덜컥하는 것 같으면서 방을 치우던
손을 멈추고 간신히 인사를 하였다.

"그래, 어머니 어디 갔우? 어린 학생더러 이런 말 할 것은 아니지만
어머니 잘못 만나서 이 고생 아닌가! 자식들만 가엾지 뭐야."

한태 어머니는 다짜고짜 이런 소리를 불쑥 하며 주인마님의 얼굴을
치어다본다.

"암, 그렇다 마다, 기가 막힐 노릇이지."

하고 주인마님도 맞장구를 치며 뒷마루에 판을 차리고 걸터앉는다.
한태 어머니도 나란히 앉는다.

행자는 눈이 희동그래지며 슬며시 겁이 났으나, 어쨌든 주인마님이
한태 어머니를 데려온 것은 알겠다.

"학생, 이것은 아버지를 뵙구 할 말 하자던 것이지만, 제발 어머니를
어서 부평으로 데려가든 어디루 우리 모를 데루 데려가시라구 말씀해
줘요……."

부평서 한집같이 살아서 한태 어머니의, 남의 눈치는 조금도 모르는
듯이 거침없이 콱콱 찌르는 소리를 하는 성미는 잘 알지마는 어머니를
얕보고 할경하는 말씨로 이런 소리를 하는 데서 행자는 기가 질리며 분
해서 울음이 터져 나올 것 같았다. 부평에 있을 때는 한태가 아버지 앞
에서 일을 하니까 그렇겠지마는 이 마누라가 감히 어머니한테 그런 마

구 가는 불공한 말은 쓰지 못했던 것이다.

"아, 진절머리가 나! 내가 틈이 있으면 부평 내려가서 선생님께 직접 말씀하겠지만 얼른 내려가서 아버지 오시라구 해요. 학생은 어쩐 일인지 모를지 모르지만, 내가 그러더라구 가서 말씀만 하면 아버지께선 알아들으실 거니까."

한태 어머니는 열고가 나서 퍼붓듯이 말을 하였으나, 실상은 어린애에게 함부로 말할 수가 없어서 할 말을 다 못하고 씨근벌떡하고 있다.

행자는 고개를 수그리고 그런 듯이 가만히 앉았는 수밖에 없었다.

"한태는 인제 가까수루 포천에 취직이 돼가는데……."

하고 한태 어머니는 혼잣말처럼 하다가 옆의 주인마님을 치어다보며,

"이 웬수가 또 거기까지 쫓아가면 큰일 아뉴?"

하며 제풀에 눈이 커대진다.

"그러니까 어서 떼놔야 해요. 어서 쫓아버려야지 이건 뭐야."

주인마님이 대거리를 한다. 행자는 저의 어머니를 무슨 부랑소녀나 되는 듯이 아주 퇴퇴하는 수작에 기가 막혀서 다수굿한 얼굴이 울상이 되었다.

"아, 정말 취직 됐어? 그건 어떤 자국인데?"

주인마님이 고맙다는 말인지 남이 잘되었다니까 공연히 거염이 나서 그런지 그깐 놈이 무에 잘되겠느냐는 듯이 눈을 또 한 번 커닿게 뜬다.

"그저 그런 데지, 강 목사님한테 부탁을 해서 간신히 됐다우."

목사한테 부탁해서 취직이 되었다니 아마 또 아버지 밑에서 지내던 것처럼 구제물자나 받아가지고 고아원이니 유치원이니 하는 것이나 경영하는 데로 가게 되었나 보다 하고 행자는 생각하였다. 한태는 아버지—어머니의 세 번째 남편인 늙은 아버지 밑에서 구제물자를 날라오

고 팔아오고 하던 학교 사무원이었던 것이다.

"아이, 마침 어떻게 오셨어요?"

어머니의 목소리가 나며 들어오는 기척에 행자는 인제는 풀렸고나 하고 무거운 짐이나 벗어놓은 듯이 가벼운 한숨을 쉬었다. 그러자 자던 어린애가 어머니 소리에 놀랬는지 깨어서 까르를 하는 바람에 마지못해 어린것을 안았다. 아이는 가뿟하였다.

―너두 내 손에 안겨보구 마는구나!

하는 생각을 하며 행자는 어린애를 들여다보다가 외면을 하고 말았다. 입술부터 조막만한 얼굴 전체가 푸르죽죽하니 죽어가는 상이 송장을 안은 것 같아서 더구나 정이 떨어지는 것이었다.

"그래, 어떻게 지내슈? 헌데 마침 잘 왔다니?"

한태 어머니는 일어나서 그래도 예전 '사모님' 대접을 해서 조금은 말공대를 하면서도 시비조로 말대꾸를 한다.

"아니, 애가 오자 마침 오셨기에 말예요."

말하자면 시어머니뻘이 되니까 혜련이의 말씨는 공대가 깍듯하였다.

"아니, 이 학생애가 왔다기에 보러 왔지. 내가 쥔마님한테 부탁해 두었거던."

한태 어머니는 자기가 일부러 부평에를 내려갈 수는 없고 영감님한테 어서 '사모님'을 데려가라고 전갈이 하고 싶어서, 아이들이 오거든 자기에게 알려달라고 주인마님에게 일러두었더라는 것이었다.

"어서 어머니 부평 가시게 해. 차만 뚜르를 타면 그만인데 무슨 짝에 이 고생을 하게 하는 거야?"

손님마님은 또다시 행자에게 달라붙는 통에 행자는 질겁을 해서 발딱 일어섰다.

"왜 일어나니? 가만 있거라."

어머니는 딸이 일어나는 것을 보고 질겁을 하였다. 다 키워놓은 딸이다. 앞에 와 있는 것이 든든하고 좋아서 큰손님이나 온 듯이 좋아하는 것이다.

간다는 딸을 간신히 붙들어 앉혀놓고 마님이 휙 가버리니까, 이번에는 모자가 맞추어나 놓은 듯이 한태가 스르를 들렀다. 며칠 만에 보는지, 혜련이는 속으로는 반가웠으나 그저 웃어만 보였다.

"어머니 여기 오셨다더니 가셨어요? 왜 오셨어요?"

"응! 지금 막 가셨는데……."

눈을 말뚱히 뜨고 남자를 마구 쳐다보는 어머니를 행자는 유심히 바라보았다.

"응! 행자 왔어. 잘 있었어?"

한태는 알고도 모른 척하다가 방 안을 들여다보며 야단스럽게 인사를 하였다.

행자는 일어나 인사를 하며 고개를 꼬았다. 얼른 갔더면 좋았다고 또 후회를 하였다.

"난 내일 포천엘 좀 갔다 오겠기에 뵈러 왔죠."

행자가 있으니까 말공대가 깍듯하겠지마는 행자는 듣기에 거북하고 낯간지러웠다.

"그럼 아버지께 가건 문안 여쭈어줘요. 나두 인제 한번 가 뵙겠지만……."

한태가 입에 붙은 말로 행자에게 이런 인사를 하고 나가니까, 혜련이가 쭈르를 쫓아 나간다. 방 안에 섰던 행자는 얼굴을 푹 숙여버렸다.

"그런대루 가만 있어요. 내 포천 가서 재리 같으면 곧 데려갈게."

대문 밖에 나서며 한태는 혜련이한테 은근히 일렀다.

"정말?……"

혜련이는 웃음을 띠우며 얼굴이 환해졌다. 이런 때의 혜련이의 얼굴은 딴사람 같이 애교가 있고 예뻐 보였다.

"그럼 정말이지, 내가 언제 거짓말하던가!"

한태가 웃는 바람에 혜련이도 따라 웃으며 어깨라도 탁 치고 싶었다. 나이 십 년이나 아래라 늘 못 미더우면서도 그저 귀여워만 보이는 것이었다.

한태가 며칠 동안 발을 뚝 끊는 통에 애절을 하던 혜련이는 영감이 자기의 뒤를 밟는다는 말에 그리로 마음이 솔깃해서 신기가 좋아졌더니, 인제는 한태의 말에 또다시 생각이 돌아섰다. 하여간 오늘은 오랜만에 기분이 좋았다.

3

"어머니 만나봤니?"

"네. 저번에 오셨더군요. 집두 봐뒀어요."

행자가 학교에 갔다가 오니까 오늘은 부평서 아버지가 올라와서 뜰에 구제물자를 펴놓고 양복들을 추리기에 부산하였다. 외삼촌댁도 거들고 아이들은 저 맞는 옷가지며 구두짝을 골라 들고는 법석이다.

"어쩌면 너두 발을 뚝 끊구 안 오니? 너 어머니가 가지 말라던? 너 어머니하구 한패냐?"

진수 영감은 양복을 고르는 손을 쉬지 않고, 처음말은 나무라는 소리다가 나중말은 웃음의 말로 풀어졌다.

"아버지는! 학교가 바쁘니까 그렇죠. 실상은 심란해서두 그랬죠만……"

하고 행자는 웃어버렸다. 아버지란 말이 서슴지 않고 나오기는 하였지마는 행자는 오늘만은 제 귀에도 서툴려 들렸다.

"그래 요새는 어떻게 지내는 모양이던?"

"자센 모르죠만 아이 병원에는 다녀야 하구 가지구 온 것 다 팔아먹구……."

행자도 옷을 갈아입고 나와서 일을 거들고 있다.

"모르겠다. 앳다! 이거나 갖다 줘라."

진수 영감은 한참 무슨 생각을 하다가 한 옆에 추려놓은 양복더미를 밀쳐놓는다. 쑬쑬한 남녀 양복과 외투들이 십여 벌은 된다.

"아이 고마우셔라. 역시 선생님은 성직자시라 다르셔!"

외삼촌댁이 하던 일을 쉬며 감탄하는 소리를 한다.

"어린것하구, 인간이 불쌍하니까 그렇지! 어쩝니까."

영감도 손을 쉬고 한숨을 쉬었다.

"선생님, 그러지 마시구 또 한 번 장가드시죠. 호호호."

"온 천만에! 죽을 날이 며칠 안 남았는데! 송장 치러 올 사람도 없겠지만……."

영감은 펄쩍 뛰었다.

"그야말루 천만의 말씀입니다. 아직 머리두 안 시셨는뎁쇼. 호호호."

"허! 머리야 아직 철이 덜 나서 껌었지만, 허허허."

영감도 따라 웃었다.

"아니, 다시 장가가시는 셈 치시구 어서 데려가시란 말씀예요. 귓머리 맞 푼 조강지처 아니구, 두 번 과부가 되구 선생님께로 가는 동안에 어떤 영감이 또 있었는지 누가 압니까. 그런 셈 치시구 말씀예요."

외삼촌댁은 행자가 듣는 데서 이런 말을 하기가 거북했으나 참다랗게 터놓고 권하는 것이었다.

"딴소리 마슈. 안될 말이지! 어디 그럴 법이 있나요. 그때만 해두 아직 젊고, 늦게 의지나 할까 해서 데려 들인 것이지만…… 허!"

하고 영감은 또 한숨을 길게 뽑아낸다.

"저번에 왔었는데 퍽 뉘우치는 모양이더군요. 제일에 아이들이 걱정이 되구 보구 싶어서……."

외삼촌댁은 이판에 붙들구 담판을 해보겠다구 말소리도 처량하게 매우 동정하는 표시를 하였다.

"그야 사정이 딱하지만 사람의 재주루야 하는 수 없죠."

영감은 불쾌한 언성으로 잡아떼었다.

"그러시겠죠. 하지만, 난 교를 믿지는 않습니다만 하느님의 뜻으루 아시구 한 번만 용서합쇼그려. 누구보다두 아이들을 위해서……."

외삼촌댁은 비는 듯이 달래는 듯이 정답게 권하였다. 그러나 영감은 하느님을 쳐드는 것이 싫어서 입을 봉하고 말이 없다. 실상은 아이들을 위해서란 말에 가슴이 뜨끔하여서 그렇기도 하였다.

"그러더군요, 서울에 집 한 채만 있으면 학생을 쳐가며 아이들을 데려다가 공부를 시키겠다구, 어떻게 집이나 한 채 마련하세요. 식모 구해 둔 셈 치시구 저희끼리 어떻게 영구어 살게 해주셔야지 어쩝니까!……"

영감은 다시 일을 시작하며 여전히 잠자코 있다.

"선생님 사업의 한 구퉁이루 생각하시구 고아원 하나를 또 서울다가 버리는 셈만 치십쇼그려. 그건 고사하구 선생두 노래에 몸 담으실 곳이 있어야죠. 이판에― 구제물자 덕에 집 한 채만 마련해서 놓십쇼. 그 사람을 정 못 믿겠거든 제게 맡깁쇼. 뒷밸 봐드릴게요."

삼십이 넘은 자상하고 분명한 외삼촌댁의 또랑또랑한 말에 행자는 홀깍하면서 참 그랬으면 좋겠다고 생각하였다.

"그것두 여간 부지런하구 재빨라야 하죠. 웬 그따위 체신이 학생을 칠 것 같기나 해요."

영감이 비로소 대꾸를 하는 것을 들으니 어떻게 솔깃해하는 듯싶어서 외삼촌댁은 '제 말대로만 하세요' 하고 조르는 대신에 손쉽게,

"그것두 하느님 뜻이거니 하구 제 말씀대루 하세요."

하고 충동였다.

"요새 서울 집값이 어떤구? 매간每間에 한 사오만 환 헐걸요?"

영감이 생각, 생각하는 눈치더니, 이렇게 운자를 떼는 것을 들으니 외삼촌댁은 눈이 번쩍해서,

"한 삼백만 환만 마련하세요. 이런 구제물자 한두 부퉁이만 끌어들이면 될 거 아닙니까."

하고 큰소리를 내서 깔깔 웃었다. 진수 영감은 서울 올라올 볼일이라고는 이 구제물자를 타다가 처리하는 일이요, 그 처리라는 것은 이목이 번다한 데로 끌고 다닐 수 없어서 이 집을 이용하는 것이었다.

영감은 이날 아무 말 없이 추리고 남은 구제물자를 시장에 내다가 팔 것만 짐꾼에게 지어가지고 어둡기 전에 급급히 가버렸다.

외삼촌댁은 말만은 시뉘를 위해서 그렇게 하였지마는, 안 들으면 그만이지 하고 내버려두었더니 며칠이 못 되어서 진수 영감이 헐레벌떡 달겨들어서,

"아즈머니. 집이 마침 하나 있구먼요. 좀 가봐 주시지 않겠어요?"

하고 의논을 하는 것이었다.

"아니, 잘됐군요. 가보죠."

하고 따라가 보니 마침 근처인데, 방이 넷이나 되고 그저 그만하면 될 것 같았다.

"그런대루 정하세요. 조금 협잡하지만 또 늘려가시죠."

외삼촌댁은 어쨌든 언턱거리라고는 잡아놓는 것이 수라고 대찬성을 하였다.

진수 영감과 함께 돌아온 외삼촌댁은 마침 학교에서 돌아온 행자를 데리고 되짚어 나섰다. 이 길에 영감 내외를 만나게 해주자고 영감은 집에 붙들어놓았다.

"아이, 이때껏 저 양복을 못 갖다 드렸는데……."

하고 행자가 저번에 아버지가 갖다 주라던 양복 보따리를 끌고 나서려니까,

"얘 정신이 빠졌나! 그건 입때까지 뒀어?"

하며 외삼촌댁은 행자를 나무라다가,

"그대루 뒤라. 인제 이사하면 그리 가져가지."

하고 조카딸을 데리고 나섰다.

"어머니, 아즈머니 오셨어."

행자는 아버지가 집을 정하게 되고 외삼촌댁을 데리고 온 것이 좋아서 저번에 쌀쌀하던 것과는 딴판으로 어린애답게 큰소리를 치고 어머니가 든 집 마당에 들어섰다. 그러나 방문이 꼭 닫혀 있고 어쩐지 쓸쓸하다. 행자는 멈칫하였다. 뒤따라 들어오던 외삼촌댁도 눈이 커대지며 멈칫 섰다. 그러자 안방 미닫이가 득 열리며 주인마님이 내다본다.

"엉, 학생이 또 왔구먼. 어머니는 떠났어. 포천으로 간다든가?……"

행자는 가슴이 덜컥 내려앉는 것 같았다. 뒤에 선 외삼촌댁은 발을 탕 구르는 듯싶었다.

전화

전화

1

"녜, 녜. 어디세요? 녜? 누구세요? 녜?…… 녜! 거긴 누구시냔 말예요?…… 종로예요? 지금 안 계슈."

따르릉 소리가 유난히 쨍쨍히 나더니 주인 아씨의 겁을 집어먹은 듯한 허청 나오는 목소리가 들리다가, 저편이 누구인지 말씨가 곱지 않았지만 탁 끊는다.

—홍, 그렇게 기다리던 전화가 그예 왔군! 하지만 안 계시다니? 뉘게서 왔길래 따버리누?

주인은 자기 방으로 쓰는 구석방에서 서류를 뒤적거리면서 혼자 이런 생각을 하고 있으려니까 아씨가 마루에서 통통거리고 들어와서 방문을 펼적 연다.

"나 좀 보세요."

아씨는 방문 설주에 기대어 서며 남편이 쳐다보기를 기다리다가 표독스러운 소리를 친다.

—또 시작이로구나!

주인은 이런 생각을 하며,

"응? 왜 그래?"

하고 인제야 고개를 쳐든다.

"지금 전화가 왔세요!"

또 한마디 톡 쏘고 나서 어색한 빛을 감추랴, 복받쳐 오르는 웃음을 참으랴, 성을 내어 보이랴, 단순한 그러나 여러 갈피의 감정이 얼굴에 발리었을까 보아서 남편의 시선을 피하며 외면을 살짝 하였으나 꼭 다문 입술이 눈웃음과 함께 쫑긋쫑긋하는 것이 주인의 눈에 스치어갔다. 주인도 슬며시 우스운 증이 나는 것을 참으며,

"전화가 왔으면 그런 반가울 데가 있나! 인제는 소원성취했구려."

하고 놀리다가,

"그래 뉘게서 왔습디까?"

하며 시치미를 떼고 묻는다.

"거기서 지금 전화가 왔다니까!"

주인아씨는 겨우 가라앉은 목소리로 내 이런 답답한 양반은 처음 보겠다는 듯이 또 한마디 핀잔을 준다.

"거기가 어디야? 그래 뭐랬어?"

주인은 역정을 내어 보인다.

"안 계시다구 했죠."

"왜?……"

"왜가 뭐예요!"

주인 아씨는 다시 뾰로퉁한 소리를 지르며 눈초리가 축 처진다.

"잘했소. 하지만 미쳤나? 왜 멀쩡하게 들어앉았는 사람을 전화로까지 따드람? 제아무리 그악한 빚쟁이기루 설마 전화로 멱살이야 들라구!"

주인은 꾸짖는 듯한 어조를 변하여 농쳐버리고 말았다.

"미치긴 누가 미쳐요? 응…… 기껏 그 애를 쓰고 전화를 매어놓으니까 온다는 전화가 그따위……."

하며 화를 내어보았으나 그래도 받고 싶던 전화를 받은 것이 난생 처음 해보는 전화처럼 신기한지 생긋하는 웃음이 상큼한 콧마루 위로 지나갔다.

"글쎄 왜 없다구 했어?"

"낸들 알 수 있세요. 생각해 보시면 아시겠지."

남편의 얼굴을 눈으로 나무라듯이 말끔히 쳐다본다.

"그따위 소리가 어디 있드람? 전화 하나 똑똑히 못 받구. 전화 괜히 맸군! 겉똑똑이야!"

그러나 젊은 주인은 그저께 밤에 요릿집에서 술을 먹다가 채홍이에게 자랑삼아서 그날 저녁때 맨 전화번호를 가르쳐준 것이 인제야 생각났다.

"누가 헐 소린지! 참 어이가 없어서!…… 어떤 망할 년인지 잠두 없던가 봐! 식전 개동에 남의 집에다가 전화를 걸구 문안인지 밤사이 그립던 만단정화를 못해서 지랄을 치니!…… 어서 나가시다가 그년의 집에 문안이나 가슈. 마누라 등쌀에 전화를 못 받으셔서 말라죽을 뻔했다구 하소연이라두 해야지!"

그래도 예사롭게 비꼬기만 하는 것이 다행하기에 주인은 깔깔 웃으며,

"아닌 게 아니라 그렇지! 마누라 청이니 나가다가 어디 들러볼까?"

하고 농쳐버리려니까,

"난 몰라요!"

하고 방문을 탁 닫아버린다. 남자의 머리를 숙이게 할 별 재주는 없고 말은 막히니, '난 몰라요!' 가 나오고 말았다. 군색한 피난처다. 절연

체絶緣體로 문을 딱 닫은 모양이다. 그러나 방 속에 혼자 남은 주인은 픽 웃으면서,

— 공교하게도 새루 맨 지 이틀 만에 처음으로 온다는 전화가 하필 그 애에게서 왔드람!

하고 속으로 또다시 웃으면서도 어젯밤에 마누라가,

"전화가 왜 한 번두 안 오누?"

하며 누워서 걱정을 하다시피 은근히 전화가 오기를 기다리던 생각을 하니 어쩐지 가엾기도 하다.

양복을 주섬주섬 떼어 입고 안방으로 나오려니까 아내는 그저 뾰로통하여 경대 앞에 앉아서 열심히 가리마를 타고 있는 모양이다.

"오늘은 언제 들어오시랴우? 회사 시간이 늦어두 그년한테 좀 들러 보시지?"

돌려다 보지도 않고 연해 바가지를 긁다가 남편이 안방문을 열고 마루로 나가려는 것을 거울 속으로 보고 놓칠까 보아 입을 잽싸게 놀린다.

"그 빌어먹을 전화, 내 이따가 떼어버려야지! 기생년하구 새벽부터 시시덕거리며 이야기하자구 옷을 잡혀가며 맸드람? 참 기가 막혀서!…… 그럴 테면 마루에 매지 말구 아주 저 방 속에다가 맬 일이지."

하며 구석방을 돌려다 보다가 남편과 눈이 마주치자 외면을 하더니 반드르르한 머리 밑에 빨간 자름댕기를 감아서 보오얀 오른편 볼을 잘룩 눌러서 입에 물고 곁눈으로 거울을 들여다보며 머리를 땋기 시작한다. 주인은 한참 바라보다가,

"느느니 말솜씨로군!"

하고 방문 밖으로 휙 나오면서 좌우 북창 사이에 달린 전화통을 건너다보았다. 네모 반듯한 나무갑 위에 나란히 얹힌 백동白銅 빛 쇠종 두 개는 젊은 내외의 말다툼에 놀란 고양이눈같이 커닿게 반짝한다.

2

×회사 이 층에서 하물계 주임荷物係主任 나으리가 감숭한 윗수염 위에 뭉툭한 큰 코를 얹어놓고 또 그 위에는 검정 대모테 안경을 끼어놓고서 인천 운송점에서 도착한 하물표荷物票를 들여다보며 주판질을 하고 있으려니까 따르릉따르릉 하는 소리가 뒷구석에서 나더니,

"녜, 녜, 그렇습니다. 어디세요?…… 글쎄 누구세요?…… 녜에, 그러세요! 잠깐만 기다리세요!"

하고 전화를 받던 아이녀석이 시통대는 소리로 말끝을 길게 빼다가 툭 재치는 어조가 저편이 여자인지 놀리는 수작 같다.

"이 주사나리, 전화 받읍쇼. 급한 전화랍니다."

여드름 바가지의 사환아이놈은 달뜬 목소리로 한마디 외치고 나서 저편에 앉아 있는 출하계 주임出荷係主任인 김 주사를 바라보고 콧날을 으쓱한다.

이 주사라는 하물계 주임은 놓던 주판을 가만히 내려놓고 눈살을 찌푸리며 전화통 앞으로 가서,

"네, 누구세요?"

하고 바쁜데 성이 가시다는 듯이 짜증을 내더니 금시로 눈살이 펴지며 목소리를 가다듬어서,

"응? 누구야!"

하고 등을 쓰다듬는 수작으로 돌변을 한다.

"……응 ……좀, 좀 볼일이 있었어."

저편에서 무어라고 하는지는 모르겠으나 이 주사 나으리의 입가에는 헤헤 하고 웃음이 떠올라 왔다.

"……글쎄 알았어. ……응, 응, 아무쪼록 곧 가 뵙죠……."

반말이 다시 공대로 변하더니,

"녜, 녜, 기다려주세요."

하고 뚝 끊는다.

"여보게! 나두 대서 볼까?"

김 주사는 하물계 주임이 자기 자리로 가서 앉는 것을 건너다보며 놀린다.

"미친 사람! 가긴 어딜 간단 말인가?"

하고 이 주사는 시치미를 떼었으나 속으로 아까 집에서 마누라가 쫑알거리던 것을 생각하고 겸연쩍은 듯이 혼자 웃었다.

시계를 쳐다보니 아직 새로 두 시다. 별안간 일이 귀찮은 증이 와락 났다.

3

두 시간 동안을 도지개를 틀면서 시계만 바라보고 앉았다가 네 시를 치는 소리가 땡 하고 나자 이 주사는 책상 위에 늘어놓았던 서류를 허둥허둥 휩쓸어서 서랍에 넣고 모자와 외투를 떼어 들고 미처 입을 새도 없이 뛰어나왔다. 이 꼴을 바라보며 앉았는 김 주사는 싱긋 혼자 코웃음을 쳤다.

이 주사는 채홍이 집에 들어서며 늦지나 않았나 하고 시계를 꺼내보았다. 네 시 이십 분이다.

"그래두 오시는구려. 십 분만 더 기다리다가 나가버릴까 했더니!"

하며 채홍이는 어떻게 보면 냉소冷笑가 섞인 웃음을 띠어 보이며 머리를 빗고 난 손을 아랫목에 놓인 대야에 씻는다. 어쩐지 얼굴이 불그스름하게 상기가 되고 어제 잠을 잘 못 잤는지 눈이 유난히 퀭하여 보인다.

"어제는 어디를 가셨길래 댁에도 안 들어가셨세요? 사람을 눈이 빠지게 기다리게 하구. 인제야 무슨 염치루 어슬렁어슬렁 기어드시는 거요?"

하며 커다란 수건에 손을 훔치다가 남자의 넓적다리를 꼬집는다. 그러나 채홍이는 웬일인지 남자의 눈과 마주치는 것을 피하려 하며 하동하동하는 눈치다.

"그만하면 다 알았세요. 멀쩡한! 기화가 바로 전에 와서 어제 밤새두룩 놀았다고 제 입으루 그러던데."

이 주사는 헤헤 하고 웃으며 혼자 속으로,

—이건 드나 나나 이 성화야……

하고 매우 몸이 괴롭다는 모양이나 이런 괴로움은 날마다 당하여도 싫지는 않았다.

"글쎄 그런 법두 있나? 사람을 바람을 맞혀두 분수가 있지. 하지만 여보게 참 정말 전활랑은 아예 걸지 말게. 그러다가는 우리 집 마나님께 이혼당할까 무서우이."

"홍, 자볼기가 되우 무서우신 게로군."

남자의 말을 들으면 아까 전화를 걸었을 제 집에 있었던 모양이니 기화가 저의 집으로 끌고 가서 잔 듯이 풍을 치던 말눈치도 빨간 거짓말 같다.

그러나 어젯밤에 자기가 지낸 일을 생각하면 죄밑 같은데 지금 이 남자가 오라는 대로 다소곳이 온 것이 고맙다기보다도 가엾은 한편에 무슨 승리나 얻은 듯이 유쾌하기도 하다. 삼십 분쯤 앉았는 동안에 채홍이는 시계를 여섯 번은 쳐다보았을 거라.

"어디 지휘 받았나?"

남자는 아니 일어날 수 없었다.

"아직 괜찮아요."

그러나 채홍이는 일어나는 남자를 붙들려고도 않고 따라 일어서며,

"그럼 있다가 지점으로 오시라우?"

하고 남자의 어깨에 손을 건다. 유난히 섭섭해하는 기색이다.

"글쎄, 기화나 간다면 가볼까?"

남자는 이런 소리로 비꼬아보면서 머릿속으로는 밀린 요리값을 따져 보았다. 마루끝까지 나오려니까 채홍이는 쫓아 나와서 남자의 목을 얼싸안듯이 하며 입을 귀에다가 대고,

"이따, 열한 시쯤 해서 들르세요. 내가 없드래두 좀 기대려주슈. 꼭 할 말두 있구 하니…… 네?"

하고 속삭거리었다.

4

남자는 채홍이 집에서 나오면서, 일전에 김장 걱정을 하며 슬쩍 비치 던 말눈치를 생각하여 보았다.

─적어두 오륙십 원은 들어야 해줄 텐데 집의 것하고 합하면 하불하 백 원이로군.

그는 자기 집과 채홍이 집의 김장 걱정을 하면서 종로로 나오다가 벌써 전등불이 환한 잡화상 앞을 지나다가 유리창 안을 기웃이 들여다보며 한참 생각한 뒤에 결단하고 들어섰다.

그는 분홍빛 부인용 속적삼 한 벌 하고 회색 장갑을 삼 원 육십 전에

사가지고 나왔다. 그것도 전화를 매느라고 전당을 잡히고 동서대취를 하고 하여 가설료 삼백 원을 간신히 치르고 남은 잔돈푼 속에서 불계하고 산 것이다.

—이만하면 아침의 전화 사건은 무사타첩되겠지마는 오늘밤에 또 나가다가는…….

하는 생각을 해보니 역시 걱정이다.

'강짜를 하는 계집에게는 손수건 하나라도 사 들고 들어가라' 는 것이 사람의 결혼생활의 철학이지마는 지금 이 남자의 머리를 어수선하게 하는 또 한 가지의 유혹은 아까 들은 채홍이의 분부를 시행하느냐 마느냐는 것이다.

—오래간만이니 하루저녁만 가주고도 싶지마는…… 그랬다가는 짐이 점점 무거워지는데…….

그는 이런 속다짐도 해보았다. 아닌 게 아니라 전당이니 빛이니 하는 것은 그만두고라도 오늘 저녁에 채홍이 집에 발을 다시 들여놓는다면 채홍이 집의 김치 깍두기는 말할 것도 없지마는 마누라 입을 틀어막기에만도 이번이야말로 속샤쓰 나부랭이나 장갑짝쯤 가지고는 그 등쌀에 견디어내지 못할 것이 뻔하다. 그러나 단념해 버리기는 아깝다.

— ……그놈의 전화나 팔아버릴까?……

하는 생각을 하다가 코웃음을 쳤다. 매던맡에 며칠이 못 가서 떼어내기가 동리에 창피하고 섭섭도 한 일이요, 또 일 년인가 얼마 기한이 지나야 팔 수 있는 것이다.

집에 들어와 보니 안방 웃목에서 김을 재고 앉았던 아씨가 아직도 직성이 덜 풀렸는지 거들떠보지도 않는다.

"오늘 내 큰마음 먹구 큰돈을 썼는데…… 꼭 갖다가 줄 데가 있건마는 사가지고 나와서 생각을 해보니 그래두 어디 그렇습디까? 아무래도 우리 댁 아씨 생각이 더 간절하거든……."

하며 종이에 싼 봉지를 아내 앞에 던지고 옷을 벗기 시작한다.

"으응."

하고 아씨는 안간힘을 쓰더니,

"누가 갖다 주지 말랍디까? 그런 건 입으라구 고사를 지내두 입을 년은 없으니까!"

하고 아씨는 여전히 쫑알거리다가,

"괜히 그따위 객쩍은 짓 하느라구 살림이 이꼴인 줄은 모르구!"

하며 한숨을 쉰다.

"그래 싫단 말야? 공연히 좋거든 그저 좋대! 일금 삼백 예순댓 냥을 분발해서 구해 온 것인데…… 좀 펴보구나 이야기를 해요."

젊은 주인은 윗목으로 내려가서 봉지를 자기 손으로 풀더니,

"자아, 이만하면 '하이카라' 지! 기생집 가려는 남편두 붙들어놀만 하구…… 또 이 장갑 좀 봐요. 활동사진 구경가시려 밤출입하실 제 똑 알맞지.…… 내가 입었으면 똑 좋겠지만…… 그래라 이왕 마음먹구 사온 거니 주어버려라! 자아, 좀 입어나 봐요."

젊은 이 주사는 실없이 얼렁거리며 아내의 뒤로 가서 검은 때가 묻은 옥색 명주저고리 위에 분홍 샤쓰를 덮어놓는다. 전등불 빛을 받은 연분홍 빛이 한층 더 환하니 고와 보였다.

아내는 나오는 웃음을 참느라고 아랫입술을 악물며 발갯깃을 놓고 잔등이의 붉은 속적삼을 집어서 저리로 팽개를 친다. 그러면서도 옆에 놓인 장갑이 궁금해서 살짝 곁눈질로 거들떠보았다.

"아씨, 또 수가 나셨습니다그려."

화로에 불을 담아 들고 들어오던 아이년이 흐트러진 장갑짝이며 샤쓰를 부러운 듯이 집어본다.

"나리께서 입으실 거란다."

하고 아씨는 그예 웃고 말았다.

"아, 이 분홍 샤쓰를요?"

하고 아이년은 탐이 나서 차마 놓지를 못하며 깔깔댄다.

"왜, 난 분홍 적삼 못 입는다던? 아씨가 싫다니 너나 입으런?"

"주시면 입죠."

"입는 사람두 많으니. 어서 갖다가 그년이나 주어요."

아내는 또 톡 쏜다.

"아씨두 욕심이 많으셔. 뺏길까 봐서 염려십니까? 나리께서 설마 갖다 주실 데가 있으시면 가지구 들어오셨을라구요?"

"네 말이 옳다. 그년, 그년 하니 갖다 줄 년이 있기나 했으면 좋겠다. 암만 해두 그 샤쓰는 네 차례가 되나 보다."

나으리는 이런 소리를 하면서도 채홍이가 은근히 귓속말을 하던 것이 잊혀지지를 않아서 가슴속이 근질근질한 것 같다.

"천만의 말씀입니다. 제가 이런 걸 몸에 걸쳤다가는 살이 부르트게요!"

하고 아이년은 샤쓰를 개킨다.

"요년은 입만 깠어! 넌 뭘 안다구 납실거리는 거야?"

아씨가 핀잔을 주는 통에 아이년은 "에그머니나!" 하고 나가버렸다. 아씨는 계집애년이 나으리 앞에서 알찐대고 새롱거리는 것도 덜 좋은 것이었다.

그러나 이 바람에 아씨의 역정은 부지중 풀리고 말았다. 김을 다 재어가지고 나간 아씨는 창에다 대고,

"지금 진짓상 들여갈까요? 약주 한잔 사오랄까요?"

하고 은근히 술을 사오려는 눈치였다.

5

주인이 밥상을 받고 마누라의 시중으로 술을 두어 잔 기울이고 앉았으려니까 전화가 따르릉 운다. 오늘로─아니 전화를 맨 뒤로 두 번째다.

"녜, 녜, 누구세요? 계십니다."

이것도 속적삼의 보람이라 할지 이번에는 따지지도 않고 그 덕에 주인이 자기 집에 앉아서 처음으로 전화를 받아보게 되었다. 그러나 여자가 아닌 것은 분명하다.

"누구야?"

"회사의 김 주산가 봐요."

같은 전화이건마는 아씨의 말씨가 무척 곱살스러웠다.

"누구요? 응, 응…… 혼자야?…… 난 지금 밥을 막 먹는 중인데……응, 그럼 가지."

주인은 빠져나갈 길이 막연하던 판에 마침 잘되었다고 은근히 좋아하였다. 전화 덕 보았다고 생각하는 것이었다.

"왜 그래요? 지금 어딜 가신다는 거예요?"

아내는 마루에서 전화를 받는 소리에 귀를 기울이고 있다가 방으로 들어오는 남편을 쳐다본다.

"저녁을 먹으러 오라는데 안 간댈 수가 있나. 가마구 했지."

따라놓았던 술잔을 들이마시고 부득부득 나갈 차비를 차린다. 아내가 모처럼 마음먹고 받아다가 준 술을 좋은 기분으로 맛있게 먹던 판이나 요릿집 가서 정종을 먹지, 하는 생각을 하니 술맛도 금시로 씁쓸한 것이었다.

"또 요릿집이겠군요? 또 술로 밤을 새실 테니 진지를 좀 뜨시구 나가시구려. 참 원수의 전화를 달더니 밥상 받고 있는 이까지 불러내가구

별일이 다 많군!"

아내는 눈살이 찌푸려지지 않을 수 없었다. 아이가 없는 이 아씨는 더구나 밤에는 남편을 내놓기가 무엇보다도 싫었지마는, 오늘은 애를 써 차려놓은 저녁상을 받고 마악 재미있게 먹으려는 판에 그놈의 전화가 간신히 마음을 잡고 들어앉았는 사람을 들쑤셔 끌어내 가니 전화 탓이 저절로 나는 것도 무리가 아니다. 그러나 주인은 들은 체 만 체하고 두루마기를 꺼내라 해서 입고 나가버렸다.

그날 밤으로 주인이 나간 뒤에 전화가 또 두 번이나 왔다. 처음 한 번은 주인이 나간 지 얼마 안 되어서 아침에 걸던 여자와 같은 목소리로 안 계시다 하여도 부득부득 대어달라고 하는 것이 성이 가시기에 한바탕 몰아세우고 딱 끊어버린 것은 슬며시 화풀이도 되고 통쾌도 하였거니와, 그 다음에 밤이 이슥하여 온 것은 남편이 요릿집에서 건 것이었다.

부부가 전화로 이야기를 해본 일은 처음이라 목소리가 반갑기도 하여 혼자 전화통에 대고 부끄러운 듯이 웃음도 저절로 나왔고 눈이 빠지게 기다리던 판이니 이런 때는 전화도 쓸모가 있다고 고맙게도 생각하였지마는 술 취한 목소리로,

"난 오늘 못 들어가겠는데 그래두 상관없겠소?…… 그년한테 가는 길야! 문 꼭 닫고 잘 주무시죠……."

어쩌고 하는 주정 비슷한 소리를 하는 것을 듣고는 화가 치밀어 올라서 처분대로 하라고 끊어버렸던 것이다.

그러나 취중에도 그동안 어디서 전화가 오지 않았더냐고 묻는 것을 보면 그 좌석에는 아까 전화를 걸던 그 기생이 없는 것은 알 조다.

—허지만 그년하구 오늘 저녁에 만나자는 약조가 있었기에 서루 전화질들을 하구 찾느라구 야단들이지.

하고 생각을 하니 아까 샤쓰 조각 장갑 나부랭이로 어벌쩡하고 나간 것이 밉살맞기도 하고 또 속은 것이 분하다.

—김 주사하구 둘이 짜구서 옷을 갈아입으러 들어와서 할 말이 없으니까 저녁을 먹은 체하다가 전화로 불러내게 한 것일 게다.

이런 추측도 하여 보았다. 그는 그렇다 하더라도, 새 두루마기를 입혀 내보낸 것이 더욱이 아깝고 화가 난다.

그래도 전화를 건 지 한 시간쯤 지난 뒤에 주인은 고주가 되어서 인력거를 타고 들어왔다. 아씨는 일변 반갑고 안심이 되면서도 술김에 속을 좀 뽑아보느라고,

"아침에 전화 걸던 그 색시가 또 전화 걸었던데 왜 못 만나셨소? 못 만났길래 허는 수 없이 기어드셨겠지마는⋯⋯."

하고 비양거렸다.

"응? 응? 정말 전화가 왔어? 그래 뭐, 뭐라구 했소?"

"뭘 뭐라고 해요. 요릿집에 가셨는데 아마 나중에 댁으로 가신다나 보더라고 그랬지."

"흥, 그런데 왜 내, 내게루 전화를 걸지 않구?⋯⋯ 그년 곤장을 맞을 년야. 오늘 열한 시에 만나자구 꿀떡같이 맞췄더란 말야. 그런데 그년이⋯⋯ 음 그 안됐다. 김장을 해줘야 할 판인데⋯⋯ 에에 그 안됐다!"

혀 꼬부라진 소리로 큰 낭패나 된 듯이 입맛을 쩝쩝 다신다.

"안됐거든 어서 가보시구려? 당신이 안 가시면 김장을 못할 거니 김장을 거들어주려 가신단 말이군요? 어서 그년의 집에 가서 무나 씻어주시구려."

마음이 좀 풀렸던 아씨는 어이가 없어 옷도 안 벗기고 고개를 외로 꼰다.

"씻어주나 마나! 씻는 건 나중 일이요, 사주어야 할 판야. 이거 왜 정

신없이 되지 않게 강짜만 하는 거야? 오십 원은 들여야 우리 채홍이 김치 깍두기를 담가 멕일 텐데…….”

“흥, 당신댁 김치 깍두기는 마련됐답디까? 기껏 정신이 있어 이 모양요?”

“우리 집야 마누라가 오죽 잘 알아 할라구. 나더러―적어도 장래 사장더러 고까짓 걱정까지 하라는 거야?”

하고 나중에는 어기가 부풀어지며 소리를 꽥 지른다.

“이거 왜 이러는 거요? 기 쓰우? 기 써? 냄새 피우는 괭이새끼들 모양으로 오밤중까지 전화질들을 하구 갈팡질팡 찾으러 다니구 하다가 변변치 못하게 저희끼리 만나지 못한 화풀이를 왜 내게다 하는 거요?”

아내는 악을 바락바락 쓰고 덤빈다.

“그 무슨 말을 그렇게 상스럽게 해! 적어두 ××회사 장래 사장 실내 마님의 체모가 있지!”

부스럭부스럭 옷을 벗어 걸며, 좀 정신이 드는지 이렇게 놓치며 나무란다.

“응, 장래 사장 체면 보시느라구, 기생년과 전화질하느라구, 계집년의 깝데기를 벗겨서, 시급히 전화를 매달았군!”

“그 전화 동티 무섭다! 오늘은 마누라가 왜 이리 더 악바리가 됐는지? 신새벽부터 전화, 전화 하구 상성이니…… 그러지 말아요. 그래두 전화 덕에 불려가서 한잔 잘 먹구 오지 않았나?”

주정꾼은 유착한 몸을 가누지 못하고 자리 위에 픽 쓰러지더니,

“기다릴걸? 우리 채홍이가 눈이 빠지게 기다릴 걸 생각하면 차마 애처로워 눈을 붙일 수가 있나!”

하고 콧노래 삼아 씨부렁대다가 그만 눈을 스르르 감는다.

6

이튿날 아침 꼭두식전이다. 이번이야말로 주인아씨의 바가지 긁는 소리에는 유산태평인 주인도 꿈쩍을 못하고 자는 척하고 누웠을 수밖에 없다. 분홍 속샤쓰나 회색 장갑이 뾰로통해진 그 입에 반창고만 한 효험도 없는 것을 생각하면, 삼 원 육십 전만 올려 보낸 것이 앵하다면 앵할지 모른다.

어젯밤에 술김에 무슨 소리를 다 하였는지 조금도 생각이 아니 나지마는 위선 식전 댓바람에 김장 타령이 나온다. 아씨의 가정학상 견지로 보면 김장이라는 것은 입동 전후 삼 일에 해 넣어야 사람도 편하고 물건도 물건다운 것이 걸리는 것인데 올에는 더구나 친정아버지의 환갑이 끼었으니까 그전으로 해치우지 않으면 큰 야단이라 한다.

그는 그렇다 하고 환갑 놀래에 뒤따라 나오는 큰 문제는 옷 걱정이다. 하다못해 삼팔로라도 바지저고리, 안팎 꼽지른 두루마기, 공단 마고자, 거기에 버선 한 죽은 해야 한다는 것이다. 일전만 해도 정 할 수 없으면 버선 한 죽만 하지, 하는 남편의 의견에 그리 반대도 아니하였고 조르지도 않기에 마음을 놓았었는데, 그년의 채홍이의 김장 노래를 섣불리 내놓은 죄로 기생집 김장 해줄 돈으로, 우리 아버지 환갑빔 해내라는 최후통첩이다. 김장 들여오기 전에 늦어도 내일 안으로는 옷감을 끊어 들이라는 분부다.

"그건 고사하구, 첫째 대문 밖에 발을 내놓으려두, 뀔 게 있어야지. 나들이옷이란 옷은 좀 반반한 것은 모조리 몰다 넣고…… 참 어이가 없어서! 옷만 해두 백 원이 넘겠지! 게다가 비녀 가락지 뒤꽂이까지 싹싹 쓸어내 갔으니 이를 어쩌잔 말이야. 그 빌어먹을 전환지 난장 맞은 것인지 그 원수의 것이 없으면 행세가 꺾인담? 입에 밥이 안 들어가던가?

저까진 나무통하구 쇠방울 두 개가 무엇으로 삼백 원 템이 되더람?"

가진 푸념의 화풀이가 결국에는 또다시 애꿎은 전화통으로 갔다. 그도 그럴 것이 주인 아씨의 옷가지 금붙이를, 때때로 무엇에 놀란 듯이 때르릉때르릉 하며 어제 온종일 사람의 부아를 돋워놓고 밤중까지 잠도 못 자게 한 저 전화통이란 괴물이 집어삼켰으니 이 아씨가 아니기로 잠자코 있을 리가 없다.

"……어쨌든 난 몰라요. 오늘루 죄다 찾아줘요. 자식두 없는 년이 밤낮 할 것 없이 혼자 웅크리구 들어앉아서 갈보년의 전화 시중이나 들구. ……이 집에 전화 교환수루 들어왔습디까? 난 갈 테요!……"

최후의 무기武器인 간다는 소리까지 나오고 말았다.

주인은 이불 속에 눈을 감고 쥐 죽은 듯이 누워서, 듣다듣다 못하여 벌떡 일어나며,

"인젠 더 할 소리 없어?"

하고 소리를 쳤다.

"무얼 어쨌단 말예요? 그래 벌거벗구 앉아서라두 기생년하구 아침저녁으로 싹둑거리는 것이나 찍소리 없이 듣구 있으란 말예요?"

아내는 여전히 화로 곁에 앉아서 야죽거린다. 그러나 전화가 시앗이나 되는 듯싶어 하두 전화, 전화 하고 신이야 넋이야 하니 이 주사는 가뜩이나 작취미성으로 띵한 머리가 욱신욱신한다.

"다 찾아줄 텐데 왜 이 모양야. 김장도 곧 들여다 주고, 환갑에는 옷한 벌만 해갔으면 그만 아닌가. 그것도 누가 전화를 매구 싶어 맸나! 추첨에 빠졌으니까 울며 겨자 먹기로 한 노릇이지. 하지만 지금이라두 팔면 제 값어치는 있는 거렷다. 공연히 멋두 모르구 무슨 걱정야."

어제 취중에 무슨 추태를 부렸는지 애가 씌우느니만치 슬슬 달랬다.

"삼백 원 들여서 삼백 원에 팔면 그동안 전당 변리는 손 아닌가? 기

생한테 자랑하자구 몇 십 원씩 날려 보내요?"

속셈이 빠르다. 그러나 전화—전당—기생—김장— 하고 맴을 도는 것이 듣기에 지긋지긋하여 무어라든지 너 해라 나 듣는다 하고 잠자코 앉았다.

오늘 아침도 또 그놈의 전화 타령으로 불쾌한 입씨름에 지쳐서 주인은 부리나케 빠져나오려니까 아내는 그래도 미진한 듯이 또 한마디 비양거린다.

"채홍이 집엘랑은 오십 원어치만 김장을 들여보내 주고 들어오슈, 부디."

콧날을 혼자 쨰긋하고 유리구멍으로 마루끝에서 구두를 신는 남편을 내다본다. 전화를 다시 팔아서라도 전당도 찾고 환갑빔 해주마고 선선히 하는 말에 젊은 아내는 마음이 풀리고 저기의 강짜가 승리를 하였다고 유쾌한 기분이다.

"채홍이 집은 식구가 많으니까 한 백 원어치 해줄까 하는데!"

채홍이란 이름을 부르고, 오십 원이라고 명토를 박는 것이 취중에 객설을 한 모양이나 이 주사는 짓궂이 이렇게 대꾸를 하여주고 빙긋 웃는다.

"왜 안 그러겠세요. 당신두 저녁 한 끼씩은 가서 잡숴주셔야 할 거니까 백 원어치두 적은 셈이지."

이런 객담을 뒤에 남겨놓고 나온 하물계 주임은 그날도 회사에 들어가 앉아서 채홍이가 전화나 걸어오지 않을까 하고 은근히 기다렸다. 그러나 파해 나올 때까지 전화는 아니 왔다. 혹시 노하지나 안 하였나? 하여 나오는 길에 싫다는 김 주사를 끌고 들러보니까 집에도 없다. 그러나 김 주사에게 대한 채홍 이모의 태도가 유난히 은근한 것이 그의 눈에도 띄었다. 좀 고개를 기웃하며 다시 생각하여 보았다.

"여보게, 채홍이 눈치가 좀 다르데. 날은 추워지고 이렇게 세월은 없고 그만 식구에 여간 꿀리지 않은가 보데. 게다가 김장 미쳐지! 장작바리라두 들여놔야지……."

김 주사는 채홍이 집 문을 나서며 이런 소리를 하고 친구의 눈치를 유심히 바라본다. 그는 가슴이 뜨끔하며 까닭 없이 혼자 빙글빙글 웃었다.

"그러지 않아도 내게 기대는 모양이던데, 낸들 요새 같아서야……."

하고 이 주사는 채홍이가 자기 것이라는 자랑 반 걱정 반으로 이런 소리를 하였다.

"자네두 속 좀 차려보게. 이 사람아 김치만 먹고 삼동을 난다던가?"

김 주사에게 핀잔을 만난 그는 돈 궁리에 얼이 빠져 걷다가,

"그는 고사하고 요새 나는 우리 마누라하구 전시상태에 있네."

하며 말을 돌린다.

"채홍이한테 너무 대어 서니까 왜 안 그렇겠나."

"그런 게 아니야. 전화를 매는 맡에 공교히도 그애가 어제 아침에 전화를 걸었겠지."

그는 역시 자랑삼아 설명을 하였다.

"어제 아침에? 응, 그래 어쨌나?"

김 주사는 속으로 웃으며 무슨 짐작이 나선 듯이 정색을 하고 묻는다.

"뭐, 야단났지. 최후통첩이 왔다 갔다 하구, 국교 단절을 선언하구, 오늘은 추방령까지 내릴 뻔하였네."

역시 젊은 기운이라 공연히 과장해서 떠들어놓는다.

"이래저래 잘됐네그려. 내친 걸음에 어쩐다고, 홧김에 채홍이에게로나 가서 안방 차지를 하고 며칠 버티어보게그려. 누가 먼저 백기白旗를 드나 해보지."

하고 김 주사는 간사스럽게 콧날을 으쓱하며 충동인다.

"글쎄, 나는 채홍이 집에 드러누웠고 채홍이는 전화만 걸고 하면 우리 마누라는 사흘이 못 가서 백기를 들걸. 그러나저러나 그 전화 누가 가져가지 않으려나?……"

그는 은근히 딴생각이 있어 비추어보았으나 김 주사는 채홍이나 기화의 집에 옮겨 매라고 실없는 소리를 한다.

"그럴 지성이면 자네 집에 옮겨 매고 누웠겠네."

"몸 괴로우이. 우리 마누라까지 선전포고를 하란 말인가?"

"아, 참, 팔기라두 해버려야 하겠어. 사실 쓸데없는 것을 매달아놓고 통화료를 물어가며 성화를 받을 묘리야 있나."

하고, 그는 은근히 김 주사의 눈치를 보았다.

"번호가 몇 번이던가?"

"1223!"

"응, 그만하면 상당하군. 지금 팔아두 사오백 원은 나갈걸!"

이번 추첨에 빠지지를 않아서 분해하던 김 주사는 비위에 당기는 모양이다.

"자네가 맨다면 거저라두 떼가게."

그는 속으로는 잔뜩 당길 힘이 있으나 선선히 이런 소리를 한다.

"나 역 쓸데는 별루 없지만……"

김 주사는 우선 이렇게 변죽을 울려놓고 헤어졌다.

7

그 후 이삼 일 지난 뒤에 회사에서 점심을 먹다가 김 주사는,

"그래 그 전화를 요정을 낼 텐가?"

하고 묻는다.

"왜, 자네가 가져갈 텐가?"

"아, 글쎄 말야."

"누구든지 상당한 값에 가져간다면 내놓지."

"그럼 자네, 오백 원에 산다는 사람이 있으니 그렇게 하려나?"

그는 오백 원이라는 소리에 귀가 번쩍 띄었다.

"오백 원? 좀더 내진 못하겠나?"

매우 마음에 싸지 않은 듯이 버티어보았다.

"지금 시세루 그것두 번호가 좋구, 자네니까 그렇게 하자는 거지, 단 며칠 동안에 이백 원이 얼만가?"

"글쎄…… 대관절 누가 사겠대?"

"그런 게 아니라 집의 아버지께서 점방에 전화를 매시구 싶어하시기에 말씀을 했더니 오백 원이면 좋겠다구 하시는구먼."

하며 김 주사는 다시 실없이,

"그는 하여간에 채홍이 집 김장도 급하지 않은가?"

하고 웃는다.

"자네 댁에서 쓰신다면 아무려나 하게. 하지만 조금만 더 묵히면, 칠 팔백 원은 넉넉히 받는 것인데……."

사실 그런 줄은 뻔히 알면서도 마누라 짜증에 그는 더 참을 형편이 못 되었다.

이튿날 김 주사는 역시 점심시간에 다른 방으로 가방을 들고, 이 주사를 데리고 가서 지폐 뭉치를 꺼내더니 오백 원을 헤여주고 나서 몇백 원이나 남았는지 나머지는 다시 가방에다 넣으며,

"이따가 한잔 내게."

하고 어깨를 딱 치면서,

"우리 새에 영수증이고 뭐고 할 것 있나마는 이전移轉 수속에 도장이나 찍어주게."

하고 헤어졌다.

근자에 백 원 돈을 모아서 주머니 속에 지녀보지 못하던 그는 별안간 오백 원이나 주머니에 넣으니 마음이 느긋하여졌다. 일을 하면서도 여러 가지 생각이 머릿속에 떠올라 왔다.

―우선, 오십 원은 채홍이 집 김장값, 또 오십 원은 자기 집 김장에, 이백 원은 전당 찾고 빚 갚을 것, 삼십 원은 장인 환갑에 옷 해갈 것…… 이만하면 마누라의 바가지 긁는 소리도 쏙 들어가겠고, 합계 삼백삼십 원 제하고 일백칠십 원으로 당분간 술잔 먹고 월급 때까지 용돈 쓴다면 잔돈냥에 꿀릴 리는 없다고 생각하였다.

느긋한 김에 이따가 채홍이하고 기화를 불러놓고 놀 생각이 불현듯 나며 신바람도 난다.

네 시를 채 치기도 전에 김 주사도 몸이 다소 조건이 있는지 허둥지둥 앞장을 서서 같이 나가자고 끈다. 두 청년은 우선 채홍이 집에부터 들렀다. 마루끝에서 씩둑꺽둑하다가 김 주사가 눈짓을 하며,

"자네 영감이 오늘 한턱 낸다네. 기화하구 피로연이라네……."

하며 인력거를 보내마 하고 나왔다. 그러나 그는 김 주사가 채홍이한테 눈짓한 것도 못 보고 또 그때 채홍이는 웃는 입가며, 김 주사를 보고 눈웃음을 치는 그 눈치도 놓쳐버렸다.

요릿집에서 김 주사가 채홍이를 불러온 뒤에 기화가 들어오는 것을 보고, 이 주사는 김 주사 몫으로 기생을 또 하나 부르라고 하였으나 김 주사는 '간죠난다(돈 든다)'고 한사코 말리었다. 채홍이도,

"속 좀 차려요. 돈을 그렇게 쓰구 자볼기 맞으려구."

하며 가장 위하여 주는 듯싶어 천연덕스럽게 말리면서 김 주사를 건

너다보고는 생글생글 웃는 것이었다.

기화는 방에 들어서다가 좌중의 기분을 코로 맡듯이 휘둘러다 보고 이 사람 저 사람의 눈치만 보다가 겨우 인사를 하고 멀찌막이 떨어져 앉는다. 지금 그는 뉘게로 가까이 가서 앉아야 좋을지를 몰랐다. 자기 생각 같아서는 남자들 중에 한 사람이 없거나 자기네 기생집에서 하나가 바꾸어오거나 하여야 자리가 편할 것 같았다. 그것은 어저께 김 주사와 놀 제 채홍이의 태도로 짐작하였지마는 같이 왔던 은희가 그 자리에 귀띔을 해주던 것으로도 확실히 이상하다고 생각하였기 때문이다. 기화는 속으로 '흐흥……' 하고 채홍이를 못마땅하게 생각하는 것이다.

"어저께 나리 어디 가셨세요?"

상이 들어오니까 기화는 이 주사에게로 가까이 다가앉으며 말을 붙인다.

"가긴 어딜 가. 마누라 감시가 무서워서 꼭 붙들려 앉았었지."

이 주사가 마음에도 없는 딴전을 입에서 나오는 대로 하니까,

"이건 다 무슨 수작이슈. 내가 모르는 줄 알구?"

하고 채홍이가 말을 가로막으며 기화에게 눈을 찌푸려 보인다. 어제 이야기는 말 말라는 뜻이다.

술이 어지간히 취하니까, 김 주사는 먼저 가겠다고 일어섰다. 이 주사는 김 주사를 붙들다가 마지못하는 체하고 보내버렸다. 일전에 열한 시의 약조를 지키지 못한 뒤로 채홍이와 한자리에 노는 것은 오늘이 처음이다. 주머니가 묵직한 김에 오늘은 제집으로 데리고 가서 김장값도 주자는 생각이다. 그러나 김 주사가 자리를 뜨니까 채홍이도 전화를 받으러 간다 하고 나가서 꿩 구워 먹은 수작이다.

이 주사가 연해 채홍이를 불러들이라고 보이를 시달리는 것을 가만

히 보고 앉았던 기화는 딱한 생각이 들었던지,

"속 좀 차리세요!"

하고 혼자 웃으며 꼭 의논할 이야기가 있으니 자기 집으로 가자고 한다. 그러자 채홍이가 들어와서 입원해 있는 동생이 다 죽게 되었다고 애걸복걸하고 빠져 달아났다.

그날 밤 그는 자기 집에 못 들어가고 말았다. 이튿날 아침에 눈을 뜨고 보니 기화가 곁에 누워 있었다.

"이젠 약주가 다 깨셨세요?"

하고 기화는 옆에서 바스락거린다. 어떻게 된 셈판인지 얼떨하였다.

"어제 어떻게 된지 아세요?"

"몰라……?"

이 주사는 아직도 속을 못 차리는 꼴이었다. 그러나 알고 보니 김 주사는 채홍이와 자리를 옮겨간 것이라 한다.

이 주사는 천연히 웃어 보이면서도 놀라지 않을 수 없었다. 질투라기보다도 너무나 의외요 괘씸하다. 깜빡 속아 넘어간 것이 분하다.

기화의 이야기를 들으면 채홍이가 자기 집에 처음으로 전화를 걸어서 그 풍파를 일으키던 전날 밤에 요릿집에서 헤어진 뒤에도 김 주사는 채홍이와 또 어울려서 이차회를 하였고, 김 주사가 전화로 불러내서 밥 먹다가 말고 가던 날은 김 주사가 은근히 채홍이를 위해서 꾸민 놀음인데 당자가 다른 데로 가서 못 오게 되니까 김 주사는 취한 이 주사를 따돌려 보내고 열한 시나 되어 채홍이가 가 있는 데로 쫓아갔던 것이라 한다.

"망할 것들! 년놈이 똑같지만, 사람 그럴 수야 있나. 어디 두구 보자!"

이 주사는 실없은 듯이 이렇게 별렀으나 하여간 불쾌하였다. 김장값,

장작바리에 몸이 달아서 그랬다 하더라도 같이 다니는 김가 이가를 놓고 이 등 처먹고 저 등 처먹고 하는 채홍이란 년은 치지도외요, 김가란 놈이 더 괘씸하였다.

그날 회사에 들어가서는 피차에 어제 일은 입 밖에도 내지 않았다. 이 주사는 모든 것을 모르는 척해 버렸다.

김 주사는 웬 돈이 별안간 생겼는지 양복쟁이를 불러다가 새로 양복을 맞추고 법석을 하는 눈치였다.

"……저놈이 전화값이나 떼먹지 않았나……."

하는 의심이 들며 이 주사는 누살이 흐려졌다.

그날 낮에 이 주사 집에는 김장바리가 들어가기 시작하였다. 기화의 집에도 채홍이의 집에 들어갈 김장짐이 집을 잘못 찾았는지 꾸역꾸역 들어갔다. 그러나 채홍이 집에도 기화 집만큼은 김장이 벌어졌었다.

그 이튿날 파사 뒤에 이 주사가 집에 들어가니까 뜰에서 김장을 해 넣느라고 부산히 돌아다니던 아내가,

"아침에 전화를 떼갔죠!"

하고 앓던 이나 빠진 듯이, 그러나 일대 사변이나 일어난 듯이 남편을 보는 말에 보고를 하면서 그래도 매우 서운한 기색으로 선웃음을 친다. 마루 위를 쳐다보니 딴은 전화통을 받쳤던 나무판만 허옇게 담벼락에 붙어 있다. 이 주사도 좀 섭섭하였다.

"그런데 우편국 사람을 데리구 왔던 사람이 이런 편지를 두구 가세요."

하고 아씨는 남편을 따라 들어와서 뜯어보고 난 편지 한 장을 내어 준다.

"뭐야……?"

"글쎄 보세요."

하고 아내는 말뚱히 남편의 기색만 살피는 양이 수상하다. 채홍이란
년이 부부쌈이나 붙여놓으려고 장난으로 편지를 한 것이나 아닌가 하
는 겁도 나고 불쾌한 생각이 나면서 꺼내보니 김 주사의 부친이 한 편
지다.

자기 아들에게 여러 번 채근을 하였으나 전화값 칠백 원의 영수증을
왜 아니 써 보내느냐?

또 아들의 말을 들으면 그 전화는 일 년이 지난 뒤에 명의를 변경하
는 규정이라니 팔고 사는 형식은 취할 수 없을 것인즉 전화를 담보로
하고 칠백 원을 취해 가는 차용증서를 곧 써 보내라는 것이다.

편지를 보던 이 주사는 눈이 뚱그래지며 이맛살을 잔뜩 찌푸렸다.

"전화값이 칠백 원이래죠? 그래 이백 원은 어디 갔세요?"

편지를 먼저 본 아내는 남편을 한바탕 해낼 작정으로 눈독을 잔뜩 들
이고 벼르고 앉았다.

"글쎄 말야! 이놈이 떼어먹은 게로군!"

"그게 무슨 어림없는 소리예요. 오백 원이고 칠백 원이고 돈을 받았
으면 영수증을 써주셨겠죠?"

"우리 새에 영수증 여부가 있느냐기에 돈만 받구 영수증은 안 써주었
어."

"그런 흐리멍텅한 일이 있을 리가 있나! 돈만 받구 전화 안 내주면 어
쩌게! 조화가 붙은 거예요. 그 돈 이백 원 어서 마자 내놓슈."

"뭘 내놓으라는 거야? 이런 주책없는!"

주인은 어이가 없어 웃어버린다.

"무에 주책이 없세요? 채홍이년의 입으로 들어갔지 뭐예요."

"잘 알았소. 채홍이년의 입으루 들어갔든지 코루 들어갔든지 한 것은
사실이지만 내가 어쨌을 듯싶어? 이백 원 떼어 쓰자면 칠백 원 영수증

써 넣고는 못 쓰겠기에! 영수증에는 임자의 도장을 찍어야 하니 임자를
속이겠을까?"

듣고 보니 딴은 그렇다. 아내는 얕은 생각에 남편이 정녕 자기를 속
였으리라고만 단순히 생각한 것이 열쩍기도 하다.

"그래두 김 주사하구 짜구 떼어 쓰셨지 뭐야?"

"짜구 쓰기루 김 주사 어른에게 영수증야 못 써 들여놓을까."

그도 그렇다. 아내의 낯빛은 좀 어색해졌으나, 다시 생기가 돌면서,

"그럼 됐구려. 그 이백 원은 내가 받아올 테니, 영수증만 써주슈. 이
편지하구 지금이라두 가지구 가서 부자를 한자리에 앉히구 따져서 당
장 받아올 테니!"

그도 그럴 듯하고 자기가 나서서 맞대해 놓고는 아무래도 거북하니
까 그편이 도리어 좋을 것 같다.

"아무려나 해보구려."

하고 영수증을 써주었다.

"그 이백 원 받아오면 그건 내 거예요."

아내는 옷을 부덩부덩 갈아입는다.

"아무려나 처분대로 하우. 그 대신 인제는 바가지나 긁지 않는다는
다짐은 받아야 헐걸!"

하고 남편은 웃었다.

아씨는 전당국에서 나온 두루마기에, 외투에, 여우목도리를 걸치고
남편이 저번 날 사온 회색 장갑을 끼고 고양이같이 신이 나서 나갔다.

어떻게 되누? 하고 이 주사는 안방에 누웠으려니까 두어 시간이나 거
레를 하더니 또 풍우같이 들어온다.

"가다간 이런 일두 있어야 살 재미가 있는 거야."

아씨의 신기가 이렇게 좋기란 결혼 이후에 처음일 것이다.

"그래 아무 소리 없이 내놉디까?"

"마침 아들(김 주사)두 나와 있겠죠. 영감은 일이 이렇게 된 줄은 모르고 전화를 안 내놓거나 하면 돈만 뜯길까 봐 겁은 나구, 아들은 못 믿겠구 해서 뒷구멍으로 알아보느라구 이리 직접 편지를 했던가 봅니다. 그러나 아들이 칠백 원에 흥정이 된 거라고 고집을 부립디다마는 그럼 무르자구 야단을 쳤드니 결국 영감이 수그러지드군요. 칠백 원이래두 저희는 이가 되기에 선뜻 또다시 이백 원을 내놓겠지."

"흥, 자식이 떼먹은 것이니까 창피한 생각도 들어서 내놓은 것이겠지만, 그 영감 결국 채홍이에게 아들의 해웃값 무리꾸럭해 준 셈이군."

하고 슬며시 아내더러 들어보라고 이런 소리를 하였다.

"그럼 채홍이 집 김장은 김 주사가 해줬구려? 흥, 그래?"

인제야 안심이 되었다는 듯이 아내는 샐쭉 웃다가,

"여보, 우리 어떻게 또 전화 하나 맬 수 없소?"

하고 옷도 채 못 벗고, 턱밑에 다가앉아서 조르듯이 의논을 한다.

남편은 하 어이가 없어서 웃기만 하며 아내의 얼굴을 빤히 들여다본다.

:: 염상섭 연보

1897년	8월 30일 서울에서 아버지 염규환廉圭桓의 3남으로 출생. 본명은 상섭尙燮. 호는 횡보橫步.
1907년	9월 관립 사범 부속 보통 학교에 입학.
1909년	보성 소학교로 전학하여 졸업.
1911년	보성 중학교에 입학하여 2학년 1학기까지 다님.
1912년	9월 12일 일본으로 건너감. 마포 중학교에 전입학하였다가 성학원聖學院으로 옮겼으며, 다시 경도부립 제2중학교에 입학, 1918년 3월에 졸업.
1918년	4월 경응대 사학과를 지망하고 예과에 입학하여 1년간 배움. 11월에 겨울 방학을 이용, 학비를 마련하기 위하여 경도 돈하항敦賀港에서 첫 기자 생활 시작. 그 이듬해에 명고옥名古屋을 거쳐 대판大阪에서 와서 3 · 1운동 소식을 앎.
1919년	3월 6일 대판 천왕사天王寺 공원에서 독립 만세 운동을 일으킴. 이 일로 인하여 7월부터 대판 지방 법원 미결수로서 5개월 정도 감옥 생활을 함. 이해 12월 횡빈복음橫濱福音 인쇄소의 직공이 됨.《학지광》,《삼광》 등에 작품을 발표.
1920년	3월 귀국하여《동아일보》창간과 함께 정치부 기자가 됨. 7월에 동인지《폐허》를 출간. 10월에 기자직을 사퇴하고 오산 학교 교사가 됨.
1921년	7월 교사직을 사퇴하고 서울로 돌아옴.《개벽》8월호에 〈표본실의 청개구리〉를 발표.
1922년	9월 최남선이 주필로 있는 주간지《동명》의 편집을 맡음.

〈묘지(만세전)〉를 《신생활》에 연재.

1924년   《개벽》에 단편 〈금반지〉 발표.

1925년   《동명》이 개칭된 《시대일보》의 휴간으로 그 사회부장직을 사
         퇴. 〈전화〉, 〈윤전기〉 등의 단편을 《조선문단》에 각각 발표.

1926년   1월 19일 다시 일본으로 건너가서 일본 문단 진출을 시도함.

1928년   2월 귀국, 10월부터 《매일신보》에 《이심二心》 연재.

1929년   5월 23일 의성 김씨 영옥英玉과 결혼. 9월에 《조선일보》에 취
         직하여 학예부 일을 봄. 10월부터 《조선일보》에 《광분狂奔》
         연재.

1931년   1월 《조선일보》에 《삼대三代》 연재. 7월에 《조선일보》를 사직
         함. 11월부터 《매일신보》에 《무화과無花果》를 《삼대》의 속편
         으로 집필.

1932년   11월 《조선중앙일보》에 《백구白鳩》 연재.

1934년   1월 《매일신보》에 입사, 2월부터 《매일신보》에 《목단꽃 필
         때》 연재.

1936년   5월 《매일신보》에 《불연속선》 연재. 12월에 이것을 완결 짓
         고 만주로 떠나게 됨.

1937년   3월 《만선일보》 편집국장으로 초빙됨.

1938년   4월 일시 귀국하여 가족들을 데리고 다시 귀임함. 7월에 모
         친상을 당하여 귀국.

1939년   6월 부친상을 당하여 귀국. 9월에 《만선일보》를 사직하고 안
         동安東으로 이주함.

1940년   안동에 있는 대동항大東港 건설주식회사의 홍보담당 사원으
         로 종사.

1945년   해방을 안동에서 맞음. 거류민단居留民團을 조직하여 부회장

이 됨. 신의주로 옮겨감.

1946년	3월 서울로 돌아와 돈암동에 거주. 9월에 《경향신문》 창간과 함께 편집국장이 됨.
1947년	8월 《경향신문》을 사직하고 성균관대학 강사로 취임하는 한편 창작에 전념.
1948년	1월 《자유신문》에 《효풍曉風》 연재. 단편집 《삼팔선》,《해방의 아들》 출판.
1949년	단편 〈임종〉, 〈두 파산〉 등을 발표.
1950년	단편 〈굴레〉 발표. 장편 《입하의 절節》 집필 중 6 · 25로 중단. 피난을 가지 못하고 서울에서 숨어 살다가 9 · 28수복이 되자 곧 해군에 입대, 훈련을 거쳐 소령으로 임관됨.
1951년	3월 부산에서 해군 본부 정훈감실에 근무.
1952년	1월 장편 《취우驟雨》,《새울림》 집필.
1953년	집필에 전념. 서울시 문화상 수상. 예술원 회원이 됨. 9월에 《한국일보》 창간과 함께 《미망인》 집필.
1954년	서라벌 예술대학 학장에 취임.
1955년	단편 〈부부〉, 〈짖지 않는 개〉 등 발표.
1956년	3월 아시아자유문학상 수상. 단편 〈부성애〉, 〈어머니〉, 〈자취〉 등 발표.
1957년	7월 17일 예술원 공로상 수상.
1961년	단편 〈어설픈 사람들〉, 〈의처증〉, 〈모녀〉 등 발표.
1962년	3월 3 · 1문화상 수상. 8월에는 대한민국 대통령장 서훈.
1963년	3월 14일 성북동 자택에서 직장암으로 사망.

한국문학대표작선집 22

만세전

초판 1쇄— 2004년 3월 10일
초판 4쇄— 2015년 9월 25일

지은이 — 염상섭
펴낸이 — 임홍빈
펴낸곳 — (주)문학사상
주 소 — 서울특별시 송파구 중대로 38길 17
등 록 — 1973년 3월 21일 제 1-137호

전 화 — 02)3401-8540
팩 스 — 02)3401-8741
홈페이지 — www.munsa.co.kr
이메일 — munsa@munsa.co.kr

＊잘못 만들어진 책은 구입하신 서점에서 바꾸어 드립니다.
＊값은 표지 뒷면에 표시되어 있습니다.

ISBN 978-89-7012-627-2 03810